U0927468

异闻录 1

王雨辰 作品

CNS PUBLISHING & MEDIA 中南出版传媒
湖南文艺出版社 HUNAN LITERATURE AND ART PUBLISHING HOUSE
博集天卷 CS-BOOKY

图书在版编目（CIP）数据

异闻录. 1 / 王雨辰著. —长沙：湖南文艺出版社，2012.8
ISBN 978-7-5404-5666-5

Ⅰ. ①异… Ⅱ. ①王… Ⅲ. ①故事-作品集-中国-当代 Ⅳ. ①I247.8

中国版本图书馆CIP数据核字（2012）第148075号

上架建议：文学/惊悚悬疑

异闻录1

作　　者：王雨辰
出 版 人：刘清华
责任编辑：丁丽丹　刘诗哲
特约策划：张应娜
特约编辑：丁　健
封面设计：吕彦秋
版式设计：李　洁
出版发行：湖南文艺出版社
（长沙市雨花区东二环一段508号　邮编：410014）
网　　址：www.hnwy.net
印　　刷：三河市百盛印装有限公司
经　　销：新华书店
开　　本：700mm × 1000mm　1/16
字　　数：410千字
印　　张：21
版　　次：2012年8月第1版
印　　次：2019年1月第4次印刷
书　　号：ISBN 978-7-5404-5666-5
定　　价：29.80元
（若有质量问题，请致电质量监督电话：010-84409925）

登场人物

Characters

纪颜

英俊、忧郁，有异能，无职业，生在一个神秘的家族，喜欢旅行，搜集各种奇闻异事。

欧阳轩辕

即书中的“我”。报社记者，个性温和，人缘好，有些内向、腼腆。在书中与纪颜搭档，共同体验了各种离奇惊险的经历。

黎正

拥有一头银发的大帅哥，喜欢耍酷，因为真的很酷。常常做出貌似令人讨厌的事，其实有一颗善良的心。

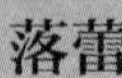

落蕾

欧阳轩辕的报社同事，女强人，在生活中也常流露出小女人可爱的一面。

李多

黎正的亲妹妹，从小被纪颜父亲收养，姓氏“李”是“黎”之误。聪明、漂亮、活泼，又古灵精怪。

目录
CONTENTS

异闻录1
Yi Wen Lu

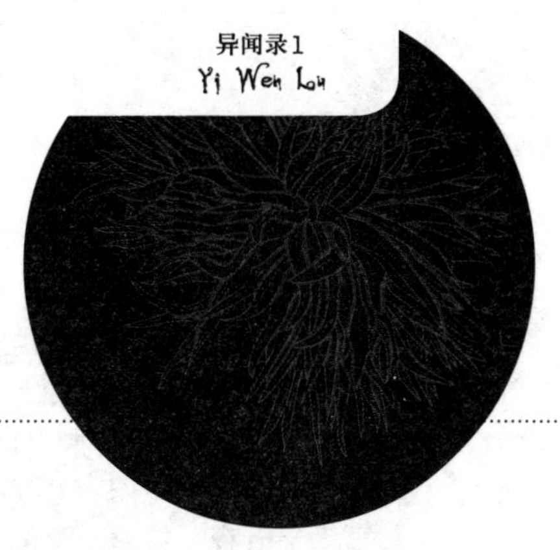

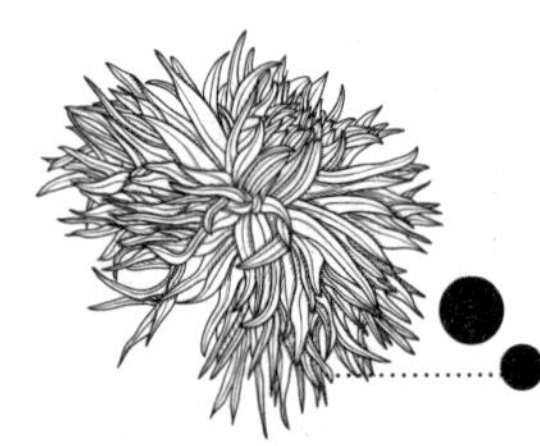

我有一个非常要好的朋友，他从医科大学毕业后继承了父母丰厚的遗产，即便是一辈子不工作也够他挥霍的了。不过，他不喜欢女人，也不喜欢享受。他热衷于搜集各种千奇百怪的故事。大部分时间他都不在家而是在外面旅行，他没有其他朋友，他在别人眼中是一个怪人，但碰巧我也是个猎奇者。所以每每遇见奇怪的事，他都愿意找我来分享他探奇的快乐。这不，我刚接到他的电话，说是他在外周游一圈回来，又带来了许多新鲜而有趣的故事。我立刻赶了过去，因为我休年假，于是干脆搬到他家去。每天晚上都听他讲述那些奇异的故事，正好一晚一个。

第一夜
食指

“正当我疑惑的时候，老人笑了笑起身而去。我注意到他的一只手上只有四根手指，唯独少了那根食指。”

朋友一边抽着烟，一边神秘地竖起他的食指给我看。“看，每个人的食指都代表着人的贪婪，因为吃的欲望是人类最基本和最原始的欲望。知道为什么叫食指吗？因为古人说一旦看见好吃的东西食指就会跳动，不是有句成语叫‘食指大动’吗？我现在就告诉你一个关于食指的故事。”说着，他把香烟熄灭，开始叙述这个故事。

（为方便行文，以下以朋友的口吻记述。）

我到西南一个小镇的时候寄宿在一户人家里，这家有一位年岁很大的老人，老人精神很好，我没事就和他谈天，从他口中知道了这样一个故事。在民国时期，这里的女孩要嫁一个好人家的话首先要有一副好身材，尤其是腰。据说一些人家都有明确的规范尺度，精确到毫米呢。（我笑道：“这也太夸张了。”）越是瘦的女孩他们越觉得漂亮，看来恰恰与唐朝的以胖为美相反呢。可能当地的人对猪非常反感，认为只要是肥胖的都是丑陋不堪的。于是那里的女孩都拼命地节食，只为能有一个一步三摇、风吹柳絮飘的轻柔身段。

其中有一个叫秀的女孩，自从她明白自己一辈子的幸福要和自己的腰围成反比，就不再吃肉了，而且包括面食。似乎命运很喜欢和人开玩笑，即便秀从早到晚不停地运动，只吃一点水果，她也会长胖。或许按现在的话来说是基因的问题，或许根本就是一种病，但当时的人可不这么认为。那些瘦瘦的女孩子都在背后嘲笑秀，说她是猪精投胎。家里人也不住地唉声叹气。因为秀越来越胖，别说嫁个好人家，恐怕就是当地最穷的老四家也不要她了。

说到老四，其实与秀家里倒能寻到一丝亲戚关系，但这种亲戚就像头上的头发，多得数不过来，每天都得掉上几把。不过老四的儿子和秀是青梅竹马，两人幼年时经常一起玩耍。但自从秀立志嫁入富人家后，就断绝和老四儿子的关系了。可老四的儿子一直把秀放在心里。现在这种时候，秀的父母也顾不了了，他们最大的愿望是赶紧把秀嫁出去，省得留在家里丢人现眼。毕竟，他们认为女儿这种货物家里还是有很多的。

老四的儿子叫民，其实论相貌倒也英俊，只是家贫，穿着很破旧，但十分干净，无论是人还是衣服。秀的父亲把这事向老四一提，老四父子想都没想就答应了。结果在一天内就完成了提亲、下聘、回书、过门酒席之类的烦琐程序，在当时也算一项纪录了。

秀虽然百般怨气，但也没办法，谁叫自己命不好。再不嫁，过几年恐怕连民都看不上自己了，何况丈夫对自己千依百顺，疼爱有加，日子也将就过了。

事情往往这么凑巧，或许是风水的缘故，或许是心情的缘故，秀嫁到老四家后反而日渐消瘦，最后倒成了当地有名的瘦美人。可惜她早已为人妇，不过依旧有很多人打她的主意。那里的人可不在乎什么头婚、二婚，因为媳妇对那些人来说不过是生育的工具，对家里风水有改良作用罢了。

秀自己也不安分起来，而且坚持不要孩子。这点令民十分苦恼。他知道，没有孩子自己是留不住秀的。其实有孩子就能留住吗？秀连家里活也不干了，见天儿和一些朋友聊天逛街，或者去大户人家做客，哪里像一个穷苦人家的媳妇。

看来都是瘦惹的祸，民知道，只有秀再次胖起来，她才会安心地待在这个家。

没过多久，秀果然再次发胖，一切仿佛回到从前。她再次沦为一个农妇，她怨恨命运的玩弄。只有民暗暗发笑，表面上却一边和她抱怨，一边安慰她。

日子如同织衣的梭子，在重复地穿梭。一晃十几年过去，秀生育了几个小孩。她也不再做梦了，安心和民过着日子，一直到他们最喜欢的女儿月儿长大。

月儿生得非常漂亮，吸取了父母的优点。不过似乎她也一直都处于不胖不瘦的状况，甚至偶尔还会丰满一些。其实按照现在的标准一点都不胖。不过，秀不愿意女儿重蹈自己的覆辙，她很早就开始控制月儿的饮食，不过功效不是很大。眼看着月儿快十六了，但腰比起同龄的女孩要胖上一圈，秀急得天天睡不着。

看着自己的妻子天天熬成黑眼圈，民终于忍不住了，或许他认为时间已经冲淡了一切，这时候告诉妻子已经没什么关系了。

这天两人和衣睡在床上，秀依旧翻来覆去睡不着。民把她的身体掰过来，正色道："你知道你过门的时候怎么突然瘦了吗？"

秀奇怪地摇着头，随即问道："为什么？"

“那是因为我，我们家虽然穷，但知道一个可以让人变瘦的法子。不过祖辈们交代是禁术，用多了控制得不好会遭报应，不过究竟什么报应却不知道。你来我家后，我就对你施了这个术，后来你想走我又把术解了，所以你又变胖了。”民黯然地说道。

秀已经过了生气的年纪了。其实她早觉得自己突然变瘦又变胖可能是丈夫捣鬼，不过听见这种奇妙的方子也觉得好奇。“算了，都过去了，我不怪你，不过你不能耽误月儿啊，我可要让她嫁一个好人家！你赶紧告诉我啊！”

民望着着急的妻子，欲言又止。终于，他举起自己的食指，对秀说：“是指头。”

“指头？什么意思？”秀奇怪地问。民告诉秀，相传在一百多年前，祖先在饥荒的时候好心收留了一个叫花子。据说这个叫花子不是凡人，是游历民间的茅山术士，不过是装做要饭的来看看众人的善心。他见民的祖先心地善良，就教会一些法术给民的祖先。后来一代代传下来，大部分都已经失传，只有这变瘦一法奇怪地保留下来。但民的家族自此就开始败落下来。恐怕这和民间流传着使用茅山术的诸多忌讳有关。茅山术禁忌极多，一旦被破坏，轻则破财倒霉，重则有血光之灾，甚至祸连后代。想必民的祖先定是用法术做了些什么不义之事才有报应的。

至于这个法术，民告诉秀，其实只要吞下自己食指的指甲就可以了。但这个术一次最多只能维持数年，而且每个人瘦下来的程度是有限的，用得多了，据说最后会发生很恐怖的事。由于只是变瘦，民一家人也很少去使用，不过民的父亲还是教会了民。

“难怪后来你每次见到我都那么好心地帮我修指甲。”秀语气怪怪地说。民觉得有些尴尬，摸着妻子的脸：“我这不还是因为喜欢你嘛。”

“算了，我也不生气了，明天你就施这个术，赶快让月儿瘦下来。”

民点了点头，夫妇俩又安心睡下了。

果然，没过多久，月儿真的瘦了下来，而且是十里八乡瘦得最漂亮、最精神的。邻里都夸民和秀养了这么一个好女儿，肯定可以嫁一个好人家。夫妻二人听了笑得合不拢嘴。

但事情很不凑巧，当地最大的一户财主要找儿媳妇。这个财主就是前面提过的要求儿媳妇的体重、腰围都精确到最小单位的那种人。秀当然让女儿去试了，可惜就差那么一点，而且月儿已经是最轻的了。财主放出话，再过一星期没人合格的话，就去外地找了。秀一心想让女儿嫁进去，就逼民再次施法。民无奈地说：“你听过神行太保戴宗吗？其实像那种术也是有不同程度的。据说有一位信使在送信的时候耽误了时间，怕被责骂，一位好心的茅山术士教他以银针刺脚底，忍住痛，放出杂血，可以日行三百里、夜行三百里。果然如是。后来，信使再次向术士讨教跑得更快的办法。术士说，只要将双腿膝盖骨挖去，可以日行两千里。结果信使吓跑了。”

“你和我说这个干什么？”秀奇怪地问。

“我是想告诉你，如果你还想让月儿瘦下去的话，所付出的就不是指甲了。”民担忧地说。秀沉默许久，最后还是坚持让月儿一定要进那个有钱人家的豪门。民问了女儿的意见，月儿自然想母亲高兴，家里摆脱贫困，便一口答应了。民拗不过二人，不过这次需要的是月儿必须吃掉自己的食指！

大户人家并不在乎少根指头，只要其他标准到了就可以了，指头可以说是以前小时候弄伤的。于是月儿只好咬着牙剁掉食指，并吃了下去。果然，第二天月儿就明显地消瘦了。手上的伤一好，马上去财主家，财主正发愁呢，一看到月儿就大喜过望。这桩婚事很快就定下了，指头的事大家似乎也都渐渐忘记，事情也慢慢地恢复了宁静，民和秀也靠着财主家的钱过上了富裕的生活。这时候虽然中原正在打仗，但战火烧不到这个地方，这里依旧是一片世外桃源。

没多久，过门的月儿怀孕了，生下了一个儿子。这似乎是好事，但很快月儿的身体就像吹气球一样涨了起来，一发不可收拾。丈夫一家人对月儿突然变胖感到费解，他们把这事转告给民和秀，并说婚后胖一点可以，但像月儿这样恐怕难以符合他们家的儿媳这样的身份。如果月儿还继续胖下去，他们决定休掉她。

秀哭着问民，民苦思良久并查阅了一些书，终于知道，产妇在分娩的时候，大量的失血会破掉这个法术。秀在生月儿的时候已经变胖，所以民没有在意这个术居然会被解。事情到了这个地步，秀看着女儿如气球一般的身体哭着责问民：“就算会变回原样，我们月儿也不应该变成这样啊！”

民告诉秀，法术一旦被破，身体就会像积压很久的弹簧似的猛地反弹，而且坐月子的时候营养丰富，就是普通人也容易变胖啊。

“我不管，这样下去我们一家人就没办法在这里立足了，而且我的外孙、月儿的儿子也见不到了，你忍心啊？”

民抓着头，望着在一旁哭得泪人似的女儿和老婆，终于艰难地说道：“这个术还是可以再做一次的。但是……”

“不要但是了，能救女儿，我付出什么都可以的。”秀哭着求民，月儿也跪在地上求父亲。

“我不知道会有什么后果，因为就算是祖辈们也从未这样一而再、再而三地施法，他们再三告诫后人，术用多了是会遭天谴的。”

“说不定只是那个道士吓唬你们啊，你也说没人用过，你又怎么知道会遭到天谴呢？”秀反问道。民默不做声，最后只好答应再次施术。

这一次不是要月儿的指头了，而是要民和秀两人的食指，因为儿女和父母有着看不见的纽带，所以月儿吞下了父母砍下来的食指。民和秀忍着剧烈的疼痛安顿好女儿睡下，两人彻夜不眠地守在身边，生怕出现什么不好的事。不过似乎一切顺利，第二天早上，月儿就恢复了结婚前的身姿，就像少女一样。夫妇二人这才安心地送月儿回到公公家，那边丈夫等人一看也大吃一惊，不过变瘦了自然是好事，也就笑逐颜开了。民和秀也回家好好地养伤。

几天后的深夜，正当民和秀熟睡之际，亲家突然派人报丧，叫民和秀赶紧来。原来当夜月儿就暴亡了，而且死状恐怖。秀一听当场就晕了，民只好独自一人去认尸。一路上民的脑袋里一片空白，犹如行尸一样被人牵着走进现场。女儿一下就这么去了，实在让他难以接受。但当他看到女儿的尸体，姑且称做尸体的时候，他也几乎吓晕过去。

月儿整个人就像被什么动物啃咬过一样，周身没有一块好肉，已经和骷髅差不多了。从床上到地上将近两米的距离，都是月儿拖出来的痕迹，血和碎肉散落得到处都是，月儿的头高昂着，手伸向门外，估计是从床上翻下来想去开门，但只爬了几米就咽气了，而且死前恐怕是受尽痛苦。民怎么也不明白，难道这就是所说的报应？看着女儿的尸体，他一屁股坐在地上，顿时老泪纵横。

由于死状恐怖加上这位财主门风甚严，月儿死亡的真相没几个人知道，对外就说少奶奶得急病死的。财主给了民和秀一大笔钱，让他们离开这里。可惜秀知道女儿的惨死后自责不已，后来也自尽了，民也人间蒸发了。

据说，茅山术本身就是一种驱鬼和转嫁的法术。比如，施术的人可以把别人家的肉或者食物变到自己手中，也可以让自己的伤痛转移到他人身上，估计这个术也是将本来在自己身上的肥胖转移到别人身上。但凡是术总有自损的一面，民一再施术终于遭到报应，而且还是报应到了自己家人身上。至于月儿的惨死，其实是术的反噬。佛教六道之中有一种鬼是饿死鬼，它们很小，如蚂蚁一般，但数量众多。它们生前饥饿，死后化为鬼，会吃掉一切东西。食指是人食欲的象征，吃掉自己的食指其实就是与饿死鬼达成了契约。它们会帮你吃掉你不想要的那些讨厌的脂肪和肥肉，而一旦无法控制或者过量，它们就会把你整个人也吞掉。

朋友说到这里，凑过来对我低声说道："当我听完这个老人说的故事，我也忍不住抚摩着我自己的食指，我想，难道吃掉自己的食指真就能变瘦了？正当我疑惑的时候，老人笑了笑起身而去。我注意到他的一只手上只有四根手指，唯独少了那根食指。我后来四处打听，旁里的人都说不认识老人，说老人好像是解放后才来的，大家都叫他民伯。"

我吓得张着嘴不说话。我也如朋友一样轻抚自己的食指，脑海里忽然想起了前些日子看到的蚂蚁群，忽然感到一阵发麻。朋友看我发呆，笑着猛拍一下我的肩膀："不用担心了，

异闻录
Yi Wen Lu
由于死状恐怖加上这位财主门风甚严，月儿死亡的真相没几个人知道，对外就说少奶奶得急病死的。

有些东西有就是有，没有就是没有，不应该靠人力强求。”

“那也不一定啊，事在人为，你不要唯命运论啦。”我也笑着反驳。

朋友望了望我：“那你听说过半脸的故事吗？”

“没有。”我朝他望去，他的脸上突然带着几丝诡异，仿佛泥塑的一样。

“算了，明天讲吧，你看太阳都出来了。”朋友突然恢复了常态，指了指窗外的太阳。我只好压下自己的好奇心，先去睡了，等晚上再继续。

第二夜
半脸人

“那是一种报复过后得意的笑容，而且在那半边脸上，我看到了和小六脸上同样的尸斑。”

“夜晚才适合讲那些离奇的故事啊。”朋友伸了伸懒腰，把上衣脱去，盘腿坐在地上。他家里没什么家具，来客都坐在地上。他说讨厌椅子，席地而坐才是古人风范。

“继续讲啊，什么半脸的故事？”我催促道。

“嗯，对的。恐怕这是我知道的众多故事里最诡异的了，甚至我讲起来都有些打战。”

（为方便行文，以下以朋友的口吻记述。）

我照例做着没有目的地的旅行，但我一般都选择比较偏僻的地方，你知道那里往往有很多奇怪有趣的故事。不过以前我都是听说而已，而这次我亲身经历了。

我来到了一个村落，其实这个村子很大，几乎可以算是一个小型的城市了。村里人都有不同的工作，刚好构成了一个生物链，大家自给自足，于是慢慢地与外界有些隔离了。不过他们依旧很好客，当我到来的时候，他们都很友善地招待我，加上我还学过几年医术，可以帮他们治疗一些普通的疾病，他们就把我当成上宾了，而且把我当成了个神医。哈哈。（朋友得意地笑着，我知道其实他在大学的时候成绩就很出众，虽然他不喜欢做医生，但他属于那种即便不喜欢也要学好的人。所以即使他不继承那笔遗产，他也会成为一个优秀的医生。看他这么高兴，估计当时那村子里的人对他的确很尊敬。）

不过没过多久，村长就来找我了。村长是村里最德高望重的人，相当于族长，可以说几乎是当地的国王了。当然，他也是非常友善的，不过他始终保持着一份应有的尊严和威仪。

但这次他显得很卑微，好像是有求于我。

“您简直成神了，村里的人都说您医术超群，甚至还解决了几个长久折磨他们的疑难杂症，您真是太厉害了。”村长不停地恭维我，几乎把我吹得飘飘然了。

“说吧，您家里难道也有人生病了？”我笑着问他，但村长面露难色，似乎很难启齿，每每想说话又咽了回去。最后，他像下定决心一样小声对我说：“是我的儿子，与您年纪差不多，本来是一个非常优秀的人。不知道从什么时候起，他把自己关了起来，每天待在房间里，只吃我们送去的饭菜，却从来不见我们。我和他妈妈都快急疯了，结果老天爷把您派来了，您可一定要救救他。”村长说到最后声泪俱下，几乎要跪下了。我觉得事情似乎不那么简单，恐怕以我的医术治不了。但我还是答应随村长去他家了解一下情况再说。

村长的家果然要气派很多，不过也是普通的砖瓦房，比一般村民的房子稍大一些。房子有两层，门前还有一个不小的院子，放养着一些家禽。房子的右边飘来一阵阵原始的蔬菜的味道（其实就是施农家肥的那种），想必那里是厕所和菜园。唯一令我不安心的是那只半人多高、黑棕色的大狗，见我是生人就龇牙咧嘴地对着我，喉咙里咕咕叫唤。我知道这种狗是极其危险的，所以我停了下来。村长连忙呵斥它走开，我才敢走进去。

村长的家人很友好，是典型的好客的农家人。我始终奇怪，这样的普通家庭养育的孩子到底得了什么病。

村长带着我上了二楼，来到了一间房间门前。

“就这儿，我儿子叫柱子，他已经把自己关在里面整整一个月了。我实在没办法了，要不是您来了，我也要出去找医生。”村长的话语间好不烦恼。

“你和他说过话吗，自从他自己封闭起来后？”我问道。

村长摇头，我示意他下去。在我当时看来，可能是年轻人青春期的烦躁带来的一些心理问题，所以我让身为父亲的村长回避可能好点。事实上，我的想法过于简单了。

村长下楼了，嘴里小声嘟囔着，依稀能听到是希望这次我能治好。我望着他的背影，觉得他的确很可怜。

“里面的是柱子吗？”我轻叩了一下木门。门的质地很粗糙，还带着毛刺，第一下扎得我很疼，所以我放小了力气。

柱子没有回答我，这也是意料中的事。于是我开始了所谓的心理治疗，无非都是大学心理课上还没完全忘光的东西，可惜完全没有效果。一小时后，我开始急躁起来，忽然对里面的人产生了好奇。我四下望了望，发现门的右下角有一个不规则的小洞，我使劲蹲下来，想看看里面。

我终于把自己的眼睛对准了那个洞。光线不够，看得不是很清楚。但我还是依稀看见一个身材高大的侧影坐在床头，估计他就是柱子。他像雕像一样坐在那里无动于衷。我突然产生了一种很冲动的想法，如果我现在大喊一句“我看见你了”，会怎么样？

我这样做了，对着门大喊一句：“柱子，我看见你了，你正坐在床沿上！”

他果然有反应了，而且很剧烈。他抱着头恐惧地在床上打滚，嘴里高喊着：“不要找我！我已经得到惩罚了！”看见他这样，我意识到情况不妙。紧接着，他在床上不动了，仰面躺在床上，成了一个“大”字形。

我赶紧叫来村长，让他把门撞开。门很结实，我和村长费了好大的力气才撞开。当我和村长进去后，村长疑惑地看着躺在床上的人，说了句让我诧异的话：“这，这不是我儿子！”

我吃惊地望了望村长，又看了看床上的年轻人。他的面部皮肤很黑，额头宽阔，硕大的鹰钩鼻子，肥厚的嘴唇上方稀疏地长着几根看似坚硬的胡子，让我想起了食堂还没拔干净猪毛的五花肉。的确，从任何角度来看都不像村长。

“这个是小六，是柱子的好朋友。”村长又补充说道。

我看着小六的脸，似乎总觉得有哪里不对，但又看不出来。其实事后想想，如果当时再仔细点是可以看出来的。

小六很快醒过来。他还是很恐惧，而且一直捂着左脸不说话。显然柱子的下落他应该知道，可是他的情绪很不稳定，问也问不出个所以然。我们只好让他先休息，我和村长一起来到楼下。

“这个小六住在哪里？是个什么人？”我必须先搞清楚小六这个人。

“他是柱子从小一起撒尿和泥的好兄弟。两人就跟胶布一样粘在一起。”村长长叹了口气，“其实我是很反对的，因为这个小六平日里游手好闲，整天想着如何一步登天发大财，经常鼓动我们柱子和他一起去做一些无聊的事，说是为以后发财作准备。柱子也傻乎乎地跟着他。唉，真造孽。”

看来，这个小六只是一个无业游民而已。但他怎么会在柱子的房间里，而且一住就是一个月？

“你最后看见柱子是什么时候？当时什么情况？”我突然觉得我不是在行医，而是在破案，从小梦想做神探的我感到莫名的兴奋。

“一个月前啊。那是晚上，他急急忙忙地赶回家，说是肚子痛就跑上楼了。结果就再也没下来。”

“你确定那是柱子？你后来有没有发现小六来过？”

“绝对是柱子，我自己的儿子我会不认识？”村长坚定不疑地说。

其实以村长家的格局，柱子如果后来偷跑出去，让小六进来顶替他是有可能的。不过，他到底在逃避什么？而且当我喊出那句话的时候，小六为什么那样慌张和恐惧？眼下我觉得还是先去趟小六家为好。

我在村长的带领下来到小六家里。果然这样的人家中往往十分贫寒。小六的父母都是极为老实的农家人，我还为小六的母亲看过腿，所以他们是认识我的。

一阵寒暄过后，我们向他们询问小六的近况。两人都摇头说，他已经失踪快一个月了。因为他平常经常四处溜达不着家，所以老两口也没在意。倒是他的母亲警惕地问了句：“小六是不是在外面闯祸了？”

“没有没有，是柱子让我来看看他。”村长按照事先准备好的话来应付。夫妇俩也显得稍微安心了点。

从小六家出来，村长看上去更加担忧了。

“从时间上看，果然是小六在柱子回来的那几天就待在那个房间了。”我摸着下巴，这是我习惯的姿势，虽然我没什么胡子。

现在的问题是柱子到底去哪里了，要想知道，只有等村长家里的小六醒过来了。

但小六醒不过来了。

我和村长刚回到他家就知道了，小六在我们出去不到一炷香的工夫，就在房间里暴毙了，当我们离开的时候他还是有呼吸的。

死了人事情可就不一样了，我感觉到我已经无法应付了。我让村长报警。

“警察？我们这里没有。”村长的头摇得像拨浪鼓。

“那平时出点什么事，你们怎么解决？”

“我们靠村子里的人共同裁定啊。”村长理直气状地说。还真是个奇妙的村子，居然还保留着如同周文王时代一样的法规。

我只好叫村长去把大家召集过来，先不要告诉小六的父母。我不忍看他们伤心，而且最重要的是，他们如果哭闹势必会让事情更麻烦。我一个人待在小六死亡的房间里看着他的尸体，因为我相信他应该死得很不甘心的。

我不是法医，但好歹还是医学院毕业的，我依稀记得解剖课上教授传授过的东西。我开始细心地看着小六的尸体。

表面没有任何创伤，起码肉眼看上去是的。我刚和村长出去大概一个多小时，村子虽然不大，但小六家与村长家住的正好是两个极端，所以步行去还是花了些时间。尸体还是很热乎的，不过已经开始出现尸斑，虽然还不是很明显。最让我感兴趣的是他的左脸。

他的左脸已经完全和右边的不对称了，几乎可以说是两张不同的脸被裁剪下一半拼到一起的，而且我发现左边脸的尸斑有些异样。

尸斑最早在人死后30分钟出现，一般在死亡1～2小时开始出现。尸斑的形成、发展可分为几个阶段：

尸斑形成的最初阶段，称为坠积期。此期在死后5～6小时内达到明显可见。可持续6～12小时。坠积期尸斑被按压，尸斑退色或消失，停止按压则尸斑又重现。在此前阶段如果变动尸体位置，尸斑也随之改变，在新的低下部位重新出现。

尸斑发展的第二阶段为扩散期。从死亡后发展到扩散期约需8小时，延续至26～32小时。此期间被血红蛋白染红的血浆浸透到周围组织，此时按压尸斑已经不能完全消失，只是少许退色，停止按压后尸斑恢复原色较慢。变动尸体位置，部分尸斑可能移位，部分尸斑则保留在原来形成的部位。

尸斑发展的第三阶段浸润到组织中的时间较久，此时用手指压迫后尸斑不再改变颜色，也不再消失，变动尸体位置，尸斑不再转移。

小六尸体其他部位的尸斑属于第一阶段，这很正常，让人费解的是他左边脸的尸斑居然在拇指按压下也不变色、不消失。明显是尸体放置一段时间后才会产生的尸斑。

而且，左脸的尸斑呈现一种红色，冻死的人才会出现红色尸斑。

冻死的？

现在是夏天啊！

我皱着眉头离开了这里，虽然我以前接触过很多尸体，但已经很久没见了，还是有点不舒服。我来到了楼下。

村长已经把几个重要人物找来了，他们都是村里担任一些职务的人。他们都相信首先村长肯定不会去加害小六，然后他们商议是否就这样把小六埋了。我站在一边等他们都散去，才过去向村长询问。

“这附近有什么地方是很冷的吗？冷到可以冻死人？”我问道。

“冷？”村长奇怪地看着我，这也难怪。旁边一人若有所思地说：“有的，这里夏天有时候太热了，村子就在后山开了一个冰窖，储存了一些冰块。怎么了？”

“马上带我去，快！”我用毋庸置疑的口气说道。村长只好带着我过去，虽然他显得很诧异。

我们很快来到了那个后山的冰窖。说是冰窖，其实不过是个地下室罢了。估计以前是用来存菜的，刚一靠近，人就觉得有点冷了。

村长在我的央求下打开了冰窖。我和他走了进去。果然，我靠着直觉找到了我要找的东西，不，应该说是人，或许准确地说是尸体。

这具尸体不是柱子的，而且很奇怪，看穿着不像是村子里的人，倒很像是城里来的。他的穿着还蛮考究的，看样子应该是冻死的，因为他还保持着蜷缩的状态。而且，这具尸体没有脸。

你可以想象一下没脸的尸体是什么样子，虽然在冰窖里他的脸落满了冰霜，但显得更加恐怖。不过从体态来看，我还是能看出他是一名三十岁左右的男性。

我们很快就带了人来，但我没让他们把尸体搬出来，因为这样很快会高度腐烂，如果我脑中的想法是对的话，他应该和小六的死以及柱子的失踪有很大关系。

大家议论纷纷地站在后面，我突然发现村长的脸色很难看。在人群的小声议论中，我好像听到柱子是管理这个冰窖的，冰窖的钥匙只有柱子和村长有。这样一来，柱子的嫌疑就像和尚头上的虱子一样明摆着了。

连续两具尸体出现，而且都是非正常死亡。我还是报了警，尽管村长反对，但众人还是认为报警为好，在人群中的一部分人的脸上，我看到的不是责任，而是一种像是落井下石、幸灾乐祸的神态。他们似乎都有两张脸，一张在义正词严地要求报警替死者讨还公道，另一张脸却在偷笑。

警察赶来还是需要些时间的，我得看看我还能做些什么。村长看上去很不高兴，难怪，似乎我一来就给这个寂静的山村扔出两具死因蹊跷的尸体，换做谁也不会高兴的。

无脸的尸体，以及小六那离奇的左脸尸斑，我突然想到，那冰窖死者的右脸呢？我忽然把所有情形想了一下，得出一个答案，但我必须先向村长证实。

我猛地望向村长，他神色恍惚地向四周张望。我把他拉到一边，低沉着声音问他："说吧，你把柱子藏到哪里了？"

村长大惊："你说什么呢，我家柱子我自己都已一个月没见了，你倒问我！"

"小六不是自愿待在那里的吧，或许是你把他关在那里的？"我划着一根火柴，点燃了烟。我没望村长，因为眼神是对话的武器，用滥了就没用了。

果然村长开始流汗了，眼睛像色盅里的色子一样乱转。但他还是一言不发。

"我刚来这里帮小六母亲看病的时候，她就提到过他儿子，说他儿子患有长年的咽喉病，说话声音嘶哑，和别人差距很大。你该不会在这一个月都没听过里面所谓的柱子开口说话吧？就算没有，你说你每天都要送饭，但小六的皮肤很黑，而你们家柱子应该不黑吧？难道你从来没怀疑过？好吧，我承认我都是假设，不过等警察来了，你再隐瞒下去也毫无用处。"

村长的额头布满了汗。"柱子是我藏起来了，但我不会把他交出去，因为他已经得到报应了，就算把他交给警察，也不过是造成混乱而已。”

“报应？”我疑惑地问。

“是的。”村长低着头，开始叙说一个月前他看到的恐怖景象。

“那天我和柱子妈刚吃过晚饭，柱子就气喘吁吁地赶回家，翻箱倒柜，还问我们要钱，说是要和六子出去一段时间。我开始觉得不妙，支开他妈后逼问他。这孩子没什么心计，我一逼就全招了。那时候我才知道，他和小六杀人了。”村长说到这里，老泪纵横，哽咽得几乎说不出话，我只好拍拍他的肩膀，示意他不要太激动。

“他说他和小六骗了一个外地人来买冰。据说那人想开个冰吧，要的就是我们这里那种无污染的水做的冰，反正是卖给有钱人。柱子在小六的劝说下，只好带着那人来到了冰窖。但那人说要全部买走，并威胁说不卖也得卖，否则他会带人来。冰窖里的冰是全村人的，村子没冰箱之类的，消暑避夏都靠这个冰窖。所以柱子不想卖了，结果三人便起了争执。推搡的时候，那人被小六猛推一下，脸砸在布满棱角的冰块上，他高喊着‘杀人了，杀人了’，结果柱子就用冰在他脑后砸了一下，那人就倒下不说话了。两人见出事了就赶紧逃回家，并相约一起去躲一下风头。”

“那冰窖的死尸那张脸怎么没了？”我问道。就算是砸得稀烂，但与脸被割去是不一样的啊。

“我也不知道，或许这就是他们的报应。”村长接着往下说。

“知道这事我肺都气炸了。我拿着板凳就往他身上砸，但怎么说他也是我儿子。冰窖的事一旦被村里的人知道，他是逃不掉干系的。我只好答应把他藏起来，而且打算过些日子就找个借口把冰窖封起来。但过了没几天，柱子的脸就发生变化了。”村长的口气突然变得很恐怖。

“他的右脸开始是很痒，然后经常说冷，接着是长了很多斑点，最后居然烂了，而且很臭，一个个地长脓包。他天天叫疼。我用了很多办法都没用。过了一段日子，脸居然又好了，可是，可是……”村长停顿了一下。

“可是他的右脸居然没知觉了，就像中了风的人一样，那边的所有动作都做不了，眼睛也合不上，吃饭喝水都漏出来。他经常喊着有鬼有鬼。我怕招惹来别人，只好把他藏了起来，就藏在房子后面的菜地厕所附近。而且小六也来了，他说他也有相似的症状，害怕了所以来找柱子。我只好把小六又藏在柱子的房间，对外就说柱子得了怪病不愿意见人。那时候你正好来了，我就想让你做个幌子，毕竟来了个医生却不让他给柱子瞧病，会引起大家怀疑的。”

村长终于说完了。我的烟也抽完了。我慢慢地对村长说：“那个人是冻死的，估计当时柱子和小六只是把他砸晕了，其实是可以救活的，可他们两个害怕得居然把他关在冰窖里，活活冻死了。至于柱子和小六的怪病，我也说不清楚，虽然我理论上是个无神论者。你还是先带我去见见柱子吧。”

村长看着我，最后还是相信了我，他点了点头，交代别人处理了下面的事，带着我回到家里。

我在后院阴暗的房间里终于见到了柱子。他已经接近痴呆了。眼神涣散怕光，一个劲儿地傻笑。但那笑很恐怖，只有半边脸在笑。村长抹着眼泪说道：“就算养他一辈子，我也要养他啊。”

“不要打他啊，小六，不要啊。”柱子突然高喊了一句，然后又发疯似的跪在地上昏了过去。村长和我赶快过去扶他。把他扶正一看，他那本来没有表情的脸居然有一丝笑容，虽然仅仅是一瞬间，但我确定没看错。那是一种报复过后得意的笑容，而且在那半边脸上，我看到了和小六脸上同样的尸斑。

“他死了。”我看了看柱子的瞳孔，轻声说道。村长如同一个孩子一样放声大哭，抱着柱子的尸体不放。眼泪和鼻涕都粘到柱子的脸上。

我站起来，走出房子，突然想到很久以前看过的一本书，说是人在临死前带着极强的怨念割下自己的脸，可以报复别人。当时以为不过是胡扯，没想到居然确有其事。

事情很快结束，村长也不再是村长，柱子和小六的尸体也被带走。现场的证据表明的确和村长叙述的一样，而且也和我想的一样，冰窖尸体的脸是他自己割下来的。

我离开了村子，临走前看望了一下小六的父母。他们依旧没有过多的悲伤，或许只是我看不见罢了。

我被送走的时候，村子里的人已经商量着如何重新建一个冰窖，并打算如何把旧的卖出去。

我望着朋友，似乎他的脸也带着诡异的笑。

“真的有那种事？自己割下脸可以报复别人？”我好奇地问。

“谁知道呢？或许柱子和小六不过是自己吓自己，但他们临死前究竟看见了什么谁也不知道。还有，后来据说在尸检中，他们脸上的尸斑又消失了。呵呵，奇怪吧？”

“是挺奇怪的，唉，有时候犯罪只是一闪念的事啊，得到报应也是无法逃脱的。”我感慨。

“那倒不见得，有时候，厄运会自己找上你，就像我知道的那个一心想要让自己的皮肤变白的售货员一样。”

“哦？那是什么故事？”

“一晚只讲一个。”朋友站了起来，笑着说，“明天晚上再说吧，听太多小心做噩梦。快睡吧，我讲得也很累的。”说完就去自己房间了。

我只好躺下睡觉，很快就睡着了。还好，或许白天睡觉不容易做噩梦吧，我睡得很舒服。

第三夜
油

“梅子跑上二楼，一间间地数过去，忽然她闻到一阵很刺鼻同时也很熟悉的味道从旁边的一个房间飘过来。”

“每个人都渴望美丽，尤其是女孩，她们绝对不会像白岩松那样渴望年老。她们会在脸上、皮肤上或者身体的其他部位花大量的金钱和时间。这是女孩的通性。”朋友笑着说。我并不知道他曾接触过什么女性，不过他说的还是很有道理的。

（以下是以朋友的口吻记述的。）

我曾经见过一个女孩，她很漂亮，属于五官特别端正的那种，小巧而精致，身材也很不错，既有东方女性的苗条也不失丰满，的确是减一分太瘦、增一分太胖。但上帝打开一扇窗子就会关闭一扇门，她有个无法逃避的缺点。她的皮肤很黑，虽然黑象征健康。其实我们常说别的国家有种族歧视，恰恰相反，我们是最排挤与我们不同的异类的。她经常被同事取笑，包括一些男性，即便有男孩想追求她，也会在人言中退缩。更可笑的是，她的工作离卖美白化妆品的柜台只有几步远。这更让她难过。但生活总是要继续，这个叫梅子的女孩也就这样过着日子，直到那一天。

梅子在和我交谈的时候浑身都在颤抖，几乎很难说出一个完整的句子。我不得不经常性地停下来抱着她。（我笑着看他，他也笑道：“不要想歪，我只是想安慰她，拥抱是身体接触中最能令人放松的。”）平静了很久，她才能继续叙说她的故事。

那是一个普通的周末，梅子独自一人挎着包，撑着遮阳伞走在步行街上。不料和另一名女孩撞了一下。女孩看了看梅子，用不无嘲讽的口气说：“这么黑还撑什么伞，多余！”说完扭头就走了，梅子气得差点哭了出来。身材胖可以减，五官歪可以整，可皮肤的颜色是从娘胎出来就注定的，梅子不相信那些美白的化妆品，她的姐妹们是卖这个的，自然知道用了也只是白白损失钱罢了。一想到这里，梅子就非常沮丧，漫无目的地瞎逛。

忽然一辆豪华轿车从身边驶过，嘎的一声停在梅子的身边，把梅子吓了一跳。梅子刚想骂人，只见车子上下来一位衣着考究的年轻人。

年轻人看样子比梅子大几岁，身材高大，而且相貌英俊。他始终注视着梅子的脸，把梅子看得怪不好意思的，她下意识地转了转身体，依旧感觉到年轻人如火一样的眼神。

“真不好意思，吓着你了吗？”年轻人做了个抱歉的动作。

“不，还好，您有什么事吗？”梅子尽量显得彬彬有礼，虽然这和她平时的个性不符。

“如果赏光和我吃个饭吧。”

事情有时候进展得就是如此顺利，梅子和这位叫展越的年轻人一下就成了无话不谈的好友。梅子不禁感叹造物主的奇妙，或许失去一些东西必定会在另外一些地方得到补偿。身边的同事都羡慕梅子找到一个这么帅气和富有的男友，以至于她们经常撑着伞在马路上转来转去，希望也能有个富家公子看见她们。但这充其量导致了几次交通堵塞罢了。

在又一次充满爱意的约会上，展越忽然温柔地对梅子说：“梅子，知道我为什么第一眼就爱上你了吗？”

“不知道，或许是神的安排吧？”梅子笑道。

“不，因为你和我以前的一个青梅竹马的女孩长得太像了，你有和她一样的大眼睛、挺直的鼻梁和顽皮的嘴。”

梅子略有点不快，原来自己只是替身而已。她怏怏地说：“那你找我做什么？那个女孩呢？”

“她走了。”展越神色暗淡地说。见展越不快，梅子也有点难过，毕竟男孩念旧也很难得，这不正说明他痴情吗？这样一想，梅子反而高兴了。

“其实和你在一起，我几乎把她忘记了。”展越忽然又说。

“对了，梅子，你不是老抱怨自己的皮肤不好吗？我家有一种祖传的配方，是一种增白油，很有效果，你不如试试吧！”

“有用吗？我可是试过很多方法都不见效啊。”梅子不想拒绝展越的好意，但又对这种药没什么信心。

“要相信我啊，一定有用的，我今天正好带了点，你拿去试用一下，效果好就继续用。如果我们梅子皮肤变白，那就是天下最漂亮的女孩了。”

梅子没有拒绝，接过了展越给他的一只黑色的小瓶子。或许偏方都是这样神神秘秘的，就如同童话里女巫的药水，充满未知和诱惑力。

梅子回家后就在手上试着抹了一下，的确是一种油状物，而且闻起来怪怪的，似乎有一种独有的刺鼻感，不过效果很好。第二天，梅子手上涂了的地方和其他地方比有明显改观。梅子也就放心地在脸上涂抹起来。

这几天，梅子的家人和同事都瞪大眼睛望着梅子，几乎都不认识她了，有道是一白遮百丑。像梅子这样本来就美丽的女孩，皮肤一白就如同选美小姐一样耀眼了。那些以前嘲笑过她的人都躲在一边，暗暗看着自己的皮肤，又看看梅子的，如同墨汁与白雪一样对比鲜明，都忍不住尽量把露出来的地方用衣服遮住。大家一边交口称赞，一边询问增白的秘密。梅子总是笑而不答，心中只是感激展越。

“今天去我家吧。我们一起吃一顿烛光晚餐。”展越看着越来越白皙的梅子，眼神有点涣散。

“好，我还是第一次去呢，我晚上好好打扮一下。”的确，两人认识这么久，梅子从没有去过展越家，至于住哪里更是无从知晓。

傍晚的风景总是十分美好，却带着少许的不安感。坐在车子里的梅子被车速带起的风吹得睁不开眼睛。只知道车开了很久，久到梅子已经不知道是什么地方了，眼前的景色是那样陌生。

“到了。”展越的车在一幢别墅边停了下来。他把车子开进车库，然后牵着梅子的手走了进去。梅子感觉这地方很冷，虽然现在还是八月份。梅子望了望旁边，几乎没有别的人家。空旷的周围只有展越的这一栋房子，而房子的外形也是笔直的长方形。说句不好听的，远远望去，这房子犹如墓碑一样矗立在这里。

被展越牵着的手有些湿湿的，或许是紧张。年轻男女在晚饭后共处一室，或许会顺理成章地走到一起。梅子不是保守的女孩，但也绝对不是豪放女，虽然她从第一天认识展越就有准备，不过这天真的来了，她还是很紧张，毕竟这是她相处的第一个男友。

进去后才发现别墅内部真的很华丽，有好多梅子叫不上名字的古玩和名画。在一旁的餐厅摆了一张很长的餐桌，桌子上有牛排、龙虾、烤鹅、红酒等美味，旁边是一个正在燃烧的暖炉。

“来，梅子。”展越做了个邀请的动作，两人在餐桌前坐了下来。

食物很好吃，展越似乎很开心，胃口也很好。梅子一边心不在焉地吃着盘里的食物，一边瞟着展越，而且梅子似乎感到这么大的房子好像连一个用人都没有。

“你平时就一个人住这么大的房子？不害怕？”

“不，应该不能算一个人吧。”展越看了看梅子，“至少从今天起我不会一个人住了，有你陪着我。”

梅子的脸烧了起来，红得就像杯子里面的红葡萄酒，酒可以醉人，梅子白里透红的脸同样可以醉人。展越几乎看呆了，他起身走过去抱着梅子。

“我，我想先去洗个澡。”梅子被展越抱得很紧，喘着气说。展越犹豫了一下，然后指了指上面。“二楼左边第三间是浴室，里面有浴袍。”

梅子赶紧跑了上去，快上楼前还冲展越做了个鬼脸：“我马上来！”

展越看着梅子的背影，脸上没有任何表情，只是将自己杯子里的酒一饮而尽。

梅子跑上二楼，一间间地数过去，忽然她闻到一阵很刺鼻同时也很熟悉的味道从旁边的一个房间飘过来。梅子知道，这是展越送给她的那种增白油的味道。

梅子不知道被什么力量驱使，她没有去浴室，而是一步步地往那间房间走去。越多走一步，那种味道就越重。等到门口的时候，梅子已经忍不住要捏住鼻子了。因为这味道似乎不仅难闻，而且有些冲眼睛了。

梅子转动了把手。很好，门没锁。她看了看四周，估计展越以为她已经洗澡去了。反正只是看看，看他们家祖传的秘方是什么。好奇心人人都有，尤其是女人。

说到这里，梅子再次停顿了一下，深吸了一口气。我知道，我也很想了解那有神奇美白作用的油到底是什么东西。

房间不大，但充斥着那种味道，很臭，甚至有点熏眼睛。梅子想，好像很多香水之类的太浓的话都会臭的，或许这种也是。但这种味道很像那种肉类腐烂变质的气味。

梅子环视了一下房间。整个房间铺设着墨绿色的地板。房间里只有一只黑色的瓶子，瓶子似乎正在接着由一个大箱子里漏出来的东西。估计就是那种油了。梅子靠近了那个箱子。箱子有一人半长，横着放在屋子的墙角。梅子走了过去，对着盖子稍微用了一下劲。很好，盖子没有上锁或者钉死，但盖子很沉，也不知道是用什么做的。梅子费了很大劲才推开一条细缝，用自己的手机当做光源向里面照去，想看看里面是什么东西。

估计梅子一辈子都无法忘记看见了什么。手机淡蓝色的光正好照在一只眼睛上。对，没错，是一只眼睛，而且是一个女性的眼睛，一只睁开的眼睛，带着很强的怨气和不舍。梅子吓得连退几步，脚一软瘫在地上。电影里的女主角经常在发现恐怖的事时尖叫，梅子也这样认为。但她现在明白了，人到了真正恐怖的时候是不会尖叫的，而是说不出话，发不出声音。梅子马上站起来想转身离开，但她马上停住了。因为展越就站在门口，手里拿着一根绳子。

这个男人的脸上已经没有了平日的温柔善良，取而代之的是冷酷和漠然。

“为什么你要打开这间屋子？如果没有笑雪，如果不认识笑雪，我可能真的会爱上你。

手机淡蓝色的光正好照在一只眼睛上……一个女性的眼睛，带着很强的怨气和不舍。

我本打算让你没痛苦地死去，但你的好奇心激怒我了。既然你想知道，我就全部告诉你。”展越说着大步跨过来，一把把梅子用绳子绑起来，然后自己走到那个箱子面前跪下来，像是在自言自语，又像是在对梅子说。

“我和笑雪从小就认识了，她完全是个善良没有任何心计的女孩。我出身名门，她也曾经是。但我长大后，她家的家族生意就败落了。像我们这样的所谓富豪，钱来得快去得更快。很快，笑雪家就一无所有了，甚至还负债累累。她的父亲承受不了打击跳楼自杀了，母亲也疯了。她只好放弃名牌大学的学业来陪伴母亲。我想帮助她，但她从来不愿意接受我的帮助，她是个非常自立自强的女孩。本来我们决定大学毕业就结婚，但我的父亲不答应。他希望我去娶一位生意伙伴的女儿。万般无奈，我想叫笑雪一起走。但她放不下她的疯子母亲，或许那时候如果我们走了，就不会有以后的惨剧了。”展越的声音带着哭腔。梅子很害怕，她不知道眼前的这个人到底想做什么，但她猜到盒子里的那个人估计就是笑雪了。

“我最终还是和那个我不爱的人结了婚。直到笑雪的母亲死后，我们又在一起了。笑雪不求什么名分，只希望我能抽出些时间陪她。可是很快这事被我妻子和家里人知道了。她带人冲过去羞辱她，责骂她，殴打她。第二天，笑雪就服毒自尽了。我永远失去了她。但是，我看见了你，你长得和笑雪太像了。”展越猛地站起来，把盒盖用力推开。梅子终于看见了里面的人的全貌。那是一具高度腐烂的尸体，就算她生前多么美丽苗条，现在也只是一堆烂肉。这具尸体已经膨胀了起来，身体到处都流淌着尸油。只有眼睛仍同活人一样，死死地睁着。

“你看，你们是不是很像呢？不过，你比笑雪黑多了。”展越一边抚摩着沾满腐肉和蛆的脸庞，一边问。

梅子只能看着他，梅子想，他的确发疯了。

“我很早就注意你了。很幸运，我通过很多渠道知道在泰国的巫术中有一种换术。将死者的尸油和非常神秘的巫油互相混合，擦在另外一个人的脸上，这个人就会慢慢变得像死者。最后，死去的人就可以完全在那个人身上复活，和生前一模一样。所以……”

“所以你就找到了我，把那巫术用在我身上？你不觉得你很残忍吗？我和你无怨无仇，你干吗不用在你妻子身上？是她害死笑雪的。”梅子大声辩解道。

“这种术如果用在相似者之间会安全和快很多。不要怪我，怪只怪你和笑雪太像了。”展越走了过来。

“今天是最后一天，你要把这里的油喝下去，你就完全变成笑雪了。”展越把那只黑色的瓶子拿了过来。

梅子吓坏了，瓶子里装的可是尸油啊。她奋力挣扎，但绳子绑得很紧。展越的瓶子已经递到她嘴边了。梅子依稀看见黑色的瓶子里漂浮的蛆虫。

这时候，梅子看见盒子里笑雪的尸体站了起来。梅子以为自己看花了眼，但她的确看见了。展越看见梅子死死地看着他后面，也回头看了一下。

笑雪的确站了起来，不过走得很缓慢，说是走，其实用爬更合适，每爬一下，地上就留下一道尸油的痕迹，如同蜗牛一样。

“别，别过来，别过来！”出乎梅子的意料，展越似乎很害怕，害怕得连连往后退，瓶子也扔到一边。

展越一边高喊，一边去开门。但门刚打开，笑雪忽然如同青蛙一样猛地蹦了过去，扑在展越身上，和展越粘在一起。展越一边哀号一边在地上打滚，最后声音越来越小，然后躺在那里不动了。

梅子挪着身体过去一看，原来笑雪的尸体如同强酸一样把两人完全融合在了一起。展越的脸已经完全认不出来了，就像一堆碎肉。

梅子足足坐了几十分钟才恢复过来，然后自己解开了绳子，打电话给警察。

事情就这样结束了。梅子后来才知道，原来是笑雪希望展越离婚，而展越在争吵中把她掐死了。展越其实想用巫术让笑雪的灵魂束缚在梅子的体内，而无法报复他。

不过梅子虽然差点送命，倒真的让自己皮肤变白了。说完故事后，她也轻松地笑笑，说事情结束以后她也会慢慢忘记。

我半天回过神，不解地问：“那个梅子现在怎样了？”

朋友对我笑了笑：“其实世界上的事大部分都是听人诉说，在梅子和我告别的时候，我隐约看见了她手上有红色的斑点，虽然很小，但我不会看错。那是尸斑。”

“尸斑？”我惊叫道。

“不要叫，的确是尸斑，但我没有说破，其实当时的事情谁又能知道呢？我去查看了当时的新闻，没有记录。后来辗转通过我一个当地的警察朋友才知道，这个案子现场过于诡异，被列为疑案，而且的确搬出了两具尸体，一个男的，一具高度腐烂的女尸。不过梅子是否真的还是梅子，谁又能知道？其实只要她以后好好地活下去，以一个普通人的身份活下去就够了，我的工作只是记录这件事罢了。”

我若有所思地点了点头。时间又快到早上了，看来今天晚上的故事就到此结束了。我刚要躺下睡觉，忽然朋友的猫从外面跑了进来，浑身很脏。

“你的猫真好玩，我也想养一只，和玩具一样。”我指着猫说，猫很不友好地望着我，低吼了一声。

朋友严肃地说："猫是很有灵性的动物，如果你知道八尾猫的故事，恐怕你就不会说出这种话了。"

"八尾猫？"我兴奋地说，不过我知道朋友又要去睡觉了。

"是的，晚上再聊吧。"说完，他又闪身出去了。

第四夜
八尾猫

> 八尾猫慢慢地起身，伏在我面前，舔了一下我的手，很温暖。我看见它的眼睛有些湿，或许是眼泪吧。

“在古埃及的神话中，猫扮演着很重要的角色。据说在很久以前，猫统治着人类，它们狡诈、残忍而且非常聪明。它们把人类当成奴隶驱使。直到最后狗的出现，它们赶走了猫，并让猫从统治者变成了人类的宠物。于是狗被埃及人当成了生活中最重要的朋友，而且埃及人深信猫会带来死亡。”朋友喝着茶，缓缓道来。

“只有埃及的神话涉及猫吗？”我四下望了望，那可爱的小猫又出去鬼混了。

“当然不，我今天讲的就是一只东方猫的故事。”朋友笑着述说。

“据说当时佛祖说过，世间凡是有七窍者皆可修炼成仙。所谓七窍其实按今天的话说就是生物吧，猫自然也算在其中。而且据记载，修炼的猫每过二十年就能多长出一条尾巴，当尾巴长到第九条的时候，它就已经修到一定的境界了。

“但这第九条尾巴可不好长，当一只猫拥有八条尾巴的时候，它会得到一个提示，它必须去满足一个人的愿望，而每实现一个愿望，猫就必须消失掉一条尾巴。所以这几乎成了一个死循环。但我所说的猫非常虔诚地完成了这个循环。所以它虽然一直是八条尾巴，但已经不知道活了多少年，也不知道帮多少人达成过愿望了。它也曾经向佛祖抱怨过，这样下去如何才能修炼得道？佛祖却笑而不答。”朋友停了一下，神秘地说，“其实上面的话我只是听我的祖辈们谈起罢了。因为八尾猫不会随便帮助人，它只会帮它第一任主人的后代实现愿望。在我的家乡，八尾猫的传闻是很普遍的，大家都希望可以遇见它，因为如果它愿意帮助你的话，你就能实现任何愿望。”

我隐约记起他继承遗产前去过一次家乡，不禁问他："难道你见过它？所以你才能继承这样一笔遗产？"

"傻瓜，我父母早去世了，遗产是我到了父母规定的大学毕业时就能接受的。"朋友大笑，笑得我也有些窘迫。

"不过那次我回去，的确知道了些八尾猫的故事。"

（以下以朋友的口吻记述。）

我的家乡是个物产十分丰富的地方，当然老鼠也很多。为了解决鼠患，从很早以前家家户户都会养猫。很奇怪，我们当地没有一个人养狗，我们也从来不吃猫肉。猫的存在给了当地人很大的实惠。没有老鼠的侵扰，粮食丰收，也不会传播疾病。所以大家对猫都疼爱有加，而猫的传说自然也很多。

我所知道的第一个猫的传说就是我的叔祖父告诉我的。他去年已经过世了。他和我叙述这件事的时候依然健硕，老人虽然将近八十，但鹤发童颜，说话清楚利落，只是眼睛深深地凹陷，猛一看有些吓人，因为有严重的白内障，他又极不愿做手术，就只好这样。

（为了方便叙述，下面是以叔祖父的口气来说的。）

那年我和你阿公（我祖父）才十来岁。村子后面有座山。我们经常上山去玩，有时运气好可以打到一些小动物，要知道，农村的孩子很早就会自己养活自己了。当然，我们知道山上有狼，可我们一般不走远，只在山腰，而且你阿公很会辨别狼的领地，他知道哪些地方去不得，哪些地方可以去。

以前我们也听说过村子里有八尾猫的传说，据说它是几百年前村子里的一位少年饲养的，是一只体形非常大的猫，大到几乎和普通的狗一般，而且通体雪白，尾巴又粗又长。当时的人对这只猫都很敬畏，他们认为这只猫可能就是猫里面的猫妖。

在少年去世后，这只猫就不见了，然后陆续有人宣称看到过这只猫，而这个少年的后代无一不是飞黄腾达，最后成了村子里有名的望族。大家都认为这是猫妖的福赐。但少年的后代绝口不提。因为在禁忌中，如果把你和八尾猫的故事告诉旁人就会折寿。不过反正我也活够了，告诉你也无所谓（说到这里，叔祖父爽朗地笑着）。

那天天气本来是很好的，但六月份的天气在数分钟内都会变化，即便像我这样观察天气的好手也疏忽了。那次我没有叫你阿公同去，因为他已经要去省城上学堂了，不能像我这样野了。所以我独自一人想去山上摘点口菇或者打点野味，可没等我走到山腰，就下起了好大的雨。回想我这几十年，再没遇见过那样的暴雨。我只好找了个树叶比较茂密的地方躲了一下。天空灰暗得紧，空气也很压抑，我几乎忘记这是早上了。就在暴雨和闪电交加的时候，我隐约听见狼的叫声。照理这个时候，而且又在下暴雨，狼是绝不可能出来觅食的。但很快，第二声狼嚎证实了我的猜测。

还没等我走开，我已经看见四只狼把我包围起来了。我不是第一次见到狼，以前随父亲上山打过狼，但那时只是跟在大人后面玩玩。这次我可能真要沦为狼果腹的食物了。我开始发抖，也说不清楚是害怕，还是被雨浇的。

四只狼都是成年狼，在雨水中，它们的毛发都紧紧粘在一起，这让它们的身形彻底地展示了出来。我甚至可以数得清它们的肋骨有几根，看来它们是饿了很久了。我就这样和它们对峙着，我知道狼不会一下攻击你。它们会细心地、耐心地观察，寻找最好的机会保证一击必中。我自己也不知道什么时候会被攻击，或许下一秒我的喉咙可能就会被撕开了。

这时候，我看见狼忽然在退缩，口中还不时地发出低吼，我知道那是带着威胁和恐惧的吼叫。我四处望去，果然我看见了它。

它的身长超出我的想象，几乎可以算是一头小狮子了，但浑身雪白，雨似乎根本碰不到它漂亮的毛发。眼睛如同两颗黑色玛瑙，泛着不祥的光。最醒目的是它的尾巴，八根，就像皇帝出巡的仪仗一样散立在后面。

我突然想起，村里人都说，八尾猫通常会在不寻常的暴雨中出现，而且会寻找需要实现愿望的人。

狼很快被吓跑了。八尾猫信步走到我面前。在它面前我几乎忘记自己是一个人，一个本应该凌驾于众多生物的人。我觉得自己很渺小。但我又渴望拥有它，因为它实在太美了。（说到这里，叔祖父的眼神很柔和，望着前方，似乎沉浸在以前的记忆中。）

它轻摇了一下尾巴，又摇了摇头，伸了个极长的懒腰，然后望着我。

我知道它在等我提出要求。原来我们家就是那个少年的后裔，这让我又激动又兴奋。但它的突然到来又让我手足无措，我真的没想好我该让它帮我实现什么愿望。我小心地问它：“我可以摸摸你吗？”

它没有表情地眯着双眼。这个时候雨已经停了，太阳很快又出来了，它白色的毛发居然在阳光下成了半透明的状态。可能它答应了，所以我用颤抖的双手摸了摸它脖子附近的毛发。

人一生会摸过很多东西，那些手感好的有丝绸、缎子、瓷器，或者年轻女人的皮肤。但八尾猫的毛摸起来感觉和我所摸过的毛发不一样，不像普通的猫毛那样杂乱，也不像别人送给我们的狐狸皮毛那样柔软。不知道是一种什么感觉，但摸着很舒服。我的手仿佛被粘在那里了，我甚至想就这样枕着它的皮毛睡过去。

不过它很快就躲开了，或许它不喜欢太靠近人。我知道它还在等我的愿望，它的八根尾巴在不安分地晃来晃去。我实在不知道要实现什么愿望，只好对它说要不先跟我回家，等我想到了再告诉它。

八尾猫望着我，忽然全身闪耀了一下，几乎晃得我睁不开眼睛。然后我在地上看到了一只猫，一只和普通猫没什么两样的白猫，而且，只有一根尾巴。

我知道它是八尾，忙高兴地把它抱起来，兴奋地往家里走去了。

接下来的日子，我几乎每天都和八尾猫玩耍。村子里的大人不会干涉孩子和猫玩。反正那时候我又不愿意和你父亲一样去读书，家里又富足，也就让我由着性子瞎混呗。八尾猫起初很不愿意这样玩耍。每当我像逗其他猫一样把纸团、毛线球之类的扔给它时，它总是无动于衷地望着我，就像一个老人看幼稚的孩子一样。我终于意识到，这样逗它其实是对它的不尊敬。

它每天都对我叫唤，要不就摇着尾巴蹲在门口。我知道它不想待在这里。它想尽快满足我的愿望，少一根尾巴，然后重复那永无休止的修炼。望着它的背影，我觉得它很可怜。

那天我坐在它面前问它："是不是所有的愿望都能实现？"

它没做声，只是懒洋洋地望着我。

"那，我的愿望就是你能有九根尾巴。"我一字一顿地说。

八尾猫呆住了，黑色玛瑙般的眼睛充满了疑惑，随后是一种后来我知道名为感恩的眼神。或许它终于明白佛祖的意思，只有遇见一个肯让它圆满的人，它才能有九条尾巴。以前的人都自私地为自己考虑，他们认为八尾猫为他们实现任何愿望都是应该的，他们不会考虑八尾猫的感受，因为每一根尾巴都必须经历几十年的修炼。

八尾猫慢慢地起身，伏在我面前，舔了一下我的手，很温暖。我看见它的眼睛有些湿，或许是眼泪吧。

八尾不能再叫八尾了，我看见它长出了九条尾巴，是那样的华美壮丽，它的身体闪烁着白光，以至于后来同村的铁蛋一直赌咒说那天看见我家闪着白色的强光。

我目送着它离去，还是有些失落的。我知道，我这辈子不会再和它见面了。

不过似乎以后的日子冥冥之中都受到了它的庇护吧，我这一辈子没什么作为，反而过得快乐而安详。我的子女都很孝顺，我的身体非常健康，或许都是托它的福。还有，昨天我梦见它了，它说它就要来接我了。

上面就是叔祖父的叙述。当时的我听完只能将信将疑，我知道医学上有种病是臆想，多发在老人身上，他们身体很健康，但记忆混乱。他们往往把一些不相干的事串联在一起组合出自己所谓的记忆，我不知道是否叔祖父也有这种病。

很快，在我离开家乡前，他老人家就过世了。走得非常安详，就是白天睡在藤椅上走的。家里人也说了，这叫喜丧。

在葬礼上，我是我那辈最长的。所以第一天的灵是我来守，那晚发生的事证实了叔祖父的故事。

大概夜里两点后，大部分人都散去了，只有几个守灵的人还在，不过大都已经睡死过去。但我出奇的清醒。一想到前几天还和我谈笑风生的亲人一下就阴阳两隔，我多少有点悲伤。在寂静的夜晚，我听见了一声猫叫，并非像电影里的那样恐怖诡异，而是充满了温柔的叫声。

我也看见了，看见了八尾猫，不，应该称它为九尾了。如叔祖父描述的一样，第一次见它的人都会惊叹于它的美丽。白色如雪般的毛发配上漆黑如墨玉般的双眼，而且那飘浮的九条白色尾巴更加让它显得雍容华贵。

它向我径直走来，全然没有理会我的惊讶。我很想叫醒其他人，但嘴里什么也说不出来。

我就看着它走到叔祖父的灵柩前，像叔祖父当年和它分开时一样，舔了舔他的手，然后就如一阵烟一样消失了。

过了很久，我才能说出声来。但我没告诉其他人，我知道这无非招惹一顿嘲笑而已，而且在这样严肃的丧葬期间说这个在我们那里是很避讳的。结束叔祖父的葬礼后，我又回到了家，而且以后我也再没见过八尾猫。它的传说似乎也终止了。

“好神奇的猫啊！”我忍不住感叹道。

“的确，不过你相信吗？”朋友问我。

“当然，如果别人说我可能不会相信，但你说得再离奇我也是确信的。”我坚定地说。

“那就好，人生得一知己死而无憾，有你相信就够了。”朋友笑着拍拍我的肩膀，示意我早点休息。我知道今晚的故事结束了。当朋友出去后，房间又恢复了我一个人时的寂静。这时，朋友的那只猫又从外面回来了。我看着这只可爱的猫咪，心想，它会不会就是那只八尾呢？如果谁有缘看到八尾猫的话，记住一定要向它提让它有九条尾巴的愿望，因为徘徊在人世的它们是很孤单寂寞的。

第五夜
手术刀

“我拿起来对着光仔细一看，原来不是什么条纹，而是两行小字。‘医者施术救人，施仁救魂。’”

（以下是直接以朋友的口吻记述的。）

有很多人学医都是带着强迫性的。我的大学同学林就是。不过这也是没办法的事情，因为他家是医生世家。他家三代学医，爷爷、父亲都是医学界非常著名的人物。所以他自己说，当年高考志愿从第一到第八全是医学院。

不可否认遗传的作用，林似乎天生就是当医生的料。再难再厚的课本他都记得非常牢。按照同学的说法，他熟悉人体的每一根血管，却经常在回自己家的路上迷失方向。

他以优异的成绩毕业，并且拒绝了留校做保送研究生。在我们看来他有点怪异，居然拒绝这么好的保送机会。最近我在外地旅游的时候，突然接到他的电话，要我立即来一趟，说是有要紧的事。我们两人在毕业后又坐在一起聊天，自然我也问了问他为什么拒绝保送。

拒绝保送其实并不是林的主意，而是他家里的决定。他的爷爷并不赞成林去读研，他希望林现在就来到自己和林父亲所在的医院。或许老人家已经迫不及待了。林自己并没有反对，因为本身这条路也是爷爷帮自己选定的。

可惜的是，还没等林正式在医院上班，林的爷爷就突发脑溢血去世了。

爷爷的去世给家里带来一个不小的打击。他们家人丁并不昌盛。林是独子，父亲也是。在葬礼结束后，林的父亲给了林一只盒子。

“拿去，这是你爷爷生前经常交代的，一定要给你。”父亲把盒子郑重地交给林。这让林很吃惊，因为在林看来爷爷有时候是很严厉甚至有些专横的，他一直认为爷爷并不关心自己，只是为了所谓的世家的名望才强迫自己学医。

“这个是爷爷的珍藏，你要小心保管，要知道我都没资格继承呢。你爷爷经常对我说，你是学医的料，这个东西到你手上才能发挥更大的作用。”父亲缓缓地道来。林心中涌起了悲伤和对爷爷的怀念。

当林说到这里，我忍不住问林：“盒子里到底是什么？”

林说，爷爷当时的交代是：不到你对病人束手无策的时候，不要打开盒子。

林自然成长为一名优秀的医生，似乎行医的道路异常顺利，他常自我调侃或许是爷爷在天之灵的保佑。很快，他遇见了他穷尽气力也无法解决的病患。

“那个病人就是上个星期来的，当他来到我面前的时候，我看见一个肥硕的圆球。有人说人靠衣装佛靠金装，这个胖子虽然穿了一身的名牌，但我也能感到他的低俗和平庸，最重要的是，他一进来我就闻到一股子臭味。他身后还跟着一票人，哪里像看病，简直是黑社会谈判。虽然穿着得体，衣服名贵，还有众多的手下，但我知道他的病痛把他折磨得不轻，因为我看见他那如面团一般的胖脸上，就像被一个人揉了一下，五官都分不清楚了。”林在叙述的时候，经常带着一点点讲课的感觉。

“当时我很奇怪，因为在冬天，他居然在外套下只穿了件很薄的内衣，而且我看见他随从的手上还有很多套相似的衣服。

“当我询问他的病情时，他面露难色，最终他让所有人都出去，只留我们两人在房间里。

“我永远不会忘记他脱去外套和内衣给我看的东西。那是我从医那么久从未见过的恶疾。”林的声音有点抖动，喉结不自觉地上下翻动，虽然很轻微，但我还是看见了。

“他的背已经不能叫背了，你可以想象一下，你所见过的马蜂窝是什么样子。高度的溃烂和高密度的伤口使得他的肉芽怎么也长不好。他能活下来我已很吃惊了。我还闻到了非常刺鼻的脓臭味。但我是医生，我只好屏住呼吸，近距离地观察伤口。

“那的确是个非常奇特的伤口，如果你看了，会感觉像是有人用武侠小说中所说的大力金刚指按过一样。每个伤口都是规则的圆形，但都已经凹陷并且开始坏死。而且就在我观察他伤口的时候，我又看见了令我惊讶诧异的一幕。

“我亲眼看见就在他脖子右侧，靠近锁骨那块为数不多的还是完好肌肉的地方，居然慢慢出现了一个指印，先是普通的凹陷，然后越来越深，最后开始发黑。我知道血管已经开始坏死了，最后像是戳破了的水袋一样，伤口形成了。奇怪的是，虽然这一切在慢慢发生，但这个人似乎没有任何知觉。

“检查结束，我示意他穿好衣服，因为再多看两眼我真的受不了了。

“我问他到底什么时候开始这样的，他痛苦地回答说已经快一个月了，开始没在意，因为也没什么疼痛，但后来发现脱下来的衣服上全是脓血，身上也充满了腐臭味，才不得不去看医生了。我这才明白为什么他手下带那么多套衣服。”说到这里，林突然望着我，“你知道当时我有多惊讶吗，因为我并不是主治皮肤病的医生，更何况我出道没多久，为什么他如此严重的病会来找我医治？”

“当时我问过他，但他闭口不答。我也没办法，只好让他先回去，我再想办法。望着他步履蹒跚地离开，我突然想到了爷爷留下的遗物。那只盒子正静静地躺在我家床头，现在或许是时候打开了。”

这时候，林走到房间里面，然后拿出一只盒子。盒子通体是墨绿色的，大概一手掌长。当林从房间拿出来的时候，我就被盒子吸引了，因为它泛着神秘的绿光。

林在我面前慢慢地打开盒子，开盒的瞬间我怀疑自己的眼睛，因为我好像看到什么半透明的物体从盒子里离开似的。

我和林终于看见盒子里的东西了，略有点失望，盒子里只是一把普通的手术刀，不过也有点不普通，因为刀柄是金色的，而刀刃——居然没有刀刃！

林小心翼翼地拿起手术刀，奇怪为什么没有刀刃只有刀柄，没想到他突然“啊”的一声。这时我们才发现，并不是没有刀刃，而是刀刃极薄，薄到通体透明如空气的地步。而刚才林不小心，被锋利的刀刃割伤了，血很快就流到刀面上，这时刀的原形才能看清楚。原来刀刃部分比刀柄要长上很多，这样它也比一般手术刀要长上一寸左右。在林在包扎伤口时，我突然发现透明的刀刃上被血浸渍后居然好像有一些条纹。我拿起来对着光仔细一看，原来不是什么条纹，而是两行小字。

“医者施术救人，施仁救魂。”只有这十个字。

“这就是你爷爷留给你在对病情没有办法时候用的遗物？”我问道，“或许你父亲可以知道其中的奥秘。”

“没用，父亲估计和我们一样，之前从未听人提起。爷爷生前是非常著名的外科专家。据说与其他专家不同，他最擅长为人诊治一些非常奇异的病，由于这些人大都不希望曝光自己的病情，所以爷爷虽然著名，但没凭借那些病例成为世人皆知的神医。”看来林的爷爷的确很低调。

但是这把刀到底能帮助什么呢？最起码面前的这个背部病患该怎么医治？我问林，林也默不做声。

我最后建议刀先放在这里，那个病人的病症非常奇怪，而且他为什么只找林来看呢？林点了点头，说我看的怪事多，想叫我和他一起调查一下那个病人。我笑道：“好事就没见你来找我。”

很快，我们知道了胖子的身份，果然不是一般人。他是当地的一个工程建设老板。旗下的建筑队很多，由他承建的工程也很多。但胖子似乎不是什么正经商人，拖欠工资，克扣材料，不过倒也没什么大错。据他本人讲，他的饮食作息规律很正常，更没有接触过什么毒物或者有背部外伤的历史。这可把我们两人难住了。虽然我知道胖子的症状有点像苗家人的虫蛊，但也不全像，因为像这样强的蛊，下蛊的人都很难活下来，按照他的病情，他活不了多久。而且现在这个年代，要找到那个会下蛊的人恐怕太难了。

“这样，你去吓吓那个胖子，让他告诉你到底他为什么要选择你来治他的病，或许从这里能找到点原因。”

果然，胖子听我们说他活不了几天了，惊恐得像一条看见杀虫剂的肥硕的虫子，啊啊地哭，边哭边说，他知道林的爷爷有把手术刀，持刀者可以医治任何顽疾。

林和我都很奇怪，看来是爷爷以前治过的病人告诉胖子的。但胖子说，没人看过林的爷爷如何使用那把手术刀。

我和林只好再次回到他家中，把那把奇异的手术刀拿出来观摩。我突然用刀在手上划了一刀，果然很疼，但似乎很快就没有感觉。我又看着伤口，伤口像装了拉链一样迅速愈合。要不是旁边的血迹，根本没看出一点伤痕。

林奇怪地看着我：“你疯了？”

“你上次被割伤的手是不是也很快就好了？”我问林。

林立即想到了：“难道这把刀可以迅速恢复伤口？”

“对，也就是第一句‘施术救人’的意思吧。”

“那第二句‘施仁救魂’什么意思呢？”林问道。

“别管那么多了，先救胖子再说。”

我们立即让胖子来医院，为他实施手术。虽然有这把神奇的手术刀，但林打算只和我来做这个手术。其实说是手术，只不过想在胖子身上实验一下而已。

但胖子的情况已经不容许我们实验了。他的伤口已经烂透了，我们甚至可以透过伤口的烂洞看见他那厚厚的脂肪层和骨头。

林立即向医院申请手术，但医院不同意，说胖子的病手术死亡率很高，让胖子自己转院。但胖子说自己已经看过很多医生，结果越看越严重，如果林不给他做手术，他将控告医院和林的不作为，到时候医院和林都要上法庭。

院方勉强答应了，林指名让我进去，并且不要任何其他助手。他不希望爷爷的手术刀被别人知道。

麻醉胖子不是容易的事，我心想是否要给他双倍的分量。林用爷爷给的手术刀对着一个正在生成的伤口做圆形切割，果然，伤口开始迅速愈合，并把脓血挤了出来。

果然是把神奇的手术刀，林和我受到极大的鼓舞。伤口很多，我们小心翼翼地一个个切除，手术刀所到之处，肌肉和皮肤愈合得非常快。最后，只剩下背部最大的一个伤口，这个伤口已经深入到脊椎骨上了。我还是无法明白，为什么胖子没有一点疼痛感。

正当刀刚刚接触到那个伤口时，不可思议的事出现了。胖子居然自己起来了。那种分量的麻醉剂绝不可能在这么短时间消失的。我们惊恐地看着胖子慢慢坐起来，他缓缓地走下手术台，身上的罩布也掉下来，整个人赤裸地站在那里，我突然想起了屠宰场里吊着的一头头猪的尸体。

“你们阻止不了我！”胖子忽然发出非常尖细刺耳的女人声音，更奇怪的是，我并没有看到胖子的嘴动过。

“这个畜生一定要死！”胖子又“说话”了。

林浑身都在颤抖，这已经超出他医生的处理能力范围了。

“你是谁？”我正色问道。

“我说了，他一定要死，我不能让你们破坏我的计划！”声音越来越高，恐怕再喊下去会把人喊来。

“好，我们不救他，但你也别再叫了，如果你要他死，你就要给我们讲一下原因。”我极力安抚这个不知道该叫什么的东西。

胖子依旧如死尸一样站在那里。我注意到，他心脏部位居然鼓了起来。

“我说了，他只能死！”那种东西看来的确对胖子怨气很大，也不肯说什么。

我一边安抚它，一边示意林出去喊人，现在必须先制伏胖子。因为我看见他像梦游一样拿起了旁边的一把手术刀，慢慢往脖子上抹，要是等林来估计胖子就真完了。

我不知道从哪里想到的，忽然高喊一句：“你丈夫也不希望你这样做！”我完全是蒙的，或者说赌的比较好。

果然，那东西没再继续动作，胖子也停了下来。正好这个时候林带着一些人冲了进来，马上制伏了胖子。

这时候，胖子又继续麻晕过去了。我和林被弄出一身冷汗。

“背上最后的伤口不要动，我想先让他去做一下心脏部位的CT。”我对林说。

“做CT？还是心脏部位？为什么啊？”林疑惑地问。

“别管了，照做就是。而且别让太多人看到片子。”

几十分钟后，我和林都在看胖子心脏的CT。

我们已经说不出话了。因为胖子心脏的CT清晰地显示出一张人脸，也就是胖子的心脏居然已经演变出一张人脸来。

“这算什么啊。”林苦笑道。

“恐怕真正的病源是心脏，还需要做一次手术。”我对林说。

这次的手术林无法独立做了，他把事情的原委告知了院方。院长很重视。几位心脏手术的专家一起做这个手术，当然我和林也会一起去。

当胖子的心脏真实地展露在我们面前时，我们面面相觑。他的心脏已经极度肥大，而且那的确是一张人脸，确切地说是一张闭着眼睛的女人的脸。

人脸的部位正好是心脏多出来的部分。现在必须让林用手术刀切掉那一块了。

当林的手术刀刚接触到人脸，人脸突然睁开眼睛，用嘴——姑且称之为嘴吧，忽然咬住了刀，并且发出上次一样刺耳的尖笑。其他医生都吓瘫了，旁边的一位护士直接晕了过去。

“放手吧，这样下去有什么意思？”我对着那脸说。

那张脸的眼睛充满仇恨地望着我，忽然吐出了刀子，厉声说：“你又知道什么？你们不过是看他钱多。看病都是富人的专利，我的娃有病看见过你们来治过吗？你们只会去为这些畜生看病，你们干脆叫兽医算了！”听见说话，那几位专家像发疯一样跑出去，边跑边喊：“鬼啊！”

我不得不承认，她的话有几分正确。

“你能不能把所有一切都说出来？”林诚恳地说。

人脸似乎有点触动，声音也柔和了。“我不想说那么多，你们去找一个叫阿贡的工人问吧，所有的事他都知道。我奉劝你们，像这样的畜生你们少救点吧。我知道我没办法抵抗那把刀。”说着，她看了看林的手术刀，然后就没声了。

林又试探性地碰了碰，果然没有反应了。林马上把人脸割了下来。割下来的瞬间，人脸就化为了血水，只留下一根针。

事情被掩盖了下来，反正这是医院最拿手的事情。那几位被吓走的专家也认为当时应该是幻觉而已，而我等林提交了报告处理完所有事情后，就去找那个叫阿贡的工人。

我们最后在一个工棚找到了阿贡。他整个人就像还没烧干净的柴火，又黑又瘦。长期的营养不良和劳累使他看上去非常虚弱和疲惫。我不禁想到，以他这种生活状态，根本无法抵抗一些病的入侵，一旦生病，他们就会被优胜劣汰的自然法则清洗掉，因为他们根本没钱治。

阿贡听完我们的陈述，第一句就是：“胖子死了吗？”把我们呛了一下。林尴尬地说胖子已经没事了，而且恢复得很好，阿贡对着我们冷笑了一下，最后慢慢地说出事情的原委。

我们在心脏上看到的那张人脸属于一个叫小凤的女子，她和丈夫是阿贡的同乡，三人一起来城市打工。阿贡和小凤的丈夫就在胖子的工地打工，小凤则做些散工。本来日子虽然艰苦，但还过得下去。直到小凤的孩子得了重病急需医药费，而胖子又拖欠工资，小凤的丈夫和工人去要工资，却被胖子的手下毒打一顿轰出门去。万般无奈，小凤的丈夫以浑身浇上汽油来威胁胖子，谁知道胖子根本没放在眼里，而小凤的丈夫不小心靠近了工地的明火，结果在胖子面前被活活烧死了。接着，小凤的孩子也因为没有医药费，死在医院的过道中。小凤终于疯了，然后消失了，生死也不知道。阿贡说完，鄙夷地看着我们，说了句“你们可以滚了”，然后拍拍屁股又去干活了。

我和林无语良久。林对我说，手术刀上的后一句，“施仁救魂”到底是什么意思？我没回答他，因为我也不知道。

我听完后，对朋友说：“或许林的爷爷的意思是救魂救的其实是医生自己的。”

朋友恍然大悟，高兴地拍着我的肩膀，“是啊，我怎么没想到，医者仁心，这样才是个有魂的医生。”

“那个小凤到底怎样了？”见朋友说完，我暗暗为那个可怜的女子惋惜。

“不知道，我至今仍未明白她到底对胖子施了什么术，不过林爷爷的那把手术刀的确神奇，而且来历神秘。林已经从医院出来了，他的父亲很支持他，他现在成了一名医者，经常赠医施药。”

“施仁救魂。”我说道。

“对。”朋友赞许地说。

第六夜
返魂香

“我用颤抖的双手打开了盒子，但我忘记了，我身边就有死尸。”

今天是第六夜。现在已经是入夏了，天气渐渐炎热，不过这更适合聊天听故事。今天朋友将说什么呢？我早早就泡好了两杯茶。

等了许久不见他来，刚要去找他，发现他从门外进来，两人差点撞个满怀。

“急什么？”朋友责怪道，“我去拿东西了。这玩意儿宝贝得很，要被你撞坏了，你的罪过就大了。”

“什么东西啊，这么金贵。”我好奇地去望他的手，只看见一个个黑色的大小如鸡蛋、光滑同玛瑙般的物体，甚是好看。我忍不住拿手去摸，他却灵活地闪开了。

“先听我讲这东西的来历，听完后你就不会急着摸了。”他神秘地笑道。

“好，你说。”我高兴地坐了下来，边喝茶边听。

（以下以朋友的口吻记述。）

去年圣诞节，我独自一人在上海休息。忽然接到一封信，要注意，不是电子邮件。费解的是，这封信的寄信者让我瞬间打了个寒战。

因为，这个署名谢依达的人分明是我数年前已经死去的朋友。

说到谢依达，我不得不向你解释一下，他是一位“靠”古学家。注意，我说的是靠山的靠，不是考试的考，因为他专门靠贩卖文物过活。

说是朋友，其实倒也不算，只和他有过数面之缘。因为我对这类人向来很鄙视，但有时候他总能搞到让我好奇的东西，所以不得已还是见了几次，而最后一次我亲眼看见了他的尸体。

他的死可以说是意外，或者也可以说是神灵的惩罚，因为他经常卖的东西是佛器。

他是在挖一个佛头的时候不小心摔死的。那次不仅有我在场，另外还有他的三个朋友。我们草草地处置了他的尸首，把它交给了他的妻子。但很奇怪，这位未亡人看上去一点都不悲伤，她非常坚毅地表示一定会救活丈夫，当时我们都以为她不过是伤心过度而已。

（“那封信呢？到底说什么啊？”）

你干吗着急。那封信的确是谢依达写的，他的笔迹我不会认错。我向来有记忆人特征的本事，即便只见过一次面，只要我想记得他，我就会发现他与众不同的地方。谢依达的字就是如此。因为这年头恐怕很难找到肯写信，而且用毛笔写的人了。

信的大意是说他遇见了神奇的事，请我们别害怕，其余几人他也发了信了，希望我们去一下他家——甘肃的一个小城聚聚。

我已不记得那几人的联系方式，不过我对这封信很感兴趣。于是我收拾了一下行装来到了那个小城市，并按照信的地址来到了谢依达的家。

让我没料到的是，这小子居然住着非常华丽的别墅呢，虽然是在郊外，但这样的别墅估计也造价不菲。

很快一个用人模样的人接待了我，并让我在会客厅等。客厅的陈设更令我惊叹，里面摆放了各个时代最优秀的艺术品。吴道子的《送子天王图》、张择端的《清明上河图》，还有柳公权的《玄秘塔》等众多碑帖，明清两朝的官窑瓷器。这些赝品的仿真度很高，估计也要不少钱。

“我就知道你会来。”正当我欣赏着这些艺术品的时候，我听到了一个似曾相识的声音。

我虽然有心理准备，但冷不丁地看见一个几年前在我面前死去的人，现在意气风发地向我打着招呼走来，还是震了一下。

现在的谢依达已经不是我以前认识的文物贩子了。他全身西装革履，戴着金丝无框眼镜，向后统一梳的大背头在不亮的房间里都可以充当灯泡了，唯有那硕大的酒糟鼻一如既往。

“我就知道你会来。”谢依达似乎很兴奋，重复了一遍。我皱着眉头：“别重复，我还听得清。”

“呵呵，不好意思，我实在很激动，你想想一个死去的人又能看见老朋友，你说我抑制得住吗？”他走近了些。我也看到了他头的左边深深向下凹陷，那应该是当年摔伤的地方。

我把手迎了上去和他握了握。没什么特别的感觉，和普通人一样。如果非要说有的话，我感觉他的手掌比普通人的要更硬一点。

“说吧，到底有什么事。我很忙，不想老瞻仰你。”我半开玩笑地说。

谢依达的脸色有点不自然，嘴角抽动了一下，但马上恢复了常态。“果然还是老脾气，既然你直接，我也不藏了。我们上楼谈。”说完便领着我去了他的书房。

如果大厅的艺术品是摆设的赝品，那书房简直就是个博物馆了。大部分我都叫不出名字，但我可以感觉到它们独有的灵魂。好的古物是有魂的。

“你一定很诧异吧，不过你算不错的了，那几个蠢材要不吓得不敢来，要不就无知得不相信。你是唯一来了的，我很高兴没看错人。”谢依达一脸自信地坐在沙发上看着我。说老实话，我很讨厌他这种自信。

“其实我能活过来多亏我老婆。”谢依达慢慢叙述着，语气有点苍凉。

“当然，如果没有那件传说中的古物，我也活不过来。”我望着他，总感觉他的身体中有种未知的力量支撑着。

“当年你们把我的尸体交给我妻子后，她并没有埋葬，而是用我仅有的积蓄把我急冻起来，只身去寻找能使我死而复生的奇宝。”

“奇宝？”我疑惑地问，然后脑子里如同高速运转的计算机，在几千年的传说中能使人复活的只有那种东西了。

“返魂香！”我和他几乎同时说出。

“不可能。”我马上又否定，“那种东西只是传说而已。再说，历史上记载的返魂香没有那么大的作用，充其量也只是去腐生肌，用来治疗重症的药物而已。‘返魂香，斯灵物也，香气闻数百里，死尸在地，闻气乃活’，是古人夸张罢了。”

“哼！我原以为博学广闻的你会相信，原来你也和那些庸才一样无知。”谢依达冷笑了一下，“如果那是传说，那我又是如何活过来的？”

“嘁，天晓得！说不定你当时根本没死，不过是暂时性的昏厥，脑部受到重创很容易导致假死，这在医学史上又不是什么稀罕事。”

谢依达望着我，眼神冰冷，我只在死尸上看过那种眼神。“我请你来是要你帮我，不是听您讲医学的！既然你不相信，我只有拿出证据来，省得你再啰唆，不过你最好要有心理准备。”说完，他就站了起来，走到房间角落的书柜旁，不知打开了什么机关，居然出现了一个密室。

“来吧，不过你既然进去了就不要后悔。”说完他自顾自地走了进去。

黑暗代表着未知，我有点害怕，但好奇占了上风。虽然后来我侥幸得以活命，不过我并不后悔，因为我毕竟得到了只有在传说中才出现的宝物。

那是条非常长的通道，几乎走了足有两百多米，通道里面点着很残旧的壁灯，因为我知道那种锈迹没有些时日是形不成的。通道很干燥，这倒很令我惊讶，因为这个地方属于雨季非常长的区域，如此的深度还能保持干燥非常不易。

走过通道后，我们来到一个非常开阔呈扇形的房间。房间的四周都是石壁，刻着很多图画，很遗憾我对考古不是很精通，只知道起码那应该是唐以前的，因为人物的服饰与画法都和唐飘逸丰满的画风差异很大。

谢依达走到房间的正中，点亮了一盏七宝灯。接着开始脱衣服。我疑惑地问他干什么，他却一言不发，一下就脱了个精光，然后转了过来。

当我看到他的身体时，我才知道他刚才所说的证据是什么。因为他的上身从胸部以下就只剩下脊椎骨了，上面还挂着几丝像破布一样的残肉，左脚也在严重地腐烂。这可绝对不是假死后活过来的人可以展示的。

“够了，穿起衣服吧，我看得想吐。”我转过脸，对他摆了摆手。等我再转过来后，谢依达已经穿好衣服跟没事人一样。他似笑非笑地望着我，仿佛在嘲笑我。

“你到底要我干什么？”

“很简单，我需要一个助手再去一次阴穴！”谢依达坚定地说。

“据史料记载，返魂香第一次出现在汉武帝的时代，西域月氏国贡返魂香三枚。大如燕卵，黑如桑椹，燃此香，病者闻之即起，死未三日者，薰之即活。难道你妻子在三天之内就找到了？”

“我不是说过了吗，急冻可以延长尸体的保存时间。你说的没错，月氏国的确是返魂香的产地，但到了这个年代已经绝迹很多年了。”谢依达不耐烦地说。

我思考了一下月氏国的地理，按照今天的地图，它应该在甘肃省兰州以西直到敦煌的河西走廊一带，这个国家在战国时代开始兴起，强盛于秦末汉初，后被匈奴驱逐，开始走向衰败，最后在公元五世纪被羌人渐渐吞并。如果返魂香产于月氏，那么现在这个地方不正好是它以前的所在吗？我回望这个地方，果然很有几分外族的文化气息，但月氏怎么会建如此汉化的古墓呢？而且要说这是古墓，难道谢依达仅凭一人之力可以开启得了？我带着疑惑望着他。他自然明白，开始向我解释这一切。

“你现在能猜测这里是什么地方了吧？我可以告诉你，这里就是张骞墓。”

“胡扯，张骞墓在汉中，别蒙我了。”我愤怒地指正他，虽然我不是很了解历史，但也不要把我当傻子糊弄。

“就知道你不相信，这个墓其实是月氏国的族人为张骞修的。的确，这里没有他的尸体，但在这个墓室有比张骞尸体更有价值的东西。”

“你是说，返魂香？”我问道。

“没错，月氏人将非常贵重的宝物当做纪念为张骞修这个墓室，即使在史书记载中，这个墓室也根本微不足道，但在像我这样的古物爱好者眼里，它可是穷尽一生追逐的目标。”

“你刚才说的阴穴是什么？”

“返魂香非常珍贵，月氏人在修建古墓时就把它藏在了古墓中心。作为可以使死者复生的宝物会吸引什么东西来抢夺，我也不必多说。你知道台风吧，台风的中心风眼是最平静的，返魂香就是这个风眼，不过称为阴穴更合适，在它周围都是那些东西，它们想借着宝物的力量重新回到人世。”这番话让我很是惊讶，难道返魂香的出现会造成死者重回人世的局面？

“返魂香曾经流传到日本，结果在日本爆发了一场常世与现世之间人和鬼魂的惨烈战争，以至于当时的京都成了一座鬼城。可见它的力量之强大。”

“它不是只能使死去三天以内的人复活吗？”我疑惑道。

“那不是真正的返魂香，张骞带回去的没有妥善保管加上烈日曝晒，最重要的是返魂香与其他香料混放。即便是不纯的返魂香，仍然有治疗重病的疗效。这也是史料记载的原因。”他继续叙述着，我也很感兴趣。的确，日本历史上著名的阴阳师安倍晴明所处的平安时代的确是那样一个人鬼妖共存的混乱时期。

“那我们现在就出发吧，我看你的身体似乎有点问题。”我指了指他的身体。他苦笑道：“的确，当年复活我的返魂香也是不纯的，虽然我的妻子以自己的生命作为代价来复活我，但仍然使我落得这样人不人鬼不鬼的境地，所以我必须找到真正的纯净无瑕的返魂香。”谢依达望着我，我知道处在生死边缘的人是多么痛苦。

我答应了，因为我也是凡人啊，谁不想一睹传说中的宝物呢。虽然这趟旅途可能会比较危险。

“为什么不多找几个人呢？”我问。

“不在乎人多，一百个废物也不如一个有用的助手。”他边说边看了看我，然后走到了正前方的墙壁边。墙壁上有一个类似拼图的东西，只见他移动了其中的几块，地面忽然缓缓打开，露出一个类似井口一样的圆洞。这个洞并不很大，直径差不多有两米左右。洞口看上去很恐怖阴森，站在旁边都能感觉到脊背发凉。

“现在后悔还来得及。”谢依达看我迟疑，激我。

“别用激将法，我决定了就不会更改，我不想去你杀了我也没用。不过我想问，我们怎么上来？”我看了看洞，深不可测。

“这里有台电转轮，时间一到，自己会拉我们上来。我们的时间不多，只有这个时候才是相对安全的，如果过了这个点，我就要再等十年，恐怕我是等不了的。”谢低头收拾着行囊，我没注意他已经换了套衣服，而且居然在旁边拖出来一台机器，机器有着巨大的转轮，上面绑着类似攀岩保护的绳索。

他把一套衣服和一个工具包给我：“换上，行动方便点。”

数分钟后，我们准备停当。谢依达看了看表，然后做了一个跳的动作，我们便一齐跳了下去。

洞并不深，但也有十几米，我们利用绳子慢慢地滑下去。由于洞壁非常光滑，使得我们很不顺利，半小时后才好不容易踩到地面。

我们点亮了随身携带的手电，是那种可以咬在嘴巴上的。谢告诉我，两小时之内他可以控制转轮拉我们上去，两小时之后转轮也会自动拉我们。不过这种地方还是少待为妙。

原来整个墓室设计成一个沙漏形。手电的光源不强，但也能照几米，下盘全部由数十块完整的正方形石壁构成。每一面石壁上都记载着奇怪的文字，也有图画，文字我看不明白，但图画大致还是能看懂的。第一面似乎是一位僧人坐化，但从衣饰上看不像是中国人。第二面则是一只狐狸望着前面那位僧人，僧人则躺在了一堆木柴上，旁边似乎有他的弟子之类的举着火把，看来是要把他火化。而第三面则是一位女子陪伴着一位君王的画面，但那女子的眼睛盯着君王旁边的箱子。

我忍不住问谢，这些壁画和文字到底说的是什么。

“这些壁画完整地讲述了返魂香的来历。”他看都没看，一边在地上寻找什么，一边回答我。

“哦？说说看，那第一幅是什么意思？”我问道。

“那是一位高僧在坐化，然后当时的著名妖怪九尾狐为了得到高僧的舍利，幻化成人形嫁给了当时的印度君王，也就是那位高僧的儿子宾头沙罗。”

“儿子？和尚有儿子？”我听得费解了。

“宾头沙罗的确是那位高僧的儿子，第一幅画中的僧人叫旃陀罗笈多，他是孔雀王朝的建立者，同时也是个虔诚的耆那教信徒。耆那教是筏陀摩那在公元前六世纪所创立的宗教，同印度教和佛教一样，相信灵魂解脱，业报轮回，主张非暴力、不杀生、行善积德。他死后被火化，留下了三颗类似于宝石的东西。九尾狐希望得到这三颗东西，而这些东西都交给了旃陀罗笈多的儿子保管。九尾狐没想到，旃陀罗笈多的儿子也十分厉害，识破了它的身份，并把它赶出了印度。”

“旃陀罗笈多的儿子？我听得混乱了。”

“你一定很熟悉的，他就是阿育王。”原来如此。

“你是怎么知道这些的？”我好奇地问，我可没想到他能看懂梵文。

谢依达默然很久，忽然说道：“我妻子是印度人。”然后就什么都不说了。我只好继续看壁画，果然后面描绘了九尾狐被一个英武的年轻人提着剑赶出了皇宫的场景。不过似乎后来它又来到了另外一个国家，而后面的画再熟悉不过了，因为上面的人物很明显就是中国春秋战国时代的人物啊。

其中的一幅也是一位君王手拿一块圆形的东西在与一位妃子把玩，而那位妃子正是前面出现的九尾狐，那块东西则很像传说中描述的和氏璧。

“还是跟我解释一下吧，我又看不明白了。”我只好再次央求他。

“印度的一位高僧把那三块类似舍利的宝物中的一块带到了中国，并且央求当地有名的玉石工匠将其和一块名玉镶嵌在一起，那块玉就是和氏璧。所以传说和氏璧有神奇的力量，更有人说得璧者得天下。九尾狐自然又打它的主意。不过战乱纷争，九尾狐后来与玉都失踪了。后来另两块舍利一块留在了印度，另外一块在辗转中落到了月氏族人手中。再后来你也知道了，张骞把它们带回了中土，印度的一块在玄奘法师与印度的佛法交流的时候也带到了大唐长安供奉，另一块在后来唐玄宗的时候也就是753年随着中日佛法交流被鉴真和尚带去了日本。带去日本的那块引起了日本的动荡，成了众多妖魔争抢的宝物。公元794年，恒武天皇建京不到十年，被错杀的皇太子早良亲王怨灵不散，天皇被迫移都至平安，设了幕府将军坂上田村麻吕像震慑皇太子的鬼魂，从此拉开垂天下以治四百余年的平安时代的序幕。而追踪而至的九尾狐没想到会被一群凡人打败，并被永远封在了杀生石里面。那块舍利最后也失踪了。”

“它倒挺可怜的。”我不禁惋惜道，“但这和返魂香有什么关系？”

“我们找的是玄奘从印度带回来的最后一块。这块后来被张骞的后人拿到后归还给了月氏族人，并且希望可以归还给它的故乡印度，不过没有成功。一位印度僧人在这里画下了这些壁画，以证实它的来历。而这块东西最后还是放在了由他们修建的张骞墓中。”谢依达没有回答我的问题。

“我明白了。那最后的舍利子就是返魂香？”我恍然大悟，谢依达对我点了点头。

原来扰乱天下一千多年的宝物就是这个啊。“别多想了，我们时间不够，赶快找吧。那位印度僧人画了这些壁画，同时设计了这里的机关。月氏族人也不会轻易让人拿走返魂香。”

我点头称是，也和他一起寻找。果然，半小时后我们找到了最后一幅壁画，也就是一位印度僧人修建墓室的那幅。看上去好像可以推动一样，可无论我们从哪个方向用力都没有反应。最后，谢让我和他站在相反的方向使劲。我笑道：“这样哪能推开，力量不互相抵消了吗？”没想到，这幅画原来是由两面空心石墙互相套在一起的。果然，推开后出现了两扇仅可以由一人进出的小门。

时间不多，我们只好分开走。谁先找到返魂香就扯动互相绑在脚上的绳子，一来不容易迷路，二来也好尽快通知，而且我们还带了对讲机。

谢依达走左边，我走右边。如果让我再选一次，我绝不选右边。（朋友笑着对我说，我心想，以他那种什么都不怕的性格，必定是遇到了极其凶险的事了。）

通道很狭窄，我若胖点还真走不过去。大概走了二十米，右边出现了一道不长的台阶，每一级台阶都凹凸不平，踩上去的感觉很怪异，不过光线不足，我也就没有多去留意。当走下台阶的时候，我感到了前方有着不寻常的亮光。果然，在台阶下去的房间尽头，一位类似于木乃伊的僧人打扮的骸骨坐在那里，他身上有一只黑色的盒子。我猜想这应该是了，马上呼叫谢依达，但声音很嘈杂，可能信号不好。我只好拉动了一下绳子，并且自己去拿盒子。

我不是傻瓜，当然先用东西试探性地动了动，很好，没有机关。盒子很沉，应该是金属制的。很奇怪盒子外面看不到有锁一类的东西。这时候，好奇心害我不浅。谁不想看看那能令人起死回身的宝贝呢？我用颤抖的双手打开了盒子，但我忘记了，我身边就有死尸。

盒子刚打开，我就闻到了慑人的香气，是那种让人精神一振的味道，而且感觉会上瘾一样。我一看，盒子里面是一块如鸡蛋大小的光滑的物体被四条龙嘴牢牢镶嵌。盒子里面还刻有好像梵文一样的文字。看来就是它了，我高兴地把盒子关上放到背囊里面，全然没留意后面有东西正在慢慢地朝我爬过来。

这时候对讲机响了，我暗骂，这玩意儿不需要的时候反而灵光。马上接通，谢依达在里面着急地喊叫：“你是不是拿到了？拿到后千万不要打开，赶快出来。”

“为什么不要打开？”我刚说完，忽然感觉后面一阵凉风。我下意识地回头一看，居然看到身后站着数个形如僵尸手持古代兵刃的战士，它们大部分都已成了骷髅，看来刚爬起来不久，因为我看见它们的脸上还直往下掉粉末。我暗叫苦也，难道是刚才打开盒子使它们苏醒了？难怪没什么机关，原来它们就是最大的机关。我回头望了望那坐化的僧人，奇怪的是他没有苏醒过来。也好，少一个醒过来就少对付一个。不过面对这群非人的怪物，我可没什么办法。房间里空间有限，它们正拿着兵器向我一步步地逼近，我只好一步步地往后退，边退边对着对讲机大喊：“没时间废话了，快来救我！”

刚说完，我就听见谢依达在另一边骂娘了。

这时我发现我刚才下来的楼梯居然不见了，又看见其中一位士兵的肩膀上赫然有我的耐克运动鞋的鞋印，原来它们一直都躺在那里，我说怎么台阶踩上去怪怪的。不过现在没时间思考了，一柄长枪划破寒风已经刺向我了。我心里叫道，这下完了。忽然听见乒的一声枪响，长枪落地了。那些怪物猛地回头，其中一个的骷髅脑袋马上随着第二声枪响被轰得粉碎，掉在我手上。我赶紧扔掉，那手感真的很恶心。

“你来得真及时，开始我看着他们还以为是你亲戚。”我趁那帮怪物注意力转向高台处的谢依达的时候，撞开一条路，被谢依达伸手拉了上去。他一拉我上来就赶紧叫快跑。

“怕什么，骷髅难道还能跳上来？”我拍了拍土，回头一看，它们的确不能跳，不过它们一个一个踩着对方上来了。看来它们远比我想象的要聪明得多。

人在危难中表现出来的运动能力果然非同凡响。我和谢依达飞快地跑出过道，并且在那些怪物出来的一瞬间把石门再次拉上，任凭它们在后面再怎么击打也不管用，毕竟它们不是练了乾坤大挪移的张无忌。

我和谢依达累得一下子坐在地上。我指了指门：“那些到底是什么东西？”

“估计是当时造墓留下来的卫兵，只要有人打开箱子它们就会苏醒。都叫你别开了，要不是你拿到箱子，真不想救你。”谢依达责备我道。我自知理亏，只好笑了笑。

“返魂香的力量果然很强。我们得马上离开。你把它搬离了原来的地方，很快这里就不得安宁了，不走的话就没机会了。”谢拿出了一个类似遥控的装置，按动了按钮。我们等着被拉上去。我看了看表，刚好离两小时还有五分钟。

但是我们并没有按照计划被拉上去，谢依达按了几次都没反应，看来是机器出故障了。这时候我感觉到一阵很灼热的风，回头一看，壁画上的九尾狐走了下来。

它的火焰几乎把整个房间照得如同白昼，全身通红的毛全部竖立起来，这使得它本来就十分巨大的身躯几乎塞满了房间，还有它标志性的九条尾巴。我几乎被这神话中的妖怪吓呆了。

“没想到它也来了。”谢依达懊恼地叫道。

“你不是说它被封住了吗？”我问。

“这不是它的本体，而是它对返回魂香执著的意念形成的新的妖怪。它的脑子只会思考一件事情。”

“什么事情？”

“杀了我们，拿回箱子。”谢依达顿了一下，一字字地说。

如果刚才的几个骷髅士兵我们还能用枪对付，对它恐怕就没用了。九尾狐的意念体一边向我们靠近，一边露出锋利的牙齿。它的眼神像火一般燃烧着，盯着我背后装着盒子的行囊。

“怎么办？这鬼机器又坏了。我们只能硬扛到机器自动拉我们上去。”谢依达无奈地说。

“你认为我们能扛五分钟吗？”我指着正步步把我们逼到尽头的九尾狐。

“别怕，它不过是个意念体，估计应该没多少本事。”谢依达的话还没说完，就看见那

异闻录
Yi Wen Lu
这时候我感觉到一阵很灼热的风，回头一看，壁画上的九尾狐走了下来。

个所谓的意念体一爪子拍向一块石碑，那块石碑像豆腐一样碎了一地。我们吞了一口唾沫。

我已经可以清楚感受到它对我手中的返魂香的渴望了，我衣服的边角都已经开始冒烟了。

“你不是很了解这个墓室吗，想想办法啊。”我拉着谢依达的衣服。

谢依达迅速地打开我的行囊，从里面掏出一块半圆形的透明物体，并且从自己的口袋里也拿出同样的一块，两下一合并发出洪亮的撞击声。他手中居然多了一块圆形的透明玉盘。

“和氏璧？”我惊呼道。

谢依达没有理会我，只是口中念叨希望管用，就将它朝九尾狐扔了过去。

“你疯了？那是和氏璧吗？”

“是，不过已经没用了，里面的那块返魂香已经被我用掉了，否则我也醒不过来。但愿它可以暂时安抚一下暴躁的九尾狐的怨灵。”

果然，九尾狐的意念体似乎对和氏璧很感兴趣，它的怒火平息后身材也小了很多，就如同一只猫在玩玩具一样，把和氏璧叼来叼去。

“还有两分钟，希望别被它发觉。”我看了看表。

时间过得真慢，两分钟如同两年，我知道这比喻很俗，但的确是这样。

“还有十秒。”谢依达长舒了口气。我们也听见了头上机器发动的声音了。正当我感觉绳索一紧的时候，九尾狐像是发现我们要离去，竟猛地冲过来咬住了谢依达的腿！

我啊的一声叫了起来。的确很奇怪，被咬住的谢依达没什么反应，我反倒叫了起来。只见他拿出腰间随身带的砍刀，一下就把自己的腿砍掉了。奇怪的是，他并没有流血。

我们目送着狂暴的九尾狐在下面怒吼，谢依达的残腿也被它扔到了一边。

“你，没事吧？”一边上升，我一边问他。谢依达只是满脸的无动于衷，从鼻孔哼出一声嗯。

我们两人迅速地上升，脱离了洞口，但我们没想到，还有客人在欢迎我们。

刚刚上去就是当头一棒，我被打晕了。醒过来的时候，却发现人还在洞边，不过早已经被五花大绑，谢依达自然也比我好不到哪儿去。我看了看旁边的人，居然有几个好像似曾相识。

“老谢，收到你的信我就赶来了，你看我对你多够意思。”其中一个身材矮小戴着茶色眼镜的中年人冷笑着对谢依达说。我终于想起来，他们就是当年和我一起见证谢依达死亡的人。谢依达说给他们也寄了邀请信，不过不是说他们没胆量来吗？

“没想到你小子和这个愣头青居然真的拿到了返魂香，真不简单啊。”另外一个穿着风衣的高个子我认识，他是现在黑市上最大的文物贩子。他的手里正拿着我们辛苦拿来的返魂香！

“还给我们，有本事自己下去拿！”我高喊了一句，换来的只是肚子和脸各挨了一拳。

“别冲动。”谢依达劝道，随后厉声喊道：“你们不就是要返魂香和和氏璧吗？犯得着杀我这样一个半死之人吗？只要你们放了他，我告诉你们怎么使用。”

“那太好了。”站我旁边打我的那个人说话了。这个秃子也是当年的三人之一，看来他们全来了。原来之前只有我不知道返魂香的事。

“当年大嫂用那不纯的宝物把你暂时救活，我们就跟上你了。你和大嫂真不愧是我们这一行的翘楚。连月氏人和印度人都没史料记载的张骞墓你们都能找到。可惜大嫂为了救你，吸了过多的瘴气已经死了。你现在这个样子拿了也是浪费，不如让我们几个拿去造福人类多好？”矮子一嘴的冠冕堂皇。

“好，好得很。不过没死人，我怎么帮你们演示呢？”谢依达轻轻的一句就让他们三个忽然愣了一下。站在我旁边的光头还没说话，我就看见高个子的手抬了一下，光头哼都没哼一声就扑通倒在我旁边，他眉心的一个小洞还在流血。我回望，看到高个子手里那把消音手枪还在冒烟。

高个子把谢依达松开，与其说一只手扶着他倒不如说用枪指着他。一旦他们知道使用方法，我和谢依达都活不了，不知道谢依达到底想干什么。

谢依达把返魂香拿到手中，看来那三个人已经把它彻底撬出了盒子的龙嘴。现在这块形同黑玛瑙一般的宝物彻底摆在我们面前了。谢依达双手用力擦拭着香的两侧。没多久，我们都闻见一阵幽香，接着眼皮开始打架。后来我竟睡着了。

“醒醒，醒醒！”我感觉有人大力地抽我嘴巴，正要发怒，发现居然是谢依达，再看看旁边的那几位都像死猪一样睡在地上了。

“这是怎么回事？”我站了起来，发现绳子也解开了，不过腿还有点软，差点没站住。

“返魂香还有另外一个功用，在香的两侧用双手摩擦可以使人暂时昏厥。”谢依达解释道。

“那你怎么没事？”我摸着头问他。

“因为那只对活人有效。”谢依达低声回答。我没做声，而是问他这几个人怎么办。

“扔下去吧，下面的九尾狐正在发怒呢。”谢依达冷笑，样子很是骇人。

“扔下去？”我有点不忍。

“你忘了他们刚才要杀我们了？”

我无力争辩，按照他的吩咐把三人包括光头的尸体扔了下去。矮子下去的时候似乎没死，看来应该是摔在高个子身上。

“谢依达！救我上去啊，求求你了！我所有财产都给你！你也念在我给你那么多古玩字画的分儿上，救我出去啊！”矮子的哀号不断，接着听到了九尾狐暴怒的吼声和矮子惊恐的叫声。没多久就没声音了。矮子临死的最后一句话如同从地狱发出的哀号：

“谢依达！你不得好死！”

谢依达在我的搀扶下站了起来，正往洞口走，听到这话回头笑着说：“我已经是死人了。”

我搀着他走出了墓穴，再次回到他的书房。书房已经被翻得一塌糊涂，不用说自然是刚才那几个家伙干的，估计机器的故障也是他们捣的鬼。

“走，快，背我去莱伊的房间。”他似乎很着急。我只好背起他，在他的指点下来到他妻子的房间。

我一进去就感到一阵寒意，原来莱伊的房间完全是一个冰库。冰床上躺着的正是谢依达的妻子莱伊。她几乎没什么变化，不过面无生气。

“她死了几年了，这些年我一直都在寻找真正的返魂香救活她。我一个已死的人不值得她为我付出。”谢依达边说边哭，原来他找返魂香不是为自己完全复活，而是为了救他的妻子。

“返魂香只能救一个人？”我问他。

“不，但每使用一次就要三十年。当年李世民死去数天后复生，就是依靠返魂香的能力。不过要复活首先死者的尸体不能腐烂，所以我建了这个冰库。”

“三块之中，和氏璧的那块威力已经减弱，而且你已经使用过了，带去日本的那块也不知去向，那这块就是最后的一块了？”我问谢依达。

“是的，但我没把握是否真能救活莱伊。”谢依达把返魂香点燃，靠近妻子的鼻子。我又闻到了奇特的香味，不过这次没再晕倒。

奇迹出现了，莱伊的脸渐渐红润起来，而返魂香的光泽却在慢慢暗淡，最终变成了一块普通的光滑的黑色石头。

看着妻子的眼睛慢慢睁开，谢依达的眼睛却如同返魂香一样渐渐失去光彩，倒在了莱伊身上，然后迅速枯萎，不到几秒钟就如同被烧尽的柴火。我刚要用手去扶他，谁知道一碰他的身体，他就化为了灰烬。我呆呆地站在莱伊床边，看着那些灰一点点地消失。

“他真傻。”莱伊醒了，面无表情，但脸上挂着泪水。

“的确，不过他走的时候是很高兴的。或许你根本不该在几年前救活他，本应死的就应该死，本应活的最终还是活了下来。”我用手拍了拍莱伊，把返魂香交给她。

“这是他最后的遗物。”

“不了，我看着这件东西会想起太多的事。你能和他一起去冒险拿出返魂香，相信他一定很信任你，这个送给你作个纪念吧。”莱伊刚活过来，话一说多就喘气。

我望着手中的返魂香，虽然它已失去光泽，但依然散发着神秘的魅力。我无法拒绝，于是这个世人皆想占有的宝物戏剧性地落到我手中。（朋友笑嘻嘻地眯着眼睛看着返魂香。）

“莱伊后来怎样？”

“我一直和她保持联络，她已经致力于保护文物事业了。她说印度和中国都有几千年的文明，里面蕴涵的神秘力量是我们无法想象的，她希望有生之年能多挖掘一点。”

我望着那块神奇的石头，忽然问道：“现在它还有什么力量吗？”

“有！”朋友肯定地说，“虽然无法使死者再生，但是对治疗顽疾很有用，而且带着它睡觉，你会在梦中见到你已经过世的亲人或者朋友。”

“真的？今晚借我用一下吧。”我上去拿返魂香，不料被拒绝了。

“不行，唯有今天不行。我去睡觉了，明天再借给你吧。”他逃跑似的跑了出去，生怕我和他抢。

“真小气啊。”我抱怨着躺了下来，看了看表，表上的日历清楚地显示今天是七月十四，我猛地想起，他的父亲就是今天去世的。

“祝你晚上能做个好梦。”我轻轻地说道，随即也睡了过去。

第七夜
七月半

他望着我，又说道：‘现在知道了吗？记得别在七月半的夜晚随便答应别人了。’

七月半是中国传统的鬼节，这一天小孩都被大人们提溜着耳朵告诫，一旦天黑千万别在外面溜达，如果有人喊你的名字，千万不要答应。

“名字哦，有什么关系，名字不是用来喊的吗？”我浏览着网上的这段话自言自语。

“你个蠢材，你肯定没听过阿光的故事吧，如果你知道了，七月半的夜晚有人喊你名字，就不会爽快地答应了。”

“哦？那是个怎样的故事？”我知道他又要开始了。果然，朋友把手上的书一扔，拿出两罐啤酒，讲起了阿光的故事。

（以下是以朋友的口吻记述的。）

阿光是我在乡下的儿时玩伴。我记得和你说过，托八尾猫的福赐，我们家在当地是有名的望族。阿光小时候其实作为我的陪玩比较恰当，因为他的母亲就在我们家工作。

我对他的记忆就是聪明，聪明得有点狡诈了。他巨大的脑袋上装饰着为数不多的几根烂草，一双斗眼经常四处乱转。他比我矮半头，身手异常的灵活，爬树、掏鸟窝、下河摸鱼都是他去。虽然我比他大半岁，但老显得我是他小弟一样，经常跟在他屁股后面，他也总是教我一些新奇的玩意儿。虽然我只在乡下待到读书的年龄就回城里了，但阿光无疑是我童年的重要记忆。

那年我中学毕业，我很想念儿时的玩伴，想念小时候无忧无虑的生活。

八月的一天，我终于又回到了家乡，见到了阿光。

阿光的个头已经比我高了，身体也比我结实得多，浑身都是紧绷而健壮的肌肉。他已经是家里的主要劳力了。虽然长年辛苦地劳作，但他看上去依旧非常机灵狡猾。

“你回来了。”阿光看见我，咧着嘴笑道，露出一排雪白的牙齿，手上正忙着农活。

“嗯，走，去玩玩吧，我们很久没见了。”我热情地邀请他。阿光看了看父亲，一位已经靠拐杖走路的老人，阿光是老幺，所以他父亲也快六十了。

他父亲笑着挥挥手，示意可以去。阿光兴奋地抛掉手头的东西，手在身上擦了两下，朝我走来。

那天玩得很疯，几乎把小时候玩过的游戏都重复了一遍，连空气都充满快乐的味道。但我们没发觉，天已经黑了。八月份的天黑得很突然。好像刚才还有点点残光，眨眼四周就漆黑了。

“走吧，天黑了，今天是七月半呢。”阿光抖抖身上的土，拉着我回去。我有点不情愿，毕竟我觉得能来这里的时间太短暂。

“好吧，明天再来哦。”我也站了起来。阿光似乎很急，步子很快，我们一下就拉开了几米。

走在回村的山路上有点吓人。白天不觉得，一到天黑感觉路十分难走，我诧异阿光竟走得如此之快。

忽然他停住了，对着我说了句：“怎么了？”

“什么怎么了？”我奇怪地赶上来问他。

“你刚才不是叫我吗？阿光阿光地叫。”他也奇怪地问。

“没有啊，你听错了吧，估计是风声。”我解释道。

阿光的脸色大变，黑夜里他的眼睛闪着光，很像老人描述的鬼火。他不停地四处看着，脖子转动得很快。

“你，你怎么了？”我有点害怕，毕竟我那时才是个十几岁的少年。

阿光没有回答我，拉着我的手飞快地跑回家，他的手劲很大，我几乎是被他拖回去的。

阿光把我送回家就走了，临走前我看到他的脸惨白惨白的，一点生气也没有。

我在乡下的老家很大，我睡在二楼，隔壁就是我堂叔，他就是我那位曾经见过八尾猫的叔祖父的儿子。他个子很高大，但脾气很好，一脸长者之相。所以每天我都缠着他给我讲鬼故事，今天当然也不例外。不料他拒绝了。

他用厚实宽阔的手掌摩挲着我的头，笑着说：“今天不行，今天是鬼节，我们不讲那些故事了，否则你晚上很难睡觉的。”说完转身就要回去。

我忽然叫住堂叔，问道："堂叔，如果有人喊你名字但你又看不见是怎么回事？"

堂叔呆了一下，猛地冲过来攥住我的手，急声喊道："你听见有人喊你名字？你答应了？"

我被吓到了，连忙说没有。他这才安心下来，出去前又再三叮嘱，最近几天晚上不要出去，倘若听见有人喊你，别急着答应，必要好好看看，确定是谁在叫你。

我蒙着被子睡觉，眼前老是浮现出阿光恐惧的眼神和堂叔着急的样子。我隐隐觉得似乎这个村子藏着一些事情，或许那是出于孩子好奇的天性。

第二天我起床后第一件事就是去找阿光，我生怕他会出什么事，但具体会怎么样我自己也说不上来，反正当时就是没来由地担心。

阿光揉着眼睛走了出来，打着哈欠说怎么大清早就来吵他。我很高兴自己的朋友没事，这一天自然又是在一起疯玩。不过我们见太阳刚刚擦边就马上回家了。

这样看上去安全的日子一直持续到农历七月的最后一天，也就是阿光的生日。那年他刚好十六岁。由于农忙，我有几天没去找他了。

那天早上村子很安静，大家都去忙事了，早上起了雾，不过等我来到阿光家时，雾已经散了。我端着昨天晚上央求阿婆煮好的红蛋来庆祝他的生日。

门没锁，我一推就开了，那时候人们不习惯锁门，特别是家里还有人在。我估计阿光还在睡呢，自从我来了他老陪我玩，回去还要忙活，当然很累，所以我也有些过意不去。想想今天一定和他好好过个生日。

"阿光？阿光？"我走了进去。阿光家很暗，虽然外面的太阳已经很大了，但他家只要进去就觉得非常阴暗。阿光的房间在阁楼上，这个阁楼是硬搭出来的，本来是没有的。阁楼很矮，只能低着头进去。

我一遍遍地叫着阿光的名字，但不大的房间仿佛死一般沉寂。我小心地攀上楼梯。阁楼很暗，我又呼喊了一遍，没有人说话。我以为阿光出去了，刚要转身下楼，忽然看见阁楼黑暗的角落里似乎有东西在蠕动。

"是阿光吗？怎么不说话？"我高兴地爬过去，前面说过了，阁楼很矮，我只能爬着过去。

阁楼有一扇窗子。当我爬过去一点点地靠近，阳光也一点点地射进阁楼时，我最终看到了，看到了阿光。

我惊讶地张着嘴，才几天不见，他整个人我几乎完全不认识了。以前那个健壮的阿光似乎死掉了。我眼前的他非常瘦弱，黑色的眼圈深深地凹陷进巨大的眼眶里，颧骨高耸，瘦得吓人。他没有穿上衣，我看见他的肋骨像琴键一样根根凸起，只有在看到他眼眶里偶尔翻动一下的眼白时，我才知道他还活着。

“怎么回事？怎么会这样啊？”我一边摇着他硕大的脑袋，一边哭着问他。他一言不发，呆滞地望着我身后。

“它在叫我名字了，它又在叫我名字了。它要带我走了。”阿光如同梦呓般从喉咙里嘀咕着这几句。

“它？它是谁啊？阿光你别吓我，我这就去找人救你。”我放下阿光，刚要下去找人，忽然他死死抓住我的衣角，力气非常大，几乎把我拉翻。

“别走！它来了，我看见了，它就在你后面！”阿光声嘶力竭地高喊，手指着我身后漆黑的阁楼，非常激动。

我恐惧地转过头，发现身后什么也没有。我赶紧抱着阿光的头，看着他的眼睛，希望他能缓过来。

“没有，阿光别害怕，什么也没有啊。”我安慰他。可没等我说完，我在阿光无神的眼球，不，应该是瞳孔里吧，看见了一样东西！

我以为自己眼睛花了，再靠近一点，果然，他眼睛里的确有东西，我慢慢地转过头，但我什么也没看到。可我感觉得到，有东西正从我后面一点点靠近阿光，就像有一条蠕动的物体从我脚边慢慢爬上阿光的身体。

阿光痛苦地抽动起来，我按都按不住。我看见了，他的眼睛睁得很大，几乎要跳出眼眶了，在黑色的瞳孔里面有一个人形的白影，由远及近，渐渐变大，最后充满了阿光整个瞳孔。

阿光在我怀里最后抽动了几下，死了，带着微笑死了。我知道他终于解脱了。我虽然抱着他，但感觉怀里空荡荡，什么也没有。我无法抑制自己的恐惧和悲伤，大哭起来。就这样，我抱着他的尸体哭了足足几个小时，一直到大人们上来，然后我就晕了过去。

当我醒过来时我在自家床上，头很疼，嗓子也很疼。我看着站在我床边的堂叔，挣扎着起来，问他阿光究竟怎样了。堂叔神色暗淡地说，死了。

我又晕了过去，然后是昏昏沉沉地睡了好久，其间仿佛看到道士一类的人在我床边作法，好像又有亲人在旁边询问，好像又看到阿光在向我招手。就这样，三天后我完全苏醒过来。

堂叔见我醒了，赶紧通知家人，大家都很开心，阿婆更是求神拜佛。我问堂叔到底是怎么回事，他却避而不答，最后实在被我追问得没有办法，才告诉我。原来，村子里的人都很在意，在七月半的夜晚，千万不要上山，更不要随便答应别人叫你的名字。后山曾经是古代战场，里面据说有万人冢，埋葬着无数不知道名字的阵亡士兵。每逢这个时候，村里都会请人来作法事安抚他们。

我听完后感到自责，我知道是我间接害死了阿光，他一定是知道这一禁忌的，如果不是和我玩疯了怎么会忘记？如果不是和我在一起，误以为是我在叫他，他又怎么会答应？我对不起阿光，对不起我这儿时唯一的伙伴和朋友。

病好后我去了阿光的家，他的父母没有太大的悲伤，反而面对我的道歉很慌乱，他们摆着手说这不是我的过错，都是阿光的命，最后阿光的母亲还是哭了。

我离开了那个村子，以后很少再回去。我始终不明白那天为什么是阿光被喊了名字，而不是我，或许阿光在潜意识下替我答应了？

总之，七月半的夜晚不要随便答应人家的喊话，尤其是在喊你的名字。

“阿光的故事就这样结束了？”我把啤酒喝完，忽然感到一阵凉意。

“不，恰恰是开始。”很少见他如此严肃的样子。

“时间可以冲淡一切，或许的确如此，后来我忙着考大学，之后父母也去世了，这些你都知道。当父亲去世时，我按照规矩回了家乡一次，把他的骨灰埋葬到祖坟。没想到儿时那恐怖的记忆居然如录音机倒带一样，完全重复了一次。”他喝掉最后一口啤酒，继续说。

（以下仍是朋友的口吻。）

父亲的死没给我太多悲伤，因为如果你的亲人是一下离你而去，比如车祸或者其他之类的你可能会很难受。但父亲身体一直不好，几乎是给癌症折磨着，我只能眼睁睁地看着他走完那痛苦漫长的路，所以他去世我觉得对他倒是一种解脱。当然，我不是冷血动物，毕竟世界上我最亲的人走了。当时的我只觉得压抑，非常的压抑。来到村子后又想起了阿光的死，更加烦躁。我把父亲的骨灰埋下去后的第二天晚上正是七月十五。

当时我拿着不知道从哪里搞来的村子里自酿的酒不停地喝，那种酒很纯很好喝，但后劲很大。我边喝边漫无目的地走着，全然不知自己已经走到了村子里最为禁忌的后山里了。

扶着墙吐了一阵，我感到头很疼，接着忽然一下非常凉爽的冷风把我吹醒了些。我开始有点知觉了。七月半大家很早就睡了。从后山看村子只有点点微弱的灯光，像烛火一样。

我开始知道我走到哪里了，但我还未觉得害怕。我忽然想起了阿光，在旷野里我仗着酒劲大声喊着阿光的名字，边喊边往回走。

就在我刚要离开后山回到村子的时候，耳边似有似无地听见一句“小四”，小四是我的乳名，极少有人知道，但阿光是其中一个。

我以为听错了没有在意，继续摇晃着回家。接着又听见一句，这下非常清晰，仿佛就在耳边，我甚至感觉到有呼吸就在我耳朵后面。

我这下完全醒了，把瓶子一扔，大声喊道："谁？谁在叫我？"

我喊了一嗓子，没有听见任何回音，空旷的山村除了几声狗叫和风声，我能听见的只有自己沉重的呼吸声。

我拔腿就跑，一路跑回家里，脸也没洗倒床就睡。其实一晚上没睡，耳边全是"小四、小四"的叫唤。

直到第二天早上，声音没有了，我带着黑眼圈下了楼。家里人问我，我只说是伤心父亲。堂叔看了看我，叫我过去，他从上衣口袋里郑重地拿出一个护身符一类的小袋子挂在我头上，对我慈祥地笑了笑，并叮嘱千万不要弄丢之类的，还当我是小孩呢。

之后连续几天没有再出现那种声音，我也没放在心上，例行公事般地去熟人家里看望。他们无不夸我长大成人，又都怀念父亲的离去。

最后，只剩阿光家了。

我本不愿意去，我惧怕少年时候那段痛苦的回忆，但一种莫名的力量驱使着我又走到他家。

阿光家已经荒废了。阿光死后，他家里人接二连三地出事，要么重病，要么发生意外。尤其是那个阁楼。据说晚上老听见有人喊阿光的名字，不过倒也没谁亲耳听过。

后来阿光的家人搬家走了，房子也没人敢要，自然废掉了，不过并没有锁上。我很容易地推开了门。里面如阿光死的那天，摆设居然一样。我感到一阵头痛，时间仿佛回到那天。

一样的摆设，一样的步伐，一样的寻找。我一步步走向阁楼，那个阁楼还在，房子更加阴暗了。我不想上去，但是非常渴望见到他，我不知道他是否就在上面等我。我爬上楼梯，每踩一阶就会嘎吱一声，长年未使用的木制楼梯似乎已经不堪重负。

我终于进了阁楼，很闷，里面有一股发霉的味道。不过里面很亮，与那时不同，阳光很温暖地充满了这个不大的房间。

我慢慢地爬到当年阿光坐的那个地方，就和他的姿势一样，望着前面。

"阿光，你在吗？"我在心底问道。

"小四。"就当我快要睡过去的时候，传来一声清晰的呼喊，我醒过来了。

"小四。"又是一声，我恐惧了。我当然知道禁忌。这时我才清醒过来，奇异自己怎么到了这里。我爬到出口想下去，发现根本没有梯子！

阁楼离地面并不高，不到三米，但这时看上去就像万丈深渊一样。

"小四！"呼喊声变得凌厉起来。我大叫着："别过来！"但阁楼里什么也没有。

我无助地挥舞着双手，空气里只有我翻腾起来的灰尘，在那束阳光里快速地翻滚。

“小四。”

我终于看见了，是阿光，他就在那时他坐着的位置上看着我，不过并不像他临死时那样恐怖，他如以前一样，似乎从来没改变过。我仿佛回到我们一起戏耍的少年时代。他还是那样聪明健康，而我则跟在他后面傻笑。

我哭了，泪水不住地落下来，我不知道是恐惧还是激动，但我说不出话来，我只能哭泣。

阿光笑着慢慢地爬过来靠近我，一边过来，一边喊着我的名字。每爬一寸，地板上就会响起他的指甲刮出的刺耳声音。

越来越近，近到他只要一伸手就可以摸到我的脸了。

“小四，我一直在等你啊。”阿光爬到我面前停住了。我睁大眼睛看着他，如同他当年睁着眼睛一样。在我的瞳孔中，他的样子越来越大，我的眼睛几乎快要被他的身体充满了。

我要绝望了，或许是件好事，这世上没有什么我值得留念的了。

这时候猛然间我可以动了，也可以说话了。而阿光的影像不见了，阁楼里依旧只有我，刚才的事似乎压根儿没有发生过。

我喘了好久的气才使自己恢复过来。等我爬到入口一看，楼梯好端端的在那里。

我恐怕是违反这禁忌却唯一活下去的人吧，我有一种劫后余生般的感觉。但我想错了，我回到家的时候，发现家里人非常悲伤。

我询问一遍才知道，堂叔在客厅读书的时候好好地就去了。没有任何先兆，就在刚才。我面无表情地看着堂叔的尸体，他的眼睛睁得很大。

我跪在他面前整整一天一夜。最后我晕了过去。后来他们告诉我，堂叔在临死之前说的唯一一句话是：等小四回来，告诉他要多爱惜自己。

“都是因为我，我害死了最亲近的两个人，我不怪阿光，他无从选择。我只怪自己，如果我能多思考一点，少冲动一点，或许事情的结局不会这样。”我第一次看他如此悲伤，朋友把脖子上的护身符拿出来。

“这就是堂叔给的，我会一直戴着的。”他望着我，又说道，“现在知道了吗？记得别在七月半的夜晚随便答应别人了。”

我机械地点了点头，顺便算一下，自己从小到大已经答应过无数次了。

第八夜

奇案之钉刑

“在上去的时候与一个人撞了个满怀，那人看都没看我就走了。这时候食指居然剧烈地疼痛起来。”

“一名年轻女性被发现被人刺死在家中。”电视里又在播放着一条新闻，摄影记者给了尸体一个近景，女孩很年轻，死状恐怖。我不由得感叹一句：“好可怜哪。”

“什么好可怜？”朋友在我身后看着云南地图，忽然回头问道。

“女孩啊，这么年轻就死了，还死得那么惨。”我朝电视指了指。

“是很惨，不过如果你是法医或者是警察在现场处理的话，千万别说这种话。”他意味深长地说道。我知道他又要讲故事了，逗他：“那有什么关系，说句话而已。”

“嘿嘿，有没有关系，听我说完就知道了。”

（下面是以朋友的口吻记述的。）

有一次在一家旅馆投宿，没想到居然发生了凶案，当时不知道，只晓得全楼的人都被叫了起来。来了一帮警察把楼封了，然后一个个地提审。后来才知道，一个旅客居然在地板里面发现了一具女尸。

女尸被抬出来的时候好像还没腐烂，很年轻。但我看不大清楚，你知道警察加住客里三层外三层的。老板在我旁边，一个四十多岁的中年妇女，已经坐在地上了，如米其林轮胎一样肥胖的身体一开始没看清楚还以为是海绵床。她号啕大哭，说不关她的事。其实关不关她的事，这旅馆都要关了。

记得当时有个非常年轻的警察，长得白白净净，颇有点像香港电影明星。他看着女孩的尸体说了一句："太惨了。"刚说完，他旁边一位年纪比较大的警官就把他拉开了，然后在旁边训斥他，具体说什么我也记不清楚了。

然后是例行公事，很巧，为我做笔录的就是那个年轻警察。我把自己当晚的事一字不漏地告诉了他。他记录得很认真，很像还在校园里读书的学生。我看他应该刚参加工作没多久，不然不会连这么简单的避讳都不知道。做完笔录他刚要走，我递了根烟给他，他迟疑了一下还是收下了。既然一起抽烟，自然两人就忙里偷闲聊了一下。

"刚干这行吧？"我试探地问道。

"嗯，真是的，我刚回家还没洗澡就接到命令了，不过这案子也忒惨了。"他还有点后怕。

"对了，我看见有个警察把你拉过去，他跟你说什么了啊？"

年轻人有点尴尬，不过停顿了一下还是说了，可想而知这个人还不会说谎呢。

"他是我师傅，几乎和我爸一样大了，不过老摆一副老爷子一样的派头。他有个儿子和我一般大，所以他老说要把我当儿子一样管。"他愤愤地说，"他说我不要命了，在现场居然说这种话，还说什么赶快回家烧香还佛，洗个热水澡之类的。真是小题大做，我不过说了句'太惨了'而已。"

我望着他，看来他是真不知道。在现场尤其是谋杀现场有条不成文的规定：别说同情死者或是"要帮你报仇"之类的话，最好就是干好自己的工作。

"你叫什么名字？"我想留下他的联系方式。

"叶旭，旭日的旭。"他用手比画给我看，"我是刑警队的，喏，这是我的手机号。"他随手给了我一张字条，我也回给了他一张。他看了我的名片，惊讶道："是您啊，早知道您见多识广。"其实我也大不了他多少，但总感觉我比他老很多似的。年轻人还是很好结交的，不过数年后他是否还会如此爽快就只有天知道了。

旅馆是不能再住了，我只好另找了一家，刚才的谋杀案搞得我对木板房都有阴影了。之后我在这所城市多待了几天，因为叶旭说让我在四十八小时内最好别走太远，方便问话。

第一天相安无事，第二天早上，我就接到了叶旭的电话，是那种几乎带着哭音的电话。

"是您吗？我是叶旭啊。"

"怎么了，你哭什么啊，前天不还好好的吗？"其实叶旭一打电话过来，我就有不好的预感了。

"我实在没办法了，只能求您了，我知道您一定能帮我，也只有您能帮我了。"他的哭声越来越大。我二话没说，赶紧收拾东西，往叶旭告诉我的见面地址赶去。

那是当地的一家咖啡厅，前些日子我刚好去过，所以还算熟悉。一进门我就看见了坐在角落里的叶旭。他双手握着杯子，惊恐地望来望去。

我快步走了过去，他看见我如同看见了救命稻草一样，一下抓住我的手，抓得我很疼，我好不容易才掰开。

“你先放松点，这里很安全，慢慢说到底是怎么回事。”我见他状态很不稳定，鼻尖都滴着汗，脸色煞白，全然没了前些日子的样子。

“出事了，先是黎队，马上会轮到我了。”他抱着头低声说，“和你分开后，我和黎队，也就是我师傅，我们把案子处理完后打算开车回局里吃点夜宵，然后继续查案子。那时候已经是凌晨三点了。案发的旅馆离局里大概有一刻钟的车程，黎队开的车，虽然我们都有点困，但熬夜对刑警来说毕竟已是家常便饭，所以当时我们绝对是非常清醒的！不过我倒宁愿我睡着了反而好点。”说到这儿，叶旭用颤抖的手端起杯子，咕咚一下喝了一大口咖啡，然后似乎平静了一些。他沉默了一下，又接着说。

“黎队和我边开玩笑边开着车子。大概十分钟后，车胎莫名其妙地破了。你要知道车胎可是我当天早上刚换的。没办法，我只好下去看看。那时公路上已经没什么车子了，而且我们走的路比较冷。我走下去的时候觉得一阵凉意，钻心的凉。

“我马上发现是后胎破了，接着我居然发现在轮胎上清楚地钉着一根钉子，足有三寸多长，而且钉子看上去都已经生锈了。我好不容易拔出钉子，准备换备胎。

“这个时候黎队还跟我说过话，无非是询问怎么了，我说有根钉子把车胎扎爆了。他哦了一声就不说话了。

“我在换胎时感觉越来越冷，心想不应该啊，你也知道，这才什么月份，而且警服的质地还是很好的。不过我也没多想，赶紧换完就又上车了。

“上车我才发现黎队居然不见了。钥匙还插在上面，人却如同空气一样消失了。我四处喊着黎队的名字但都无人回答。我以为他去小解了，可等了一个小时也没见人。我开始害怕了，拨他的手机，结果提示不在服务区。没办法，我把车开回警局，在局里睡了一宿。”

“那应该是昨天啊，你为什么昨天没来找我？”我奇怪地问道。

“的确，因为早上黎队又如常上班了啊。我问他，他只说有急事自己先走了，我还有点怪他把我一个人晾那里，不过见他没事就安心了。两人继续查昨天的案子。

“那个死者很年轻，面容姣好，应该是从事暗娼一类的职业。法医检查到她有性病，而且死前也发生过性行为。不过最让人称奇的是她的死法。她是被人用钉子活活钉死的。在她嘴边有勒过的痕迹，可能是怕高声叫喊。双手、双脚都被钉子钉住了。凶手很残忍，最致命的是眉心一根，也是那根让她送了命。然后尸体被翻过来又铺回到地板上。”

“你不觉得这样杀人太累赘了吗，杀一个妓女用得着这样烦琐吗，还把地板拆了下来？”我忍不住问道，因为你要谋杀一个人搞的事越多破绽就越大啊，搞那么多密室啊、不在场证据啊，最后总会有漏洞的。什么案子最难破？你在街上随意杀一个人最难破！

“是啊，我们也奇怪，一致认定凶手是个变态。”叶旭也说道。

“事情本来没什么意外，关键是中午出事了。”他的声音又有些颤了，我耐心地听下去。

“午饭是我去买的，那时就我和黎队在值班了。买东西打杂一类的小事都我们新手去干，再说他年纪也大了。当我买回盒饭的时候，发现黎队捧着自己的手心大叫。我马上冲过去，发现他疼得头上都冒汗了，我翻过他捂着的左手，但上面横看竖看一点伤痕都没有啊。

“但黎队只喊疼，并形容跟针扎一样。我知道他是条硬汉，若是普通小伤他绝不放在眼里，我只好把他扶到医院去，但检查结果一无所获。我只能眼睁睁看着黎队喊疼。”

“你是说手心？而且是针扎一样？”我当时隐约觉得很熟悉，却没想起来。

“嗯，黎队是这样说的。后来他的疼痛稍微轻点的时候，我们又讨论案子，当时黎队的儿子也在，他还劝黎队不要太劳累。结果到了晚上我又被叫了回去，说黎队又喊疼，而且这次都昏过去了。我和黎队既是上下级，又情同父子。我刚到医院就发现这次他疼的是左脚，症状一样，也是没有外伤，但也是针扎一般。”

“等等，你还记得两次发作的时间吗？”我想起了点什么，问叶旭。

“记得，第一次是中午，大概十一点半左右，第二次是深夜，对，也是十一点半。”叶旭思考了一下，肯定地说。

“十一点半？”我暗自想了一下，当时尸体被发现也是十一点半！我更加肯定碰到我熟悉的东西了，但有些东西你越想越想不起来。叶旭看我皱着眉头，还以为我不舒服。

“我实在没办法了，我不能看着黎队被活活疼死。我父亲是被杀的，黎队就是带队帮我父亲破了案，我也是在他的帮助下才考进来当了刑警的。我一直把他看做我亲爸爸啊。”小伙子说着居然哭了起来，开始还哽咽着，最后居然哭出声了。咖啡厅的人都好奇地看着我们，搞得我好不尴尬。

这时候叶旭的手机又响了，他哭得太动情几乎没听见，还是在我的提示下才接的。刚说两句，他脸色就变了，马上抄起衣服拉着我往外走，边走边说：“快去医院，黎队病情又加重了。”我看了看表，十一点三十分整。

我又看到了那位黎队长，现在基本上已经不成人形了，前天见到他的时候他一脸英气，高大魁梧，现在如同一堆柴一样躺在床上，人黑瘦黑瘦的。

“是不是左手？”我一来就问道。旁边一位高大的年纪同叶旭相仿的年轻人很不高兴地看着我，然后又看着叶旭，大概意思是这鸟人是谁，一进来就没头没脑地问一句。

叶旭刚进来就去看望黎队了，没顾得上介绍我。这时他才反应过来，忙把我拉过来说：

“他是黎正，黎队的儿子，比我大几岁，在大学读研，好像读的是社会学什么民俗之类的。”

然后叶旭又把我介绍给黎正，这小子全然没把我放在眼里，从鼻孔哼了一声，就拿了根烟出去了。说老实话他长得英俊，但他的姿态让我很不舒服，而且自己的父亲病倒在床上他看上去一点也不关心，反倒是叶旭像个亲儿子的样。我感到奇怪，不过想想这是人家的家事，我操心干啥，还是先问问病情。

“是右手再次疼痛吗？”我靠近黎队轻声问。

“嗯。”这个字拖得很长，看来他每说一个字都要费很大力气。我想了一下，把叶旭叫出来，当然，那个黎正也在，一边抽烟一边拿眼睛瞟我。

“如果我没猜错，黎队应该在受钉刑。”我一字一顿地说。刚说完，叶旭就惊讶得很，而黎正仿佛没什么表情，反问我：“你知道钉刑是什么吗？别乱说。”

“当然知道，钉刑起源于罗马，本来是长老会处置叛徒或者临战逃脱者使用的一种刑法。成名于《圣经》。耶稣就是被钉刑处死的。不过最早的钉刑不是十字型的，而是T型或者X型的。”我抽了一口烟。

“是又怎样，这和我父亲有什么关系？”黎正嘲笑地看着我，充满挑衅，说真的，有一种人就算第一次见也让人有想揍他的冲动，黎正绝对是其中之一。我捺着性子继续说：“钉刑最大的特点显然是受刑人很痛苦，而且钉子可以钉住被害者的灵魂，不过如果被钉者有着巨大的怨气，最好还是把他的脸朝下处理尸体。一旦被翻过来，他就会把生前所受的痛苦加倍偿还给别人，记住，不是他的仇人，而是随机给另外一个人，而且每根钉子相隔十二个小时。刚才黎队就是十一点三十分发作的吧？”我一口气说完，叶旭已经有些糊涂了。

“笑话，这种无稽的事你也能说出来，我父亲干了一辈子警察，为什么他要受这刑罚而不是真凶呢？”黎正激动地喊道。

“是啊，我也希望是真凶。”我望着他随口一说。他忽然对叶旭喊道：“把这个疯子带走！”说完气冲冲地进病房了。叶旭为难地看着我。我拍了拍他的肩膀，让他送我一下。

我们在医院门口又聊了一下。“黎队情况不乐观，据你说那女尸身上总共有五根钉子，是吧？已经扎了三根了，我们只有不到二十四小时帮她找到真凶，如果找不到，眉心那根就会要了黎队的命！”我不想吓叶旭，但必须把事情的严重性说清楚。

果然叶旭又一脸哭相，他抓着我的手求我：“那怎么办？一天不到的时间怎么去破这个案子啊。您一定得帮帮我，要不然黎队就没救了！”说着居然要向我下跪。我赶紧把他搀起来，心想这年头居然还有这么重感情的人。

“我不是什么道士也不懂法术，不过我们也要尽力一试，有些事情不放弃自然就有转机。这样，我们先去看看那具尸体，你应该办得到吧？”我扶正叶旭的身体，毕竟一名警察

黎正嘲笑地看着我，充满挑衅，说真的，有一种人就算第一次见也让人有想揍他的冲动，黎正绝对是其中之一。

在这里哭不是什么光彩的事。叶旭也马上调整过来。

“我就是把枪指着法医也要让他给我们看尸体。”说着就拉我上车直奔停尸处。一路上我心里也没底，钉刑我只听别人说过，连书里都没记载，也不知道这凶手是从哪里看来的，而且据说被钉死的人怨气极大，搞不好救不了黎队，我和叶旭的命也会搭进去。

正思考的时候车停了，叶旭火急火燎地又把我拖出去。

经过一番交涉，我们终于获得了看看尸体的权力，不过现在已经是下午一点多了。时间不多，我们要抓紧。

女尸的确如他们所说，很年轻，也很漂亮，而且没有一般妓女的那种庸俗感或者说低贱。但死后那种邪气让我看得有点心寒，我只好盖住她的头。我开始怀疑什么时候旅馆的妓女档次提升这么高了。不过没工夫瞎扯，我翻看了一下她的五个伤口。每个伤口都是钉子造成的，而且手脚、脖子都有勒痕，看来是被绑起来再实施钉刑的，但旅馆那里是否是第一现场我没办法确认。不过据叶旭说，女尸应该死了没多久，而且身上没有发现泥土或者其他从外面带来的东西，应该是在旅馆房间被杀的。像那种旅馆我知道，把门一关，鬼管你在里面干什么，交了钱爱住多久住多久。

叶旭盯了一下有点受不了了，我只好让他先站在门口，我自己则希望能在尸体上多找点线索。

我看过叶旭做的笔录，按照女尸死亡时间推断，再根据旅店老板的来往记录，那几天来住宿并且住在事发房间的人并不多，只有两个。一个年纪很轻，在当天早上投宿，晚上就离开了。然后是另外一个紧接着过了不到几个小时就来了，而且指名投宿刚才的房间。可惜，老板说他们都戴着口罩、帽子，生怕被人认出来。至于死者，老板不认识，附近的流莺也没见过。

女尸的身体看来看去只有五个伤口。法医还没进行解剖，不过初步的报告也和我看到的大体相同。没有任何线索，我和叶旭要在明天十一点三十分前找到真凶简直不可能。看来之所以黎队受到报复，只能怪叶旭的感叹。那时候刚好死者的脸被翻过来。最关键的是，叶旭说，翻过来的瞬间，她的眼睛是睁着的。她第一眼看到的，应该就是黎队了。

我最后还是放弃了，叫上叶旭离开。看来要破这个案子，除非女尸自己开口说了。这时候叶旭正好进来。他看了看我，忽然指着我身后，张大嘴巴犹如泥塑一样说不出话。我奇怪他怎么了。他却只能发出“后，后……后面”几个字。我转过头，看见女尸在向外喷血。

当时我就像被雷打了一样，血都不流了，心想怎么老碰到怪事。好在我也有经验了，忙按住叶旭的嘴，示意他冷静下来，然后慢慢移到门口，这样万一有事也好跑。

我们就看见血如喷泉一样，一直喷到地上和周围，足足有几分钟。我和叶旭都能闻到整个房间充满了血腥味。

最后我实在受不了，对她高声喊道："我们是来帮你寻找真凶的，希望你别再折磨黎队了。"没反应，我只好重复喊了一遍，但吐字都有点舌头打卷。

最后她终于停止了，我和叶旭好容易才让腿不再打战。我看着满地的鲜血，心想难道她在暗示什么？我忽然想到了，是钉子！

"钉子呢？钉子现在在哪里？"我晃着还在发呆的叶旭吼道。

"在物证房啊。怎，怎么了？"叶旭几乎被我吓到了。

"快，赶快去！"这次是我拉着叶旭了。出门的时候，身后响起了管理人员恐惧的尖叫声，换了别人看到一地的血也没法不叫唤。

我看了一下表，快三点了。

还好，物证房的警察也是黎队带出来的，听说我们来取证帮黎队，就让我们进去看，不过不能拿走。

我把装在塑料袋里的钉子拿起来，上面还带着没擦干净的血迹。钉长三寸，圆头，钉身下部有螺纹。这种钉子应该很普遍啊。我反复观察五根钉子也没看见什么特别之处，难道我把女尸给的暗示想错了？

螺纹？等等！我记得验尸报告中没有提到伤口有螺旋式创伤，这个不是真正的杀死她的钉子！

那真的钉子究竟在哪里？我知道如果凶手真要把那个女尸的灵魂钉死在那里，就应该用桃木钉，这种钉子不常有。

叶旭忽然接到个电话，说了几句"知道了"之后高兴地说，女尸的身份已经查清楚了，是当地的一个大学生。

我还在看钉子，没注意叶旭的话。"大学生？不是说是妓女吗？"

"妓女是黎队说的，他说这里活动的年轻女性估计都是。"

难怪附近的人都不认识她。但她来这里干什么，而且老板不是说没见过她吗？

下午四点，我和叶旭来到了女孩所在的大学，希望可以查查她的相关情况。

很快我们知道，女孩叫秋旋，是社会系的大四学生，而且作风似乎不是很好，朋友很多。她失踪很多天了，生前有个男朋友，但两人正在为她毕业后是否留在这里而争执。

我们找到她的男友，一个看起来就老实巴交的人，别说用钉刑了，我看他连榔头都拿不住。

调查没结果，我们只有灰心地离开，走之前我居然发现一个人。

黎正！他居然夹着一本书匆忙地从图书馆出来，他不在医院陪他爸爸跑这里来干什么？

我问叶旭，叶旭说黎正读书很拼的。真是这样吗？

我马上回到图书馆想查黎正借的书，起初管理员小姐拿着架子不肯，等看到叶旭进来后，马上笑着查找起来。

“《封鬼》，很老的书，借的时候都快散了。”管理员小姐柔声说道。

他借这个干什么？我谢过管理员小姐，又和叶旭赶回医院。我们也没地方查了，先回去看看黎队再说。

到医院已经四点了，再过七个小时，右脚那根就会发作。

黎队看上去气色好了点，刚才局里队里的战友和领导都来看望过他，估计黎正是那个时候溜出来的。

安慰了叶旭几句，我就出去查《封鬼》的资料。

不好找，不是因为找不到，而是太多。最后终于找到一则关于钉刑封鬼后该如何处理的信息。

跑了一天很累，我和叶旭匆匆扒拉几口晚饭，准备再去一次案发的旅店，那里已经被封了。黎正也来了，冷冷地看着我们。叶旭交代了他几句让他看着黎队，一旦有事赶快打电话来，结果被黎正当场回了一句：“这是我爸爸，又不是你爸爸！”叶旭被噎得一言不发，脸憋得通红，我赶紧把他拉走。

七点半，我们来到案发的旅馆，这是我第一次真正进入现场。那里站岗的只有叶旭的几位同事，叶旭说我是上面派来的犯罪心理专家，居然蒙过去了。

现场很凌乱，看得出当时的混乱。地板上用粉笔画着一个人形。我这才发现原来房间的地板居然是空心的，所以才能放进人去。房间已经被警察们扫荡几遍了，我这样的外行也没有再去搜查什么的必要。

之所以来到现场只是想感觉一下，如果我是凶手会怎样做。

我闭上眼睛躺在床上，尽量想象自己就是凶手，叶旭以为我在想事，也不敢打扰，只好在一边看着我。

案发的当天来了两个人，没有背麻袋或者旅行箱之类的，所以两人中应该有一名就是死者，另外一名当然是凶手。既然乔装，就怕人认出来。按理大学生应该没有这种顾虑，不过死者居然还有性病，而且作风又不好，难道只是凶手在达成人肉交易的时候价格谈不拢导致一时意气杀人？但如此烦琐的杀人方法这人也太强了。

我突然想到一个画面，凶手和死者相熟，来这里的目的就是准备杀了她，并且他生怕鬼魂报复，就利用了传说的钉刑来禁锢她的灵魂。可为什么要用钉刑呢？

我突然想到我查过关于钉刑的信息，其中好像有一条说的是钉刑如果用于女子，代表着惩罚她的滥交和不忠。

八点十七分，我们走出现场，现在的我们真是一无所获。我看了看手头的资料，只好去调查一下那个女孩生前的资料。

我们回到那所大学。夜晚的大学很热闹，我都忍不住想起了自己的大学生涯。

半小时后，我们总算找到了她为数不多的朋友之一。

女孩是死者的室友，长得很漂亮，不过打扮比较时髦，也比较露。我诧异现在的女孩还真开放呢。

“我最后一次见她都是一星期前了，那时她还问我借钱呢。”她一边嚼着口香糖一边漫不经心地回答。

“借钱？借钱干什么？”叶旭问。

女孩鄙视地看了叶旭一眼：“我怎么知道？或许是堕胎或许是看病，反正不是第一次了。她那个男朋友根本不管她，但两个人又老不分手，死拖着。对了，最近她好像还和社会系一个研究生也打得火热，要不你去问那个研究生吧。”她忽然说。

“叫什么名字？”叶旭拿出本子准备记录。

“黎正，黎明的黎、正确的正。蛮帅的。”刚说完，旁边一个男生朝她吹了声口哨，她飞也似的跑开了。

我和叶旭站在原地。尤其是叶旭，他呆望着我：“怎么办？”

“还能怎么办，去医院找黎正啊。”

九点十分，医院。

黎队睡着了，虽然看上去很劳累，不过总算能休息一下，但两小时后他恐怕又得被巨大的疼痛所折磨。

我、叶旭、黎正三人站在门外过道上，都不说话。

“你不想你父亲再受折磨就把你知道的都告诉我们，你自己也是研究民俗的，应该知道钉刑的残酷，你该不会等明天眼睁睁地看着你爸爸在疼痛中死去吧？”我先开口了，没想到黎正对我一阵冷笑。

“从头到尾整件事应该和你无关吧？你又不是警察，凭什么插手这件事？”他背着手嘲笑我。

“他是我朋友，是我拜托他的。”我刚要反击他，忽然叶旭开口说道，表情非常严肃。

“如果你还算是黎队的儿子，就把你知道的都说出来，我们好救他。”

“他是我爸爸，我难道忍心看他受苦？”黎正说着差点跳起来。

“时间不多，我长话短说，你和秋旋到底是什么关系？你下午借《封鬼》有什么目的？

还有，你最好说明案发的时候你在哪里，做什么事。”叶旭一口气说完，长舒一口气。

黎正睁大眼睛看着这个平时对他唯唯诺诺的叶旭居然如此严厉地审问他，气得青筋暴起。“你什么意思？你是说我杀了秋旋？我借什么书你管得着吗？还有你怎么知道的，你们跟踪我了？”

虽然黎正很生气，但他还是告诉我们他和秋旋不过是普通的同学，两人在图书馆偶遇，他对这个女孩开始还有好感，但后来听说她作风不好就中断来往了。至于借书，也只是想了解一下钉刑，看看能帮什么忙。我不知道是否该相信他，叶旭估计也是。我们对望了一下。黎正说完看着我们，觉得好像我们还是满脸不信任，只好说案发的时候自己就在家中，当时父亲和自己正在看电视。大家互相争执了一下没有结果，只能不欢而散。我和叶旭只好坐在外面闷头抽烟，看着时间慢慢流过。

黎队正在睡觉，我们不想去打扰，姑且暂时相信黎正的话。但又没线索了，看来只能从那根被换掉的钉子着手了。很明显，有人换掉了证物，而且看来很着急。我从叶旭那里知道，这种螺纹钉子好像他们警车上就有，很普通。

能够接触证物的人不多，叶旭告诉我，当天的证物最后是他和黎队带回去的。包括死者身上残留的钱币和那些钉子，以及附近的一把榔头，榔头上没任何指纹，也是大街上随意都能买的，所以基本没什么价值。

“你说，黎队在你下车后就不见了？”

“嗯，你该不是连黎队也怀疑吧？我可是一直和他在一起。”叶旭赶紧回答道。

“但你也看见了，证物房的钉子不是死者身上的，证物进了证物房看管得有多严格不用我说，你应该比我更清楚，能够换掉证物的只能是黎队。”

“他犯得着冒这么大的风险吗，人又不是他杀的，他更不会无聊到搞什么钉刑。”叶旭有些不快，他又隔着玻璃看了看里面睡着的黎队，黎正刚进去，坐在旁边看书。

“你不觉得可疑吗，他先是告诫你不要太关注女尸，估计是怕你被牵扯进去，然后车子在路上莫名爆胎，接着证物被换，我当然不是说是黎队干的，但很可能他是在帮另外一个人洗脱罪名。为了他，黎队即便冒着妨碍司法的罪名也要做。”

叶旭指了指里面的黎正，我点了点头。现在缺的只是如何证明黎正才是杀害秋旋的凶手。

钉刑用在眉心的那根一定得是桃木钉，否则一旦拔除钉子，死者马上会来报复，估计黎队中途下车就是为了换掉那根桃木钉，并且把它扔在了某处。如果真的是这样，那根桃木钉一定带着能够证明黎正是凶手的证据！

“啊！”忽然病房里一阵尖叫，黎队双手捂着右脚，脸上痛苦的表情让五官都扭曲了，哪里能看得出曾经是让犯罪分子胆寒的刑警队长。

我和叶旭马上冲进去，帮助黎正按住黎队长，墙上的挂钟清楚地显示着现在是十一点三十分。

这次更加严重了，黎队整个人都几乎陷入半疯狂状态，果然一根钉子比一根钉子来得厉害。还有十二小时，到时候就算不用眉心那根，黎队也只剩半条命了。我看了看旁边的黎正，依旧面无表情，不，似乎还有点窃喜，我有点愤怒了。

后来护士和医生来了，打了一针镇静剂才让黎队睡着。我抓起衣服拖着叶旭跑出医院。

“走，现在就去那天你车子停的地方，我们就算不睡觉也要找到那根桃木钉。”

“多叫点人吧，只我们两个人太勉强了，那里很开阔，而且也不知道黎队到底往哪里扔了。”叶旭建议道。

“不行，首先这个理由就说不通，而且黎队偷换证物的事最好还是不要公开。我们先去，至于确定范围，我有办法。”我咬咬牙，看来非用那个不可了。

深夜一点二十分，我们先来到停尸房。趁着叶旭和管理员说话的时候，我溜了进去，找到了秋旋的尸体。

我拖开她的尸体，在眉心伤口处用右手食指按住，把准备好的淘米水拿出来涂抹在她的眼睛处。

我在心中暗念：“如果你想沉冤得雪，不让无辜的人受磨难，就帮帮我，借你体内最后一丝魂魄给我。”

我把食指咬开，血正好滴进她的伤口，然后我再用食指盖住伤口。

成不成功得靠造化了，现在她生前所有的记忆和看到的东西都在那根桃木钉上。我的手指带着她最后的魂魄可以与桃木钉产生共鸣，而且只要我接触到桃木钉，我就能看到当时现场的一切。不过这方法危险很大，因为万一在那里找不到钉子，十二小时后，眉心被扎入钉子的就是我了！

我做好一切，迅速和叶旭上车。我让叶旭以最快的速度去当时停车的地点。还好，才两点半。

我举着右手，如同雷达一样四处搜寻着桃木钉上仅存的一点秋旋的魂魄。直到我右手累得酸痛，也毫无收获。

这样无谓地一直搜索到早上六点半，只有五个小时了。叶旭也累得坐在地上。

我开始有点后悔自己的冲动了，我太相信自己的推理了，看来我要付出代价了。

或许我是在哪里的思考出了问题？我只好和叶旭先开车回医院再说。下车的时候正好医院开始卖早点，一般这个时候都是七点一刻，自己的生命慢慢走向尽头，反倒坦然了。

在上去的时候与一个人撞了个满怀，那人看都没看我就走了。这时候食指居然剧烈地疼痛起来。

有感应了，难道钉子就在那人身上？我马上叫叶旭堵住他，仔细一看是个十七八岁的年轻人，一身哈韩衣服，看来被我们吓坏了。叶旭在他身上搜索一遍，果然在口袋里找到了那根桃木钉。

我和叶旭厉声问他钉子是从哪里来的，他结巴地说是前些日子在某处捡的，觉得特别就留着玩了。我看他不像说谎，而他说的地点的确就是我们俩苦找大半夜的地方。

他傻傻地站在原地，我故做严肃地教训他，以后撞到人要说对不起，这才放他走，这小子吓得马上就溜了。

拿到钉子我们就像打了一针强心剂。现在只需要把钉子再度插入秋旋的眉心，我就能看到她临死时的画面了。

早上八点四十分，我们偷偷溜了进去，叶旭帮我把风。

我将钉子缓缓放进去，并再次滴入自己的血，然后闭上眼睛。我自己也很激动，因为终于可以知道谁才是凶手了。

我发现一个完全陌生的环境，居然不是旅馆的房间，接着是一个人的背影，然后好像看见了一张类似化验单的东西。那个人忽然转过身扑了过来，接着是不停地闪烁的画面，一双手死死地掐住喉咙，我几乎感到窒息，最后画面消失了。

我如同被电击一样反弹了出来，虽然只有一刹那，但我还是看清楚了那人的容貌，现在剩下的只有取证了。

九点半。我和叶旭把所有一干人等都带到医院，包括黎正、那个女孩，还有秋旋的男友，然后分别抽取他们的血样，当然，这都是让叶旭以破案为借口做的。过了一会儿，我拿着化验结果出来。

我看着他们，深吸了一口气，拿出几张化验单，分别是他们几个的。

“这是什么意思啊？”黎正问道。

“这些是你们的化验单，在这几张单子里，只有一个人不同，他得了性病，而且和死者秋旋是一样的。”我晃了晃手中的化验单据，他们都没有任何表情，我心想，死鸭子嘴硬，不能再拖，要赶紧证明谁是凶手。

“钉刑是用来惩罚不洁者和背叛者的。这个秋旋的确作风不好，甚至在外面还做了些人肉交易。我们都以为旅店是第一案发现场，的确，钉子插进肉体喷出的血液，附近的榔头，最重要的是法医的推断，加上她失踪的日期，似乎一切都顺理成章。其实秋旋是被掐死的！她是死后才被处以钉刑的。”我望着黎正，笑道，“说得对吗？”

黎正依旧面带寒霜，没回答我。

“我不知道凶手用了什么办法，居然可以使法医作出对死亡时间延迟两到三天的推断，但凶手在实施钉刑的时候居然留下了自己的血样，就在眉心的那根钉子上，那根桃木钉。”我拿出那根桃木钉，钉子呈暗红色。

“上面好像刻了字。”那个女孩看着钉子，忍不住喊道。

“是的，我可以大声念出来，是‘黎民苍生，正气永存’，其实就是黎正你的名字的来历。也就是说，这根桃木钉就是你的！”我把钉子举到黎正面前，他看了看钉子，忍不住笑了起来。

“单凭一根钉子就想证明我是凶手？太滑稽了。”

“的确，我没想说你是凶手，因为凶手是他。”我转过身，把钉子指向秋旋那位我以为弱不禁风的男友，的确，我在秋旋最后的记忆里看见的就是他！

“不是我，你别诬赖好人！”他大声狡辩，但额头已经汗如雨下。

“我没必要诬赖你，钉子上有秋旋的血样，也有你的！”我把他的手高高举起，果然拇指上有一处新伤，虽然不是很大，却刚刚长好。

“你不用抵赖，其实你和秋旋的关系我也知道了。你们家境不好，但从小一起长大，秋旋之所以那样做是为了让你圆出国梦，但她没想到即将毕业，你的出国手续也办得差不多的时候，你居然想抛弃她。那天她来到你的房间，故意说想和你温存一晚，结束后她拿出她得了性病的化验单来嘲笑你。如果有这种疾病，想必在体检中一定会被刷下来吧，你在恼怒之余居然掐死了她。或许你怕她灵魂报复，或许你心里有愧，你想到了一个人，一个可以用奇术让你逃脱法律和灵魂制裁的人。”我一口气说完，望向黎正。

“那个人深谙此道，我不知道他使用了什么手段，反正最后你们在旅店的房间里实施了钉刑，那根最关键的桃木钉就是他给你的。”

那个男生犹如失去魂魄般跪了下来，口中喃喃自语道：“我对不起旋旋。”

我看了看表，正好十一点，看来一切都结束了。

“蠢货！”黎正的表情忽然变了，带着恼怒和暴躁，他突然又安静下来看着我。

“看来我低估了你，其实你刚来到这个城市我就注意到你了，碰巧这个蠢货打电话告诉我他杀了秋旋，忘记告诉你，他们一直都把我当做所谓的好友，要知道假装愚蠢和他们交往真是痛苦。而你出现了，我当然把你划成我复仇计划中的一分子。我知道你可能会打乱我的部署，不过没有变数的游戏没有意思。

“没错，是我教他钉刑，秋旋其实在你们推论的案发时间的前两天就死了。当他找到我的时候，尸体已经有点变质了。我用腊油浇灌她全身封住臭味。你不是很想知道为什么她是被掐死但脖子上没有任何伤痕吗，为什么明明死后才插入钉子但还是有血喷溅而出？这一切都要归功于我的发明。”黎正拿出一只小盒子，居然从盒子里面取出一只通体透明、只有半寸长、类似蚕的虫子。

“这是控尸虫，这种虫子一旦进入人体，不，应该是死尸——必须是刚死不超过三天的死尸，就会不停地分裂，最后能有多大呢？告诉你，它们比病毒还要小，在死尸体内它们会不停地吞吃死亡的细胞，并且可以重组它们，使尸体的血液再次流动。所有的法医论断都建立在死后血液不通，导致坏死的论据上，当然你们会受骗。

“接下来，这些虫子会控制所有的肌肉骨骼神经，我可以控制尸体做任何动作，甚至包括说话。很有趣吧？”黎正拿着虫子笑道。

“那天老板娘看到的第一个人就是那个蠢货，第二个就是我控制的尸体。当钉刑结束后是我报的警，因为我知道你也在里面，遇见这种事，有强烈好奇心的你怎么会置之不理呢？”

“但我不明白你所谓的复仇是什么意思？我们好像没见过面吧？”我看着手表，十一点二十分。

“哼，这些你要等床上的老头醒了，自己去问他二十年前他造的孽。虽然这次没办法杀他，不过也让他吃了点苦头。桃木钉是我故意留下的，我本希望你靠这根钉子来找我，我们可以来一次猫抓老鼠的游戏，可惜被老头破坏了，不过有变化的游戏才是好游戏嘛！”黎正大笑起来，我看着这个视人命如草芥的人，感到心寒。

“我要走了，不过我还会来找你的，和你交手真有趣！”说完黎正就转身往阳台跑去，我和叶旭赶紧去制止，这里可是十一楼啊。

黎正如风筝一样摔了下去，惨不忍睹。我和叶旭看了看，只好回到病房，这个时候已经十一点三十分了，黎队醒了过来，看来诅咒的确消失了。正当我和叶旭开心的时候，忽然门外响起一阵惨叫声。我跑出门，看到秋旋的男友痛苦地在地上翻滚，我赶忙把他扶起，但我一触摸到他的身体，就感到一个尖锐的东西从他体内冲出来。

接下来的片段我一辈子都难以忘却，他全身就像刺猬一样，无数根钉子从他体内插出来，鲜血和骨头碎肉喷得墙和地上到处都是，另外那个女孩当场就吓晕了。

叶旭目瞪口呆地望着我：“怎么会这样？”

“是钉刑的反噬，施刑者会受到几百几千倍的报复。”我叹了口气，或许他和秋旋应该多谈谈，不把心结变成心魔就不会这样了。

之后的事叶旭去扫尾了，不过我还有疑问，要等黎队完全康复再问他。

数天后，我和叶旭来接黎队出院。

“黎正不是我的亲生儿子。”黎队第一句话就令我们很惊讶，尤其是叶旭。

“我料到他迟早会知道。二十年前我破了一件凶案，其实破的过程完全是巧合。那时我还只是一个小警察，就像现在的叶旭。我正好看见了凶手行凶，他所干的就是使用钉刑，而且在反抗中我把那人打死了。那是我第一次开枪，后来我知道这个犯人因为怀疑妻子出轨，居然把妻子钉死了。他们还有一个几岁大的孩子，我不忍这个孩子成为孤儿，就收养了他。我在他父亲的遗物，也就是一共七根的桃木钉上看到‘黎民苍生，正气永存’一行字，就为他取名黎正，其实看他与我有缘也是我收养他的原因。我虽然明白他终究会知道是我杀了他父亲，但没想到他居然设这样一个局来报复我。

“那次是我故意在车胎上扎了钉子，然后偷换了证物。其实这件事是他叫我做的，他说他一时激动杀了那个女孩，求我救他，我只好答应他换了钉子。”

“难怪秋旋会找到您，其实那根钉子上没有那个男生的血，有的只是您的血。”我对黎队说。

“我的血？”黎队惊讶道。

“是的，当时我只是设局让那个男孩自己承认，其实钉子上是您的血。我也是后来化验所有相关人的血样后才知道。这样钉刑找上您也就不奇怪了，看来黎正想以钉刑杀死您。”

我原以为黎队会愤怒，但他一脸平静，经历这事后，他苍老了许多。

“我不怪他，这一切都是注定的，虽然我是警察，但毕竟是我亲手杀了他父亲。”

我和叶旭沉默不语。

叶旭的手机响了，接了电话后他的脸色有些变化，我忙问怎么了。

“尸检出来了，那具尸体不是黎正的，也不知道他是从哪里搞来的，都死了几天了。”叶旭答道。

果然他不会轻易地自杀啊，看来他使用了控尸虫，他早知道事情会暴露，连后路也安排好了。一想到他临走前说的话，我就觉得脊背发凉。

我看着朋友若有所思的样子，安慰他道：“或许他只是吓唬你罢了。不用担心。不过按你说的，黎正好像比你还精通那类东西啊。”

“的确，或许他现在正躲在哪个角落又在布着局等我去钻呢。”

“要是那次没遇见那个哈韩的年轻人，你找不到桃木钉怎么办？”我打趣道。

他无奈地摊开手，做了个无可奈何的动作。

“那就结束了，完了啊。”随即他又狡猾地笑道，“其实运气也是实力的一部分啊。”

“哈哈。”我们都笑了起来。

第九夜
猫婴

“天越来越黑，来的猫也越来越多，我们看不到猫，却看得到猫的眼睛，一对对的绿色，在夜里闪着光。”

（或许这个故事并不恐怖，但确实发生过。）

门外响起了敲门声，而且比较大，我奇怪为什么来者不用电铃。我起身把门打开，门口站着一位老太太。

老人家有六七十岁了，穿着一身灰色粗布大褂，外表破旧却十分干净，肩膀上背着一只大大的麻布袋子，也不知道是什么，看上去沉甸甸的。大娘看上去慈眉善目，方脸大眼，奇怪地看着我，却不说话。

“您找谁？”我问道。大娘就是不说话，只是狐疑地看着我，又看看门牌号，自己嘀咕着：“难道搞错了？”

这时候朋友走了出来，一看见这位老人家就高兴地大喊：“二姑，您老怎么来了？”他赶紧奔过来，帮二姑接过手上的家伙。

这时候老人家才笑起来，我和朋友扶着她进了屋。

朋友互相介绍了一下，原来这位老太太是他家乡的二姑，小时候除了堂叔就是这位二姑对他最好了。

“小四啊，这么久都没去家里看看啊？”二姑的声音略有点责备。

“这不忙吗，您也知道我喜欢到处走，寻寻那些个新鲜事。”朋友摸着脑袋笑道。

“唉，要是我们家翠能活到现在，估计也有你们这么大了。”二姑忽然感叹。

“翠？您不就生了我表哥一个吗？”朋友奇怪地问。

二姑忽然像想起了什么，面带忧伤，我看见她那结着厚厚老趼的手指头互相揉搓着。

“你不知道翠，因为她在你出生前就死了。而且那件事被隐瞒了起来，家里人都不准再提翠的事，你当然不会知道。”

“都这么多年了，二姑就告诉我吧，我也听听是怎么回事。”

（以下是二姑的口吻。）

那年你父亲和你母亲刚刚结婚没多久，我就怀上了翠，开始的时候很顺利，翠生下来的时候大家都很高兴，你知道我们家可不管是男娃还是女娃都疼得很。而且翠长得非常漂亮，比村子里哪家哪户的闺女生下来都漂亮，又听话，又不太哭。

但翠一生下来，家里就再也没安宁过。

先是刚生完她，我的伤口突然又裂了，大出血，差点没把你奶奶吓死，好不容易我才活了过来。整整两个月，翠都是给村里一个叫李妈的奶妈带的。

李妈当时也有自己的孩子，她奶了翠两个月后连忙送回来，惶恐地说翠到她家后家里老出怪事，先是她自己的孩子莫名地烦躁，一看见翠就恐惧得哭，而且翠喝奶很厉害，再带下去自己的孩子就要被饿死了。

我们并没在意，反正自己的孩子还舍不得给人家带呢，加上我自己也恢复过来，于是翠又回到家里由我自己来带。

但接下来的日子让大家非常恐惧，犹如传染一样，你爷爷、四叔、你姑父突然都得了急病，而且都病得很厉害，家里经常失窃，家畜也经常无故消失。终于，开始有人在背后议论，后来居然发展到当着我的面说，这个孩子要不得，是灾星。

我抱着翠，死也不相信我这漂亮乖巧的女儿会是什么灾星，我和他们争，和他们吵。但后来的日子的确证明了，凡是和翠接触过的人或多或少都会倒霉，轻则破财，重则生病。

终于你爷爷说话了，请刘瞎子来算算！

刘瞎子是十里八乡有名的神卦。据说战乱的时候好多个大官想请他，他都拒绝了。他经常在这附近为老百姓免费算卦，帮他们消灾避祸。他是天瞎，也就是一出生眼睛就看不见东西了，后来他家人看他可怜，把他送到观里，也不知道他如何学会替人算卦，总之相当灵验。

刘瞎子把翠的八字一掐，又问了我和你姑父的八字，想了好久，把我一人单独叫出来。

“你要有个准备，这孩子不是一般人。她生下来就是要妨人的，先是母亲，接着是父亲、哥哥、祖父、祖母，最后剩她一个，她就会飞黄腾达、出人头地、相貌出众。你们家所有的福都会集中到她一人身上。”

我听了当时吓了一跳，转而问他："先生怎么这样说，又如何见得你说的是对的？我们家小翠长得漂亮乖巧，哪会是如此狠心的人？"

"信不信由你，她是猫精，你属鸡，你男人属鼠，别人尚且好说，你二人绝对是过不了她十八。你要不信，我在你胸前画一道符，符一画上，你女儿必不喝你的奶，只有将她活活饿死，你们一家人才能得救。"

我只好抱着试试的态度，让刘瞎子在我胸前画了一道符。刘瞎子画完后还特别交代，三日后女婴必死，她死前有众多猫来相送，千万不要出门，也不要高声喧哗，才可以保家宅平安。

果然，当天翠就不喝奶了，任凭我如何哄她她就是不喝，而且非常反感我，老是拿小手推我。我心头一凉，难道我的孩子真的是猫精啊？

没奶喝，翠就在床上饿得大叫，叫声非常刺耳，叫得我真难受，我真想把符洗了去喂她，但还是被家里人拖住了。若真是猫精，必是来讨债的，我就算自己性命豁出去不要，也要顾及家里人啊。我就这样听着翠的叫声，心头就像有人拿刀剐我一样。（二姑说到这里，忍不住老泪纵横，她好不容易擦干净，又继续说。）

终于到了第三天晚上，翠的哭声越来越小，小脸也越来越白。这时候，我发现家里不对头了。不知道哪里来的猫，各种各样的，白的、黑的、棕毛的、杂毛的、大的、小的，少说也有几十只，把家里围了起来。那时候还没电灯，家里都点煤油灯，可那天无论怎么点都点不着，你姑父索性不点了，抱着我和你表哥蹲在墙角。

那情景别提有多瘆人了，天越来越黑，来的猫也越来越多，我们看不到猫，却看得到猫的眼睛，一对对的绿色，在夜里闪着光。而且它们像配合翠的哭声似的，也一起叫了起来。你能想象吗，上百只猫同时尖叫是什么样子？我们听得都快疯掉了，你表哥吓得紧紧搂住我。

猫就这样一直叫着，但翠的哭声越来越小，最后终于没声音了。这群猫不肯离去，仍然守在周围，叫声也越来越低沉。

这时候门外下起大雨，你也知道，先人常告诫我们，凡大雨的时候有猫出现多数不太吉利。那些猫久久站在那里不肯离开，只是喉咙里发出咕咕的声音。我当时真怕它们一拥而上，把我们一家人咬死。

也不知道过了多久，猫儿们才渐渐散去。一直闹到后半夜。我们见猫都走了，才大着胆子去看翠。

翠的小脸都发紫了，两只眼睛大大地瞪着上面，手也僵硬了。终究是我生下来的，我抱着她的尸体哭了好久。

我们埋翠的时候依旧来了很多猫，默默地跟着我们，虽然害怕，但发现它们好像也没什么恶意。

翠的坟没埋在祖坟里。这也是刘瞎子说的，他说翠的尸体不能进去，说一旦她进去，整个家族的风水都坏了。我们只好把翠的尸体埋葬在后山上。

后来你父亲回来了，听了非常生气，说都什么年代了，居然让孩子活活饿死。他还去找刘瞎子，可惜没找到。你父亲在兄弟姐妹中和我感情最好，后来他还说，如果他生女儿就过继给我，结果生了你。呵呵。

（“后来呢，后来呢？父亲可没告诉过我啊。”原来他听故事比我还上瘾。）

自从翠死后，家里就没断过猫。有时候睡觉起来小解，冷不丁你会发现要么在房顶上，要么在墙角有那样一双绿绿的眼睛。弄得我们一家觉也睡不好，刚睡下，四周的猫跟商量好似的开始叫，声音非常凄惨，出去赶吧，它们一下就不见了。就这样持续了小半年，一直到刘瞎子从外面回来了。

我们像找到救命稻草，刘瞎子听了我们的诉苦，埋头不说话，好半天抬起头，用他那双灰白灰白没眼球的眼睛望着我。我有时候怀疑他不是瞎子，怎么好像看得见人似的。

“她不肯走，虽然她死了，但她还在这里，不过这次她真的是猫。你可以去查一下附近那天翠死后出生的小猫，如果有只通体漆黑的，那就一定是她了。把她带来，别伤着她，我再教你怎么做。”这时候，我们也只好相信他的话了。

我和你姑父包括你奶奶、叔叔到处遍访附近养猫的人。找来找去，最后终于在村口的一户人家找到了。果然是一只通体漆黑的小猫，而且正好是翠走的那个雨天生的。

那户人家也说，那天大雨，母猫就不停地叫唤。后来早上他们来看，吓了一跳。因为猫一般生四到六只猫崽，但窝里唯独看见这只黑色的。主人家以为必是神仙，便好生供着。

我费了好大力气还搭上钱，才把这只黑猫买了回来。但它死也不让我抱，拉都拉不动。没办法，只有让你叔叔抱到刘瞎子面前。

刘瞎子正在家里等我们。但见他已经换了一套道服，一身印有八卦图案的灰色长袍，已经很破旧了。我第一次看他穿成这样，自然有些好奇。

那只黑猫在你叔叔手上，一看见刘瞎子就不停地叫唤，眼睛瞪得跟铜铃一样。刘瞎子听见猫叫，笑了笑说：“你也不必怪我，你纵然可怜，但我也不能眼看着你把人家一家祸害了吧。你既投到这里，定是和这户人家有缘，孽缘也好，吉缘也罢，今天把它了断了吧。”说着他把一道符对空烧尽后，把左手放在猫头上。猫立即不叫了，显得非常温驯。

大概放了一刻来钟，就看见刘瞎子一个人也不知道念些什么，一头大汗。那时已经是七八月份，他穿着厚厚的道袍，能不出汗吗！

之后他叫你叔叔把猫带回屋，并对我说："你要好好对待这只黑猫，也算是弥补你孩子的孽债。等黑猫寿终正寝，你一家人便无事了。一切都是命里注定，至于孩子的死你也不必过于悲伤。她原本是官家里的深闺小姐，与你本有一场母女情分，无奈她八字太硬，与你家人正好相克，我作法收了她也是无奈之举，现在你就把这只黑猫当做你女儿，了了这段缘分自然就没事了。"说完，刘瞎子收拾东西就走了。

"那只黑猫的确很乖巧，在我们家一待就是十几年，后来还是病死了。"二姑长叹一口气，"怪只怪她命苦，我和她到底有缘无分啊。"

朋友默然，安慰二姑说："二姑也别太难过了，都过去这么久了。对了，您今天来有什么事啊？"

二姑破涕为笑，把带来的麻袋打开，都是些水果啊、腊肉啊之类的土特产。

朋友看了大喜："都是我喜欢吃的，谢谢二姑了。"

"不用谢。其实我今天来的主要目的是让你赶快回乡下老家一趟。你奶奶已经为你看好了一个上好的姑娘，你一定要去看一下。"

二姑刚说完，朋友就愣了，我则在旁边偷笑，没想到他居然还要去家乡相亲啊。

一番推辞，好说歹说二姑也不愿留下，只是临走时再三叮嘱，一定要在这个月底之前回去看看，成不成没关系，但一定要来。这句，是朋友奶奶的原话。

送走二姑，我笑着问他："怎么样？你也要去乡下相亲了，我还是回去吧。"

他突然也笑了，看着我说："有没有兴趣去我们那里看看？说不定我这么久没回去，又发生很多故事了。"

我想也没想就同意了，反正年假一个月，闲着也是闲着，于是分手立即回家收拾东西，准备随他一起去他那神秘的家乡看看。

第十夜
水猴

> “我的口里、鼻腔里马上浸满了水，很难受，接着是无法呼吸。一股巨大的力量迅速地拉着我。”

从这里去他的老家还有几天的路程，既然这样，不如说说我是如何和他认识的。

我是一名编辑，普通的编辑，每天像孙子一样约稿、审稿、校稿、排版，一天接一天，似乎重复的工作永远没有尽头。

直到两年前的一天，那段时间新闻特别多，记者不够用了，老总在空调室里大笔一挥，让我去干几天兼职记者。注意，是没有任何附加酬劳的，美其名曰年轻人该多锻炼，多学东西。

于是劳累一天的我，还要抽空去采访新闻。不过这也是好事，我终于可以不用在那该死的办公室里一坐就是十几个小时了。

我碰到的第一件事就是一名小孩在戏水时溺死了。小孩才十二岁，他父母几乎精神失常了。在我们这个天然河流离市区很近的城市，每年入夏都有大批小孩去游泳避暑，当然，每年也有一定数量的孩子永远和父母分开。

说老实话，我不想去采访当事人的亲属，这无异于撑开伤口。我把采访重心放在出事的地方。

很普通的河，而且离报社没多少路，我经常骑车经过。现在仍然有很多人在游泳，还有比那出事小孩年纪更小的。我采访了几个人，教条似的问了几个关于落水防范的问题。正准备收工，发现远处站了一个年轻人，身材修长，皮肤很白，看他的装束似乎是一个旅游者，因为他身上背着硕大的行囊。我看见他站在那里一动不动，非常奇怪，显然，他不是来游泳的。

我暂时把这事放了下来，但没过多久，那个河岸居然又有小孩出事了。万幸的是，小孩被救了，而且当时我就在旁边。

我也是偶然路过，就听见一个头发凌乱的中年妇女向人大喊着救命。我把自行车一扔，连忙跑过去。河边围了几个人，但都水性不好，小孩落在深水区，刚才好像还露了个头，现在已经完全看不见了，看来凶多吉少。

我正准备打电话，这时候就感觉身后有一阵风，我一看竟然是昨天的那个怪人，只见他迅速脱去外套冲向水中，我似乎看到他在入水的时候在手腕上绑了什么东西，好像是一根红绳。

过了一会儿，这个人抱着孩子上来了，孩子的母亲像疯了一样赶紧跑过去接过来，连谢谢也忘了说。

出事的孩子大概也就十一二岁，脸上青紫青紫的，一动不动，不知道还有没有救。

他也累得够戗，一屁股坐在地上。

“你好勇敢，我是××报社的记者，能采访一下你吗？”第一手资料不能放过。

他瞟了我一眼，冷声说道：“你有工夫还不如帮帮那个可怜的孩子。”

我尴尬地耸耸肩：“我能做的只有报警。不过，你怎么天天都在这里晃悠？”

他看看我，一言不发地走了。

我心想，架子很大啊。这是我们的第一次对话，还是很有趣的。

遗憾的是孩子没救活。这件事渐渐传开了，说河里有水鬼。据说被捞上来的尸体的脚踝上都有乌黑的手印，上次我没仔细看，也不知道是不是真的。不过老总交代，一定要找到救人的那位小伙子，特写一番。

我没去找他，我知道他还会来这里。果然，第二天早上，我以采访为名，又在河边见到了他。

“你果然又来了。”我走过去友好地伸手。他有点惊讶地看着我，随即又恢复了冷冷的态度。

“你怎么也来了？”

“因为我知道你会来啊。放心，我不采访你，我只是直觉感到最近这么多孩子溺水，有点问题。”

他盯着我看，眼神很犀利，看得我很不自在，忽然间笑着问我：“你相信世界上有鬼神吗？”

我笑了笑：“信则有，不信则无。我虽然不是很相信，但也不完全否认，就像问是否有外星人一样，传闻虽然多，但没一个拿得出手的证据，如何相信呢？”

“你是个很理性的人，只相信自己的眼睛，果然是做记者的。”他大笑起来，露出两排整齐而雪白的牙齿。

“这样吧，如果你有时间又不害怕，今天我让你看看证据。”他把身上的行李脱下来，翻了半天，拿出一些潜水工具。

“会潜水吗？”他把工具扔给我。

我点点头，实际上我的潜水只局限于去年夏天在市游泳馆而已。

“那就好，来，把这个系上。”他扔给我一条红绳，果然是上次看他系在手腕上的，我没去问。像这种人，愿意告诉你他会主动说，不愿意说，问也白搭。

说是潜水工具其实很简单，不过是个带管子的护目镜。我们从河边下去。以前还没真正下过河，进去后大概六七米深，看河面很干净，没想到下面模糊得很，还漂浮着很多絮状物，还好水的味道还不大，还能忍受。

就在接近深水区的时候，他停住了，做了个阻拦的手势，然后指着前面，估计是叫我注意看。

可是我什么也没看到，只看到几个孩子依旧顽皮地在我们附近的水面上玩耍。

我忽然发现，前面模糊的水域好像上来什么东西，颜色不是很清楚，依稀看得见有四肢，它滑水的样子很滑稽，前面的两条不知道该叫手呢还是脚，就像海豹一样。

等走得稍微近了我才看清楚，居然好像是只猴子。

说是猴子，完全是因为除了那前面突出的前肢以外，它所有的特征都是猴子嘛。圆圆的脑袋，毛茸茸的身体，还有那根蜷曲的猴子尾巴。不过前肢上好像有类似蹼一样的东西，而且最奇怪的是，它的尾巴末端好像有一只手。

猴子谨慎地慢慢靠近上面游泳的小孩。现在它离我们更近了，奇怪的是它能发现孩子，却似乎发现不了我们。

只见它如捕猎一般接近孩子在水下的腿，它把尾巴伸了过去，上面的手一下就死死缠住了孩子的脚踝部位。

我大惊，想划过去阻止，却被他阻拦了。我愤怒地望着他，他却像没事一样冷静地看着。

我暗自骂了一句，拨开他的手径直朝孩子游去，那孩子已经被那怪猴子拖得比较远了，我不是很擅长游泳，只好加快速度。

猴子本来就不快，加上拖着个孩子，眼看着就要被我追上了，我看准距离把手伸过去，本以为可以抓住孩子的手，但我惊讶地发现，我什么也没抓住！

我呆在原地，看着那猴子把小孩拖了进去，然后消失在我的视野中。

这时他过来了，指了指上面，我们只好上岸。

“怎么回事？”我不解道。

“你看到的是几天前我救小孩看到的情景，你手上绑的其实是很小的红水晶碎片连起来的，这是影晶石，因为我手上也有，这样在水里我就可以让你看见那天我看到的。”我仔细看了看，果然不是什么绳子，只是做得太细小，不认真看哪里看得出来。只见他朝我手一伸，又把那影晶石要了回去。

“那是个什么东西？看上去像猴子一样。”我对刚才看见的怪物很迷惑呢。

“水猴，它们长期生活在河流或者湖泊泥沙多的地方，一般情况下它们不会主动攻击人，但这个孩子已经是第三个了，每个尸体的脚踝上都能清晰地看见它们拖拽的手印。”

“孩子不是被它拖走了吗，尸体怎么上来的？”我想起当时他好像是把孩子抱上来了啊。

“被拖走的是灵魂。”他望了望众多游泳的人，“不快点解决的话，我怕有更多人遇害。这里水域很宽，我没办法老在这里巡查，而且一旦被拖住，我也很难把受害者救下来，就像那天的孩子，虽然我尽力了。”说到这儿，他有点伤感。

“那不是你的错，可是水猴为什么老袭击小孩？”

“因为水猴本身就是溺水身亡的小孩的怨灵，在不同的国家它们有不同的名字，有人传闻它们半人半猴，喜欢捕杀水边的人并吃他们的眼球。它们存在于美洲神话中，而在日本，经过著名的民俗学者石川纯一郎的考证，在某些偏僻的河流中的确存在河童。其实最早的河童传说起源于中国黄河流域上游，那时候他们被称做‘水虎’或者‘河伯’，小时候不是有个什么西门豹为河伯娶亲的故事吗？后来到日本后，被传为河童。”他开始滔滔不绝地解释，说得我一愣一愣的。

“水猴后来被夸大了，其实它们从来不主动袭击人类，一般都以河中的动物灵魂为食物，而且躲藏在极深的泥沙中，十分罕见。”

“也就是说要想先解决水猴，必须先知道它们异变的原因，是吧？”他点了点头。

我望了望江面，看到几条巨型的船。

“我想我知道了。”我指着那几条船，“那是采沙船，以前这里的泥沙资源很丰富，不过最近几年开采泛滥了，都拿去工地施工用。开采泥沙几乎没什么成本，现在采沙的人越来越多，昨天好像还说连桥基都有坍塌的危险。”

他低头想了一下：“对，没错，水猴不堪被扰才这样疯狂地报复。这个水猴已经拿走三个孩子的灵魂了，我怕它能力再长的话就会对成人下手了。”

还没说完，河边游泳的人发生了骚乱，原来又有人出事了。我们赶到河边，人已经被冲走了，据说是个大学生，他的同学都在旁边吓得说不出话来，全身颤抖。

我赶紧问其中的一个人怎么了，他非常害怕地答道：“猴，猴子把他拖走了！”

“糟糕，现在普通人也能看见它了。我们必须马上让他们停止采沙，并让水猴回到它应该待的地方去。”那个年轻人收拾东西朝公路走去。河岸的旁边就是公路，也是填河造的。

“等等我！还有，我该怎么称呼你啊？”我也赶过去。我可不想放过这个机会，并不是我想报道什么，而是我向来对这种事很感兴趣。

“我叫纪颜，你叫我小四吧。”他转向我，“你呢？”

“欧阳轩辕。”

他听了笑道：“你的名字够拉风的。”

我也笑笑：“小四也很有趣啊。”

半小时后，我们来到了水上公安局。

“已经死了四个人了，我希望你们赶快阻止他们采沙，而且暂时封锁河岸，只需要给我一天时间就够了。”纪颜对着值班的警察请求道。

值班警察戏谑地看着他，做了个请出去的动作，又看报纸去了。纪颜刚要发作，我抢先过去拦住他，做了个让我来的手势。

“我是××报社的记者，最近多人溺水身亡已经引起广大市民的恐慌。如果你们再不配合我们，我报将以不作为为标题报道你们。”说完我按住“编辑”二字，将编辑证在他面前晃了晃。值班警察的脸色变了，但马上又恢复了，不过语气好了点。没想到我们报社居然还有点名气啊。

“这个，我做不了主，但我可以让你们去见一下局长，他正在里面。”

我心想也对，能见个头儿也好。

局长很瘦，颠覆了我一贯认为官衔与体重成正比的想法。看得出他经常在外工作，皮肤黝黑，我看不清楚他长什么样子，因为我们进来的时候他正在看什么报告。

“你好。”我拿出编辑证，打算继续忽悠。

“收起来。你们在外面说的话我听到了。”局长头都没抬，让我汗颜。

“我可以答应你们的要求，但你们必须给我个明确的理由。”局长抬起头，如钩般的双眼直视着我们，看得人有点发毛。

纪颜走过去，双手撑在桌子上：“现在随时都有人会遇害，至于证据，在事情结束后我会让你信服的。”

局长摇了摇头：“封锁河岸不是小事，没有一个说得过去的理由，叫我如何执行？”

我拉了拉纪颜，小声说：“不如告诉他水猴子的事吧。”

“他能相信吗？”纪颜嘀咕道。不料局长突然站起来，声色俱厉地喊道：“你们刚才说什么？什么水猴子？”

我被局长吓到了，倒是纪颜正色道："的确是水猴，它受到采沙船的影响，所以出来袭击人类，今天它刚刚袭击了一个大学生，再不阻止它我怕就来不及了。"

局长盯着纪颜看了好久，终于说："好，我会尽快去封锁河岸，并通知采沙船离开。其实早叫他们不要过度开采，但他们不听。"我惊讶局长为什么这么容易就相信了，真奇怪。

河岸只能封锁六个小时，不过纪颜说足够了。等到黄昏后河水变凉，最适合对付水猴。

我们只好在河岸边焦急地等待，结果我居然睡着了。也不知道睡到什么时候，猛地醒来天已经漆黑一片，我赶紧看了看时间，七点了，差不多了。但我没看到纪颜。整个河岸就我一个人，寂静得有点吓人。

"纪颜！"我站起来高声呼喊，结果只有风声。

"别叫了，我在这里。"我循声看去，果然，他从河里慢慢走上来。

"现在河水温度已经到二十多度了，有点凉。我们现在要引它出来。"

"嗯，嗯，是个好方法，不过现在没人啊，它怎么会出来？"我点着头，然后看见他坏笑地看着我。

我赶紧摆手，我看过水猴拖人，我可不想这么早就死在它手里。

"这怎么行，万一我挂了怎么办？"

"不会有事的，你带着影晶石，这是经过高僧开光的，有驱邪的作用。而且一旦它抓住你，我可以通过影晶石这个导体逼它上岸，上了岸它就是普通猴子一只了。"说得倒是头头是道。

终于我还是答应了，但是当我真的走进冰凉的河水中时，我又后悔了，好奇心真是害人啊。

我慢慢游到离深水区不远的地方。纪颜则站在岸边。水面很黑暗，什么也看不见。偶尔一阵河风吹得我浑身发抖，没想到还真冷。

按照他的话说，只有在河水温度下降，人的体温可以迅速扩散的时候，水猴才会出来。它的视觉不好，在水里靠感应温度来攻击人。

我大概和岸边已经有一段距离了，即便我不动，河水似乎仍然在不断把我往深处送。我只好不停地划动着。

大概过了半个多小时，我感觉实在冷得不行了，对着岸边的纪颜喊了句"要上来了"，就往岸边游。

这个时候左脚一阵疼痛，起初我以为是抽筋，但很快那种针刺的灼热感让我知道这绝不是肌肉抽筋。

那力量很大，拼命把我往深处拉，还好，纪颜没骗我，起码我没被它把魂拉出来。我一边大喊，一边往回游，于是在开始的几秒我几乎在原地没有动，可能水猴第一次拉我这样有准备而且力气比较大的人。但我很快发现，我的气力早已经在冰冷的河水里消磨怠尽。我被水猴猛地一扯，整个人被拖到了水里。

我的口里、鼻腔里马上浸满了水，很难受，接着是无法呼吸。一股巨大的力量迅速地拉着我。我马上屏住一口气，打开了手上准备好的防水手表的应急灯。以前老觉得这功能纯属多余，没想到关键时刻居然能救我一命。

灯笔直地照在水猴的脸上。灯光不强，但把它吓住了。凭借着灯光，我看清楚了它的脸。

这次与上次不同，水猴完完全全真实地展示在我面前。它比那次体形更大了，而且毛发也竖立了起来，整个面部姑且还保留着几分猴子的特点，但眼睛鲜红，嘴角居然还露出了獠牙。脸上很多部位的肌肉都凸了出来，很吓人。抓住我的脚的正是它的尾巴，尾巴末段长着带着倒刺的手，难怪那么痛。

我心中暗叫，那个家伙去哪里了？

眼看着我就要被拖到深水区了，而且我也憋不了多久了，难道真要命丧于此？

这时候，手腕戴着的影晶石忽然发出耀眼的红光，把整个河底都照得红彤彤的。水猴居然放开了我的脚，呆呆地站在原地，跟傻了一样。

机会难得，我马上往上游，一出水面立即大口地呼吸空气。我回头一看，那小子正站在岸边，他手中的影晶石也在发光。

“快把它抓上来！”他一边扶着手，一边向我喊。

没搞错吧，拉它上来？我不情愿地再次下去，水猴还在发呆，我小心翼翼地靠近，正考虑从哪里下手。

看来看去，只好抓它的尾巴了。

尾巴足有两米多长，我没敢抓它带着倒刺的手掌，直接抓着尾巴慢慢游向岸边。整个过程，它如同被催眠般一动不动。

我也不知道游了多久，总之游一下回头看一下，生怕它突然醒过来。手腕上影晶石的光芒也在减弱。

我的直觉告诉我，一旦光消失水猴就会恢复常态，急忙加快速度，好在红光消失前上岸。

一上陆地，我就双脚无力地瘫倒在地上。水猴在河里还不觉得有多重，上了岸发现它大概有两个成年人那么重。

“来帮忙！”我高喊道，心想我差点都挂河里了。但纪颜面白如纸，一下晕倒了。我大惊，跑过去一看，发现他手腕上有好深一道伤口，地上全是血。我吓坏了，不知道该怎么办。

纪颜自己苏醒过来，苦笑了一下，安慰我说：“没事，只是大量流血有点虚弱，我会按

我的直觉告诉我，一旦光消失水猴就会恢复常态，急忙加快速度，好在红光消失前上岸。

住伤口。你赶紧用我的血在水猴头顶画个卍字。”

“卍字？”我奇怪地问。

“是的，佛教里的卍字，也就是纳粹党标志反过来。快去，它马上就要醒了。”他朝地面上的水猴指过去，果然，水猴已经开始动了。

我把手指蘸上纪颜的血，在水猴头顶写下卍字。水猴突然发出吱吱的叫声，那叫声就像指甲划在黑板上的声音一样，它翻滚几下就消失了。

“到底怎么回事？你怎么受伤了？”我把纪颜扶起来，他看上去好多了，止了血，不过说话还有点喘气。

“我说过了，影晶石是相通的，我以我的血为屏障暂时控制了水猴的思维，所以你能制伏它。”

“它就这样消失了？没了？”我看了看刚才的地方，除了一个印子之外什么也没有。

“不，我们只是消灭了它的实体。它本来就没有实体，只是吸收人的精华之后产生的，以后只要不再去打扰它，就不会有事了。”他的脸色终于好看了点。

我们在河边坐了好长时间，接着打电话通知局长，他马上派了车把我们接回医院。还好，我只是皮外伤，纪颜的恢复力更惊人，到医院的时候已经没什么大碍了。我很奇怪，他流那么一地血却恢复得这么快。

后来警察全面停止了无照采沙，即便采也要严格控制。果然，后来再没听到有人被不明物体拉进深水区的事了。

局长之所以相信我们，是因为他在幼年时候也目睹过水猴，不过很幸运，那时水猴不伤人。这是局长后来告诉我们的。他还说，以前水上人家的孩子大都见过水猴，其实以前它们很安全，从不轻易靠近人，而现在居然被逼成了杀人的恶魔，局长长叹一口气。

“我要走了，其实我是医学院的大四学生，利用暑假出来转转的。”纪颜身体恢复后就向我辞行。

“为什么你的血可以制伏水猴呢？”我一直想问他都没机会，再不问我就憋死了。

“不知道，不过听说小时候我的血就有辟邪的作用，加上影晶石的作用，所以我试了试。”他开心地笑道。

“试试？”我心中大寒，“原来你以前从没有过抓水猴的经历？”

“嗯，我想应该没什么问题。”他摸着后脑勺笑了笑，说着跟我告别，上了汽车。我一个人傻愣在那里，连再见都忘记说了。一想到当时如果办法不灵，估计我就会长眠于河底，心里不禁泛起一阵寒意。

两年后，没想到在这座城市，我们又神奇地相遇，或许注定我们一定要走到一起，完成各自的使命。

“想什么呢？”旁边的他推了推我。

“没，我在想我们第一次见面抓水猴的事呢。”我被他推醒。

“哦，很早以前的事了，还是很有趣的。对了，还有几分钟就到了，准备一下吧。”他开始收拾东西了。

“你真准备去相亲啊？”我好奇地问，不知道他是否会真的娶一个家乡的姑娘做妻子。

“不知道，看看再说吧，不过我总感觉有什么不好的事，你知道我身边一向都没什么好玩意儿出现。”他随口一说，然后自知失言，赶快解释，“当然，我不是在说你。”我斜了他一眼，不再说话。

车上的乘务员已经在提醒，我们的终点站到了。

第十一夜
独眼新娘

“恍惚间我好像听见了音乐声，好像还是农村里最流行的婚嫁音乐。我猛地一激灵醒了过来。这时，我背后的木门发出了一声嘎吱的开门声。”

在城市待久了，一下来到空气清新、地广人稀的农村是件很令人开心的事。朋友暂时充当了导游。他们的村子三面环山，正好有一个出口，据说村子里各家各户房子的布局都是很早以前的一个高人设计的，在环绕村子的山后面是一条河流，河的出口也正是村子的出口，所以这里的人习惯用水路与外面的世界联系。

由于被山环绕，这里的气候一直保持湿润，连年的丰收让这里的人过得很幸福和丰裕。

我们两个来到村口，看见一块高达四米的石碑。碑的年代应该很久了，而且残缺得厉害。朋友说，这块石碑在建立村子的时候就有了。

“是你啊，小四。”一个四十来岁的中年男子看见我和纪颜，兴奋地迎了过来。

他和纪颜长得有几分相像，宽额高鼻，嘴唇很薄，不过他的脸要稍长一点，上身穿着一件白色短袖衬衣，下身黑色西裤，站在我们面前。

“二叔！”原来是他叔叔。

“小四啊，看来要不是你奶奶叫你回来相亲，你都不记得二叔了。啊，这位是？”这位二叔终于看见我了。

“他是我朋友，也想来这里看看，城市待久了，想呼吸点新鲜空气。”他热情地向二叔介绍我。

“嗯，我叫纪学，既然是小四的朋友，也是我们家的客人。先随我进村吧。”说着他在前面带路，我们跟在后面。我一边走一边看，发现这里的路弯弯绕绕甚是难走。

“这里的路外人进来是很容易走丢的，所有的建筑都保持着几百年前的布局，没有村里人带路，一旦走进拓碑，就算指南针也会失灵。”虽然我只能看到这位二叔的背影，但他的话让我很诧异，他似乎知道我在想什么。

“但这并不表示村里人把自己完全与外面隔离了，很多年轻人都闯出去了，包括我哥，当然还有小四。”纪学说到朋友的父亲有点慢，可能还是有一丝感触。

“这个村子以我们纪姓人居多，但并不叫纪家村，一辈辈的老祖宗都叫这里是——梵村。”

“烦村？烦恼？”我傻傻地问。

“不是烦躁的烦，是佛教梵语的梵，意思是清净之地。”纪颜赶紧解释。

后来纪学不说话了，也不知道是不是我说错话了，总之，走了将近一个小时我们才来到纪颜的家。

他的家建在一座高坡上，上去要经过一道十二层台阶。台阶上去后在正门前面是一个直径三米多的圆形场地。是太极的八卦图案。正门并不宽，高二丈，恰恰能容纳三人进出。所有的东西都是木制的，看得出有些年头了。

不过奇怪的是，他们家居然有两个门槛，虽然不高，但我没留意，差点摔倒。

进去后是间非常大的长方形客厅，就像普通电视剧里的一样，正前方是茶几，两边各有张太师椅，茶几上方挂着一张画，似乎是《观音送子图》，大概是为了保佑家族人丁兴旺。

两边则各有四张椅子。所有家具都是墨绿色的，光滑如瓷。地面是石块铺成的，每个石块都是边长大概二十厘米的正方形，很干净，一点灰也看不到。

“坐吧，我去叫妈出来，她听说你今天会来，早早就起来了，现在正在里屋念佛经呢。”纪学招呼我们坐下，并叫人递了茶，就走进里面了。我坐在椅子上品着茶，感觉时空仿佛倒回去了几十年一样。

没过多久，一位老人在纪学的搀扶下脚步蹒跚地走了出来。老人穿着丝制的红色外套，上面绣了很多寿字。左手拿着一串佛珠，右手拄着根龙头拐杖。虽说年纪很大，但脸庞清秀，五官分明，并没有一般老人的臃肿颓废之感，相反显得十分健康。

“小四啊。”老人一来就看着纪颜，一步步地走过去，朋友慌忙站起来，上去迎着她。

祖孙二人见面自然有很多话要谈，我是外人，不便在场。刚起身，纪学马上走了过来：“我带你出去转转吧。”

“好。”果然是聪明人。

这次出去我没再被绊倒了。

从纪家老宅出去，我跟着纪学走了很多地方，包括村后大片的农田，说实话亲眼见的确很漂亮，现在正是夏忙，大家都很卖力地劳作。在村里还看见了其他年代悠久的东西，像古庙啊、古墓啊之类的，村里人都自觉地爱护，而且他们很友好。不过我发现所有的房子中，唯有纪家的房子坐落在高处，果然十分醒目显眼。

村里也有电器，但不多，按照纪学的说法是大家不喜欢被这些东西约束过多。我感叹，在现在这样的社会，有这样一块类似桃源的福地真好。

我突然想到他们村子的禁忌，也就是那个后山。

“听说后山一般人都很少进去，是吗？”我忽然问道。纪学愣了一下，马上反问我是谁告诉我的，我说是纪颜。纪学笑了笑：“那都是陈年旧事了，不过是因为后山有野兽出没，一般我们都不让孩子们单独上去，其实那里只是普通的山罢了。”

既然他这样说，我也不便多问。纪学看了看太阳，对我说时间不早，应该回去吃饭了。说到吃饭，我肚子马上叫了起来。毕竟火车上的食物实在难以下咽啊。

回到纪家，祖孙二人还在聊呢，奶奶似乎正在劝朋友答应去见见那位她看好的姑娘。

“小四啊，你知道奶奶活一天算一天，我最大的愿望就是趁我这把老骨头还能看得见听得着你能娶妻生子，我也就瞑目了啊。”说着，老人居然两眼垂泪。一旁的纪颜哭笑不得，只好安慰老人。

“奶奶，我又不是生育机器，何况我连女孩的面都没见到，怎好谈婚论嫁？你也别为难我啊。”

“那你的意思是答应见她了？太好了，吃过午饭我就叫你二叔把她带来，你们可以在家里见上一面。不管成与不成，你都要见她一面。”奶奶马上变了脸，一下又笑逐颜开了。纪颜无奈，只好点了点头，答应了。他望了望我，我则在一旁偷笑，庆幸自己没有这样的牵累。

午饭很丰盛，而且全都是原生态食品，上好的土鸡和新鲜的蔬菜，还有刚打上来的自家池塘养的鲜鱼。面对一桌子的美味佳肴，我胃口大开，但碍于是客人，我多少抑制了点，只吃了四碗。

不过纪颜可没心情吃饭，看着我狼吞虎咽，他却在拿筷子插碗。让我感到奇怪的是，偌大的房子居然只有我们四个吃饭。

吃完饭，二叔纪学就出去了。我看见纪颜不安地在屋子里打转就好笑。心想你不是经历过那么多离奇的事吗？没想到在相亲面前手足无措。看来，他和我说他从没谈过恋爱是真的了。倒是他的奶奶和我有一搭没一搭地闲聊着。

这时候一个女孩走了进来，我回头一看，吓了一跳。这个女孩不是别人，居然是我报社的同事，岳落蕾。

不过她不是很熟悉我，报社上百号人，她怎么会认识我这样的无名小卒。相反她可是报社的著名人物——建社以来最年轻的主编，最漂亮的女编辑，而且据说家境显赫。没想到所谓的相亲对象居然是她。

她今天穿得很一般，普通的黄色棉制无袖上衣和牛仔裤，头发也是随意地扎在脑后。我看了看纪颜，他倒是有点惊讶，没想到居然是个城市女孩。

那边落蕾看见他也很惊讶，不过还是坐在椅子上看着纪颜奶奶。大家好一阵沉默。最后纪颜奶奶说："我们先回避一下吧，省得你们年轻人害臊。"说着二叔纪学把她搀进去了。我自然不能闲着，只好借故说出去看看。临走前我看了一眼落蕾，没想到她也在看我，我有点心慌，差点在过门口时摔倒。

这次没有纪学带路，我不敢乱走，就沿着纪家老宅看了起来。没想到在房子后面，我居然看到一尊石佛。

单是一尊石佛也罢了，只是它的雕刻技术让我奇怪。我虽然知道这一带在历史上属于北魏，但北魏的佛像雕刻是非常有名的，它以色彩明丽、人物脸部表情丰富而著名。这尊石佛雕的应该是释迦牟尼，虽然有些毁坏，但与北魏时代的雕刻特点相去甚远，感觉这种雕刻风格很古老。

在石像下面还有字，但我看不明白，也不知道是什么文字。这尊石佛有两人多高，看来雕刻它也得花些日子。

我无聊地回到纪家，纪颜看我回来如遇救星。

"欧阳你来得正好，岳小姐说她和你在一家报社呢。"说着指了指岳落蕾。

"你好，我记得你是李总手下的吧。他常和我说起你，前些日子比较辛苦，所以他放了你一个月假期呢。"她的声音像开水里的蜂蜜，甜得化不开啊。

我受宠若惊，不好意思地笑笑。

"原来你们是朋友呢。其实我也是被家里人逼来的，就当交个朋友好了。"落蕾大方地说道。于是三个人意外地成了朋友。

纪颜的奶奶还以为纪颜和落蕾发展不错，很高兴，但很不喜欢我在旁边晃悠。

接下来的几天，三人都很愉快，如果落蕾不出事的话。

那天我们三人在村里散步，但是我们忘记了我们没一个认识路的。原来落蕾也是第一次来。

"我有点累了。"落蕾坐在地上揉着腿，我和纪颜也有点累，也不知道三人都到哪里了，总之人很少。眼看着太阳渐渐西斜了。

"你们看那是什么啊，好像是娶亲的队伍啊。"落蕾指着远处。我和纪颜顺着她手指的方向望去，却什么也没看到。

"不会吧，哪里有，这时候怎么可能有娶亲的队伍，这个月份结婚的人很少的。"纪颜望了望说。

落蕾坚持说自己看到了，虽然距离很远，但那鲜红的队伍绝对没看错。

我和纪颜对望了一下，我笑道："你该不是想嫁人了吧？"落蕾一听脸就红了，没想到平时感觉高高在上的她居然会脸红呢。

"喂！"后面传来纪学的声音。终于能回去了。

"你们怎么走到这里来了？"纪学一过来就严厉地说，随即转头看了看，似乎在找什么。

"纪叔纪叔，我刚才说看见娶亲的队伍，他们俩硬是不相信我呢。"落蕾对着纪学喊道。

纪学笑了笑，说："你看错了。"说完带着我们回到纪家。落蕾家里说让落蕾在这里多待几天，反正乡里乡亲的无所谓。我心想太好了，能和她一起欣赏夜景看星星了。

吃过晚饭，落蕾说眼睛有点不舒服，然后就去房间休息了。我不放心，就去她房间看看。

"落蕾，在吗？"我轻敲了一下门，没人答话。我想难道睡着了，刚想回去找纪颜，忽然听见里面似乎有声音。

纪宅的每个房间都有窗户，不是那种玻璃铝合金推窗，而是单撑的一面窗。我听见窗户好像被砸破了。一扭把手，门没锁。

打开门里面很暗，但借着月光我看见落蕾不在房间。窗户也关上了。我把窗户撑开，却看见落蕾一个人走在外面。

从窗户爬出去的？我刚想大声叫她，忽然嘴巴被人捂住了！

回头一看，居然是纪颜。

他做了个安静的动作，小声说："别喊，现在喊醒她会吓坏她的。看样子她有点不对劲。我们跟着她，看她去哪里。"说着拉我出去尾随着落蕾。

我们始终和她保持二十多米的距离。她的步子很小，而且显得很乱，就像喝醉酒的人一样。

夜里什么声音都没有，这里的人看来睡觉很早。也难怪，一天的劳作都很累，大家吃过饭就早早睡了。我们俩就这样跟着落蕾，也不知道走了多远。

前面就是荒野了，没有石头也没有什么遮掩物。纪颜看了看，忽然说这不是我们白天刚刚来的地方吗，她还说看见了娶亲的队伍。

"要不要叫她啊，都走这么远了，难道由着她走下去？"我有点担心，看看时间马上凌晨了，总不能让她走到早上啊。

落蕾停住了，这让我们很奇怪。但我们不敢过于靠近，依旧保持着距离，小心地观察着。

她举起双手，口里不知道在念叨什么，慢慢地向我们转过来。我和纪颜也不知道该躲到哪里，干脆趴在地上了。

转过来了，我清楚地看见落蕾的左眼居然闪着红光。在这种空旷的地方看着闪着红光的眼睛，让我有点寒意。

“怎么回事？这不像是梦游吧？”我回头问纪颜，他咬着下嘴唇也摇头。

“虽然不知道，但感觉她中邪了。”纪颜站起来，“既然不是梦游，我们还是去把她带回去吧。”说着走了过去。

我当然也跟上，当我们走到离落蕾还有几米远，落蕾忽然晕倒了。我们疾跑几步，她又像没事一样猛地坐起来，吓了我们一跳。

“我，我怎么在这里？”她诧异地看看四周，又看看我们。我和纪颜对视一下，决定编个谎言骗她。

“你睡着了，所以我和欧阳想跟你开个玩笑。你白天不是说在这里看到娶亲队伍吗，所以我们悄悄把你背到这里，再来看看啊，要没有就大家一起看星星吧。”我很佩服他的胡扯能力。

“真的吗？”落蕾又问我，我只好鸡啄米般点头。那一夜我们只好相拥在一起看星星，别问我为什么不回去，因为我和纪颜都是路盲。

第二天她又恢复了常态，昨晚的事让我和纪颜都很费解。莫非真是梦游？但那诡异的红光又是什么？

白天大家又到处玩，落蕾说她也好不容易想借着机会放松一下，做报纸这行压力太大。我有时没事偷看她的眼睛，但没看到什么。

似乎这里的夜晚来得异常的快。像昨天一样，落蕾又说眼睛痛，没吃多少便回房了。我和纪颜也放下饭碗，一人守着门口，一人守着窗户，今天不能再让她出去了。

时间过得很快，转眼就十点多了，很奇怪，今天好像没什么特别的事发生。我不知道纪颜那边怎样了，反正我是靠着门口居然慢慢睡着了。

恍惚间我好像听见了音乐声，好像还是农村里最流行的婚嫁音乐。我猛地一激灵醒了过来。这时，我背后的木门发出了一声嘎吱的开门声。

背后如冰一般寒冷，回头一看，落蕾居然穿着一身血红的嫁衣！上身是民国初年的那种丝绸小袄，下身穿着翻边裙角的红色裙子，脚上则穿着红色的绣花鞋，嘴唇也擦得鲜红，四周很黑，看上去就像嘴巴在滴着血一样。她无神地看着我，不，应该说根本就看不见我，缓慢地走了出去。

哪里来的嫁衣啊？我揉揉眼睛以为看错了，但眼前分明是红色的嫁衣，而且她已经走出里屋了。

我心中大喊一声不好，赶快跑到窗户那边，绕一圈很长，但落蕾走得很慢，我想还是来得及的。

我喘着气跑到窗户那里，一看空无一人。我心想，纪颜该不是也中邪跑了吧。没办法，再次跑回去，我发现落蕾已然快走出屋外了。

“别担心，她走不出那两道门槛。”纪学的声音忽然在身后响起，旁边站着神情坦然的纪颜。

我再一看落蕾，果然在跨出门槛的那一下忽然晕倒了。

看来双门槛不仅仅只会绊倒人。在落蕾摔倒的一刹那，她身上的嫁衣也消失了。不，应该说像烟一样全部飞进了她的左眼里。

“独眼新娘！”纪颜和纪学两人异口同声地说。

我把落蕾抱起来放在椅子上。面无血色的她看起很骇人。最令我觉得不舒服的是，她明明现在是晕着的，但她的左眼居然圆睁着，瞳孔泛着血红色。

“什么独眼新娘啊？”我不解地问。

“你是外地人，当然不知道这个传说。民国的时候，村子里有个很漂亮的姑娘。当时战乱横行，连我们这样偏远的山村也无法幸免，她被一个来这里征粮的军官看上了。说是军官，其实和土匪无异，她当然不愿意嫁。但军官以全村人的性命作为威胁。结果村里的人都来劝她嫁给那个军官，有的甚至辱骂她不知好歹，要拖着大家一起死。最后她流泪答应嫁给军官，并且让军官发誓只要自己嫁给他，就不许再为害村里。那军官自然答应了。

“那天夜晚，军官在村口等着花轿。好长的送亲队伍哦。等到了村口，那军官去撩开喜轿的帘门，结果吓得一屁股坐在地上。当时在场的有很多村里的人，有几个大着胆子走近一看，那姑娘居然用剪刀自尽了。自尽也就罢了，但她居然在临死前把自己的左眼用手挖了出来握在手上。当地的人知道，这是个非常毒的诅咒。因为他们认为人的脸如同一张太极图，两只眼睛分别是图上的两个黑白点，左眼观阴右眼观阳，达到一个平衡。她临死前挖出左眼，代表着她左眼看到的人都得死。”纪学看着左眼冒着红光的落蕾徐徐道来。

“后来村子出现了大屠杀，接二连三有人死去，先是那个军官被部下发现死在房间里，左眼没有了。后来是那些威逼过她的村民都没了左眼。而且有人说在出事的晚上，他们都看到一个身穿红色嫁衣的女孩出现。也有人说，自己看到过女孩的脸上只有一只眼睛。事情越闹越大，结果是我们纪家老太爷，也就是我的爷爷出面，以牺牲自己右眼的代价把她封在了自己的眼睛里。所以村里幸存的人都非常尊重我们纪家，并为我们建了这栋房子。

“但祖爷爷也抑制不住她的怨气，没过多久就病逝了。他临死前说，独眼新娘会在七十年之后再度出来，但不会再滥杀，而是寻找一个和她长相年龄相仿的女孩坐上她的花轿，替她走完她的孽路。”

我听完大惊。落蕾还没有醒过来，难道她真的要成为独眼新娘的替身？

“没有别的办法了吗？”我难道就眼看着她就这样莫名地死去？

“不知道，她带着极不信任别人的怨气死去，很难对付。双门槛只不过暂时延缓她的脚步。你看到她张开的左眼了吧，那只眼睛会慢慢从瞳孔开始变红，一旦整个眼睛都变成红色就没救了。”纪颜走过来，指着那发着红光的眼睛，果然红色的部分比刚才略大了一些。

“快救救她啊。”我抓着纪颜的肩膀，大声吼道。纪颜吃惊地望着我，拍了拍我的肩膀：“放心，我和叔叔会暂时把她搬到古庙那里，希望可以暂时控制一下，有时间我们才能有办法。”

也只能如此了。古庙在村子中心，也不知道有多少年历史了，反正在村民的保护下还保存得很好。我们把落蕾放在佛像底下，并用金色的佛珠围起全身。我们三个则围坐在她旁边。

纪学告诉我们，祖爷爷说过，要彻底制伏她，必须平息她的怨气。至于如何平息，他还未来得及细细交代就去世了，只说过一句“从哪里来就应该从哪里回去”。

我们还没好好琢磨这句话，落蕾的眼睛越来越红了，几乎已经看不到眼白的部分。古庙和佛珠根本没有起丝毫作用。

“从哪里来就从哪里回去”，到底什么意思？我呆望着她惨白的面孔和那始终无法闭上的散发着血红色光的左眼。

“难道非要我把眼睛替你换一下？”我忍不住脱口说出这一句。旁边的纪颜猛地一惊。

“对了，是不是找到她当年挖出的眼球就可以平息她的怨气了？”纪颜的话很有道理，但等于没说，村子不大，但要在这里找一个眼球，还是几十年前的，谈何容易。

“不，她的左眼应该就在祖爷爷的右眼里。”纪颜坚定地说。

“那当年纪老太爷为什么自己不把左眼还给她？”我问。

“可能当时她怨气太强吧。”纪颜回答道。

“嗯，小四的说法很有道理。如果是这样，我们就要挖开爷爷的坟墓，别说奶奶不答应，你自己也难免背上不孝的罪名。”纪学警告纪颜。

“没什么，奶奶那边我去说服她，你们现在就准备开坟。事关人命，祖爷爷会理解我们的。”说着，他走出古庙对我说，“放心，落蕾会没事的，我绝不会看见我的好朋友再在我面前死去，绝不！”我知道他的话指什么。我相信纪颜会成功的。

我和纪学叫人看着落蕾，然后带了些人前往纪家祖坟准备开棺。

纪老太爷的坟墓很气派，而且非常干净整洁。我们上过香跪拜后，心中默念恳求老太爷原谅。

坟是用大理石建成的，打开很不容易，而且还要小心不能损坏。这时候，纪颜来了。

“奶奶那边我说服了。我说未来孙媳妇危在旦夕，她要出事我也不活了。”纪颜果然有做主持的本领。

终于，我们挖到木制棺材了，又是一次跪地祷告后，我们打开棺材。纪老太爷的尸体已经完全腐烂了。但他的右眼果然如同红宝石一样依然在闪烁红光。我们把它小心地拿起来，用红布包起来。

就在大家准备把老太爷的墓复原时，那几个负责看着落蕾的人跑了过来。我心一沉，知道出事了。果然，他们说落蕾刚才突然站了起来，向门外冲去，力气很大，拦都拦不住。他们没办法，只好赶来告诉我们。

时间不多，我们几个拿着眼球赶快去找落蕾，但她会去哪里呢？

“应该是落蕾上次说看见娶亲队伍的地方吧。”纪颜猜测道。没办法，我们只有去那里。还好他的猜测很准确。

落蕾又穿上了那身红色嫁衣，如果上次在晚上看见她穿，只让我觉得恐怖的话，那这大白天看着她穿，我只觉得一种非常诱惑和凄惨的美丽。

她就那样站在那里不说话，只是看着天空。我把眼球拿到手上慢慢接近她。纪颜也想过去，被纪学拦住了。

“从哪里来你就应该从哪里回去，我不想看见这个女孩成为你的替身，如果你非要她穿嫁衣，我也希望是以后她和她喜欢的人走在一起再穿。”我小心地说。

“你是谁？你爱这个女孩吗？”她带着冷笑回答，声音已经变了，很空灵。

“不能说爱吧，我们认识不深，但我不能看着她死，也不想看着你再错下去。”

“错？你能体会到众人背叛你，把你往死里逼的感觉吗？你体会不到，如果你是我，你会比我恨这人世千百倍！”她幽幽地望着我，左眼依旧通红。

“所以我把本属于你的东西还给你，如果你觉得不够，”我停了一下，深呼一口气，坚定地说，“我可以把我的左眼给你。”

她吃惊地望着我，随即嘲笑地说：“那好，给我吧。”说着伸出右手。

我也呆住了，说出去容易做很难。我的手始终停顿在左眼边。

“挖啊！我没多少耐心，时候一到，接这个女孩的花轿就要来了。你看看那边，好像已经来了哦。”她不停地嘲笑我，我似乎也听到迎亲的音乐了。果然，一队全体穿着鲜红衣服的队伍抬着轿子正朝这边走过来。

如同一条红色的舌头，在这空阔的地面上延伸。

没时间了，如果少一只眼睛能救她，值得。我横下心，挖向自己的左眼。

就在我的指头触到眼球的一刹那，起了一阵大风，几乎把我们都吹倒了。纪颜和纪学也赶过来扶住我。大风过后什么也没了，落蕾倒在地上，身上褪去了那件血色嫁衣。

天空中响起了那个声音，幽怨地说了一句："我以后还会盯着你的，看你是否在说谎。"接着，一切都结束了。

纠缠村子几十年的独眼新娘终于离去了，我不敢保证她是否真的离去了，也许她的那只泛着红光的左眼正在某个角落看着我，或者，看着你们。

第十二夜
窥

“我和她就隔着一道门，我颤抖着站在猫眼前看去，门外空无一人，但门铃依旧狂响着！”

醒来后落蕾丝毫不知发生了什么，我们也没敢告诉她。她的假期不多，所以没过几天，我们便起程回去了。纪颜暂时和我们告别，因为他也要开始新的冒险。这样正好我和落蕾一起回去了。

旅途中有美女相伴自然是好事，可美妙的日子总是短暂。假期结束后的落蕾像换了个人，满脑子都是工作，什么如何刷版，如何采新闻，如何写稿。我终于明白她为什么年纪轻轻就是总编了，根本就是工作狂嘛。

既然纪颜走了，我也自动回到社里不再休假。没想到，社长一见我就给了个任务。

一个中年的中产阶级，也可以说是一个上了年纪的小资或者可以叫老小资，据说很喜欢用望远镜看远处。可能是压力太大，导致他产生了这种窥视别人的变态心理，不过其实这也无伤大雅。但他突然死了，而且死于心肌梗死，而他并没有病史。于是有人开始传言，他看到了不该看到的东西，是被吓死的。

这个城市喜欢用望远镜看东西的不在少数，接下来的日子里，这件事造成了不大不小的恐慌，那个事主的妻子已经搬了出来。后来住进去的一对年轻夫妇没过多久又发生了相似的事故，虽然没死，不过男的疯了。一死一疯就让人不自觉地联系起来了，这栋房子再没人敢住进去。社长在我看完资料后鼓励我，说我为人胆大，见的世面多，这一定是个好新闻，可以问鼎普利策奖等，于是我晕晕乎乎间答应了。后来我才知道，因为这个工作本身也要使用望远镜，被社内所有记者拒绝了，于是社长才想到了我，想到这个曾经报道过水猴事件的业余记者。

和落蕾打过招呼后，我拿着日用品和那些繁重的装备，住进了那个曾经一死一疯的房子。

与其他的高级住宅一样，这是典型的四室两厅。里面大部分可以搬走的家具都被搬走了，只剩下厨房的壁橱和燃具，我试着烧水泡了碗方便面，很好，有气有水。

这么大的房子我一个人住的确有点奢侈，本来还努力赚钱准备买房，现在倒好，直接住进来了。正窃喜的时候，接到社长短信，询问我工作之类的事。

其实我住进来的时候就发现了奇怪的事，房间所有的插头都被胶布牢牢地封死了。起初我以为被封死的是坏的、漏电的，但所有的都被封了，我只好随便拉开一个，用笔记本一试居然是有电的。我暗骂了一句那个恶作剧的人，便开始了我的工作。

这栋楼是座双子楼，全高二十六层，两座楼在六层有个露天的阳台连接，一边是商业写字楼，一边是住宅楼，六层以上两座楼之间没有任何联系。阳台每天的关门时间是晚上十点半，早上一直到七点才会打开让管理员清扫。我住的这栋楼还有保安，一到十一点后是不准任何人进出的，除非有这所楼居民专配的出入证件，可能和这里住的大多是有身份的人有关吧。

窗户的对面就是住户楼，从这个角度用望远镜可以清晰地看到对面八到十四楼住户的生活状况。实在不知道前面那两位到底是看见了什么才那样，我也只好一层层地看了。

每天看到的无非都是些日常生活中的琐事而已，连最基本的美女换衣都没有，真不明白那两位到底在看些什么，看得那么起劲。

就这样三天过去了，直到第四天，我在无意中观察和我同一楼层的那户人家时，发现了一件奇怪的事。

每当我看对面楼的时候，总感觉和我相对的那个房子里似乎也有人在看我。这或许只是一种感觉，但那感觉太强烈了，而现在这房子里，除我之外别无他人。

对面楼住的是一个年轻姑娘。我说过了，我没看见美女换衣服，但并不代表没看见美女。不过她换衣服的时候很小心，每次都拉紧窗帘，甚至连灯也不开，连看看影子般的胴体的机会都不给我。

那是一个留着过肩长发、二十来岁的女孩，如果说落蕾是那种包含着都市女性的干练、飒爽、富有个性的美的话，那这个女孩完全是一种天然去雕琢，一种原生态的美。我甚至略微替她担心，这种女孩如何在这冷暖唯自知、炎凉无人问的社会中生活下来。她的脸上总是带着莫名的悲伤，我总有一种想去抚摩她的脸庞的冲动，当然，如果我可以的话。

于是工作变成了每天都看着那个女孩，每天早上我都会一改日出三竿都不醒的状态，早早起床去看着她。因为她每天都很早起来，在房间里忙碌，然后去上班。我庆幸我这种工作在现在算是不错的了，老总不太要求我们按固定的时间上班。

有一次，她突然转过头，我几乎以为她发现我了，还好，她只是随意看了看，或许当人被窥视的时候都有一种特别的感觉。日子过得很快，一转眼我到这里已经一星期了。老总的电话打了一个又一个，询问我查得如何，其实我知道他心里更期待我的电话没人接，然后带一票人来这儿一看，发现我已经四肢冰冷，两眼发直，死状恐怖，横尸房间。然后我们报纸绝对大卖。当然，如果我是他，我也会这么想。

我总是一边应付着他，一边看着对面的女孩。我喜欢落蕾，但对这个女孩表现出来的是一种迷恋。我用望远镜看着她伏在桌子上写东西，看她吃饭，看她做家务，而且这么多天，她一直是一个人，看来没有男朋友，难道连闺中密友也没有？

这天是周末，我早早起来，直接走到望远镜前看着她的房间。或许我知道了，为什么那两位也如此痴迷。没什么能比可以把自己喜欢的人的一举一动都看在眼里更让人开心的了，但我同时又在想，我该不会步他们的后尘吧？

她没有像平时一样穿白色高领衬衫和黑色长裙，而是把头发扎到脑后，换了一身运动服和一双跑鞋，看样子是准备锻炼了。我连忙刷牙洗脸，庆幸自己把那套多年未穿的运动服也带来了。本来准备衣服的时候我就打算早起锻炼，但你知道这和大学那时候假期兴致勃勃地带着课本打算回家看书一样，只是个想法而已。

当我来到楼下的时候，她刚好出门，沿着街道向东跑，我则跟在她后面，始终保持着几十米的距离，她应该不会察觉。我突然可以理解那些尾行和偷窥的人了，如果他们有和我一样的处境的话。

我正在计划如何接近她并且和她说话，正低头苦想的时候，没想到她在前面停住了。我自然没注意，居然撞倒了她。

“对……对……对不起。”我一紧张说话就有点结巴。她笑了笑看着我，然后自己爬了起来。近距离看她更美。

“你也很喜欢跑步吗？”她拍了拍腿上的土。

“还好吧，主要是工作老坐着容易变胖。”我把目光看向别处和她说话，因为我一转过来就和她的大眼睛直接对视，那样的话我说话不利索。

“男孩子也怕胖吗？”她抿着嘴笑了笑，我也笑了。原来她竟然有如此好的亲和力，能一下把人拉得很近。

我忽然看见她的左手食指流血了，那血是暗红色的，很浓稠，慢慢地从伤口流出来，很慢。

“你的指头流血了。”我掏出随身带的邦迪，这是我的好习惯，我一般外出活动都会带着。她感激地让我帮她贴上，这样一来我们更近了一层。

那次的谈话让我知道，她原来就在我暂时住的双子楼里工作，叫林岚。她是做广告设计企划的，刚来不久，工作很重。她还告诉我自己是外地人，在这里只好拼命工作。

我就这样每天一边在这里用望远镜看着她，一边和她打着电话聊天，每天都打一个多小时。我正暗自高兴，平时这样打早就打爆的电话卡居然撑了这么久。

“你在干什么呢？”林岚好奇地问。

“我在看着你呢。”我不知为什么居然说出这样一句，说出来后自己都吓了一跳。

“骗人。”话虽这样说，我在望远镜里还是看见她下意识地甩着头发四处看了看。

“呵呵，当然，你住那么高，我能看见你，我不成超人了吗？”

“你喜欢我吗？”林岚突然问道。我看见她拿着手机走到窗户前。我赶紧拉上窗帘。

“怎么突然这么问？”我又有点结巴了。

“开个玩笑啦。对了，你住哪里啊？”

“你对面。”我不假思索地说出来，有时候反应太快也不是好事。

“我对面？那不是我工作的那栋双子楼？原来你和我工作的地方很近啊。”

“嗯，是的。”

“这样吧，我过来坐坐。”说着，电话挂了。我如热锅上的蚂蚁，她要是来了，看见我房间这样，岂不一切都知道了。

我又用望远镜看了看，果然她家灯灭了。

过了一会儿，手机又响了，我以为是她的，但一看是落蕾的。

“欧阳，你还没睡啊。”这不废话吗，睡了怎么接你电话。我只好敷衍说就要睡了。

“小心身体啊，别太累了。我听老总说，你被派去查那个奇怪的事去了，所以打个电话问候你一下。怎样，是不是在电话那头感动得热泪盈眶了？如果你要感谢我的话，明天请我吃饭吧。”这不明摆着以慰问为借口敲诈我嘛。

我哭笑不得，这里已经被林岚搞得快焦头烂额了，落蕾又来了。

“好吧好吧，岳总，明天我请你吃饭。”我正要挂掉手机，门铃响了，林岚该不会这么快就来了吧？

“好像有人来了。我去开门，明天见吧。”我挂掉手机，最后听见落蕾说了句：“祝你一切平安。”

我一步步走近门口，随手看了看手机上的时间，上面赫然显示着11：40。我又看了看和林岚的通话时间，是11：14。

我的脑袋僵住了，任凭门铃在狂响。林岚是怎么上来的？

这时候手机又响了，是林岚。我的门铃和手机的铃声交织在一起，在空荡荡的客厅回响。

有一次，她突然转过头，我几乎以为她发现我了……或许当人被窥视的时候都有一种特别的感觉。

我咬了咬牙，接通了电话，里面依旧是她好听的声音。

“我知道你在门后面，开门啊。”声音从手机里传出，我仿佛可以嗅到她话里不安的种子。

我和她就隔着一道门，我颤抖着站在猫眼前看去，门外空无一人，但门铃依旧狂响着!

我发疯似的拔掉电源，门铃终于不响了。手机我也关上了，现在安静了，所有的声音一下都消失了。

我抱着双腿缩在墙角。这时，我看见了那原本进来时被胶布死死贴住的插座。

我终于知道前两任男主人为什么要贴住它了。

黑洞洞的插座里，我看见两根手指慢慢地伸了出来，那是两截苍白的手指，但分明看得出非常纤细，那是女人的手指，或者说应该是林岚的，因为那根食指上贴着我再熟悉不过的创可贴。

手指慢慢地伸出来，非常地慢。我知道我的牙齿在发抖，也不知道哪里来的气力，居然猛地把手指硬顶了回去。然后我到处寻找胶布，拼命地把所有插座都死死地封起来。

做完这些，我忽然如被掏空了一般，一下躺在了地板上。手机居然响了，我明明是关上了的。

一下接着一下，铃声越来越大，我终于忍不住了，接通后我高喊：“别折磨我了，我又和你没什么关系！”

那边沉默很久，什么声音也没有，只听见呼呼的风声。

“真的没有吗？你不是喜欢我吗？”林岚的声音这时候听起来就像是魔鬼的祷告。

“没有！绝对没有！我从来没有喜欢过你！”我大声喊叫着，声音在房间里回荡。

“那你为什么每天用望远镜看我呢？”她的话让我一惊。

“你现在为什么不用望远镜看看我呢，就像你平时一样。”林岚慢慢地说着，声音一个字一个字地进入我的耳朵。

房间里的灯忽然熄灭了，窗帘被风吹了起来，露出了那台望远镜。外面如雪的月光打在地板上，发出妖艳而令人着迷的光芒。我放下手机，身体不听使唤地爬了过去，把眼睛靠近望远镜，看着我天天看的对面十三层。

我看见了，林岚也正在对面用同样的一台望远镜看着我。她抬起头，满脸苍白地对我笑了笑，那笑容我今生都难以忘记。我如同被蝎子或者毒蛇咬到一样反射性地弹了出去，摔倒在地板上。

我感觉到身后有人，我没有回头。一只手绕过我的脖子抚摩着我的脸，冰冷。

我看着那只手，手上的食指上贴着一张创口贴。

我知道后面是林岚。

她就在我耳边轻轻地说话，呼出来的寒气让我全身一激灵。

她说："当你在看我的时候，我也在看你。"

我的承受能力达到了极限，失去了知觉。

醒过来已经是第二天了。明媚的阳光从窗口爬了进来，正好照在我眼睛上。我抬起僵硬的身体，除了那被胶布封住的插座可以证明昨天的事外，一切的一切都依然如故。

我用望远镜望着对面，对面什么也没有，仿佛从来没住过人一样。

我又跑到那个广告企划部，他们说从来没有个叫林岚的人在这里工作。我的电话账单也显示，我最近根本没有与除老总和落蕾之外其他的人通过话。我来到对面的楼上，寻找到楼管，那是一位上了年纪的大爷。

"十三楼吗？很久没人住了，很早以前一个漂亮的女孩跳楼后，就再也没人住过了。"我料到是这种结果，只是诧异自己居然活了下来。

收拾好东西，我拖着疲惫不堪的身体回到报社，大家都奇怪地问我是不是生病了，我只有报以苦笑。

向老总汇报完后，我请了几天假并答应写完这篇稿子。当我要离开的时候，刚进门的小柳忽然叫住我。

"刚才我来的时候，有个姑娘叫我把这个信封给你，长得很漂亮呢，穿着白色上衣和黑色长裙。"

我接过信封，打开后只有一张用过的邦迪，信封里空空如也。

一回到家，我就查找各大报纸新闻，终于知道林岚在家被偷拍，然后被人把照片发到网上，最后羞愤得跳楼自杀。我呆呆地看着那则消息，根本没注意泪水已经滑落了下来。

手机又响了，我一看，是落蕾。

"欧阳，你病了吗？"她关切地说。

"是的，有点不舒服，不能请你吃饭了。"我笑着说。

"傻瓜，等下我下班过来带点菜给你吧，病人别乱吃东西，你们男孩子不懂的。"

我拿着电话，开心地和落蕾聊着天。林岚或许只是我的一个梦而已，梦醒了就要回到现实，或许我要是能早点遇见她，就不会只是一个梦。

第十三夜
老屋

“‘抱着你睡真暖，抱着你睡真舒服啊。’我迷糊间居然听见类似耳边传来的呓语……”

电话不合时宜地响了起来，打扰了我的清梦。我勉强睁开眼睛一看，居然是消失很久的纪颜的电话。

“你小子还知道找我啊。我还以为你挂在哪个犄角旮旯里了。”

“别说了，快来我这里，有些东西绝对是你感兴趣的。”接着，他说出邻近的一个城市名。

“你没开玩笑吧，要我坐火车过去？”

“来不来随你。反正我叫落蕾帮你请假了，火车票也让她帮你买好了，估计她很快就会去你家。记得速来，我等你。”电话那头成了忙音。我刚想咒骂几句，门铃响了。收拾一下一看，居然真的是落蕾。

她把火车票拿来了。

“你和我一起去吗？”我边用毛巾擦着脸边问。

落蕾摇着头：“没时间，我在赶专栏，而且纪颜说了，我最好别去。”说完便去社里了。我狐疑地看着她的背影，也不知道纪颜葫芦里卖的什么药。

既然火车票都送来了，自然不好不去。虽然车程不长，但也要五六个小时。随意准备一下带上笔记本，我便上路了。

火车上的午饭既贵又难吃。一下火车，我就看见了那个熟悉的身影。

纪颜只是招呼我快来，似乎很匆忙。我们打了个面的。

这个城市是个新近开发的县级市，交通还不是很发达。给我最直接的感觉是这里的空气很压抑，每个人的脸上都浮现着一种很悲观的色彩。

“到底出了什么事？”在车上我忍不住问他。纪颜想了想，还是告诉了我。

“昨天夜里警察发现了一具男尸。这个男人在失踪人员名单里已经一个月了，一直找不到，昨天晚上他被人发现在一所废旧的房子里。那所房子很久没人居住了，房子的主人暂时还没查明。最有趣的是这个人的死因。他是被活活饿死或者说是被渴死的，而且房子内十分干燥，温度也高。再晚些日子，他就快变成木乃伊了。”

“这很简单，他或许是被人绑架在那里啊，结果绑匪可能出于报复或者别的原因让他死在那里。”我觉得这事没什么稀奇。

“现场没有任何人的足迹，所有的指纹都只有他一个人的，全部集中在水龙头、窗户和门内把手上。但门和窗子都没上锁，这里的供水还没有完成各家各户独立水表，所以进去的时候里面是有水的。他的身上也有钱。实在想不出他为什么会以这样的死法死在屋子里。”纪颜一边说着，一边拿出几张照片。

第一张是现场的，尸体谈不上难看，死者穿着黑色夹克和灰色直筒西裤，是半趴在地上的，看不清楚脸。不过手和其他部位都像极了风干的腊肉。第二张是死者脸部特写，很显然，他死前带着巨大的痛苦，他的皮肤因为过度脱水而呈一种暗红色，皮肤干燥得如同烧尽后的木柴。

后面的几张是那所房子的照片，房子是20世纪80年代造的旧式楼房，一共两层。门口还有一个不大的院子，用几根篱笆围着。房子是用红砖砌的，那红砖如同刚吸过血一样，分外妖艳，我看得很不舒服。

直到最后一张，我看到二楼的窗户旁边依稀有个什么东西，看上去似乎是一个人形。

“你看了这张吗？”我把照片给纪颜。纪颜点点头，并说他也很在意这张。

我们的目的地其实是在一座巨大的工厂里，这座工厂在二十多年前还是效益很好的，应该是做化肥的。但这里逐渐萧条了，以前数千人上班的景象不见了，这种工厂一般都像一个城市，工人及其家属都在里面，包括一些商店、娱乐地点，总之他们几乎可以不用迈出工厂，而完成自己的人生轨迹。厂路两边种着许多树，因为没人护理，路边的杂草都长到快一人高了。两边几乎都是职工宿舍或者是他们自己搭建的平房，但行驶了这么久，我几乎看不到几个人，偶尔能看到一个上了年纪的老人如雕塑一般坐在门口，旁边趴着一条同样没有朝气的狗。

如果要找一个词形容这里的话，我觉得用“荒凉”最好不过了。开车的司机是这里的第二代了，他的父亲就是在这里度过了人生的一大半。他说大部分人都出去了，出去的有混得好的，也有混得差的，他不愿意出去，但也不愿意混吃等死，于是搞了辆车，好歹还是可以糊口的。

大概开了半个多小时，终于到了我们的目的地。那所房子比照片上看上去要新得多，不明白为什么说它常年没人居住。

“就是这儿。”纪颜和我下了车，指着房子说。司机看了我们一眼，古怪地说：“你们来这里找人？”

“不。啊，也算吧。”纪颜看了看房子回答司机。

“这房子很多年没人住了，前些日子还被发现有个人死在里面，你们小心点为好。”司机说完倒车走了。望着绝尘而去的汽车，我总觉得这地方让我很难受。天气不算太糟，但这里由于长期作为化肥加工的地方，污染已经很严重了，即使已经停产很多年，仍然弥漫着刺鼻的味道，天空总是灰蒙蒙的，旁边疯长的树木失去了本身美化环境的作用，显得非常狰狞。

房子前面已经被警察用横条围了起来，但居然没见警察看守。纪颜看出我的疑惑，告诉我负责案子的是他的朋友，因为比较棘手和诡异，自然叫上了他，而且纪颜以妨碍工作为名把其余警察支走了，房间里大部分证物也被采集掉了，所以我们大可以进去好好调查看看。或许当时我和纪颜都没想到，我们会在这间房子里待上多长时间。

推开木制的篱笆门，我们走进了老屋前面的庭院，这所房子与其他的职工住房如此不同，我突然对这所房子的主人感到了好奇。

纪颜说，警察通过初步调查，知道了这所房子是厂里一位退休工程师的住房。工程师20世纪50年代从美国学成归来，经历“文革”后，在这座工厂任职研究新化肥，退休后曾经和妻子还有儿子住在这里。后来老教授在这里病逝，妻子也紧随其后，他们的儿子把房子封了后就不知所踪了。

房子里居然没有一点霉味，也对，从照片上看那男人的尸体没有发生严重的腐烂。这种天气，长久无人居住的房子保持干燥实在要感谢守房人了。

从门往里望去，是一条阴暗的甬道，门一带上，房间里的光线最多只能照到两三米远，白天尚且如此，夜晚的黑暗程度就可想而知了。甬道大概一人半宽，我走前面，纪颜跟在后面，两边是刮过瓷的水泥墙，摸上去异常光滑。我一边摸索着墙壁，一边朝里面走去。

大概走了一半，前面左转是一个房间，我刚想进去，忽然感觉右手摸到一种异样的东西，非常冷，而且有一种特别的僵硬感。我突然想到，前些日子在超市里摸到的冻肉就是这种手感。

心里一惊，我猛地转过身，正好撞在后面纪颜的额头上。两人同时蹲下摸头。

“你干什么啊，突然转身。”纪颜抱怨道。

我只好跟他说刚才我感到些很奇怪的东西。纪颜一边用手掌心揉着脑袋，一边笑着说：“看来带你来的确是个明智的选择。”

“怎么说？”我好奇地问。

“这案子显然很古怪。你没注意平时看警察破疑案都带着狼狗啊、工具之类的吗？”

“……”

看来他把我当测试工具了。我一赌气走进了左边的房间。与外面狭窄的甬道相反，里面很宽敞，而且家具一类的都保持得很完整。靠墙角摆放着一套旧式沙发，不过已经很脏了。房间整个呈长方形，沙发的对面墙壁两米高的地方挂着一个很旧的吊钟，黄色的圆形钟身，是那种需要人工上发条的，但早就停了。

这个房间估计是用来待客的。我们没发现什么特别值得注意的东西，只好退了出来。甬道右边是另外一间房间，门口就是通向二楼的楼梯，这间的布局和刚才那间基本一样。我看见地上用粉笔画出的一个人形，看来那个男的就是死在这里了。

整个房间要比刚才的压抑很多，光线也要更暗淡。进去后正前方有一扇玻璃推窗，窗户上有一层细灰，清晰地留着几个杂乱无章的手印，看来是死者的。他那么急着想推开窗子做什么？呼救？逃跑？或者是为了躲避什么？不过都不得而知了，他已经死了，我们只有在这里一点点地调查，才能知道真相。从房间出去后，甬道的末端两边分别是厨房和卫生间，我还洗了一下手，看来果然是可以出水的。

二楼应该是寝室，上面更加暗了，几乎可以用“伸手不见五指”来形容。楼梯很高，全木制的，不过很牢固，远不如我想的那样踩上去嘎吱作响。上面有三个房间一字排开，看来是工程师一家每人一间了。我看着中间的房间，开门走了进去。这间比起下面的要狭窄许多，只有一张简单的单人床和一张摆了台灯的书桌。我随意看了看抽屉，里面有一本日记，我惊讶警察难道没有仔细看，他们实在太粗心了。纪颜似乎在外面说话，我把日记放进笔记本包走了出来。

“看来这所房子真的什么也没有呢。那男人的身份我朋友还在查，看样子应该不是本地人，因为他们询问过很多人，都说不认识他。尸检还在进行中，暂时没什么线索。”纪颜把电话关上说。

“依照你看，这房子有问题吗？”我靠着书桌问。

“不知道，我倒是没什么特别的感觉。”说着他走到旁边的房间去看了。我把日记本拿在手里，很厚，红色的硬塑料外壳上面写着几个字。

“给最爱的冰冰。”我小声念着，忽然听到了同样的一声“冰冰”，我以为是回声，又念了一次，却只有我自己的声音。单人床上铺着一层被单，上面还印着已经暗淡了的红色的“奖励”二字，估计应该是那个时候厂里奖励给工程师的。我看着黑黑的床底，忽然想看看下面有什么。

我慢慢地蹲下去，谁知道蹲下去也很难看清楚。我不得不趴到地上，用手机做光源慢慢向里面探去，结果除了一双用旧的解放鞋外什么也没有。我刚关上手机灯想爬起来，忽然感觉到有人呼吸，而且是那种近在咫尺的呼吸，像寒风打在我脸上，而且有一阵臭味。我吓得一屁股坐在地上，高声叫了一下纪颜。

纪颜很快过来，忙问我怎么了。

“床，床下有东西，我感觉到有呼吸，正好吹在我脸上。”我忍不住全身发抖，说话都不利落了。

纪颜狐疑地看看我，掀开床单，什么也没有。

“什么也没有啊，是不是只是一阵风罢了，或者是死老鼠之类的。里面我什么也没看见。”说着站起来拍拍腿。

“哦，什么也没有。”我也站了起来，但又想，什么也没有？我明明看见有双解放鞋啊，怎么什么都没了呢？我又看了一次，果然床下空空如也。这下我自己也不确定刚才在那种情况下是否看见那双鞋子了。

“下去吧，好像没什么可疑的，我们先去招待所休息一下，你这么远来也累了。”纪颜看了看表，“都快五点了。”我点了点头，把日记收起来。

正当我们要下楼的时候，我听见钟响了，一声接着一声，嘶哑而刺耳，如同葬礼上的丧钟。我和纪颜对望了一下，马上下楼，奔向那间挂钟表的房间。

已经响了五下了，钟还在敲打。当我们进去后，发现墙上没有钟，甚至连钟曾经挂过的印记也没有，似乎钟从来就没挂在过上面。我们只好去另外一个房间，果然，钟挂在了这里，同样是两米多高的距离。这时候已经响了十二下，钟声停住了。

那个钟是发条式的，没有人上绝对不会走，更不会响。难道在我们上楼的期间有人进来，并且取下钟上的发条再挂在这个房间？而且我发现房间的布局似乎正在慢慢变化，最关键的是地上原本用粉笔画着的尸印不见了。整个房间如幻象一般，我和纪颜犹如处在海市蜃楼中。

渐渐地四周像水面波纹一样浮现出许多东西：一架钢琴，几个书柜，然后是一位五十多岁的男人走了进来。他面带微笑，穿着无袖高领白色羊毛衫，一脸长者之貌，戴着一副黑色宽边眼镜，很慈祥。钢琴前坐着一位少年，很清秀，十五六岁，正认真地弹奏。男人似乎在和孩子讨论着什么，说得极为认真，并抚摩着孩子的头，孩子也很用心地听着，场面看上去很温馨。我和纪颜就在旁边，被眼前的景象迷惑了。我暗想，难道这个男人就是那位教授工程师？

接着，男人出去了，孩子目送着他出去。忽然孩子的脸变得极为狰狞，那绝对不该是一个少年拥有的相貌。更令我胆寒的是，他居然不经意地看了我们一眼，那眼神非常阴暗。我看看四周，本应该什么都没有啊。幻象很快消失了，四周恢复了平静。我和纪颜就像做了一场噩梦一样，一身的汗。

“走吧，这房子果然有问题。我们先回去准备一下，明天早上再过来，六点以后这里阴气太重了。”纪颜看了看四周，催促我快走。

我们穿过甬道，走向门口。背着光我才发现，甬道是用红色的木头制的，狭长地通向大门，犹如一根细长的舌头。

纪颜转动了一下门把手，然后皱着眉头又试了一下，他转过头说：“门居然锁住了。”

我有一种不好的预感，连忙走到其他房间，果然，所有连接屋外的出口都打不开了，包括窗子，而且房间的温度居然逐渐在升高。我走向厨房和厕所的水管处，发现刚才进来还能出水的水管，现在一打开只能发出尖利的类似鸭鸣的叫声，在空荡的房间里回绕。我郁闷地把龙头拧死，才听不见了。

“《本草纲目·鳞部》记载‘蛟之属有蜃’，‘能呼气成楼台城郭之状，将雨即现，名蜃楼，亦曰海市’。”他脱掉外套，把袖子卷起来，站到大门口，口中念道。

“你在念什么？”我对古文不是太明白。

“有种怪物叫蜃，它们很大，而且常人根本看不见它们，据说形同鱼类，长着两条很长的触须。它们经常在大雨来临时变化为房屋引人进去，然后把人吞食掉。”

“你是说这房子？”我四处看了看，莫非我们在怪物肚子里？

“对，但也不肯定，因为这房子已经存在很久了，蜃不过只能变化出虚物。但我必须试试，要不然以这种温度，过不了多久我们就会活活变成干尸了。”纪颜拿出两个MP3，一个给了我，叫我戴上耳机。我狐疑地接过来，放开一听，居然是经文。

“如果是蜃作怪就应该只是幻术，里面是《大悲咒》。佛曰，诵此陀罗尼者，不受十五种恶死：（1）不为饥饿困苦死；（2）不为枷系杖击死；（3）不为冤家仇对死；（4）不为军阵相杀死；（5）不为虎狼恶兽残害死；（6）不为毒蛇蚖蝎所中死；（7）不为水火焚漂死；（8）不为毒药所中死；（9）不为蛊害死；（10）不为狂乱失念死；（11）不为山树崖岸坠落死；（12）不为恶人魇魅死；（13）不为邪神恶鬼得便死；（14）不为恶病缠身死；（15）不为非分自害死。所以还是可以暂时护佑我们一下。”

果然，戴上后虽然听不懂，但心情已经好了很多，感觉也没刚才那样烦躁了。

纪颜也戴上了，并且左手按在门把手上，右手咬破后用鲜血在门上写了些什么，总之我是看不明白。接着他用力向后拉，门居然拉开了只能让一人进出的小缝。

“快。”纪颜做了个赶快出去的手势，我连忙跑过去，忽然感觉身上背的包一轻，原来是日记掉出来了。我下意识地弯腰去捡，却看见甬道二楼的楼梯上站着一个人。

我认识他，他就是刚才那个幻象中弹钢琴的少年，只是似乎略高一点。他穿着20世纪80年代颇为流行的军绿高领外套，一脸惨白，嘴角带着莫名的笑容看着我。我也呆住了，他的嘴巴在动，似乎在说什么。我听不见，只好摘下耳机。

“日……记。”他说完手指着前面的大门。

“快点啊，欧阳，你等什么呢，我支持不了多久。”我回头一望，纪颜正憋着力气拉门，再一回头，楼梯上的少年不见了。我拿起日记，管不了这么多，连忙和纪颜冲了出去。

刚一出来，大门像压紧的弹簧松开一样，啪地合上了。我们喘着气坐在庭院里。

“你怎么不动啊，还有你干吗把耳机拿下来？不是跟你说了要戴上吗？那房子里面到底有什么还不知道呢，邪门得很。”纪颜责怪地问我，随即站起来，“走吧，先去招待所住一夜。实在不行我叫二叔来帮忙，看来我一个人有点难对付。”

我也站起来，跟着纪颜走出篱笆的木门。出去之前，我又回头看了一下，刚才的那个少年依稀站在二楼的窗户边看着我。

终于回到招待所，与其说是招待所，倒不如说是个劣质的巨大的盒子。外面破旧的柜台里的服务小姐，啊，不，应该叫大妈了，正懒洋洋地躺在那里织毛衣，见我们来了眼皮也不抬一下，直接把房价一报。我听了感觉价格似曾相识，没想到招待所如银行一样，价格向外面看齐，质量嘛，讲究自己的特色。

钱终究是付了，我带着少许不满来到房间。是个双人间，里面简陋得只有两张床和一根废旧电线拉起来的充当所谓晾衣物和毛巾用的绳。

床倒是比较干净。我一下躺了上去，马上就觉得放松了。

“你刚才在房子里都看见什么了？我看你很奇怪。”纪颜躺在另一张床上问我。我把看见那少年的事和他说了，但很奇怪，我也不知道为什么没告诉他日记的事。那少年的话让我对日记很好奇，甚至不愿告诉纪颜。

“我总觉得你有事瞒着我呢，唉。”纪颜叹了一口气，把手枕在脑后，奇怪地说了一句。

“哪有，你太多心了。”我掩饰道。

“睡吧，等一下起来再去吃点东西，我累了。”他说着居然就睡着了，鼾声如雷。我苦笑了一下，也闭上眼睛。

“抱着你睡真暖，抱着你睡真舒服啊。”我迷糊间居然听见类似耳边传来的呓语，感觉腋下似乎有什么东西。睁开眼睛，我发现自己依旧在床上。我向来一醒就不知道做过什么梦了。

也不知道睡了多久，反正外面已经全黑了。醒来后感觉身体十分的累，就像刚做完剧烈运动一样。我按着脖子坐在床上，看见纪颜睡得正香，于是拿出日记本看看。为了避免开灯惊醒纪颜，我就去了过道。

过道的灯很昏暗，勉强还看得清东西。我试着打开日记本，发现它如同被焊住了一样，根本打不开。难道辛苦拿来的东西根本没用吗？

走廊里很安静，看来这里也就我和纪颜两个客人了。我把日记本暂时收起来，看了看表，也是时候叫醒他吃饭了。刚进门，纪颜已经醒了，看着我的床发呆。

“看什么呢？”

纪颜不说话，只是指了指我的床。床下垫了层被褥，虽然我起来这么久，但睡觉的形状还在。我发现，在我的睡痕一边居然还有一个人形的睡痕，是侧身的，而且比较矮小，应该是少年或者女性的痕迹。

我又想起半睡半醒时听到的“抱着你睡真暖”，脚一下软了，坐在了床头。

“你是不是在那所房子里拿了什么东西？”纪颜看着那睡痕，盯着我问。我知道不能再隐瞒了，我把日记本交给他。纪颜诧异地翻看着，不过他也打不开。

“你把他的东西带出来了，他自然会跟着你。”纪颜把日记收起来，安慰我道，“没什么，日记放我这里。你肚子也饿了吧，我们还是先去吃点东西。”说着硬拉着我走出了房间。

招待所不提供食物，我们只好在附近走走看看有什么饭馆、大排档之类的。走了很久，终于看见一家面店，两人想都没想，填饱肚子要紧。

面很难吃，但还不至于到难以下咽的地步。我们很快吃完面，然后讨论起日记本的事。

“你说为什么会打不开呢？”我问纪颜，他刚点着一根烟，猛吸了一口，若有所思。

“不知道。你上次说在楼梯口看见的那个少年，还有我们上次看到的幻象，我觉得那少年很可能是教授的儿子。”

“教授的儿子不是在父母去世后走了吗？那时候应该有二三十了，但我们看见的只有十五六岁。”我争辩道。

“哼，你怎么见得他只有一个儿子？”他笑了一下，“我们看见三间卧室，既可以说是三口之家，如果是两个儿子，一人一间也很正常啊。”

我点点头，的确如此。

“先去找找那个工程师的儿子吧，现在能知道当年这房子的事的人就只剩他了。”纪颜站起身，抹抹嘴巴。

“开玩笑，现在去哪里找他？”我付钱给老板，但他坚决不收大钞，我只好翻来翻去把身上仅有的零钱给他。

“我带你去见一个人，他应该能查到。”纪颜神秘地拍拍我的肩膀。

半小时后，我们来到一座普通的民宅。我正奇怪他带我来这里做什么，纪颜却拉着我上楼了。

或许太久没爬楼了，不过爬了六楼就有些气喘了。纪颜摇着头说，我太缺乏锻炼了。我心想有什么办法，一天二十四小时有十二小时都坐在电脑旁边。

“纪颜啊。”门开了，出来一个高个胖子，他巨大的脸上挂着一副非常精致小巧的眼镜，我觉得非常滑稽。胖子奇怪地看着我，随后用他厚实的嘴唇努了努我。纪颜马上介绍：“这是我报社的一个朋友，叫欧阳轩辕。”然后用手指头戳了戳胖子的肚子。“他是我的大学同学，叫许飞扬。”我一听就乐，就他这样还能飞扬。

胖子似乎觉察到了我的不礼貌，不满地带着我们走进去。进去我才发现原来里面很开阔，而之所以开阔是因为里面什么家具也没有，只有一张电脑桌。

他随便搬来几张凳子，茶水就别想了，一人发了一块口香糖。我一看，好像还快过期了。

“找你有事，知道你本事大，希望你帮我们查一个人的资料。”纪颜边嚼着口香糖边问胖子，看得出他嚼得很费力。

“没事你会来找我？毕业后也没来看过我了，还说是哥们儿。算了，要查谁？”胖子眼睛盯着屏幕，头也没回。

“你应该知道，附近一所房子出了命案，案子很奇怪，所以警方希望我调查一下。我们现在对那所房子以前的主人很感兴趣。希望你帮我们查查。”纪颜讨好地拍拍胖子，以示亲密。

我看见胖子噼里啪啦地在键盘上敲打，心想“你能查到什么”。纪颜一边搂着胖子一边夸赞道：“当年飞扬可是医学院最厉害的计算机高手。大三他就没上，后来专职为别人检验防火墙，强得很呢。我叫他去这里居民的档案管理系统看看，查查那个工程师一家的具体资料。”

也不知道过了多久，我无聊地看着胖子在电脑前忙碌，忽然他喊道：“可以了。你们自己看吧，我去吃点东西。”说着抓了地上一盒方便面去找开水了。我和纪颜凑过去看。

工程师姓王，叫王乐，回国时刚刚大学毕业，是化学应用专业的。他妻子是他父亲原先在国内的好友之女。两人结婚后搬到这里。据说这房子是他岳父送给他们的，后来这里才盖了工厂。他们有一个儿子，叫王斐，二十年前父母过世后去了杭州，具体情况不明。房子被王斐封存了，他一直都没再回过这里。

我和纪颜看到这里非常奇怪，看来王乐夫妇的确只有一个儿子。那我们在幻象中见到的少年是谁？看来要搞清楚这一切，就要去一趟杭州，但我可没这么多时间，明天下午我还要回报社。纪颜和我商量了一下，他去杭州找王斐问清楚，我暂时回去等他消息。我答应了。

和许飞扬告别后，我突然想起了日记。日记给了纪颜，它还会来找我吗？我问纪颜，他也说不知道。为避免麻烦，纪颜拿出两块影晶石给我，叮嘱我戴上，另外一块给落蕾，她八字太弱，戴上也好防身。

我奇怪地问他，很早以前不是说这个很珍贵只有两块吗？纪颜尴尬地笑了笑："我也以为很珍贵，当时高僧给我的时候就给了两块，最近我去拜访他，他忽然又从箱子里拿出一打。"

"……"我看着影晶石，真怀疑是否有用。

"你放心，我很快回来，最多三天。这里去杭州快车只要十小时，问清楚王斐，我立即通知你。"

"好！"数小时后，我已经坐上了回去的火车，望着站台上纪颜渐去的背影，我心中划过一丝不安。我的预感总是很灵，希望这次是多虑了。

我十分讨厌坐火车。我对这么多人拥挤在车厢里非常烦，空气又不流通。一个孩子正坐在我旁边快乐地玩着猜字游戏，根据提示来补充完整词语或者字句，直到填满格子。我极其无聊，向孩子要了一张，随意地填了起来。

第一竖行是中国著名的校园歌手，唱过《同桌的你》等歌曲，我笑了笑，不是老狼吗？

第二个说的是《武林外传》的主创原班人马打造的电视剧，我看着不全的片名，很快也想起了，是《房前屋后》。

我一步步做下去，很快第一个横行出来了。我把横行连起来：

"老屋的东西，要去老屋才能打开。"

老屋的东西？日记？我一惊，字表掉在地上。孩子好奇地捡起来放到我面前："叔叔，掉了，掉了。"我接过来揉揉眼睛，那行字又不见了。

难道它的意思是，日记一定要去老屋才能打开？我看着窗外在夜色中高速行驶的火车，真的不知道该怎么办了。我的确很想打开日记，但上次和纪颜一起去都差点死在里面，我一个人去不是送死吗？

纪颜现在估计也上了去杭州的火车了，我还是等他回来吧。我又想睡了，也不知道多久后，感觉一阵便意，想必是吃面的时候喝汤太多了。

车厢里的人大部分已经睡着了，我小心翼翼地穿过过道，走进厕所。厕所有扇窗，依靠月光依稀还能看清外面。

现在应该正走在郊区一带，我还能看见一些农田。忽然听见似乎有人在拍厕所的门。我打开门一看，空无一人。

“啪啪啪。”声音又来了，这次我听清楚了，在背后。

转过头，背面的玻璃外，一只接近腐烂的手臂正不停地拍打着窗户，接着脸也慢慢伸了过来，果然还是屋子里见到的那个少年，不过他的样子更为骇人了。消瘦而高耸的颧骨把带着黑眼圈的眼睛撑了起来，眼球就像随时会掉出来一样。他不停地拍打着门外的玻璃，苍白的嘴唇嘟囔着什么。我好歹也算见过大场面了，但脚还是不由自主地软了下去，还好用手扶住了门把手，才不至于瘫倒在厕所里。

“里面有没有人啊，上这么久？”我这才清醒过来，赶快拉开门，门外一个二十来岁的小伙子用狐疑的眼光看着脚步不稳、踉踉跄跄走出来的我。

“上个厕所也虚脱，真搞笑。”他在后面小声嘲笑着，我无力和他争辩，因为我知道刚才如果换是他的话，估计早晕了。

我好不容易回到座位。想去包里拿瓶水喝缓解紧张，结果手伸进包里却摸到了一样硬邦邦的东西，我知道是什么，但我不想拿出来验证我的想法的正误。人总是这样，当无法避免的东西来临时，总会天真地选择逃避。

我磨叽了好久，终于还是把那东西拿了出来，是日记，对，的确是日记，是那本我从老屋中带出来后来交给纪颜带走的日记。但现在它好端端地在我手上，红色的日记壳仿佛在对我说，我是逃不掉的，老屋在等着我。

我拿着日记真想把它烧了，但某种力量驱使着我，我决定回去，在下一站下车，回到老屋去解开真相。

忽然列车里响起列车员的声音：“亲爱的旅客朋友，实在抱歉，因为前方铁路维修，我们要开回××市，请大家谅解。”声音刚落，车厢里便一阵骚乱，骂娘声合成一片。只有我静坐在原地，我不知道是巧合还是它故意为之。

我又回到了原地，跟着咒骂的人群走出检票口，叫了一辆车直奔老屋。

时间已经接近十二点了，好不容易才叫到辆车。司机把车窗摇了一半下来，伸出个圆圆的脑袋上下打量我。

“去哪儿？”

我告诉他是厂区的老屋。他马上摇头：“不去，那地方白天都阴森得很，晚上更邪性。”

“两倍价钱。”我往荷包里伸了伸手，估算一下自己还有多少钱。

“不去。”但他还是在窗户后面看着我，绿豆大的眼睛看着我的荷包里的手。

“五倍。”我伸出个巴掌。他显然动心了，但还在犹豫，可能还想多要点。

“四倍！”他没想到我减价，刚想张口，我马上说：“三倍。”

显然他很不高兴，但我又伸出两根指头：“不去算了，大不了我走着去。”

“好吧！”司机终于忍不住了。我上了车子，手里紧紧地握住装有日记本的袋子。晚上车子开得比较快，两旁的景色果然比白天更难让人忍受，即便在有月光的时候，茂密的树木也将它遮挡大半。透过缝隙洒下来的残光反倒使这里更显得阴冷。

前面已经能勉强地分辨出是老屋了。车子停在了门口，司机收了钱一句话也没说，逃似的立即开走了。我一个人站在门外，望着屋子，这是我今天第二次进去了。旁边一点声音也没有，我自己也下意识地走得很轻。门很轻易地被推开了，然后又被慢慢带上。里面非常黑，我仿佛一下被扔进了墨池。我把手伸进口袋想掏出手机暂时充当照明，却摸到了纪颜送的影晶石。

“姑且戴上吧，有点心理安慰也是好的。”我自言自语，把影晶石戴在了手腕上，随即拿出手机照明。手机的光源只能照到不到两米的距离，我依旧摸索着走在房子的甬道上。步子很小，因为我实在没有大步向前的勇气。不过即便再慢，也很快到了第一个房间的门口。

“当”，钟响了一下，接着又是连续的几声。我几乎被钟声吓死，手机也掉在了地上。拿起来一看，原来是十二点了。这次倒是没报错，钟响了十二下。

第十二下过后，钟猛地发出强烈的白光，照得旁边如同白天一样。空气泛起水状波纹，接着是房间的格局开始变化，沙发、茶几就像退潮后的沙滩一样慢慢地浮现出来。我站在原地，像看电影一样仔细观察着。

又是那个少年，不过看上去要高了点，这次他穿的是夏装，草绿色的篮球背心，蓝色的运动短裤，一身的汗。那个中年男人也出现了，不过似乎比上次看上去要苍老很多。他左手拿着一只烟斗，右手拿着一份报纸，无奈地看着少年。少年似乎很不屑地走进来，拿起茶几上的水果就吃。

然后是两人剧烈地争执，接着中年男人甩手就是一耳光打在少年脸上，然后一位中年女性又走了进来，我猜想这应该是工程师的妻子吧。她心疼地抚摩着少年的脸，接着又和工程师吵了起来。少年退到一边，嘲笑似的望着他们吵架，那眼神很可怕，冷漠而残忍。我站在一旁望着，少年突然移开了目光，望向了我。我心里一惊，这时候幻象又消失了，仿佛从来没发生一样。我再次回到漆黑而空荡荡的房间里。

手上全是汗水，少年的一瞥居然让我惊恐不已。我陡然想起了日记，对啊，不是说了在老屋就能打开吗？我赶紧翻出来放在地上，然后左手拿着手机，右手颤抖着翻开第一页。

果然，日记可以翻开了。

首页的空白处有一行非常苍劲有力的钢笔字："祝冰冰十四岁生日快乐，父送。"我依稀记得工程师的儿子叫王斐，看来冰冰是他的乳名了。接着是日记的正题，字迹换了，虽然工整，但还未脱稚气。

11月10日　晴

好高兴，爸爸送我生日礼物了，我会好好用这本日记记录每一天发生的事的。

今天爸爸上班去了，妈妈在家帮我温习功课。

我有些失望，日记开始的几页无非那些普通的家庭琐事。我无趣地翻看着，直到有一页引起我的注意。

12月6日　小雪

好冷，不管怎么加衣服我总觉得冷，夜里睡觉也是，老是要抱着什么才能睡得着，觉得像自己身体的一部分脱离了自己一样，好像总是少了点什么，这种感觉越来越强烈，好奇怪啊。虽然今天练了一下钢琴，但爸爸总说我弹得不好，可能和心情有关系吧。

看到这里我又一阵头皮发麻，耳边似乎又听见那句"抱着你睡真暖啊"。房间开始冷了，我搓了搓手，继续看下去。

12月10日　阴

真奇怪，阿亮他们说今天下午看见我在厂锅炉房那里，而且叫我我还不答应，可是我一整天都在家练琴啊，下午只是睡了一下，而且妈妈也在家。我怎么解释他们也不相信，还说我撒谎，真是搞不明白。

1月7日　晴

世界上真有鬼魂吗？好害怕，早上我在房间弹琴的时候感觉好像有人在窗户外面偷看，结果走过去只看见自己啊。后来又重复几次，我都不敢练了，只好跑到房间里用被子蒙住头。

1月8日　多云

妈妈终于把我喜欢的弹珠棋买来了，好高兴，我和妈妈下了一下午，直到爸爸回来才去练琴。

1月15日　晴

爸爸送了我双解放鞋，真好看，而且又暖和，现在感觉没以前那样冷了，但还是觉得空落落的。我听人家说，有一部分魂魄漂流在外面就是这样，必须把飘出去的找回来，人才踏实，真是这样吗？

日记到这里后面就没有了，而且他在结尾还加重地写了几个“？”

十四岁正是对未知事物又好奇又恐惧的年纪。看他的叙说，似乎真有什么人或东西缠上他了，但到底是什么？而且日记只记了这些就没了，后面全是空白。纪颜正赶去杭州，或许等他见到日记的主人王斐，一切才有定论。

日记看完了，是不是就能走了啊？我摸到门口，果然，门如早上一样又紧锁了起来，窗户也是同样。我长叹一口气，那少年到底要我做什么？

二楼响起了一阵声音，我屏住呼吸仔细听。原来是类似弹珠掉落的声音，而且一下接着一下。去二楼看看，或许还能发现什么。

我一步一步走上楼梯。二楼的三个房间门都开着，听声音判断应该是我拿到日记的那间。站在门口，果然声音更清晰了。我轻轻地扭开门。依旧是那张床和书桌，没有什么特别的东西。弹珠声也消失了。我想大概是风声吧，当我要退出门时，我看见角落里似乎有东西在闪烁。

是弹珠，一颗，两颗，三颗，弹珠不知道从哪里掉了出来，一颗颗落下来，玻璃的弹珠在窗外依稀可见的惨淡月光下发着诡异而奇怪的光。它们掉在地板上，又弹了起来，如同有生命一般四散着滚开。我小心地避开它们，借着月光慢慢看，原来它们从前面的高处掉出来。我对着弹珠正掉落的方向抬头望去。

在屋顶，在二楼房间的屋顶，上面已经不能靠月光来分辨了。我只好再次打开手机的照明光源。我看见乌黑的房梁上似乎有一个破洞，弹珠正一颗颗地从洞里面掉出来。

这类房子为了避免屋顶被照射得过热，都在房梁上弄一个隔层，看似没有空隙的屋顶其实可以放不少杂物，我家小时候也是如此。我忽然想到上面是不是有什么，我又四处看了看，果然在床的上面有个入口，大概一人多宽，正好够人进出。

但我要怎么上去呢？就算踩在桌子上我也只能勉强双手够上，可洞口并不宽敞，我翻不进去啊。弹珠没再掉了，我也放弃了上去查看的打算。我带上门，去了另外的房间。

左边第一间比那间稍宽敞一些，但里面也只是简单的家具和一些散落的纸张，可能是警察随意翻看的吧。我一张张拾起来，一些是白纸，一些是看不明白的化学方程式，并没有什么特别的。这里应该是王工程师的房间。我退出来进入了第三间。里面有一个书柜，但已经一本书都没有了，难道这是他妻子的？不过干吗要分成两个房间？或许工程师喜欢有单独的工作空间吧。二楼已经没什么值得查看的了，我只好一个人下了楼。开始还有点恐惧，但似乎待的时间长了也适应了些。钟声再次响了起来，我已经听腻了，只是依稀有些奇怪，为什么每次钟声一响，那幻象就出现了呢？

这次也是，十二下敲过后，房间又亮了起来，不过这次很短，而且我见到了另外一个人。

工程师夫妇似乎在和一个人谈话，这个人中等身材，三十来岁，右眼下面还有个很明显的黑痣，梳着小平头，穿着类似于制服的衣服。夫妇两人似乎很热切地在和他谈话，不时地还一起望向外面。

那个男人的制服上似乎有块牌子，但在水纹般的幻象中我很难看清楚。我努力地辨认着。

“杭州儿童福利院。”我几乎把眼球都挤了出来，才勉强看清楚。

没过多久，幻象消失了。我的眼睛暂时还适应不了一片漆黑，我只好闭上眼睛。

当我再次睁开眼睛时，我看着头顶的时钟。既然每次钟响后都会出现幻象，是不是钟有什么玄机？我找到一张可以站脚的桌子垫上去，钟很沉，我努力地搬下来，几乎脱手摔到地上，但钟后面空空如也。我把钟翻过来，也没发现什么特别的东西。

十二点？或许把钟调到十二点会有新收获。我把钟拨到了十二点。果然，当时针分针重合的刹那，我感觉扶在钟后的手好像摸到了一个什么凸起物。我兴奋地转了过去，果然，钟的后面有一个凸出的按钮，按下去后弹出一个盒盖，里面似乎有什么东西。我小心地拿出来，原来是一张变黄的旧照片。我赶紧打开手机照了过去，看清了照片。我终于明白了幻象的来源和日记中少年记载的话语。我猛地想到，纪颜去杭州有危险了。

我把钟放下来，赶快打电话给纪颜，但电话接不通。如果我的推测正确，纪颜去杭州找王斐问老屋的事无疑是自投罗网。他或许擅长处理灵异事件，但这次他面对的可是活生生的人。

我必须想办法离开这里。电话已经联系不上了，我必须尽快地赶去杭州。一来去找那个幻象中出现的穿着制服的人，二来看是否还来得及通知纪颜。

门已经锁死了，我可不会纪颜那一套。我得自己想办法出去。

屋子的后面是密封的，别说门，连天窗都没有。我心想，或许二楼的隔层可以找到出口。但找不到梯子我是上不去的。

折腾这么久，我感觉有些困了，我回到了二楼的房间。这里只有唯一的一张床，我只好将就着睡觉了。纪颜最快也要到第二天下午才能到杭州，只要我在天亮前出去还是来得及通知他的。床谈不上干净，但还是可以睡人。我仰卧在床上，虽然很困，但总也睡不着。

我的上方就是那个破洞，里面到底有什么？日记里说那少年的母亲买了一副跳棋，难道放上面了？

想着想着，我似乎进入了很迷离的状态。额头上忽然感觉被上面的什么东西砸到了，很疼，但没看清是什么。我望向破洞，黑糊糊的。我几乎感觉里面要有什么东西伸出来一样，但什么也没有。

“啪！”又有东西掉下来了。这次我躲开了。掉下的东西似乎不是弹珠，比弹珠小，而且掉在地上的声音也不一样，闷闷的。

第三次掉下来的时候，我用手抓住了。很硬，但看不清楚是什么。不到万不得已，我不想再用手机灯了。正巧还能看得见一点月光，我把手里的东西摊开凑过去看。

白色的，或者说是灰白色的，不规则的形状。不过我还是看出来了。

是牙齿，人的牙齿，准确地说是一颗磨牙，上面甚至还能看见一些血迹。

“啪！”又一个掉下来了。

我沿着墙壁慢慢挪过去，看见牙齿如下雨一样纷纷地从那个洞落了下来，地上到处都是牙齿。我粗略估计了一下，大概有二十来颗。

那个黑洞如同人嘴一般。房间一下又安静了，我只听得见自己的呼吸声。

不，我还听见了一个呼吸声，很粗重，就在那个黑洞里面。我想我知道谁在里面，但我不知道该怎样上去。我看了看旁边的桌子和床，忽然想到把床斜靠在桌面上，另一头靠在洞口试试。

想法是好的，但做起来没那么简单。虽然说是单人床，但要把它整个翻过来还是很困难的，何况我是个手无缚鸡之力的人。床挪开后，我又看见了那双解放鞋，不过这次是一只，孤零零地在墙角，我没心情注意它了。

桌面有点滑，放了几次都失败了，不过最后还是搭上去了。我休息了一下，从桌面上爬向床头的一端，那里有抓栏，可以固定身体。

好在我还是抓住了，不过爬上洞的那一下脚向下用力，床也踩塌了。现在真成了上不着天下不着地了。

隔层只有一米多高，我尽量毛着腰爬行着前进。爬了一会儿，我感到手在前面摸到了什么，比较长而且很僵硬。

应该是条腿，前面好像半躺着一个人。我颤抖着拿出手机照亮了前面。

那个我见过几次的少年就在我面前。我的脸几乎离他只有一米多。他靠在后面的杂物箱子上，穿着我在楼梯那儿时见过的那件军绿色高领外套，不过已经撕扯得有些烂了。两腿分开着，一只脚光着，另一只脚穿着一只解放鞋，双手耷拉在两边。还是那张年轻的脸，但几乎被打得不成人形了。左边的眼睛肿得已经看不见了，右眼紧闭着，黑瘦得吓人，深深凹陷的眼窝仿佛没有眼珠一样。高耸的颧骨有很多伤口，鼻子也歪了。但最让我全身发冷的是他的嘴。

他的嘴被什么东西塞得鼓了起来，右边有明显的被硬物砸击的伤痕。我小心地用手碰了碰他的嘴巴，一颗弹珠骨碌碌地掉了出来，砸在地板上，又跳了几下，接着滚了下去。然后又有几颗掉了出来，还夹杂着几颗破碎的牙齿。

难道他是在活着的时候被人把弹珠塞进嘴里，然后再用东西砸他的脸？太残忍了，那是非常痛苦的刑罚。但让我不解的是，如果他是那个少年，他应该死了将近二十年了，为什么，为什么没有腐烂呢？

呼吸声！又是那种呼吸声。我这次是确实感觉到了，就在这个狭小的空间里，但我只能感觉到呼吸，看不见东西。

“谁？到底谁在这里？”我把手机四处乱射，这里只有一些箱子和破旧的口袋。

我又爬到入口，下面依旧什么都没有。这里只有我一个人。

不，如果说二十多年没有腐烂的话，难道说……

后面有东西。

我的背后仿佛有什么东西靠了过来，我低着头，看见腋下有一双惨白的手伸了过来，然后紧紧地箍住了我的腰。我顿时感到一阵窒息，那双手力气很大，我几乎快被勒断了。

“抱着你，真暖。”耳后响起一句含糊不清的话语，几乎不像是人的声音，低沉而空洞，带着婴儿牙牙学语的感觉。

“别走了，陪陪我。”这一句离我的耳朵更近了。我甚至感觉到了那带着寒意从口中呼出来的气。我顿时全身都起了一阵鸡皮疙瘩。腰上的手力气更大了，我快喘不过气了。

没回头看，我怕我看了会接受不了晕过去，如果我晕了就全完了。我使劲想扳开他的手指——小指，小指的力气最小。我用尽全力，结果咔嚓一声，他的小指被我掰断了，如一截木头一样掉在地板上。

但他似乎根本没有松手的意思，反而更加地用力，如同电视里的蟒蛇一样，反抗会令他愤怒。

我的意识模糊了，手腕泛起了点点红光，是影晶石。不管了，试试吧。我脱了下来，但怎么用呢？

是血吧，每次都看见纪颜使用血。我不能老依靠他，如果我死在这里，甚至纪颜在杭州也很危险。

我用最后的力气咬开食指，把血擦在影晶石上，果然，它的红光更耀眼了，如同太阳一般。我转过身，少年的脸就在我面前。他的嘴巴张开了，里面都是弹珠，右眼了无生气地盯着我。

“如果你希望我给你报仇，你就放开我吧！”我说完猛地把影晶石向他的右眼砸去。他怪叫了一声，把我扔了下去。下来的时候，头正好砸在下面的桌子上，我马上昏厥了过去。

也不知道昏过去多久，但醒来后我知道我安全了，因为我已经在老屋外的地面上。外面的空气很不错，特别是如果你重获自由的话。

我摸摸身上，没少哪个零件，手机也在，那照片也在。不过日记不在了，影晶石也不见了。不打紧，纪颜说了，那高僧还有一打呢。

我看着黑夜里的老屋，如同一个大张着嘴的怪物。我挣扎着站起来，现在这时候想找地方睡到天亮已经不可能了。我干脆在老屋旁边找了块风不大的地方眯一下，到天亮再说。纪颜的电话依旧打不通，我只好发短信给他，让他速回，有危险。

也不知道睡了多久，我被人拍醒了。看看四周已经是白天了，再看看拍我的人好像有点面熟。

这人快六十岁了，穿着一套淡蓝色长袖衬衣，衬衣的扣子都系到最高一颗了，虽然年纪大，但看上去十分硬朗。

“年轻人，怎么睡在这里啊，这里风很大的。”我看了看他，肩上背着个大旅行袋，上面好像写着“杭州儿童福利院”。我一惊，揉揉眼睛仔细看他，果然，眼睛下面有颗黑痣。是那个在幻象中出现过的人。

我一下跳了起来，握着他的手激动地喊道：“我还想去找您呢，没想到您来了。”他被我的举动吓了一跳，往后退了几步，然后上下打量我：“我认识你吗？”

“不不，当然不认识，但您一定认识后面这房子吧？”我转过身指了指老屋。他看了看，点了点头，又说：“我在杭州听说这里出了事，这房子的主人就委托我过来看看。”

我拉着老伯：“我们先找个地方坐下来聊吧，我可不想再待在这附近。”两人随即往前走，找到一处卖早点的小摊坐了下来。我经过昨晚的事之后饿坏了，叫了一桌吃的。

“您也吃点吧。”我拿了一碗刚出来的藕粉给他，这是附近比较普遍的小吃，我在来之前就知道了，只是一直没机会品尝。这个东西看上去一点热气都没有，但要搅开来吃，里面温度很高。

老伯推让了一下，不过还是吃了。让我惊讶的是，他一口接着一口，全然无视那么高的温度。

“老伯你不怕烫啊。”我呆呆地望着他。他看了我一下，笑着说：“吃习惯了，一样的。”

“我还没问您贵姓呢。”

“哦，你叫我张伯就可以了。”张伯忽然压低声音靠近我说，“好像听说房子里死了个人，是吧？”

我把知道的都告诉了他，并且把那照片小心地拿出来给他看。张伯神情异样地看着照片，刚想伸手来拿，我缩了回来。

“这照片很重要，其实我想找您也是要确定这事，而且如果我的推理正确的话，恐怕我要告诉您一个非常惊人的秘密，原来……”

“不用说了，我都知道了。”身后突然传来一个声音，听着就让人发凉，虽然非常富有磁性，但让人觉得很不祥。转身一看，一个身材高大，穿着白色西装和白色长裤的男人站在我身后。他长着一头银发，相貌英俊，但脸色非常苍白，高挺的鼻梁上架着一副茶绿色眼镜，薄如蝉翼的嘴唇挑衅地笑着，双手插在裤子的口袋里。

“你是谁？”我马上问他，其实不问也知道来者不善。

他用中指推了推眼镜，微笑着说：“忘记自我介绍了，你叫欧阳轩辕，是吧？其实我是纪颜的老朋友了。我叫黎正，黎明的黎，正确的正。”

“黎正！”我猛地一惊，纪颜不是曾经说过吗，在钉刑事件中那个随意玩弄人的性命的家伙，好像他还是全国的通缉犯呢。

“拜你死党纪颜所赐，现在我就像一条流亡的狗，不过我也很快找到了机会来对付你们，王斐先生出高价让我摆平这件事。呵呵，正好我急需一大笔钱，又能杀了你们，真是一举两得。”说着他的左手从口袋中掏了出来，好像握着什么东西。

我边后退边望向旁边，看形势不对，周围的人早作鸟兽散了。我只好扶着桌子说：“那个，我又不认识你，我也不认识什么纪颜啦，你一定认错人了。”说着向后跑去，没想到被张伯一把抓住，他的力气好大，我几乎被他勒住了。

“张伯你干什么？放开我！”张伯面无生气地看着我，眼睛里一片死气。我大惊，难道张伯也是他们的人？

“别挣扎了，我会让你死得舒服点，不过你的灵魂会永远不能安息，徘徊在常世与现世之间。”他慢慢地走过来，口中似乎不停地念着什么，左手向我靠近。我终于看见了，他手上拿着一只六角形的黑色铁片之类的东西，看样子他似乎想把它刺进我的喉咙。

我看着那东西都已经触到我的脖子了，脑子里只想着为什么警察或者纪颜不像电视里一样大喊一声“住手”，然后出现在我面前把我救下，把坏人绳之于法，大家皆大欢喜，但我面前连他们的影子都没有。

“住手！”忽然听见这么一声，我心中大喜，看来生活还是很照顾我的。我看了看却有些吃惊，喊住手的是一个四十多岁的中年男人，衣衫考究，书生气很重，像是老师之类的。而且他的脸很熟悉，我想了一下，似乎和我见过的那个少年很相像。

“王教授，你说过我可以随意处置他和纪颜的，何况留着他们对您也没什么好处吧。”黎正没有回头，淡淡地说，语气似乎很尊敬，但略有不快。倒是我长舒了一口气，至少我还可以多等一下了。

“没必要现在杀他，把他带到老屋，我还需要他找那个东西。”难道这个人是王斐？

“随你的便，反正只要最后把他交给我就行，本来我也没打算杀他，只想逼纪颜出来，看来他只是个胆小鬼罢了。”说完他收起那个六角形铁片，嘲笑地望了望我。张伯也松开了我，不过仍然站在我身后。

一行人又往老屋走去。一路上我左看右看，纪颜能赶来吗？

“你是王斐？”我对着那个王教授问道，他没看我，算是默认了。

“老屋里的那个就是你的孪生弟弟吧？”我又问道。他突然停住了，低着头，大笑起来，笑得我发毛。

“好像你知道的的确不少，没错，是我杀了他。”他说这话的时候轻描淡写，仿佛是在谈及一个陌生人一般。

“你也太狠了吧，虽然当年他被领养了，但你也犯不着杀了他啊。”

“你知道什么，当年本来应该是我！他拿走我的东西，我不该拿回来吗？”王斐突然冲我大吼，样子很吓人。黎正在前面不耐烦地说：“别和他废话了，我们赶快去吧。”说完，张伯在后面狠推了我一把，我险些摔倒。

王斐又恢复了常态。前面已经隐约可以看见老屋了。我不明白他们大老远从杭州赶来，难道就为了杀我和纪颜灭口吗？

“王教授，你说老屋里的那个东西到底是什么啊？”黎正停了下来，推了推眼镜，斜着眼睛笑着问王斐。

“没，没什么，不过是我养父母的一些重要遗物。你管这些做什么，我付钱给你，你做好事就是了！”王斐看上去隐瞒了什么，黎正那双眼睛仿佛看透一切似的盯着他。

老屋终于到了。真是可笑，我总想离开这里，却总是又回来。如今还被人挟持，早知道就和纪颜一起走好了。

屋子里一如既往的黑暗，王斐也进来了，不过看得出他很害怕，扶着墙的手都哆嗦着。我嘲笑他：“怎么，心虚了？怕你弟弟的灵魂出来报复？”

“笑话，黎正在这里呢，他敢？”王斐看了看黎正，高声说。黎正没看他，只是环视着四周。

“他的确很不好对付。”黎正忽然转头对王斐说，“你确定你弟弟死了？”

王斐坚定地说：“那天我看着他断气的。我说和他下跳棋，然后砸晕他，又把弹珠塞进了他嘴里，用锤子敲打他的嘴巴。嘿嘿，弹珠和他的牙齿还有血一起飞了出来。”王斐眼睛冒着凶光，半疯狂地描述。我终于明白了。

“你还真残忍，需要这么麻烦吗？”黎正也为之惊讶。

“当然，不是他的那张贱嘴，我的人生也不会改变！”王斐恶狠狠地说道。真是难以相信，这人居然如此对待自己的孪生兄弟。我吃惊地看着他，眼前的这个人披着为人师表的外衣，骨子里居然连畜生都不如。

“那就奇怪了，我在这里完全感觉不到有任何的怨灵。呵呵，这下似乎有点棘手呢。”黎正自顾自地说着，然后一个人走向前面。王斐听完诧异地站在那里，随后又赶紧跟上去。我也被张伯押了上去。

“我把他杀了，就放在他房间的房顶隔层上。他绝对死了！”王斐看着楼顶，畏缩地往后退了退。

黎正望着上面，“有梯子吗？”他问王斐，王斐摇头。

这时候，楼顶突然剧烈地震荡开来，猛烈的敲击使得上面的房顶掉下很多灰尘，接着很多弹珠纷纷滚落下来，到处都是。王斐吓得大叫起来，缩到角落里，抱着头哭喊着：“不要怪我！几十年我都做噩梦！我只想过得好点！我只想过得公平点！饶了我吧！”

黎正皱着眉头，摘下眼镜，从上衣口袋里掏出一张纸，迅速折成了一只纸鹤，口中念叨了一下，纸鹤居然自己飞离了黎正的手，飞进了楼顶隔层。上面的闹声停止了，王斐渐渐站了起来，面露喜色。

黎正却面无表情。我看着王斐，他身后的墙上好像有什么东西出来了。我眨了一下眼睛，果然，两只如同棍子一样瘦弱苍白的手从墙壁里缓缓地伸了出来，紧接着是一个脑袋，然后是上半身。那个东西抬起头，我忍不住叫了起来：“后，后面！”那个东西的脸和我昨晚看到的一样，只是在白天看上去更加黑也更加瘦，嘴里仍然是鼓着的。

王斐也感觉到了身后有什么，不过他不敢回头，而是带着央求的眼神看着黎正。黎正冷冷地说：“王教授，我只负责帮你干掉纪颜，可没义务做你的保镖。”

王斐绝望地转过头，后面的人猛地把手一合，就像等待多时的动物抓捕猎物一样，王斐被紧紧地抱住。

“哥哥，你终于来了，冰冰很冷呢，抱着哥哥真暖和。”那东西一边说，嘴巴里的弹珠和牙齿一边掉了出来。

“放开我！放开我！我不是故意要杀你的！”手臂收缩得更紧了，王斐痛苦得大叫起来。

“我好寂寞，我一直在等待着哥哥，一直。”那少年慢慢地闭上眼睛，把头靠在王斐的肩膀上。我对黎正说：“难道你还不出手？”

异闻录
Yi Wen Lu
后面的人猛地把手一合，
就像等待多时的动物抓捕猎物一
样，王斐被紧紧地抱住。

黎正看着我笑道："这是他自己的孽，我无能为力，何况这个少年还是活的呢，我的法术不管用。呵呵，真有趣，这么多年都没死，一定是那个东西了。"黎正走到王斐面前："您还不肯告诉我吗？"说着把刚才的六角形铁片拿出来插在少年的胳膊上，手似乎略微松开了点，王斐这才喘着气回过神来。

"快，快救我！那东西我可以给你，求你救救我！"

黎正忽然看了看那少年，笑了一下，拔出了铁片。"真对不起，我已经知道在哪里了，所以，您对我已经没有任何帮助了。"黎正站了起来，转过身戴上墨镜。

"哥哥，我们永远在一起吧！"少年猛地一睁眼，手上一用力。王斐哼哼了一声，就看见他的身体像被挤爆的番茄一样被揉了个稀烂，少年的身上全是王斐的血肉，他舔了舔，随后盯着我们。

"似乎没吃饱呢，该你上了。"黎正对着张伯做了个手势，张伯把我扔向那少年，眼看着他已经张开手臂在等我了。我看着地上的血和碎肉，暗叫道："难道几秒后我也要成这样了？死都没个好死法吗？"

"啪！"伴随着窗户的粉碎，一个人影从外面吊着绳子冲了进来，正好把我撞飞。我这才长舒一口大气，定睛一看，哈哈，是纪颜。

纪颜站了起来，拍拍身上的碎玻璃，把我扶了起来。

"你不用学电视上非要这时候出现吧？"我责怪道。

"是的，我在外面观察很久了，如果黎正不把你扔出来，我怎么救你？昨天晚上影晶石就显示你出事了，我只好连夜赶来。不过你们来之前，我就来到这里了，因为影晶石只显示你最后在这里使用，所以我躲在外面看你们。"

"很久没见呢，纪颜。"黎正笑着看着纪颜。

"是啊，自从你上次落荒而逃后。"纪颜也笑着说。我以为黎正会生气，结果他两手摊开做了个无可奈何的手势。

"不过我们的事等下再说吧，先解决他。"纪颜脱下身上的背包。

"你也该知道了吧，他已经不是人也不是怨灵。"黎正指着那少年说，少年依旧无神地看着我们，嘴里嘀咕着："冷，好冷。"房间的温度忽然猛地升高了，而且很快。

"的确，他借着返魂香的能力复活，但又不完全，强烈的求生意念使他和这房子合为一体了。"纪颜虽然对着少年，但眼睛始终放在黎正身上。

"你没开玩笑吧？也就是说，我们在他肚子里？"我快崩溃了。

"长年以来，他靠吸食活人的营养痛苦地活着，返魂香的力量让他既不能完全变回人又不能死去。或者今天我们让他永远安息，才是最好的解决办法。"

“那要怎么办啊？”我问纪颜。温度已经很高了，少年也睁开眼睛，整个房间的墙壁如同肌肉一样开始蠕动，地板也是，刚才纪颜进来的窗户已经被四周的墙壁挤死了。

“很简单，从他体内拿出返魂香，他自然就死了。”黎正指着那少年。我顺着他指的方向看去，原来他的左肩上插着一块黑色发亮的晶体，一半在里面，和我上次在纪颜家见过的一样。

“那快去拿啊。”我喊道。

“不行，他对任何人都有戒心，过去只会被他勒死。”黎正看着我，“对了，你昨天不是在这里待了一晚吗？看来他对你还是不错啊，不如你去试试。”

我无语，望向纪颜：“只有试试了，要不然我们都会死在这里。”

我只好硬着头皮走过去，他古怪地看着我，我颤抖地把手移向返魂香，嘴里念道：“我是想帮你。”

当我接触到返魂香时，他的眼里居然流出了泪水，双手无力地落下来。我一咬牙，把返魂香拔出来。一瞬间，房子停止了移动，他也迅速变成了骨头，接着又全部化成粉末，和王斐的血肉融合在了一起。房子恢复成原样。我呆呆地拿着返魂香站在原地，内心有些伤感。

“谢谢了！”黎正猛地冲过来，夺走我手中的返魂香，从刚才的窗户跳了出去。等我和纪颜反应过来时，他已站在楼下对我和纪颜招手，张伯也如烂泥一样摔倒在地板上。

“今天没工夫和你逗了，以后有机会再说吧，反正我要的已经拿到了。”黎正说完一下就没影了。

我不好意思地朝纪颜笑笑：“都怪我，还是被他抢走了。”

纪颜没说什么，一脸惨白，猛地晕倒了。

医院里，纪颜平躺在病床上。

“你干吗这么拼命啊？”我坐在他旁边，看着他绑得像粽子一样的脚。

“没办法，我从火车上下来已经很远了，只好用放血的办法，要不然怎能夜行八百里疾赶到你那里？来晚了，估计你连渣都不剩了。”他笑道。

“原来当年返魂香在二战中被一个美国士兵带回了美国，后来辗转流落到王工程师手中。几十年前他妻子重病身亡，他照着传说的方法居然真的使妻子活了过来，但妻子也从此莫名地失去了生育能力。两人决定领养一个孩子。他们本来在杭州的儿童福利院看上了王斐，当年他不叫王斐，他和他的孪生兄弟是孤儿，没有名字。但由于弟弟突然说话乖巧，当场就叫了工程师夫妇二人做爸爸妈妈，结果被带走的是弟弟。后来王斐十四岁从福利院跑出来想寻找弟弟，结果被工程师夫妇阻拦还遭到打骂。他在街头流浪了很久。当他发现自己和弟弟容貌极其相似后，决定采用一个骇人的想法。他在家里没人的时候欺骗自己的弟弟，两人在玩耍时，王斐杀了他，并取而代之。”我一口气说完。纪颜惊讶地说：“你怎么知道的？”

我告诉他，警察在王斐的家里搜索，发现了王工程师留下的遗言，告诉王斐，家中的至宝返魂香就在二楼的隔层里放着。或许是天意弄人，返魂香在慢慢恢复力量的同时，居然神奇地使那少年“活”了过来，但也变成了半人半鬼的怪物。

虽然事情结束了，但返魂香还是落到了黎正手里。也不知道他到底想干什么。张伯就是当年负责领养的福利院职工，王斐在家乡长期都有耳目，当他得知老屋出事、纪颜要来杭州的时候，他就让黎正杀了张伯灭口，自己连夜坐车赶回这里。黎正用控尸虫把张伯变成行尸走肉，还打算套我的话，看我知道多少内情。那张照片其实就是张伯发现王斐从福利院逃出来的时候，来到这里找工程师夫妇时给他们的，上面是两兄弟的合影。工程师夫妇把照片藏在钟里，希望以后再告诉孩子真相。

“算了，能平安就是好事，不过那孩子真的很可怜。”纪颜叹了口气。我拿出日记，这是我在房间重新找到的，我没告诉警方，把它留了下来。我又翻到了那段日记，那段他记录着他和哥哥第一次相遇的情景。

1月7日　晴

世界上真有鬼魂吗？好害怕，早上我在房间弹琴的时候感觉好像有人在窗户外面偷看，结果走过去只看见自己啊。后来又重复几次，我都不敢练了，只好跑到房间里用被子蒙住头。

有人说，孪生兄弟本来就是一个人分开而成。老屋里外的两人却有着天壤之别的命运，或许当王工程师决定领养双胞胎的其中一个时，悲剧就已经注定了。

第十四夜 七人众

“一道闪电过来，清晰地把我面前的七个人照得明晃晃的，他们并排站着。”

我向来是不喜欢医院的，讨厌进门就闻见那股刺鼻的药水味。不过纪颜因为救我而受伤，我自然不能装得跟没事人一样。晚上加完班我便赶到医院了，看看表，已经快九点了。纪颜的病房在六楼。

推开门，落蕾也在，正帮纪颜削着苹果。我一进去纪颜就看见我了，招手叫我坐过去。他有钱，住的都是单人加护。其实他的脚伤不严重，只是失血过多，虽然他坚持要出院，但是我和落蕾还是让他多住些日子。

“真是无聊啊，像我这样性格的人，让我住院简直等于坐牢。”纪颜感慨地接过苹果，大咬了一口。落蕾笑了笑，拿水冲洗了一下水果刀。

“医生说了，再过几天就好了。不过你还真勇猛呢，脚上流着血跑那么多路。”我不好意思地看着纪颜，“还真亏了你，要不我就成人干了。”

落蕾也看了看我，略有些责备：“如果你们还是这样喜欢冒险，真不知道还有几条命够赔。”

窗外下着大雨，很嘈杂，我讨厌下雨，因为很多人说，雨是死人不愿离开人世的悔恨之泪。纪颜靠着枕头坐了起来：“既然你们也在，我干脆说个故事吧。”说到故事，我便好奇地坐了下来，落蕾也穿上件外套，围着纪颜在我身边坐下。

（下面是以纪颜的口吻记述的。）

暴食、贪婪、懒惰、骄傲、淫欲、愤怒、嫉妒是天主教对人类恶行的分类，而且每一种恶行都对应着一个恶魔，恶魔依靠人内心的黑暗面而存在，也就是说，如果那个人有了上述的恶行，恶魔就会出现。

东方其实也有相似的传说。据说每到八月份第一个星期四，在晚上十点以后，街道上会出现七个人。他们如同盲人一样，后者伸出左手搭着前者的肩膀，由第一个人带路，他们穿着一模一样的衣服——破旧的黑色蓑衣，头戴斗笠，赤脚，右手提着灯笼，最前面的人拿着竹杖。

一般来说，没人见过他们，因为凡是看见他们而又有过七种恶行之一的人，就会被他们抓过来充当替身，然后无休止地走在人世上，直到找到下一个为止。

那天我独自一人在夜色中赶路。有时候我喜欢夜晚步行，那样可以避免接触人群，或许和我讨厌喧闹有关。我知道七人众的传说。那天正好是八月里的第一个星期四。开始天气还很好，后来莫名地下起了大雨。那时候我已经走到了郊区，路边罕有人迹，开始还有三三两两的灯光，后来什么也看不见了。我又是极不愿意走回头路的人，只好硬着头皮，边躲雨边看有没有什么地方可以借宿一晚。在躲避大雨的时候，我看见远处居然还微亮着灯火。我抱着试试的心态叩响了门。如果我知道叩响大门会差点断送我性命的话，我宁愿在雨中淋一晚上。

开门的是一个中年汉子，身材高大，站在那里几乎比我高了一截。你知道，我虽不算魁梧，但在常人中也算比较高的了，在这种夜色中看到他，我突然有种恐惧感。

他打着赤膊，穿着一条黑色的四角裤衩，好奇地望着我。男人很胖，肥硕的胸膛上长满了卷曲的黑色胸毛，脸两边的赘肉已经耷拉下来，五官犹如塞在一团面粉里一样：小小的眼睛，几乎看不见的鼻梁。他的相貌让我很熟悉，我想起来了，他长得很像一种宠物犬，好像叫沙皮。我站在那里很是尴尬，几乎忘记本来的初衷。大概这样僵持了几秒，屋内传出一个女人的声音，大概是对男人这么久没声音感到诧异。那汉子不耐烦地回应一句，然后转声问我：“您有什么事吗？这么大的雨，您还在外面乱走啊。”他虽然相貌比较凶，不过说话很有礼貌。我连忙告诉他我是个路人，由于大雨想在他家寄宿一晚。他脸上露出狐疑的神色，也难怪，谁肯让一个陌生人留宿呢。我连忙出示我的证件，并拿出一些钱给他。中年汉子看着我手中的钱，眼睛射出攫取的目光。

“好好，您就在后院里吧，我帮您支张床，将就睡一晚吧。”他说着把我领了进来。屋子里面比较宽敞也很暖和。走过前面的房间，我看见一台搅拌机和许多面粉，相信这两人靠做批发的面食生意为生。里面是卧室，左边的大床上躺着个年轻女子，我只扫了一眼，她穿得很少，或者说其实没穿，只是在身上随意地盖着一条毯子，见我进来，吓得缩到角落，两只手急忙翻衣服。我不好意思地转过头。发黄的墙壁已经起了霉，黄得如同患了肝炎的人的脸，用一些破旧的女性挂历胡乱糊了几下。房间的横梁上吊着一只灯泡，昏暗的光线让人觉得似乎随时都会熄灭。

女子不停地责怪汉子领人进来也不说一声，接着拿眼睛瞟了我一下。我被带到后院，说是后院，其实不过是一间搭起来的草棚，也就几平方米，虽简陋但还算结实，居然没有进雨，手艺不错。中年男人搬来一张折叠床，正好铺了下来，又拿来一条毯子扔给我，随即殷勤地问我饿吗，如果饿的话就搞点吃的给我。我觉得很高兴，原以为世态炎凉，没想到还是有这么热心的人。我婉言拒绝了，因为我不大喜欢夜晚吃东西，那样容易发胖，而且对头脑反应也不好。男人见我不要，嘟囔了一句，失望地走进了里屋。接着又听见女人的不满和男人的讨好声，然后是一阵咀嚼声。

外面的雨越下越大，声音如洪水一样。我睡不着，但仍然强闭着双眼让自己休息，明天还要赶路，我必须强迫自己放松一下。

不知道迷糊了多久，忽然一阵闷雷声把我震醒了，我下意识地看了看手表，上面的液晶屏显示着十点十分。我翻个身想继续睡一下，结果蒙眬间看到一个高大的人影站在我面前。我猛地一激灵，坐了起来。

外面又是一道闪电，我借着光看到了。中年男人如恶魔一样狰狞着脸孔站在我床前，虽然只是一瞬，但我还是看到了他手中明晃晃的菜刀。

我知道他想干什么，但我们都没有动，我依旧坐在床上，他则站在旁边。

“你要钱我可以给你，犯得着取我的命吗？”我必须保持冷静，急躁、愤怒、胆怯都会在危急关头要命的。

男人冷笑了几下：“钱？你给了我我放了你，然后你再找警察来，你当我是傻子吗？剁了你钱自然就是我的了，反正老子也不是第一次干了。”我虽然看不见，但注意到有少许的微弱光亮照在菜刀上，泛着瘆人的寒光。

“看来你这儿还是家黑店。”我说完这句话，马上滚到棚子的角落，尽量保持距离。我知道他的力量比我大太多，硬来我根本不是对手。

“别躲了，这里就豆腐般大，我随便拿刀乱晃也能砍死你。你认命吧，谁叫你半夜乱走，真是天上掉下来的肥鸭子。哈哈哈！”男人开始狂笑，那笑声听起来如同丧钟一般。我心想：难道自己要命丧于此？

里面的灯忽然亮了，女人披着碎花的外衣赶了出来，冷冷地看了看男人，又看了看我，那眼神真像我家过年的时候厨师看那些待宰杀的猪羊。

“利索点，我们还要做事，明儿个张记包子铺的伙计会来，我们许的包子要如数给人家。嘿嘿，还真是送上门来的肉馅。”我本来还对女人寄托点希望，现在看来是不可能了。我马上想起有卖人肉包子的传闻，当时只当做笑谈，没料到这年月还真有接孙二娘衣钵的传人。

“这人看上去有点架子，可能还是个好手呢。”男人把刀转了个手，望着我对女人说。

现在我要面对的不是男人一个人了，那女人不知道从哪里又摸出一根擀面杖，慢慢地挪向我后面。我不能动，一动男人的刀就会呼啸着削掉我的脑袋，但不动的话，女的擀面杖也会抡过来。时间一秒秒地过去，我头上开始流汗了。

就在三人僵持在草棚的时候，外面打了一个闷雷，这个雷和前面的不一样，非常沉。我们三人都忍不住发抖，大家都感觉到一阵凉意。我看见女人把衣服裹了裹，不安地环视了一下四周，她已经走到我侧面了。

我趁着男人愣神的时候，猛地朝棚子的一角撞去，我看了很久，唯有那个地方有水渍，所以从那里出去应该最可行。果然，我撞了出来，但用力过猛，在地上滚了好几下，还擦伤了额头，外面的大雨马上把我淋了个透湿。我回头看去，果然男人和女人也追了出来，我连忙爬起来想跑，但我一爬起来脚就迈不开步子了，因为我看到了，一道闪电过来，清晰地把我面前的七个人照得明晃晃的，他们并排站着。

蓑衣，斗笠，七人众。

我惊讶得说不出话来，原来传说是真的。而且七人众如果存在的话，那他们是无法被消灭的，他们本就是人阴暗面的集合体，犹如半神一般的存在，绝不是法术之类可以驱除的。我看不见斗笠下的脸，但我能感觉到那种浓烈的死亡气息。

我身后的两人已经赶过来，显然他们不知道七人众的可怕。

“你以为找到帮手了？”男人有些喘气，他看了看其中一人的盲杖，大笑道：“老子连你们这几个瞎子一块儿杀了做包子馅。”说着拿着刀冲了过来。倒是女人似乎直觉地感到不安，往后退了几步，想拉住他，但他身上光溜溜的，她也没拉住。

我闪到一边，他直直地冲了过去，刀一下就劈到了为首那人的右肩膀上。男人得意地笑着，但他很快就笑不出来了，笑容凝固在他脸上，因为他看见了那人的脸，而且七人众包括被砍的那个似乎一点反应都没有，就像雕塑一样。

他使劲想抽出刀，但怎么也拔不出来，他想放开手，但似乎刀已经和他连为一体了。

“暴食者，涨肚之刑。”我听见为首的一人低沉而冷硬如石头般的声音，接着七个人分别抓住男人的手脚和头，剩下的掰开他的嘴巴。他如同杀猪一样喊着救命，把目光投向女人。女人这时候已经吓得不会说话了，本来白皙的面容变得更加惨白。她坐在地上，雨水顺着头发流下来，一只手按在心口，一只手捂着嘴巴，眼睛睁得大大地看着男人。

他们把男人翻了过来，接着每个人都抓起地上的土轮流往他嘴里塞。他痛苦地大喊着，但根本无力反抗。我看着这个情景都忘记了逃跑。男人的脸马上变成了猪肝色，肚子好像也变得圆滚滚的了。

男人的哀号回荡在空旷的郊外，声音越来越微弱，最后只有小声的低语，但那七人仍然在往他嘴里塞土，一直到男人抽搐了几下，不动了，也没任何声音了。我惊恐地看着那七人。开始肩膀上挨刀的那个忽然猛地一抖，整个人像冰块一样融化在雨中，瞬间消失得无影无踪。紧接着我看到了令人难以置信的一幕：男人的肚皮开始蠕动，里面似乎有东西要出来，我感觉那景象如同电影里的异形。

仿佛破壳一样，终于男人的肚子发出如同绸子被撕裂的响声，接着一只手从裂缝中伸了出来，说是手，不如说是骨头更恰当，手臂伸出后紧接着是肩膀，然后是头颅。整个人从肚子里钻了出来，和刚才消失的那个人一个样子，不过身上到处是男人的内脏和血肉，滴滴答答地挂在身上。我几乎吐了出来。雨已经停了，月亮也出来了。月光下，那人的身上居然还挂着男人胃里没消化的食物。

他们再次站成一排，又和泥塑一般，除了男人那张着大嘴、布满泥土的脸，仿佛什么都没发生过一样。女人这时候似乎已经完全吓傻了，呆呆地看着男人的尸体，动都不动。我勉强站了起来，但始终走不了路。七人众忽然一起转身，排成一个长列向我走过来。

越来越近。

直到在我面前大概一人多距离的时候，他们停了下来，然后不动了。我知道他们在观察我。当时我几乎已经没有知觉了，灵魂仿佛被抽离了一样。过了一会儿，他们又走了，和我擦身而过，又是一个搭着一个的肩膀，慢慢地消失在浓密的夜色中。想想也是可笑，男人估计杀了不少人，没想到让他送命的却是他暴饮暴食的习惯，可惜他到死也不明白。

我知道一切结束了。不远处男人的尸体惨不忍睹，那女人也疯了。我回到草棚，找到自己的行李，走之前给警察打了个电话，然后再次上路了。

我以为事情就这样结束了，但第二年八月的第一个星期四，他们居然又出现了。那年我刚刚毕业，父亲也生病了。我心里非常烦躁，晚上一个人在家附近转悠，抽着闷烟，全然不知时间已经到了很晚。和一年前一样，没来由地又下起了大雨，正好路边有个凉亭，我就坐了进去。那天比平常的夏夜要凉得多，我只穿了件短袖的T恤，感到有点冷，于是抱紧了双臂，坐在凉亭里等雨停。

忽然闻到一股刺鼻的劣质香水的味道，我厌恶地转了转头，看见一个二十多岁、穿着紧身低胸上衣和超短裙的女孩。女孩的妆化得很浓，黄色卷曲的头发随意地盘了起来，虽然年轻，但靠着仅有的光还是看得出她浓妆下的疲惫与放纵，眼周虽然盖了厚厚的粉，却难以掩饰她的黑眼圈。她似乎也看见我了，愣了一下，随即笑嘻嘻地朝我走过来。

凉亭不大，还没等她过来，我的鼻子已经快受不了了。

“大哥，这么晚还在外面啊，和我耍耍吗？便宜得很呢。”女孩走近了，涂得血红血红的嘴唇挑逗地说着，原来她是个流莺。我有点烦恼，别说我父亲正在病重，即便不是，我也没这种爱好。我冲她摆摆手，把脸别到了一边，身子也朝外挪了挪。她不肯放弃，居然坐到我身边来了，挽住我的手，把头靠了过来。

“大哥，看看撒，可以先试试嘛，我好年轻的。”说着居然抓着我的手往她胸上摸。我有点生气，挣脱她的手。凉亭又狭窄，我怕她再纠缠，索性站到了凉亭边缘。雨更大了，夹着风，打在我脸上。

“不要就不要，摆什么谱！”她似乎也有点不悦。我们两人就这样无声地待在凉亭里。

过了会儿，忽然听见女孩热情的声音，像是在对我说：“哎哟，那边来了好几个，我就不相信老娘一个都钓不到，才懒得理你这傻帽儿。”我没回头，想是又来了几个躲雨的。

“师傅要吗？我活很齐的，收费又公道。”她又在拉客了。我忽然觉得背后很冷，出奇的冷，按理好几个人进来，怎么自己一点感觉也没有，而且什么声音也没听到。我猛地转身。

果然，又是他们。

一年后的同一天，我再次见到他们。七人众一点变化都没有，他们呆立在凉亭旁边，看着那个妓女在肆意地挑逗，那女孩已经把衣服褪了下来，几乎把上半身都裸露了。她似乎很迷惑，或许奇怪这几个人怎么一点反应也没有。

这时候其中的一个走了出来，抓住了那女孩的头发。他嘀咕着：“淫欲者，受剥皮刑。”女孩吓坏了，大声哭喊着想挣脱，但看来是徒劳。另外几人又抓住女孩的四肢，剩下的一个把手伸向女孩的头颅。

我呆呆地望着他们行刑，有生以来第一次感到无助和绝望。女孩痛苦地把目光投向我。

“大哥，救救我啊，救救我啊。”话还没说完，长着黑色长指甲的手扎进了她的头皮。

又是痛苦的尖叫，但只叫了一声，因为她的嘴已经被旁边的一个人用盲杖刺穿了，鲜血如同喷泉一样四射。女孩的眼里全是泪，被按住的双腿绝望地抽搐，但接下来的会让她更痛苦。

伸进头皮的手迅速地划开了一个大口子，接着另外一只手也插了进去，然后整张人皮犹如脱衣服一样撕裂了，带血的人皮被他们抛得到处都是，我几乎不敢看了。以前曾经听说过，战争时期有的军队会对战俘实施活剥人皮的刑罚，没料到今天亲眼见到了，而且女孩还没死，失去皮肤的她会痛苦地再活上几分钟。

那张薄薄的人皮被他们扔在了地上，实施剥皮刑的那个人冷冷地站在女孩旁边。当女孩停止挣扎断气后，他们其中的一个人把衣服脱了下来，斗笠也摘了下来，里面就如同空气一样，每脱一件，他就少掉一部分身体，等全部衣服拿下来后，他也消失了。剩余的人居然还单手作了揖。这时候，失去人皮的女孩的尸体站了起来，穿起那些衣服，戴好斗笠，又站到了队伍里。七人众第二次站在我面前，或许我已经是唯一看见过他们还生还的人了，但这次呢？

接下来，是不是轮到我了？和去年一样，我连逃跑的勇气都没有，因为我知道那只是徒劳，我就那样傻站着，路边安静得很，连过往的车子都没有，这里只有我一个人。

他们就那样站在我对面，如此近，又如此遥远。地上的鲜血提醒着我，如果他们愿意，随时可以把我撕成碎片。

“你走吧！”忽然其中一个开口了，还是那样阴沉冰冷的声音，如同用机器发出来的一样。

我不解了，我很想问他们为什么。但七人众已经背对着我走远了，很快就消失了。我一下就虚脱了，强撑着凉亭的柱子，坐了很久才回到医院。父亲见我脸色不好就问我怎么了，我不忍欺骗他，只好全部告诉了他。

他沉默许久，然后缓缓地说：“或许第一次见面以后他们就一直跟着你，七人众会一直继续下去，每当他们给一个人用刑，七人众中的一个就可以超度。你以后还是少在晚上行走，而且修身养性，这样即便见到他们，他们也是无法杀你的。”听完后，我点了点头。

纪颜说完了，落蕾已经趴在旁边睡着了，或许这个女孩永远都这样神经粗大，不过这也好，想太多对自己没好处，我脱下外套盖住她。

“七人众真的存在吗？”我忍不住问道。纪颜望着我，点了点头：“不过似乎那次以后，我再也没见过他们，也没听说过他们出没。”他指了指身边的落蕾，“她怎么办？医院有规定，探视时间过了不许留人。”

我摆了摆手：“没事，让她睡一下，最近事很多，她也累了。你也早点休息，等下我会叫醒落蕾。”

纪颜也只好睡下了。病房顿时安静了下来，外面的雨还在下。我不自觉地站到了窗口，无聊地朝窗外望去，外面漆黑一片，除了偶尔几辆亮着灯的汽车，连个鬼影也没有。正当我要回身时，一道闪电划开了黑夜。虽然只是一瞬间，但我清楚地看到了。

楼下的停车场上有七个人，他们戴着斗笠，穿着黑色的蓑衣，一个接着一个走着。而且我还看见，为首的一个抬起了头，朝我这里望了望。我还没看清他什么样子，外面又恢复了黑夜。

我急忙冲下楼，但外面什么也没有。是幻觉，还是那就是传说的七人众？在雨夜里无休止地走下去，无休止地实施刑罚。

八月的第一个星期四，夜晚还是少出去为好。

第十五夜
镜妖

“我的双脚完全没了知觉，仿佛被焊接在原地一样，镜子里面的‘我’带着嘲笑看着我，我第一次觉得自己的脸是如此的讨厌和令人憎恨。”

在报社没见到落蕾，问她同事，说她连假都没请。我有点奇怪，本来今天约好了下午去接纪颜出院的啊，落蕾可不是失约的人。我没心思校稿，向老总讨了个差，就急匆匆地去落蕾家了。

落蕾住在自家的老房，她父母都在国外。在这高楼耸立的城市里居然还插进了这样一户小巧的平房，可能也是地段不错，居然一直没拆迁。据说这房子有年头了，还是她姥爷那时候盖的，算是半个古迹了。房子里有不少她姥姥姥爷留下来的东西，有些年头了，落蕾一直不肯搬家，可能和她从小在这里长大有关吧。

转了两次车，我拐进了一个小胡同。这胡同虽然直，但如同筷子一样，瘦长而狭窄，基本上迎面遇见总要一个人让让，而且两边很高，即便光线充足，这里也很暗，走进来就觉得凉飕飕的。

落蕾的房子在一片空地上，旁边离得最近的一户也有百八十米远，估计这里很快就要拆了。大门紧闭着，我敲了好久也没见人开门，只好转到房子另一边。平房的后面带着个院子，她喜欢养一些花，平时也算是个后门。好在这里治安不错，要是有贼就不好了。

我透过窗子看了看里面，很安静，而且没灯光。我知道如果她在家，一定会在窗户右边卧室里看书的。难道她不在家？我又打了个电话，里面没有人接。刚要走，忽然依稀听见好像有摔东西的声音。

“落蕾！落蕾你在家吗？”我又用力拍了几下窗户。这次我听得更清楚了，是玻璃被摔碎的声音。我心想不好，难道有贼入室？我撞开后门，冲了进去，在厕所看到了落蕾。

她穿着睡衣披头散发地躺在地上，到处都是玻璃碎碴儿，我小心地绕过去，结果看见她的手腕居然被划开了，另外一只手拿着好大一块玻璃，而且上面还带着血。我吓坏了，赶紧扶她到床上，用我随身的手帕简单包扎了一下，然后打电话给医院，还有纪颜。万幸的是，她的伤口不深，大概割的时候没用好力气，但她人很虚弱，一直处于昏迷中。

我让她躺了下来，心中奇怪，按理落蕾没有自杀的理由啊，前几天还笑嘻嘻的，而且就算工作压力大也不至于自杀啊。我看了看房间，几乎所有的玻璃制品都不见了。我又看了看垃圾桶，里面全是碎片。

“奇怪，就算自杀，摔一块玻璃就够了啊。”我在黑暗中思考，电源好像被落蕾自己关上了，我没找到总闸也就放弃了。

忽然我听到好像老鼠一样的叫声，虽然很轻，但还是听到了。接着脚边好像高速地掠过什么东西，太快了，我几乎没反应过来。不过老房子里别说老鼠了，就是有条蛇也不足为奇。

落蕾很快就被送进了医院，纪颜也来了。他看了看现场也感到迷惑，接着他又从垃圾桶拿出一块玻璃碎片看了看，似乎也没有新的发现。

“你觉得怎样？”我见他一直蹲着不开口，就主动问他。纪颜抬头看了看我，笑了一下。

“不知道，还是等落蕾醒了再问问她。”

我们赶到医院，落蕾已经醒了，不过好像情绪很低落，而且不停地问人要镜子。但镜子一拿过来，她照了一下马上就扔到墙上去了。我们到的时候，护士已经怒了。

“没见过这样的，直接送精神病院算了。”一个小护士气冲冲地走了出来。落蕾见到我们就哭。

“纪颜，欧阳，我要镜子，我要镜子！”说着她拉着我们的手，我不知所措地望着纪颜。他依旧笑着，伸出左手在落蕾的人中上按了一下，接着右手拇指和中指弯曲对着她的眼睛做了个动作，然后把她搂进怀里，落蕾居然很快安静下来。

“告诉我，你到底怎么了？”纪颜把落蕾放到床上，扶着她躺下来。

“昨天晚上我洗完澡后换上睡衣，像往常一样对着里面的镜子梳头。开始并没有什么，梳着梳着，我发现镜子突然变得越来越模糊。”落蕾把双手放到胸前，眼睛睁得很大，看得出她对昨晚的经历还是很害怕。

“起初我以为是浴室的水蒸气，于是擦拭了一下，结果刚擦干净，我就看见自己的头发如同被泼了油漆一样雪白雪白的。我吓了一跳，看看头发还是黑的。紧接着镜子里的我急剧地衰老，就像电影里演的一样，先是皮肤变皱，然后是眼睛深陷、脸颊干瘪，整个脸迅速地干枯掉了，最后居然变成了个骷髅头。我吓坏了，冲出了浴室，又去找别的镜子，结果看见的都是那样情景的重现。我把所有的镜子都砸碎了。最后就算没有镜子，我迅速衰老的样子也会凭空出现在墙上，电灯也关不上，我只好关闭总闸。我折腾了一晚上，到早上的时候脑子昏沉沉的。再走进浴室的时候，看见脚下的瓷砖又出现了那幅画面。我最后崩溃了，把墙上的玻璃砸了，我感觉我好像已经真的到了风烛残年一样，然后就无意识地拿起玻璃自杀，还好欧阳来得早。”她像小猫一样缩成一团，看来真的被吓着了。

“所以你刚才一直要镜子，想看看是否真的变老了？”纪颜问。

落蕾点了点头，随即哇的一声哭了出来，她坐在床上摸着自己的脸：“你们看啊，看看我是不是真的变成老太婆了？”我和纪颜对视了一下，哭笑不得。我让她躺好，然后安慰说：“没有，当然没有，你是我们社最漂亮的，现在是，以后也是。你赶紧睡一觉，醒来后就会和平时一样精神美丽了，还有很多工作等着你呢。”落蕾果然安静不少，像孩子一样乖乖地躺下了。

纪颜对我说：“我已经知道是什么东西了。不过我们要回她家一趟，现在落蕾情绪不是很稳定，干脆等她稍微好点我们再去。”我点点头。

我还有事，过了一个多小时，看落蕾睡熟了就回社里去了。临走前，纪颜对我说无论看见什么都别太在意，等他去找我，然后我们一起去落蕾家。我奇怪他为何叮嘱我这些，但他是那种不问又不说的人，我急着有事，也就没多想。

坐车回到社里感觉有点内急，于是去了厕所。我们社的厕所有面非常巨大的墙镜，我洗手的时候对着照了照，整理了一下。

刚准备转身离开，忽然听见有人叫我。

“欧阳！”是落蕾的声音，奇怪，她怎么跑出来了？而且她应该在医院啊。我回头一看，厕所里什么也没有，我笑着拍了拍自己的脑袋，这是男厕所啊，就算她来了也不可能在这里啊。

在我第二次转身的时候，我发现有点什么不对劲了。

那面高而宽大的镜子里有我的一个镜像。

每个人都会照镜子，里面的像就是自己。

我用眼角的余光看到，我在转身，而里面的“我”依旧站在那里。我奇怪地挥了挥手，但里面的那个“我”依然不动。

“无论看见什么也别相信”，我突然想起了纪颜的叮嘱。别管了，幻觉而已，闭着眼睛走出去！我真的闭着眼睛走出去了，当我以为自己走出了厕所的时候，睁眼一看，发现自己竟走到了镜子面前，我的脸几乎挨到镜子了，也几乎挨到了里面那个“我”。

里面的“我”似乎是我，但样子很狰狞，而且尤其是眼睛，居然没有瞳孔，只是灰白的一片，而且好像很快就会冲出镜子到我身上来。我恐惧地用手撑着洗手台要离开，但我无论用多大力气，都不行。我突然明白了，我们平时照镜子，当你向镜子走去时，镜子里的像也会朝你走来，但现在好像我成了像了，自己的身体完全不受控制。

我的双脚完全没了知觉，仿佛被焊接在原地一样，镜子里面的"我"带着嘲笑看着我，我第一次觉得自己的脸是如此的讨厌和令人憎恨。

肩膀上忽然多了点什么，我没办法转头，似乎全身都被冻住了。我只能通过镜子看身边的东西，哪怕我明知道那应该是不真实的。

是手，肩膀上有只手，缓缓地从肩膀摸下来。那只手我再清楚不过了，那只绑着创可贴的手。藏在我内心深处的恐惧忽然完全涌现上来。那是她的手。

苍白修长如葱段般的手沿着肩膀一直抚摸下来，我似乎感觉到真的有东西在肩膀上，然后又是那熟悉的耳语："我来了，正看着你呢。"

我快支持不住了，忽然听见纪颜不知从哪里发出的喊声，似乎很遥远又好像就在旁边。接着镜子里我的像开始模糊起来，然后消失了，取而代之的是一脸骇然的我傻子般站在那里，旁边则是纪颜。

"果然是镜妖。"纪颜走过来拍拍我的脸让我清醒一下，我也用冷水冲了冲，听他这么说，我奇怪地问："镜妖？"

"嗯。"纪颜一边回答我，一边拿出一支毛笔，又拿出一个香烟盒大小的铁盒子。

"镜妖是最普通的妖怪，一般藏在镜子或者一切可以映出景象的东西里。它们喜欢恶作剧，一旦照镜子的人被里面镜妖变成的像看见眼睛……哦，对了，镜妖不像人类，它们没有完整的魂魄，所以变成的人像是没有瞳孔的，可是如果你和这眼睛对视上了，就会被它知道你心底最惧怕的东西。"他打开盒子，里面黄黄的。接着，他拿毛笔蘸满这黄色的东西把镜子整个写满了字，好像是佛经，最后只有中间留了个杯口大的位置。

"有热水瓶吗？"他写完后转头问我。我马上冲到办公室，现在找个热水瓶还真不容易，不过还是在隔壁找到一个。来的时候，纪颜正用手盖着那片没写字的地方。他接过热水瓶打开盖子，把瓶口对准没写字的地方，猛地移开手掌，再把瓶子靠过去。我看见瓶子剧烈地动了几下，然后又是老鼠似的叫声。纪颜迅速把盖子盖上，然后贴上写好字的封条。

"对付镜妖普通的方法没用，只要有可以反光的东西它们就可以逃掉。所以把它关在热水瓶里是最好不过的了。哈哈。"他说着摇晃了两下瓶子。

我疑惑地问他："为什么我会动都动不了，而且好像我和落蕾看见的都不一样啊。"

"你和落蕾不过是被它催眠了。镜妖通过观察你们的心知道你们所恐惧的东西，然后在镜子上释放出来。当人类恐惧的时候，自然也是精神抗拒操纵最薄弱的时候，镜妖当然会控制你了。不过它没什么恶意，只是喜欢整人，我把它关在热水瓶里几天，它自然会知错了，到时再放了它。”说着又摇晃了一下热水瓶，瓶子里面传出几声沉闷的怪叫。

“放了它？万一它又跑到别人的镜子里害人怎么办？”落蕾的样子和我的遭遇让我有点讨厌这家伙。纪颜听了沉思了一下。

“你和落蕾在单独遇见这些家伙的时候很危险。不如这样，我把镜妖封在你眼睛里，让它成为你的一部分，这样既可以避免它四处捣乱，你也可以在危急时候有保护自己的能力。”

“那有什么用，这家伙很厉害吗？”我心想，它除了制造幻觉，好像也没什么本事了。

“你错了，如果你有了镜妖的能力就可以轻易找出别人的弱点，一般人都会被你控制住的。怎么样，如果你反对，那我只好把它带回去永远封起来。”瓶子里的镜妖似乎知道一样，大声叫唤着，热水瓶也抖动得厉害。

“嗯，好吧，听起来似乎很不错。”我还是同意了。

“不过你要记住，一旦你的眼睛装进了镜妖，你就会看见你本来看不见的那些玩意儿，你别害怕就是了。”纪颜叫我把手伸出来，然后拿了一根银针扎了我一下，把我的血滴进了瓶口。

“出来吧。”纪颜对着瓶子喊道，一个身形类似于刚出生的小猫的物体跳了出来，全身白色的，但半透明，长着细长的耳朵和尖尖的小嘴巴；前面的两个爪子比后面的要小得多，有点像鼹鼠；眼睛和绿豆差不多大，机警地看来看去。

“如果你还敢乱来，我就把你永远封起来。”纪颜对它喊道。镜妖恐惧地缩成一团。我开始有点喜欢这小家伙了。

“只有我和你可以看见它，普通人看不见镜妖。如果你不愿意把它封在眼睛里，就让它跟着你吧，就当养了一只宠物。”镜妖跳到我的肩膀上，我似乎一点感觉都没有。

“好，太好了。”我拿手逗了逗镜妖，它身体很冷。

“好了，时间不早了，如果你不想看见它可以叫它消失，镜妖还是很通人性的。”纪颜看了看手表，说让我和他一起去接落蕾出院，不过镜妖的事就别告诉她了，就和她说是工作压力太大出现的幻觉。路上我问纪颜，为什么落蕾那里会出现镜妖。纪颜回答说，用过很久的物品都会吸取人的气息，尤其是镜子，常年反射着人的相貌，时间长了自然会形成灵物。不过，这些家伙一般只能得到人的一部分精神，所以大部分都不是很厉害。

第十六夜

影噬

“房顶的灯亮了，但只是一瞬，或者更短，光几乎还未散开就消失了。”

自从得到镜妖，我发现它还真是个不错的东西。镜妖不仅可以窥视到人内心的恐惧，甚至好像使我的视力也提高了。可惜它不能说话，它想告诉我什么就直接把景象给我看。

落蕾好多了，其实只是受了点惊吓，很快就出院了，但还是对镜子心有余悸，连光滑点的东西都害怕。如果她知道镜妖就在她身边，肯定会发怒的。

时间仍然在无聊地继续，我一般就靠镜妖随意观察街道的行人，看看他们内心的恐惧，其实也是很有趣的。纪颜又出去云游了，可我被工作缠住了，要不一定和他一起出去探险。

中午下班，我吃过饭又如往常一样看着外面的行人，其中一个身材高大、相貌凶恶的人引起了我的注意。

这个男人戴着副墨镜，但脸上横肉丛生，双手一直插在口袋里面，穿着黑色的皮夹克，似乎在等人，老是左顾右盼，还时不时地看看手表。我好奇地让镜妖过去，我倒想看看他会害怕什么。

很快镜妖回来了，只要是能反光的物体，镜妖都能在之间穿梭，我闭上眼睛开始观察。

起初非常黑暗，并不是我们平时那种没有光亮的黑暗，而是带着强烈的压迫感和窒息感。始终是黑暗，难道这人只是害怕黑暗?

镜妖给我的图像很快就没有了，我忽然对这个男人很感兴趣。反正下午的稿件校完了，老总去出差了，不如跟着他看看。主意打定，我马上跟了过去，在他对面站着。

很快，另外一个男的过来了，个子不高，有点胖，圆圆的脑袋上罩了一顶黑色的鸭舌帽，也是两手插在口袋里。他们好像交谈了一下，可惜我听不见，镜妖只能看却没办法把声音传过来。我只好先观察。过了一会儿，似乎两人激烈地争吵起来，但又迅速平息，分手前两人还拥抱了。不过我清晰地看见，戴墨镜的那个男人似乎往地上扔了什么东西。现在正好是太阳最高的时候，两人的影子交织在一起，让我觉得很不舒服，因为影子的形状很怪异。

矮胖的男人走后，墨镜男冷笑了一下，随即看了看四周也迅速离开了。这时候，我选择了跟着戴墨镜的男人。

他虽然很高大，但异常灵活，街道上行人很拥挤，但他行走的速度很快，还好纪颜也是个走路很快的人，他经常催促我，慢慢地我的速度也快于常人了，但跟着他还是有点吃力。我怕跟丢了，就先让镜妖待在他的墨镜里，这样也好寻找。

还好，我勉强跟随着他，大概走了四站多路，他走进了一栋还未完工的写字楼。这个楼我知道，本来荒废了很久，最近不知道哪里来的投资商居然把它重建了起来。据说这里风水不好，以前死过人，在这里经营过的企业包括饭店、专卖店、商场无一不是几个月就关门了。于是在全市最繁华的大街，居然有一栋空荡荡、毫无生气的废楼。对比旁边的喧闹，行人都自觉地不走那边。估计那投资商肯定没花多少钱就买了下来，至于他能撑多久就只有天晓得了。写字楼已经完工将近百分之八十了，外面看已经很不错，估计里面还在装修吧。墨镜男人很快就走了进去，我迟疑了一下，还是跟了进去。

果然，里面没几个人，到处还残留着施工材料和油漆。在这么空旷的地方跟着他太容易暴露了，我只好跟他尽量保持距离。墨镜男走到了电梯旁，四处张望了一下，走了进去。看来电梯已经安装好了。等电梯门关上，我才从旁边出来，看了看，电梯停在十一楼。虽说是两部电梯，但好像旁边的那部不能用，等这部下来再上去找他就难了。早知道就让镜妖跟着他了。我正在懊恼，忽然旁边过来一个人，对着我喊："你是什么人？"我转头一看，一个戴着工地安全帽、穿着工作服、中等个头的男人，伸长了左手对我指点着。等走近一看，我马上认出了他。他前几天老在电视上露面，叫金博名，据说很有钱，当然，这栋楼就是他出资修建的。但他怎么会一个人在这里？这么有钱的人居然和一个包工头一样。

我向他表明了身份，不过看来他误会了，开始以为我是小偷，现在以为我是来报道他的大楼的。他拿细长的单眼皮眼睛扫了我一眼，两边的鼻翼吸了吸，然后非常不悦地冲我哼出声。

"你们报社也来找甜头啊。我给了你们媒体不少钱了，不要再来烦我了。"果然钱和脾气成正比。

"您误会了，我只是……"我本想告诉他，我是跟踪一个可疑的男人进来的，但似乎这理由太牵强，我只好说自己好奇，进来看看。

“出去吧，这楼很快就会建好，到时候会记得邀请你的，不过现在请出去！”他不耐烦地下了逐客令，然后又背着手到处巡视。我只好离开了大楼，出门前回望了他一下，还真是个古怪的人。

找不到墨镜男，加上快上班了，我只好返回。但墨镜男始终在我脑海里打转，我总有点不安的感觉，或许是我多心了。下班回家打开电视，第一条新闻就证实了我的预感。在离报社不远的大街上，中午的时候，一个男人在众目睽睽下突然暴毙，这个男人就是我中午看见的和墨镜男谈话的那个。死者叫罗星，是一名建筑设计师。看时间他是在和墨镜男分开不久就死了，报道说没有明显外伤，估计是心脏病发作。我忽然想起了墨镜男与他的争吵和拥抱时向地上扔的东西。我有点后悔自己大意了，当时应该去地上多看看。不过有一点可以肯定，这事绝对和金博名脱不了干系。说不定这里面还藏着什么内幕，如果报道出来绝对震惊呢，要知道他在买楼和建楼的时候可是到处宣扬，楼还没建好来租楼层的人就要排队了。这个罗星是不是知道了什么才被墨镜男灭口了呢？

吃过晚饭，我就打电话给同为记者并且采访了这事的同学，同学告诉我，这个罗星正是当初为金博名设计大楼建筑的几名设计师之一。当时金博名同时高薪聘请了四个有名的设计师，也是通过媒体大肆炒作，看来高价请知名设计师也是金博名计划的一部分，罗星就在其中。我还打听到另外一名设计师于寺海还在当地，就住在大楼附近的理敦道的一座民房四楼。我决定现在就去拜访他。

出门的时候外面已经大黑了。从我家到理敦道只有十几分钟，但我还是加快了脚步。赶到朋友所说的地址时，发现那层楼的灯是亮的。我暗喜今天运气实在不错。楼下有电子门，我正盘算着要按401还是402，正好有人从里面出来，因为楼灯没亮，我没看清来人的模样。门一打开，我正好进去，但里面的人似乎很匆忙，嘭地撞在我身上。这人很结实，差点把我撞翻。我定住身体，发现地上似乎有一卷图纸，但看不清楚是什么，来人很着急地把图纸一卷就走了，根本把我当透明。我揉着被撞痛的胸口爬上四楼。

这栋楼不知道是住的人少呢，还是都出去了，反正在下面的时候发现就四楼亮着灯，我到四楼一看，左边的门居然还虚掩着，沉重的防盗门完全失去了作用。我小心地打开门，问了句：“里面有人吗？”但依旧安静，我不想落个擅闯民宅的罪名，只好站在门外摁门铃，但里面依旧没人出来。我只好边说“我进来了”边走进去。

刚进来，一阵风就把门带上了，我心想这么重的门说带上还就带上了。进门的客厅有组合沙发还有茶几，墙壁上挂着徐悲鸿的《万马图》，自然是假的，不过看上去很有气势。虽然亮着灯，但大理石的地砖让我感到很冷。左边有个房间，门紧闭着，难道他在里面工作没听到我进来？现在进去会不会被他告啊？我正犹豫，忽然想到镜妖，便让它进去看看。镜妖歪了歪脑袋，叫了一声就不见了。几秒后，它又回到我肩上。我闭起眼睛。

一片漆黑，和上次看到墨镜男一样，这是怎么回事？我小心地走过去。门是旋转把手，我把手握上去，冰凉，稍微用力，居然没有锁。“嘎吱”，门被慢慢打开了。里面果然是一片黑暗。但这黑暗又有点不同，似乎整个房间是被填充进了黑影一样，巨大的压迫感居然让我没办法再往里走。我甚至发现客厅的光到了门这里就完全进不去了，不，应该说如同遭遇到黑洞一样，彻底被吞噬了进去。我的手机光源也根本射不进去。我咽了口唾沫，心想房间里面应该有灯吧，我颤抖着用手伸进去想摸索门边的墙壁上是否有开关。果然，我摸到了一个，按了下去。

里面房顶的灯亮了，但只是一瞬，或者更短，光几乎还未散开就消失了。我的肉眼几乎来不及看到任何东西。我只好再次伸进手去摸开关。但这次，当我的手一进去，就马上感觉被一只手握住了。

我一惊，握我的手的人力气很大，仿佛要把我拖进去，我的半个身体已经进了房间了。我只好用手抓住门外的墙死命挣扎。就在这样的拉锯中，我忽然听到了动物喉咙中那种咕噜咕噜的声音，握我的手松开了，接着一个人慢慢从黑暗中浮现出来。

一张完全被扭曲的脸，头发全白了，凌乱地盖在一个较常人大一点的头颅上，眼睛睁得大大的，灰黑色的眼球根本都不转动了，嘴巴紧闭，一只手还抓在我的手腕上。他的身体如同被房间慢慢吐出来一样，一点点地出来。从穿着来看，他穿着便裤和休闲衣，脚上还穿着拖鞋。难道他就是于寺海？我小心地扶着他的身体，把他平放在地上。

但是不是于寺海不重要了，我探了探他的气息，他已经死了。如果他是死人的话，又如何抓住我的手？我费了很大力气才拿下他的手，手腕留下了四条青紫的淤痕。一定是刚才下楼的男人杀了他。还有图纸，难道是为了抢他的建筑图纸？要这个有什么用？那大楼几乎快完工了啊。现在四个设计师死了俩了，剩下来的两个呢？

二十分钟后警察赶到了。奇怪的是，这时候那个房间可以进光了。我这才看到里面是一个工作室，有灯和画图板，以及一台电脑，电脑居然一直通着电源。不过显示器是黑的。灯的开关也是好的，里面设施很简单，看来这就是他平时工作的地方。

警察少不了对我的盘问，他们带着怀疑的目光看着我，因为我出现在这里的确太不寻常了。我没告诉他们房间奇怪的事，只是说本来来采访于设计师，但发现门没锁，叫了很久没人答应，结果进来就看见他扶着墙很痛苦，于是帮他躺下来，然后他就死了。警察也拿不出什么证据，毕竟于寺海的尸体暂时检查不出任何外伤。不过我虽然被放了回去，但必须随传随到。

回去的时候都快十点了，我总在想当于寺海的尸体从房间出来的时候我虽然紧张，但好像还是感觉到他的尸体有很奇异的地方，但我已经忘记是什么了。有时候就是这样，越想记起来就越容易忘记，仿佛那东西就近在手边，但就是够不着。

我索性不想，回家就把自己泡在浴缸的热水里，消除疲劳和紧张。洗澡的时候我习惯把毛巾盖在眼睛上，然后泡十几分钟，今天也不例外。刚刚把眼睛盖上，镜妖突然叫了起来，它平常是很少叫的，但今天似乎叫声很急切。我拿下毛巾，它站在我肩膀上，什么也没发生，但镜妖依然叫个不停。我只好站起来裹了条浴巾。浴室黄色的灯光把我的影子拉得好长，直接投在了水里。

影子！对了，我想起来了，当于寺海的尸体从黑暗的房间出来的时候，客厅亮着灯，但他的尸体没有影子！一点也没有！所以我才感觉到刹那间的不适应，虽然警察来了以后他的影子恢复了，但那时他的影子确实看不到。我高兴自己终于想到眉目了，正要出去，镜妖又叫了起来，而且声音更加剧烈和刺耳。我只好强行命令镜妖回到我眼睛里，转头的一刹那，我发现我的影子居然还待在浴缸里面，而且拉得极长，浴室的灯没理由会这样。

我呆立在那里，看着自己的影子，浴缸接触到影子的那部分水开始沸腾，而旁边却没事，剧烈的沸腾后开始变黑，先是浴缸的水，然后是浴缸。影子像爬山虎一样迅速爬满了整个浴室的墙、地、所有东西，而且在向我靠拢。再过几秒，我就会在完全的黑暗中了，什么也看不见了。这让我想起了于寺海，难道他也是这样？或是我会步他的后尘？

我恐惧了，但想到封印镜妖的眼睛是可以不受光源的限制的，我索性闭起眼睛。果然我看见了，虽然四周都是黑色的，但我还是看到在我的浴缸的影子里爬出一个人形的物体，先是头，接着是宽阔的肩膀，它身形很高大，正缓慢地走出浴缸朝我走来。我努力平静下来，这家伙应该不知道我能看见它吧。

机会只有一次，我不知道它是实体还是灵体，反正不反抗，我也会像于寺海一样毫无伤痕地死去。

越来越近，那东西离我只有几步了，我的手心感觉在出汗了。人形的物体在我面前不到一米的地方停住了，举起手向我扑来。我猛地一闪，握住了它的手，就像握住一团泥土一样，只一下，它整个躯体便消失了。我睁开眼，浴室又恢复平静了，灯光依旧亮着，还站在原地的我仿佛什么都没发生过一样，却是满头的大汗，还是冷汗。

抓住那家伙的手现在还有点麻，我看了看手掌，什么也没有。那到底是什么东西？不过绝对来者不善，如果没有镜妖，我恐怕已经死了。不知道它是否会再来，我几乎一夜没睡，不过看来它对我没什么兴趣了。我苦守到天亮，终于睡过去了。也不知道睡了多久，我被家里的电话吵醒了。

我眯着双眼看了看，是老总的，一接听就听到他如雷的吼声。

异闻录
Yi Wen Lu
机会只有一次，我不知道它是实体还是灵体，反正不反抗，我也会像于寺海一样毫无伤痕地死去。

“你是怎么做报纸的？昨天设计师死在家里，你非但没拿到资料还被卷进去成了嫌疑人，都快被同行笑死了！赶快回来！”“啪”，电话挂了。我被他这样一震清醒了点。看看时间果然都快十点了，难怪他生气了。昨晚的事让我心有余悸，手腕上的痕迹还在，非常醒目。另外两个设计师不知道怎样了，我不明白为什么要杀了他们并抢他们的设计图纸。

回到报社，老总就教训了我一顿，并告诉我警方已经说了这几天必须和他们保持联系。我想的是另外两名设计师的下落。我走出报社赶快叫朋友查了一下，很快就知道其余两个设计师都还在外地工作，现在联系不上。看来想调查还是得要去那栋大楼，可昨天的事是否代表他们已经发现我了，想灭口？

或许去看看那栋大楼能得到点新的发现。既然我被牵扯其中，老总自然叫我去了，正好得到个机会，这次可以名正言顺地去看看。

上次只顾着跟踪墨镜男，这次我倒是好好地看了看这栋大楼，果然很雄伟，而且很奇特。最让我好奇的是大楼的四个角落都立了石碑，不过具体是什么看不明白。据说这个金老板是很注重风水的，他曾经说这里风水是不好，但他有信心把这里建成福地、旺地。

只顾看着大楼的建筑，不料身体忽然被人推了一把，我和一个人同时摔到了一边，回头一看是个二十岁左右的女孩。我正觉得奇怪，发现刚才我站的地方正卸下一堆杂物。司机赶紧下来看我，一个劲儿道歉，说没注意旁边有人，我说没事了，他才如释重负地离开。

倒是那个女孩我要好好感激了。女孩留着一头齐耳短发，面容清秀，双目流盼，鼻子小巧而高挺，尖尖的下巴。最让我好奇的是，她左边的耳朵上居然留着十一个耳洞，每个耳洞都戴着不同颜色的小耳钉。女孩穿着米黄色的上衣和休闲裤，笑眯眯地看着我。

“你没事吧？赶快谢谢我，要不是我你就死了。”她说着拍拍我的肩膀。我看了看肩膀上的手，有点惊讶。我不喜欢别人随便说死啊死啊的，于是皱了皱眉头，说了句“谢谢了”。

她似乎很生气，撅着嘴巴站在那里。我也觉得毕竟人家救我一命，于是友好地伸手。

“正式感谢你救了我，我叫欧阳轩辕，是报社记者。”说着我拿了张名片给她，她翻看了一下，扔掉了。我又惊又怒，心想你就算不屑，也等我转过身再扔啊。

“不用这东西，我刚才看了，都记住了。”她说完笑着用手指了指脑袋。看我不相信，马上把我工作的单位电话和我的移动电话都报了出来，不过强记也没什么。

“我叫李多，你可以叫我多多，我是南大建筑系大四学生，喜欢专门研究民俗民风。”说着她把学生证给我看。南大是所不错的重点大学，我看了看学生证，又看了看她，看来是没错。

问明来意，我才知道李多也是想来调查一下，她说这楼的风水很成问题。

“你还知道风水？”我有点想笑，没想到还有女孩对这个感兴趣，特别是看上去如此时尚而漂亮的女孩。

“当然，中国的风水可是有上千年的历史呢，既然可以保留那么多年，自然有它流传下来的道理，你或许不信，但不可以否定。”她眨着大眼睛认真地说，一边说一边点头，耳朵上的耳钉闪烁着。“其实现在城市的建筑方法要么是彻底的模仿要么是彻底的破坏，并不见得有创新就算是好建筑。我们建房子干什么？就是要人住啊，所以好的建筑应该是多元化、多方面体现艺术价值和人文价值的双重集合和包容。”我被说愣了，心想这丫头还一套一套呢，不过见她说得很认真，倒不忍打断。

她又说，原来包括死去的于寺海等两位设计师都是非常优秀的建筑设计专家，他们都有共同的特点，在设计时都非常喜欢参考中国古典风水理论，再融合现在的建筑理念，但这么优秀的设计师居然在设计完这幢大楼后突然暴死，她觉得奇怪和可疑，就想来看看这里是否有什么线索。我一听有人帮忙自然再好不过，本来我想找落蕾来，可她工作太忙，何况她也不如这女孩干练。纪颜上午发来传真，说他去西藏了，估计没些日子是不会出现了，正好有这女孩帮忙，真是幸运。

我们没有以记者的身份进去，只是先在这里观察，其间我把昨晚遇见的诡异的影子事件告诉了她。她神情严肃地说，这好像是古代的一个禁术。

“过去的中国经常陷入战乱，从春秋战国开始，刺杀被推崇为最快也是最有效的政治颠覆手段。像公子光让专诸用鱼肠刺杀吴王僚，要离用金钩杀庆忌，包括最有名的荆轲刺秦王。我在外采风的时候，曾搜集到他们的一些传说。行事诡秘加上不可告人的目的，使他们从来都见不得光，当然历史也无从考证。但那些有名的刺杀都和他们多多少少有关，所以依旧有记载他们是使用祖传的神兽控制人类的影子来进行刺杀，而且没有任何外伤，甚至还可以使人慢慢死亡被误以为疾病所致。他们所驱使的神兽就叫做影噬，也叫界罗，据说是吃影木长大的，无实体或者说在阴影中可以变化成任何实体。控制它们的人叫影族，他们与常人无异。当他们要杀人时，会将影木扔在对方的影子里面，神兽就会在吃掉影木的时候把影子一齐吃下去。接着，影族既可以当时就让界罗把被害人的影子彻底吞噬，就像于寺海和罗星一样毫无征兆和伤痕地死去，又可以控制影子让对象慢慢死去。你昨天很幸运，那只是界罗在吞噬掉于寺海后残留的一点杀意，你当时接触了于寺海，自然被一起带了回来。不过奇怪，你怎么会没事呢？”我很吃惊，她居然知道这么多，仿佛早就备好课的老师在给学生上课一般。我没告诉她镜妖的事，只敷衍说后来影子自己消失了。她盯着我看了看，说了声“哦”。

“那控制影子怎么杀人呢？”我又问。

她摇摇头：“这我就不知道了，光是打听上面那些就很辛苦了。”真是个神奇的女孩，小小年纪快成纪颜第二了，要是纪颜在这里，应该会和她聊个没完。

正当我感叹着，大楼里走出一个人，居然就是昨天的墨镜男，现在想想，那天在于寺海家楼下撞到我的人说不定也是他。他今天依旧警惕地四处观望，看到我这里，李多很自然地挽着我假装看路人。

墨镜男见安全，马上快步走掉了。我和李多赶快拔腿追，这次我学乖了，心中吩咐镜妖待在墨镜男身上，这样即便跟丢了也能再找到他。果然，在跟了几条街后，我们被墨镜男甩掉了。我马上去感知镜妖，靠着镜妖传递来的画面，我们勉强找到了墨镜男，他居然来到了一家医院。不过他的脚力的确很强，如果他再不停下来，我和李多就走不下去了。

“你怎么会知道他来这里啊？刚才明明跟丢了啊。”那时我硬拉着她跑过来，现在她反过来问我。

“啊，这个，我视力很好，再说这里的街道我都熟悉，他那条路应该是走这边。”我努力编着拙劣的借口，李多不信任地扫视着我。

“你好像有事瞒着我，你不要低估我的智慧，我可有一百四十五的智商呢。在学校里，他们都说聪明的没我漂亮，漂亮的没我聪明。如果被我找出来你想欺骗我，有你好受的！”说着她晃了晃白而瘦小的拳头，走了进去。我只好苦笑，也不知道她知道镜妖后会有什么表情。

我们一直跟着墨镜男来到了医院住院部六楼，我一看，居然是肾病专科，而且一打听，这层楼住的都是肾衰竭的病人。墨镜男到这里来干什么？

他走进了一间病房，我们没敢跟进去。过了大约半小时，他出来了，拉住一个医生好像在叮嘱什么，医生有点不耐烦，最后他走了，我们赶快拦住医生询问。

“你说他啊？”医生推了推眼镜不耐烦地说，“他是个很麻烦的人，每次来都会拉住我叮嘱我要尽力照顾他儿子，就是不说我也会啊，搞得好像我们很冷血一样，真是的！不过，他对儿子似乎也不是很好啊，就请了个保姆在这里照顾，自己也不是经常来，每次也就来个几十分钟就走了。开始我还有点害怕他，后来他总是叮嘱我，神态还很可怜。”医生一下说了一堆。

“那他叫什么名字，他儿子呢？”我赶紧问。医生警觉地退后一步，把手背到后面。

“你们到底什么人？是家属？干吗问东问西？再不走我叫人了啊。”说着真的好像要扭头叫人。我连忙拦住并告诉他我是报社的，想报道一下医院救死扶伤的精神和医生护士的高风亮节。他眼睛一亮，赶快掏了包烟，不过刚递出来又放回去了，他不好意思地说住院部不能抽烟，说着还要拉我去给他来个专访。过分的热情让我承受不了，但一时又脱不开，我只好套出墨镜男儿子的姓名和床号，让李多进去查了。

医生几乎从他幼儿园参加歌咏比赛开始讲，把我当回忆录的书记员了，我只好边捺着性子听，边等李多出来。过了好久，都讲到高二上学期期中考试了，李多才晃悠着脑袋走出来。我一见她出来立即打断医生，并告诉他下次我再来，说太多我记不住。医生有点懊恼，还想继续，我马上推开他告辞了。当我们走到楼下，还能听到他的喊声“下次一定来”。

“当记者很受欢迎嘛。”李多做着鬼脸嘲笑我，我则无视她，直接询问墨镜男的事。

“他儿子十二岁，得了很严重的肾衰竭，住院三个月了，如果换肾则需要十几万，不过最近他刚刚交足了所有的手术费。孩子很善良，虽然脸色看上去很差，但非常坚强呢，他还以为我是他爸爸的朋友专程来看他的，而且为自己的父亲感到很自豪。”李多说到这儿有点伤感，原来这丫头还有这一面呢。

“那个墨镜男的资料很少，只知道叫高兵，但也不知道是不是化名。”

“他突然间拿到一大笔钱，一定是有人雇他杀了那两名设计师并拿走了设计图。看来他应该是传说中的影族的后人了。不过他也很可怜，那孩子再不做手术就很难活下去了。”我望着李多，现在直接去和高兵接触恐怕有点困难，不如去调查一下那个金博名的情况。

金博名的资料说他是个靠自己打拼起来的商人，做小商贩起家，然后在20世纪80年代倒卖钢材，现在则投资房地产，似乎看起来和中国成千上万个暴发户没什么区别。不过我还是注意到，他原来祖籍就是本地。大楼，对了，从我小时候起好像这地方就很荒凉。于是我和李多去询问了当地上了年纪的老人，原来这里几十年前是居民区，那时候道路还没扩建，不过一夜间发生大火，烧死烧伤几十人，以致后来所有在这里的建筑都不顺利，做生意的更是赔得一塌糊涂，还有人传说这里深夜会闹鬼。这样说来，金博名选择这里建商业楼就更奇怪了，按他的年龄应该知道这些事。

“我们不如在这里照顾高兵的儿子，在儿子面前他应该不敢造次，说不定可以和他好好谈谈，看看金博名在这里到底扮演一个什么样的角色。”李多建议道。我一听的确是个好主意，这几天就要动手术了，高兵估计来得会比较频繁，于是我和李多待在医院，我去和那个医生套瓷，李多去照顾孩子。

我也见到了高兵的孩子，男孩如果不是生病应该是很漂亮很精神的，不过现在他的腰上却挂着个袋子，导管直接接到他的肾脏上，我知道这是透析。换肾前的肾衰竭病人没办法通过尿液排毒，所以只能选择透析和血透，血透比较贵，所以高兵也没办法，只好让孩子天天挂着盐水袋。

“叔叔，爸爸在我做手术的时候一定会来吧？”孩子天真地望着我，我知道再过三天就是他做手术的日子了，只好安慰他说高兵一定会来。这时孩子望着门口，欣喜地喊了声：“爸爸！”

我和李多迅速回头，果然，高兵在门口，不过这次他没戴墨镜，其实他的眼神看上去并非穷凶极恶啊。他一动不动地站在门口，手依然握着门把手，非常警惕地望着我，又看了看孩子。看来有必要先让他安下心来，让他知道我们对他和孩子都没恶意。

“出去谈谈吧。”我平举起手，做了个请的动作。高兵迟疑了一下，退了出去。我让李多和孩子聊天，自己和高兵谈了起来。

我们相对着沉默了几分钟，终于高兵先开口说话了，他声音很轻，说的时候还不时地看看里面的儿子。

“既然你们找到这里了，想必是了解了什么吧。”

“是的，我知道你有苦衷，但是那两名建筑师太无辜了。”我盯着他的眼睛，他也看着我，不过很快又垂下眼睛。

“罗星好像和你还认识吧。”我继续问。高兵点了点头，很痛苦地把头又仰了起来，过了一会儿才对我说：“我和他曾经是朋友。但我也没办法，罗星不要钱，坚持要把设计图纸公开，还要把楼的秘密也公开，这样我一分钱都拿不到。我儿子才十几岁啊，别说他了，就是个大人天天透析也受不了啊，他还想上学。这种危险的伎俩我是不想再使用的，可是族里一代代相传，从出生的时候开始，你只要有影子，它就会跟着你，不学都不行，直至你死。”这个“它”应该指的是那神兽影噬吧。

“罗星在施工到一半的时候就退出了，因为金博名坚持在地基处打下四块石碑，他说叫四神阵，按照朱雀、白虎、玄武、青龙几个方向就可以镇住这里的冤魂，甚至可以驱使它们。但罗星后来悄悄告诉我，他发现根本不是这样，楼层的建造很危险，罗星业余的时候喜欢学习风水。金博名在施工的时候把地基建成反八卦形状，所有的位置倒转，让水逆流而上，加上大楼正门面前种植了许多树，正对马路，房间的天花板都铺设成长方形棺材形状等，总之很多忌讳。他不明白金博名到底想干什么，但凡是住进大楼的人都会倒霉，轻则破财重则性命不保，所以他想拿图纸和证据公布于众。金博名不知从哪里知道我会使用影噬杀人，就向我许诺三十万拿回所有设计图纸和证据，并杀掉当时的几个主要设计师。前几天，我把罗星约出来还想劝他放弃，但他拒绝了，我们发生了争吵，最后我下决心杀了他。接着我又杀死了于寺海，他也是罗星的大学同学，两人打算一起告发金博名。事后我拿到了二十万，交了手术费。剩下的两个也被吓到了，交出所有设计图纸并答应不再管这事。所有的真相就是这些。”高兵说完后，长叹一口气。其实我很同情他，一边是公理，一边是儿子，的确很难选择。

“你可以号召大家帮忙啊，我可以帮你报道你儿子的困难，你不应该选择这么极端的手段啊。”

“报道？我看见大楼建成的时候，你这样的记者像苍蝇一样围着金博名那个臭鸡蛋，你们哪儿会管这种无名利可赚的事，而且这事现在够多了，想靠捐赠获得手术费简直是做梦。”高兵的话让我无言以对，有时候现实就是如此残酷。

“那你现在打算怎么办？放任大楼建好，然后让更多的人像你儿子一样或者比你儿子更惨？”我质问他。高兵苦笑了一下，摇摇头：“我管不了别人了，你要报警也可以，不过你没任何证据，反正我儿子的手术费拿到了，过几天手术。他恢复了我就会离开这个城市。其他的事我就无能为力了。”说完，他推开我走进病房和儿子说笑。我在门外看着这对父子很难受，既无助又觉得可恨。想让高兵帮忙是不可能了，我们只有靠自己，别让人进驻大楼，否则受伤害的人就太多了。

高兵警告我们，千万别去找金博名的麻烦，自己很早就认识他，这人很阴险。我谢过他，和李多走出医院。临走前，高兵的儿子挥着小手热情地向我们告别。

我把高兵的话转告给李多，她不屑地哼了一声，晃悠着脑袋笑着说：“别怕，不就个暴发户吗？本姑娘本事大着呢，明的不行，我们晚上去大楼，看看能不能搞点资料证据什么的。”我觉得好笑，她跟孩子似的想当然，不过想想也有道理，金博名自己为了做广告把办公室提前放进去了，他现在天天在那里监督工程进度，说不定真能搞点什么。既然说定了，我便和她约好晚上一起去那栋大楼。

十点后，我们如约在大楼外见面。大门外有几个门卫看守，我正不知道怎么办，李多忽然笑着说：“用镜妖吧，可以催眠他们。”我一惊，她是怎么知道的？问她她也只是笑。我也就不问了，让镜妖去。

很顺利，门卫虽然还站在那里，但眼神很呆滞。我们走了进去，等完全脱离他们的视野后，我收回了镜妖。

金博名的办公室在十一楼，这楼总共二十一层，他的办公室正好在中间层。楼层是圆形的，我们乘坐电梯上去。办公室虽然亮着灯，但通过镜妖的观察发现里面没有人，看来是个好机会，而且门也没锁，看来金博名有事出去了。李多把风，我小心地走了进去。

办公室的落地玻璃旁边有张办公桌，我赶紧走过去开始查找，可惜都是物价报表和合同副本之类的东西，我有点着急，不知道他是否随时会回来。我还在翻找，但镜妖忽然又开始不安起来，我回望四周却什么都没发现，李多也在外面没有出声。我以为没事，不料猛地感觉后背有东西。

居然是金博名，与我第一次见他不同，这次他穿着一套西装，用摩丝涂抹的头发整齐地向后梳着，露出大而发亮的额头，那双死鱼眼睛带着嘲弄看着我。他是怎么进来的？李多呢？

“别担心了，外面的小女孩还在那里傻傻地发呆呢，门是隔音的，你进来的时候我就知道了，不过想看看你想干什么。还是来找证据吗？”他哈哈笑了起来，然后走到旁边，对着墙壁抚摩了一下，墙壁忽然向前突出来，居然是个酒柜。他随意地倒了一杯红葡萄酒，很惬意地喝了起来，坐在椅子上看着我。

“你太不小心了，高兵没有提醒你吗？不过他还真是靠不住，像他那样的人是无法继承影族，更不配使用界罗的。”

“我进来的时候没看见你啊。”我站在原地，虽然他依旧微笑着坐在那里，但我感到非常大的压力。

“不是只有高兵会使用影子的，我甚至可以完全把自己融入影子中，高兵不过是把界罗当工具，他厌恶界罗，但我不同，自从我发现这个后我便迷上了它，迷上了它无穷的力量。二十年前我在这里出生，旁边的邻居都瞧不起我，说我是个痞子，是摊烂泥，他们养的狗都比我吃得好。我父亲死后，母亲把我抛弃在这片居民区，我像野狗一样靠讨饭活了下来。不过我可不甘心这样，我没打算烧死那么多人，不过是想吓吓他们，结果风助火势，没料想全烧掉了。”原来是他放的火，按照岁数来看，当年他不过十几岁啊，一脸和善微笑的他比恶魔还可怕。

“后来我辗转认识了高兵，并学到了影术，你应该知道本来他们只传授族人，但是族长说我的眼睛里充满了阴影，他能感觉到我身上和界罗一样的气息，我是练习这个术的最佳人选，他瞒着所有族人传授了我影术。”说着他站了起来，打开大门，李多被他的一群手下抓了进来，而且被抓的居然还有高兵和他儿子。

“你是个记者吧，很可惜明天报纸上就要刊登你的死讯了。你们以为背着我？其实我全都知道，高兵的一举一动我都了解。我像看小丑一样观察你们的表演。不过我腻味了，现在你们会成为这个四尸楼的最后祭品。”说着他对手下一指，我也立刻被捆了起来。我们四人被带到地下室，地下室是个巨大的正方形，在四个角落各有四座雕像。

“这里死了很多人，这个地下室就是原来被烧掉的居民区的旧址，但是死的人多反而更可以利用。把你们四个的灵魂永久地镇在这里，所有入住这栋楼的人的命相与运气都会向中间的我涌来，我会成为这世界上最富贵最有权势的人。哈哈哈哈！”金博名有点疯狂了，他站在空旷的地下室举起双手高喊。他的手下也呆呆地看着他。

高兵愤怒地喊道：“你疯了是不是？你逼我用界罗杀人也就算了，难道你真想害死那么多人？四尸楼的后害谁也不知道，不过是族里的传说而已，你居然当真？”

我转问高兵：“他到底想把我们怎么样？”高兵恐惧地说：“他会在影子中直接让界罗出来吃掉我们的影子，我们会像活死人一样，没有知觉但又不会死，然后在这里慢慢烂掉，灵魂也永远驻守在这里。”

“没错。你们很快就会看到界罗了，很难得呢，上古的神兽。”金博名说得很得意。

“你不是也可以控制界罗吗？”我问在我旁边的高兵，高兵黯然道：“我不过是控制界罗的一部分，真正能完全驱使它的人我们族里从来没有过，传说只有连灵魂都黑暗的人才会完全和它相通并驱使它。”金博名果然完全疯掉了。我又看了看李多，她依旧笑着，也不说话，我心里觉得有点内疚，不该把她也拖进来。

地下室亮起了强光，金博名在地上投出一道长长的黑影。他从怀里拿出一个类似草药的东西，在灯光下照得透明，叶子很多，每片叶子都是椭圆形的。

“影木。”高兵脱口而出。金博名对手下挥了挥手，示意他们下去，接着走到高兵面前。

“对，是影木，是界罗最喜欢的食物。不过就算是你也没见过界罗的全貌吧，今天你们真有眼福呢。”说着他居然自己把影木吞了下去。金博名的喉结上下翻滚了一下。紧接着他抱着头开始剧烈地喘息，然后是高声号叫，折腾了好一阵子，他躺在地上不动了。我以为他死了，却发现他的影子在变形，慢慢地扩散开，越来越大，地下室差不多有半个足球场那么大，他的影子几乎快占一半了。

影子停止扩散，但中间开始有东西浮了起来，先是个黑色的角，巨大的身躯开始慢慢出来，它的脊背上长了一对类似蝙蝠的肉翅，长长的躯干几乎有六七米长，头部很大，但似乎没有眼睛，只有一张大嘴，四肢短小，全身漆黑。这时候李多忽然站了起来。她居然挣脱了绳索，但界罗已经开始向我们慢慢靠拢了。金博名依旧倒在地上，动也不动。

李多的手上也多了束草，但和影木不一样，它几乎和普通的草药没什么两样，有点像金钱草。她马上解开了我们的绳子。

“这是洞冥草。”李多似乎看出了我的疑问。高兵的儿子现在已经昏迷了，透析每过八小时就要更换盐水，要不然一样会中毒。高兵看到李多的草药，也惊讶道：“你怎么会有洞冥草？”李多笑而不答，反转过来拿着草对着界罗，界罗忽然不动了，难道它害怕洞冥草？

“洞冥草是圣草，只要折断就能发光，食用后可以见鬼神，界罗是靠阴影活着的，自然很害怕，不过这个还不足以对付它。”李多说到这里停顿了一下，果然界罗又开始向我们靠近，虽然比刚才慢，但地上的影子越来越近了。

“我知道，需要在它吞噬影子的时候，被吞噬的人吃下折断的洞冥草是吧？”高兵忽然夺过洞冥草，折断后吞了下去。

李多来不及阻止他，高兵哭着看了看儿子，他抱起儿子交给我：“我罪孽太深，这种杀人术也不该再流传下去，还好我儿子与它无关，他明天手术，问起我就说我去远行了。别告诉他我是个杀过人的罪人。这是我唯一的要求。”我张了张嘴想说点什么，但什么也说不出来，李多也站在我身后无语。

界罗脚底的阴影离我们很近了，高兵猛地扑过去。金博名忽然爬了起来，死死抱住高兵的腿，他的脸变得好可怕，皮肤全变成黑色了，也说不出话，只是死死拖住高兵。高兵奋力把金博名拉开，我们想过去帮忙，高兵把手一挥："别过来！记住照顾我儿子！"说完朝界罗冲过去。

高兵很快融了进去。但界罗似乎没有反应，可是没过多久它不动了，身体的中心开始有光射出来，接着整个躯干开始龟裂，所有的影子像被撕烂了到处都是，最后消失得无影无踪。我们走过去看看金博名，他圆睁着眼睛，牙齿咬着嘴唇，全身乌黑，断气多时了。高兵的尸体也在旁边，不过他走得很安详，没有遗憾。

高兵的儿子情况也不好，打开门，金博名的狗腿子好对付，我用镜妖让他们看了出好戏。

还好高兵的儿子昏迷的时间不长，医生手忙脚乱地换过盐水。过了一会儿他醒了，看见我们很开心。他告诉我们，下午我们走后自己被一群人带走了，接着父亲也被抓了起来，后来自己晕过去了。他再三询问高兵的去向，我们只好瞒着他，说高兵去为他买术后喜欢的食物去了，他相信了，又睡了过去。我和李多走出了病房。

李多走在我前面，看着她的背影，我忍不住问道："你到底是什么人？你所知道的东西超过了你这个年纪和身份的范畴啊。"

李多摸了摸耳钉，把手别到身后："其实我早认识你了。你是纪颜哥哥最要好的朋友吧？"她居然认识纪颜？

"好吧，我重新介绍一下自己，李多，大四学生，在我的未婚夫的影响下，喜欢研究中国民风民俗和神话传说。"

"等等。"我做了个打断的手势，"你说谁是你未婚夫？"

她撅着小嘴说："难道纪颜哥哥没告诉你？我是他未婚妻啊。"我听完几乎笑晕过去，那个呆子不是号称对女人没兴趣吗？居然还有个未婚妻，而且从来没听他提起啊。

李多没注意我的表情，接着说："其实我是靠纪颜哥哥资助才上大学的，我很喜欢他啊，但他总说我太小了，我问他什么时候娶我，他总说以后以后，后来他又说等我毕业再说。那你说，我不是他的未婚妻是什么？"看着她一本正经的样子，我真的忍不住了。

"算了。看来那些知识都是纪颜教你的了？我不和你争你的身份，下个月纪颜回来，等他来了，你们好好说清楚吧。"

"是啊，纪颜哥哥交代我在暗处看着你，他说你容易出事，虽然有镜妖，但还是不放心，果然还是差点送命了。不过我找你的时候没告诉你，怕你不相信我。"纪颜果然考虑周到啊，可惜居然还让个女孩来保护我。

我和李多谈了谈，她告诉我她不知道自己亲生父母是谁，从小就是在纪颜父母的帮助下长大的。后来纪颜父母去世，自然这个责任又交给了纪颜。原来是这样，有这么漂亮的未婚妻，难怪他对其他人没兴趣了。

第二天做手术，高兵的儿子死活不肯进去，说不看到爸爸绝不做，医生也没办法，想给他打镇静剂，可他居然把针头拔了出来，一边哭一边喊爸爸。

“我来吧。”我让医生们都出去。镜妖听了我的指示进入了那孩子，孩子先是呆了一下，随即抱着我：“爸爸，你终于来了啊。”

“嗯，我会在外面等你，爸爸相信你能坚强地做完手术的。”孩子听完乖乖地躺在床上，我叫医生进来，他们有点惊讶，刚才还那么固执的孩子现在乖巧地躺在床上。在进手术间的时候，我朝他竖了竖大拇指，他也回敬了一个。

“你让他看到幻觉了吧，把你当他爸爸了。”李多在旁边问。

我点点头，作为高兵的最后一个要求，我没理由不尽力完成，至于以后怎样，到时候再说吧。走出医院的时候，我发现阳光特别灿烂，身后的影子还在，不过，影子始终只能跟在人后面，只要心中别被黑暗占领，自己是不会被影子吞噬的。李多笑着望着我：“看来纪颜哥哥说的没错呢。”

“他说我什么？”我也笑着反问。

“他说你很善良，和你在一起，本来性格沉默的他也会很开心。”看着这个活泼的女孩，我总觉得她的相貌很熟悉，似曾相识，但又想不起来，或许是我太多心了吧。

第十七夜
米婆

“照片上清晰地显示着，一双惨白的手从米婆儿子身后伸出来，用手撑起了他的笑脸。”

我把李多介绍给了落蕾，并告诉了她和纪颜的关系，很奇怪，两人一下就成了好姐妹，我几乎成了多余的。或者说女人本就是水做的，很容易混合在一起。李多要准备毕业论文了，但只要有空就经常来找我们。天气开始慢慢转凉，我经常能接到母亲的电话叮嘱，虽然有点唠叨，但还是很开心的。

早上刚起床，电话响了起来。一接就是母亲的声音，但似乎和平日里不太一样，母亲悲伤地说：“快回来一趟，米婆快不行了。”

自从二叔去世，我几乎快要将亲人离开的滋味淡忘了，现在突然接到消息，心里像塞了一把盐，堵得慌。我放下电话就给老总打了电话，请了几天假。

米婆不姓米，具体姓什么我已经不太记得了，只知道她经常帮得病的孩子刮痧、挑刺或者收鬼，喜欢用一个米筒来治病，所以久而久之大家都叫她米婆，她也很乐意别人这样叫她。按辈分，米婆应该是外祖父的婶婶，所以其实我可以叫她外叔曾祖母，不过太麻烦，大家还是喜欢叫她米婆。每次有人叫她，她总是把闭着的双眼努力睁开，然后蹒跚着三寸金莲一步步地挪过去。

回到家，许久不见的母亲脸上很悲伤。也难怪，虽然血缘隔得如此远，但米婆的手抚摸过无数孩子的头发，不仅是我们，周边十里八乡的孩子大多是在米婆的庇佑下健康成长的。和母亲寒暄几句，我们就来到了米婆的家。去的时候已经有很多人在了，老的少的都有，人人都低沉着脸，孩子们都紧咬着嘴唇，不敢说话，看来米婆在里面，他们不敢打扰她。

母亲带着我进去，米婆睡在一张竹席上，这是她异于常人的特点之一。无论春夏秋冬，她都睡在这张竹席上，一睡就是五十多年，席子已经变成红色了。米婆已经处在弥留之际，我能听见房间里她沉重的呼吸声，母亲和外婆告诉她我来了。

米婆在后辈中是极疼我的，因为我像极了她最喜爱也最令她难过的小儿子。她虽然医治过许多人，但一生极其坎坷。听外婆说，她前面生的六个孩子都活不过一岁，当第六个孩子死去时，米婆如同疯了般冲到坟墓上，一边号叫一边刨坟。

第七个也是她最喜欢的一个儿子，异常的聪明，20世纪60年代还考上了清华大学。大家都在赞叹米婆苦尽甘来的时候，儿子却在北京的一场武斗中被流弹射中，当场身亡。这个消息几乎把米婆击垮了，她将近一个月没有说话，但一个月后，她依旧挽起袖子，拿着银针和米筒为人治病。

“六啊，你和你妈出去吧，我想和刚刚单独待会儿。”米婆突然吃力地强撑着坐了起来。我异常惊讶，因为先前外婆说米婆已经弥留了，但现在居然坐了起来，不过她坐起来的样子更让人看着难受，全身瘦得几乎都皮包骨头了，一坐起来就剧烈地咳嗽。六是我母亲的小名，外婆和母亲出去后，小房间里只有我和米婆。我找了张凳子坐在她身边，紧紧地握住她的手。她的手很凉，感觉很脆弱，我能清晰地感觉到手指粗糙的纹理和凸起的骨结。

米婆一边流着泪一边颤抖着用另外一只手抚摩着我的头，口里说着：“像，太像了。”

“米婆，您要好好保重身体啊。”我的鼻子也一阵酸，记得幼时总觉得她很神奇，什么怪病都能治好，没料到她如今衰老成这样。

“刚啊，你知道米婆为什么要单独和你说吗？”米婆说话很费力，加上口音极重，我总要想几下才能明白意思。我自然摇着头。米婆忽然挣扎着从枕头下面拿出一本书。

“这是我记录的我一辈子的经历和我所知道的治疗驱邪的本事，我一直把你当成德立（米婆死去的第七个儿子），现在我要走了，书我只想传给你，你要是喜欢就多看看，不喜欢就烧掉吧。”米婆说完又咳嗽了一阵，然后闭上眼睛不再说话。我又叫了几声，她对我挥了挥手，让我出去。

四小时后，米婆去世了。前来送殡的人天天都有，下葬的那天，这一片居民区几乎所有的人都来了。我忽然想到一句话，想知道一个人是不是好人，看看他死的那天有多少人送他就知道了。

米婆走了，孤独地来又孤独地离去。我攥着她给的书匆忙地参加完她的葬礼，结束后又返回了报社。工作一结束，我便开始看米婆给我的遗物。

与其说是书不如说是本记事本，书面很杂旧，泛着咖啡黄。我小心地翻动着，里面还是毛笔写的，竖读的，那时候像米婆这样能写这么多字的估计算是极少的了。

读起来有点费力，我把它抄写了下来，越抄到后面，我就越觉得惊异。

记事本里没有说米婆的医术（或者用“巫术”更恰当些）是从哪里学来的，看上去应该是她从邻居的一个阿婆那里偷偷学会的，据说学这个极靠天赋和缘分。本子里记载了她从年轻时开始为人驱鬼以及后面自己子女夭折的事。虽然她不会像影视作品里描写的那样会呼风唤雨，但她的确可以做我们做不到的事。她的文字里夹杂着许多难以理解的方言，我请教了许多人，才勉强把大意翻译出来。

（下面就是记事本里的内容。）

六婶来了，身子旁边跟了个七八岁的男孩。男孩目光呆滞，几乎和木偶一样，天气冻得厉害，孩子的鼻子里流出一道清鼻涕，但他浑然不觉，还是六婶帮他擦的。

我依稀感觉到，这孩子中了邪了。果然六婶告诉我，这男孩是她姐姐的孩子，孩子父母出外谋生，暂时把他寄养在她家。开始的时候孩子很活泼好动，一直都很精神，但上星期突然变成这样了。没法子，所以来找我了。我有些犹豫，我本不想再管了，听祖辈们说，若是做了人家老婆，想生孩子的女人就不要再做这事，否则孩子会有天难。但毕竟是传说，我望着这个孩子，最终还是答应了。

我像平时一样把其他人都请了出去，带着孩子来到我的房间（米婆有个单独治病的房间，很狭窄，能容纳四五个人，而且里面不安装电灯，长年关着门窗。里面只有一个神台，供奉着观音像，长年点着几根蜡烛）。我向观音上了香，然后拿出米筒装满米，包好在香上过一下，然后在孩子面前摇晃（我幼年时也是这样，依稀记得高烧的时候被她这样晃一下就好了）。

我拿起孩子的左手，左手食指和拇指的虎口上面有条很明显的青筋，有蚯蚓粗细，而且鼓胀得厉害，果然是被吓着了。孩子的魂魄弱，遇见恐怖或者惊吓都容易失魂，如果时间不长还是可以招回的。像这样只要帮他驱一下鬼，再用针调理一下血脉，很容易好。

我把米筒打开，米堆中间凹陷，四周鼓了起来，而且还有三个小坑。我掰开他的嘴，借着光能看见嘴里舌根处有个水疱。这种症状的人多半是热毒和风邪。一般情况下，我会用银针挑掉嘴里的疱，再扎两针就没事了，但我估计错误了（米婆会针灸，这个是跟着当地一位有名的郎中系统学过的）。

我刚拿出针，走到他后面准备扎入他脖子后面的穴位的时候，他忽然咯咯地笑了起来，不像是孩子的声音，倒像是成年女性的声音。

“你笑什么，让阿姨给你扎一下，不疼的，很快就好。”我拿起针准备扎下去。孩子慢慢地转过头，接着脖子猛地发出一声断裂的声音，他整个头颅都转了过来，眼睛直直地盯着我，嘴里还流着口水。我吓坏了，一屁股坐在地上，连喊的力气都没了。

“你既然救别人的儿子，就拿你的儿子给我吧。”他忽然说了一句莫名其妙的话。我闭了一下眼，刚睁开，发现孩子好好地坐在我前面，背对着我一动不动。我小心地爬起来，走到他面前一看，并没什么变化，我以为是我眼睛花了，照例还是为他扎了几针，并在脖子、腋下松了一下经脉。孩子很快痊愈了，晚上就没事了，婶很高兴，带着孩子走了，孩子临走前对我笑，笑得我发毛。开始的几天我还有些顾忌，都决定再也不给人看病了，但一直都没事发生，我也渐渐淡忘了。

很快我也有了大立（米婆的第一个孩子）。他生下来的时候白白胖胖的，家人都很开心，但他六个月的时候，我早上起来发现他脸紫了。我是治病的，知道孩子没救了，但依然疯了一般去喊人。最后大立还是死了，死的时候脸上带着僵硬的笑容，后来想想，和那个孩子笑得一样。

我当时还没想起那个孩子的话，只怪自己命苦，但这不过是个开始。以后的十年里，我又生了五个孩子，每次都早夭，最大的也才一岁不到。第六个孩子出生的时候，我几乎用尽全部心血去养育他。孩子长得很好，我以为厄运过去了，但就在一个夏天的晚上，我听见门外有人喊我，出去一看却没人，回来的时候孩子已经断气了。

我真的要疯了，孩子都是母亲的心头肉，这无疑是在我心上剐了又剐，我已经开始怀疑十年前治的那个孩子，但事情已经发生了。我很快又怀孕了，我把所有以前孩子遗留下来的衣服物品只要是相关的全部扔掉，我决定重新开始养育这个孩子，当做第一个孩子来养育。

德立降生了，我穷尽所有的气力来养育他。他自从生下来就不停地哭，从白天哭到夜晚，声音异常刺耳。我用了很多方法都不管用，我开始恐惧了，开始后悔医治那个孩子。

直到那一天，我们的邻居，一个高大的东北汉子，他身体非常强壮，平时也对我们很好。那天他上了夜班，但孩子依然号哭着，我正在哄孩子，他像门神一样冲了进来，凶神恶煞，大吼一句：“号个没完，哭丧啊！”他把我吓呆了，然后他冲过来，对着德立抡圆了巴掌一下打过去，德立马上就不哭了。我还以为被打傻了，谁知道从此他就再没哭过，健康地长大了。但那个男人从此卧床不起，很快就病逝了，他的家人也相继病死。我知道，那东西离开了德立，东北汉子成了替罪羊。

德立长大后，我带着他来到那个东北汉子的坟前磕头，并告诉他这是他的大恩人。虽然我很难过，但不可否认，更多的是高兴，因为我以为我的儿子从此无忧了。但，那也只是我以为。

德立很优秀，优秀得出乎我的意料，我甚至感到有点担忧。我并不聪明，德立的父亲也只是个老实巴交的手艺人，靠着编竹篮过活。但这孩子从小就表现出异于常人的聪明，而且从来不笑，始终板着脸，除了对我，其他人很难和他说上几句话。我依旧帮着周围的邻居治病，名气也越来越大。“文革”开始前，他考入了清华，临走前我和他谈到很晚。他拉着我的手，说我和他父亲养育他这么多年真不容易，他会努力读书报答我们。还有什么比听到自己儿子说这话更高兴的呢？母子二人把他小时候所有的事都回忆了一遍。

德立去了北京，没过多久还寄了彩色照片回家，当时照片还不是很普遍，而且大多是黑白的。我第一时间把照片拿出来，想看看儿子在北京是不是瘦了。但我一看照片就呆了，他在照片上笑着，那笑容我再熟悉不过了，就是以前多次出现的笑容，我眼前一黑，那笑容仿佛在嘲笑我的愚蠢和无知。于是我发疯般地想赶快去北京找儿子。“文革”迅速地席卷全国，我这种人当然被当做神婆和巫婆抓起来挨斗，我不在乎他们怎样斗我，但我求他们放我去北京找儿子，可根本没用。

半年后，德立的死讯传了回来，这次我没有再哭，但德立的父亲过度悲伤，没多久也去世了。接下来的一个星期，我把自己关在房间里，脑袋里想的只有一件事，救人积德，难道我这也错了？我拒绝了所有再让我来医治的孩子，哪怕他们求我、骂我。

我也去找过婶，问过那个孩子的事。那个孩子后来很健康，现在还在。我的心里稍稍好过了点。

或许像我这样的人就不应该有后代，或者说所有我治过的孩子都是我的后代？于是我想通了，又开始帮助那些可怜的孩子，尽我所能地帮助。我可以在这些孩子身上找到我失去的东西。

我看到这里，发现里面夹了一张纸，很破旧了，不过纸的质地不错。我小心地打开，原来是一张人体的针灸穴位图，还记载了什么穴位主治哪种病。这个我是不明白了，心想还是等纪颜回来给他吧。后面还记载了许多她如何为孩子们治病的故事，都大同小异，一般避暑、高烧找米婆的最多。只要去一次让米婆扎几针，把筋骨松一下，全身就轻松了，真是神奇。

书的最后一页很吸引我，上面写着如何用米请鬼。这也是米婆被叫做米婆的原因。

“以竹筒盛米，新鲜早稻为佳。取白布以水沸之，在阴暗处风干，礼开前务必净身净心，将白布盖于筒上，以双手环护。坐于桌前。静心闭眼。心中默念欲请之鬼生前称呼，切不可呼其姓名。米筒发凉后睁眼即可。”这是米筒请鬼的过程，此外还要在一个黑暗的屋子里面进行，并且上面说以米请鬼并不是一定成功，如果可以将死者生前使用较多的物品放入筒中，机会就大点。而且鬼离开前不能松开护住米筒的手，也不能揭开纱布。

我按照上面说的去做了，用的就是米婆生前的那个竹筒，心中喊着米婆。果然米筒开始变凉，我几乎要握不住了，跟冰块一样。我感觉筒内的米在不停地跳动，仿佛沸腾一般，但纱布纹丝不动。就在我快松开手的时候，桌子对面出现了个模糊不清的人影，我的眼睛像被蒸汽环绕一样。影子越来越清晰了。的确是米婆，除了脸色稍暗之外，和平日里一样。

我忍不住叫了一声“米婆”，并想离开座位走过去。米婆伸手阻止了我，并笑着看着我。奇怪的是米婆不说话，只是坐在那里。

“米婆你不能说话吗？”米婆点点头。看来我还不能做到像她那样和亡者沟通，不过能看看米婆已经很不错了。米婆就那样坐在我面前，虽然还是模糊，但感到很真实。

“米婆，你走了，以后这些孩子要再有什么事该怎么办呢？如果是普通的小病倒无所谓，可要是再中邪什么的如何是好？”

米婆笑了笑，指了指我。我奇怪地问：“你说我？”米婆点点头，又伸出手，竖起了大拇指。竹筒温度开始慢慢上来了，米婆的样子渐渐不清楚了，我知道她又要走了，但还是站了起来想过去，我松开了米筒的手。谁知道米婆突然一下就消失了。我呆立在原地，又看看米筒，白布也被冲了起来，里面的米居然旋转成一个沙漏状，而且还在沿着筒壁高速地运动，然后又慢慢停了下来。我马上找出那本书，到处翻阅，原来请鬼中途松手的话，那今后就再也无法请她上来了，也就是说，我以后都不会再见到米婆了。

米婆的书最后一页有个口袋，里面装了十几根银针，都是她平日里用来医治的工具，里面还有一张发黄的照片。

我把照片取出来，背面用非常漂亮的钢笔字写着“给最爱的妈妈”。我翻过来，一个戴着眼镜的高个儿男孩站在清华园的校门面前。

难道这个就是米婆的儿子？我把照片拿了出来，走到有光的地方仔细看了起来。我几乎被吓到了，的确和我长得非常相似呢，但他的笑容实在看着令人不舒服，感觉很不协调。照片在阳光的照射下有点反应，我怕被弄坏了，毕竟是米婆的遗物，我刚要拿进去，感觉照片好像又有些不妥，又折回来再看，结果吓得立刻把照片扔了。

照片上清晰地显示着，一双惨白的手从米婆儿子身后伸出来，用手撑起了他的笑脸。

第十八夜
山神

“我的左手感觉被人握住了，是双小手，很凉，很僵硬。”

纪颜已经离开将近两个月了，我的工作压力很大，不过李多没事就会来找我和落蕾，她有种别人没有的快乐的感染力，和她在一起真的会觉得非常轻松，看来这种性格的她和平日里话语不多又不苟言笑的纪颜还真是绝配呢。纪颜发来消息，今天下午就会回来。我连忙请假半天，带着落蕾和李多去接他，特别是李多，一路上非常兴奋，因为她说已经很久没有见到纪颜了。

火车缓缓地停了下来，在人群中找纪颜不是难事，高个儿，白脸，背着厚实的旅行袋的准是他，这不，他过来了。

李多飞快地跑过去，我原本以为按照她的个性一定会箍住纪颜的脖子转圈，没想到她非常腼腆地一边摸着耳钉，一边看着纪颜傻笑。原来这丫头也会害羞啊。不过纪颜看上去很疲惫，而且似乎气色不好，他看了看李多，并没露出过多的惊讶与惊喜，只是拿手摸了摸她可爱的短发脑袋，就绕开她向我走来，我看见李多失望地站在那里。

“还好吧？”我接过他的袋子，纪颜双眼无神，艰难地点了点头，干涩地说了句：“先回去。”

一路上大家都默然，特别是李多，一直撅着嘴看着车外，落蕾逗她她也没反应。而纪颜则一直在猛抽烟，我知道他一定是遇见很难受的事了。

回到纪颜的家，他如释重负地躺在床上。他不在的时候是我们几个轮流帮他打扫的，所以即便长期不住，倒也十分干净。我拍了拍他，道：“说吧，到底怎么了？这可不像平常的你。”

纪颜终于坐了起来，看着我，又看了看落蕾和李多，说了句：“我从未看见死那么多人，一百四十七人，就那样活活埋进去了。”说着，拿手按了按鼻梁。我一听大惊：“到底怎么回事？”

“我本来是要去西藏的，但半路上一个朋友突然打电话给我，说有很急的事，他从未求我任何事，所以我决定先去帮他的忙。”纪颜用嘶哑的声音慢慢叙述着，窗外的天开始暗淡起来。

（下面是以纪颜的口吻记述的。）

我朋友是河南人，在当地的一家非常有名的煤业公司工作，那里的煤炭储备非常丰富，当然，开采量也很大。之所以找我来，是因为他们下辖的一个大型煤矿在挖煤的时候遇见了奇怪的事。我当时不过是为了应好友之约去帮忙，但我没想到，那会是我们最后一次见面。

我刚下火车，朋友就来了。和几年前不同，他明显黑了也瘦了，眼圈旁边有淡淡的乌黑的痕迹，青色的工作服上我甚至还看见了一两点煤渣。

“到底是什么事？”我边走边问，他殷勤地帮我提着包，却避开了我的问题。

“我们先吃饭，然后坐车去矿里，车上我慢慢和你说。”他说着便把我拽上车。

“我们的煤矿规模在全国也属大型了，这么多年一直都很安全高效。我们给它取名太平矿，也是为了讨个吉利，你知道，挖煤别的不谈，保障安全是重点啊。但前几天陆续出了很多怪事。”他欲言又止，最后还是说出来了。

“挖煤的工作很多人都不愿意做，一来危险辛苦，二来其实最主要是民间传说，山煤是山神的血脉，挖煤又要深入地下作业，非常的不吉利，有‘入土’的说法，来挖煤的人都是生计所迫，所以人员也不稳定，不过像我们这种正规的大型煤矿倒还过得去。可从上个星期开始，先是有人在隧道里看见鬼火，紧接着据说在挖煤的时候石头里居然溅出血水，晚上矿道里还听见哭声，弄得人心惶惶，很多工人都不敢下去，所以没办法，我才想到你啊。”我听完他的述说，也感到奇怪，虽然以前是有下矿挖煤会得罪山神的说法，但都只是传说罢了；虽然最近矿难不断，但都因为是小作坊企业乱采造成的，像他们这种大型企业不应该出问题啊。既然他提出帮忙我自然要答应，何况我的好奇心又上来了。

车子行驶在崎岖的山路上，几乎快把我颠得胃都吐翻了。山脉很巍峨，在快入夜的时候看让人有一种恐惧的感觉，或许和大自然比起来，我们太渺小了。车子开进了煤矿基地，马上展示出现代化的一幕，这里简直和一个微缩城市一样，衣食住行都包括在内，不过略显萧条。每个人干燥开裂的脸上都带着难以捉摸的古怪表情，干燥发紫的嘴唇都半张着，说是悲伤又谈不上，总之让我很不舒服。

一个戴着黄色安全帽、穿着深黑色西装的魁梧男人向我们走过来，刚下车，他就把我的手紧紧握住，力气非常大，几乎把我攥疼了。

“您是纪颜同志吧，我是这里煤矿基地的负责人，我叫李天佑，刘队常常说起你呢。我们遇到点小麻烦，希望您可以帮我们解决一下。”我笑了笑，心想不出事，他才不会老把我挂在嘴边呢，随即看了看朋友，他也不好意思地看旁边去了。这位李负责人看起来很热情，他带着我先去了他的办公室。我进去的时候，看见头上被风吹得呼呼直响的红布标语：

“安全第一！”

外面的山风打得人脸很疼，不过里面很不错。我喝口茶，李负责人向我叙述了经过。

“最早是上星期二。”他看看我朋友，“是星期二吧，刘队？我记性不差的。”朋友憨厚地笑笑，点了点头，李天佑又继续说道：“我们每天晚上都有值夜班的工人，那天好像是老孙，他的腿有风湿，不适合下井，所以就安排他值班，因为怕有人偷煤。据他说，半夜他有点迷糊，隐约听见有很空旷的哭声，像婴儿，又像猫叫，而且声音从井口传来。他大着胆子带着手电过去，在井口用光晃了晃，声音停止了。老孙正要离开，结果看见蓝色的人形火焰慢慢从里面飘了出来，他吓得惊叫一声，手电都扔了，拔腿就跑，还摔伤了腿。早上大家去查看，发现一切如旧，而且还找到了老孙丢落的手电筒。”我听完大笑，朋友奇怪地望着我，那个李天佑也很奇怪，有点不满，但他强忍住没有发作，问我：“纪先生笑什么？很好笑吗？”

“不是，请原谅我的无礼。不过这再好解释不过了，洞口在山风吹的情况下有声音很正常，而且所谓的鬼火可能不过是磷火吧？”

李天佑嘿嘿地干笑了两声：“您不是矿工不知道，矿里面绝对不允许有磷火存在，洞里有很多天然气，一旦引爆后果不堪设想，而且洞内的声音以前从未听到过。”我有点窘迫，为自己的无知感到尴尬，好在李天佑没有深究。

“这件事给大家带来不小的震动，但很快就平息了。工人们继续热火朝天地工作。可就在前天，前天中午快结束开饭的时候，井底忽然发生骚乱，开始我还以为出了什么问题。你知道，万一要是挖到了地下水脉就不得了了。后来上来的工人身上有的带着血迹似的东西，我忙问是不是有人受伤，结果他们都大喊着什么山神发怒了，开凿墙壁居然喷出了血水，所以他们逃了上来。这几天他们都不肯下井了，每天都要损失很多钱啊，再这样下去这里非瘫痪不可。”李天佑说着说着眉毛都快皱得连成一条了。我想了想，对朋友说：“走，我们先下去看看。”朋友有点吃惊：“你急着下去干什么，还没弄清楚到底有没有什么危险啊。”李天佑拦住了朋友的话，笑着对我说：“纪同志这么热心真是难得啊，不过下井前先要准备一下，而且你没有下去的经验，先休息一下吧。”说着走了出去。

“我并不想你下去。”朋友走了过来。我摇着头说：“没事，不下去看看我能知道什么？既然要解决问题，总要身临前线才行。”过了一会儿，李天佑走了进来，手里拿了几本书。我看了看，似乎都是下煤矿的安全注意事项说明。其中一本大大的红封面的书分外显眼，原来是《煤矿井下作业事项与紧急情况处理手册》。我随意翻阅了一下。李天佑不厌其烦地向我介绍着，叮嘱我要注意氧气供给，注意尖刺物体，注意明火暗火，注意不要携带易燃物等，我一一记住了。李天佑说得可能自己都有点嘴干了，于是跟朋友挥挥手。

“走，刘队，我们这就带纪颜同志下井，事情不能再拖了。总公司都打了好多电话给我了。”朋友不情愿地站起来，在我身边低声说：“下去后什么也别乱动，别高声说话，总之跟在我后面。”我点点头，拿了一本体积小点的手册类的书和他们一起出了门。

从办公室出来后，感觉外面更加冷了，我缩了缩脑袋，倒是朋友已经习以为常了。旁边原地休息的工人都用奇怪的眼神看着我，看得我非常不自在。终于来到了矿口，李天佑也脱了西装，外面罩了一套几乎退色的工作服，我也穿了一套，并戴了有矿灯的安全帽。矿井里面黑糊糊的，深不见底。我们几个乘着罐笼沿着轨道滑下去，刚进去就感觉到一阵潮热扑面而来，接着是非常刺鼻的霉味和岩石的味道。越往下走越黑暗，基本完全要靠人工光源，这里听朋友说一般都用钨灯照明。矿洞里面回响着矿车滑击轨道的声音，咔嚓咔嚓的，慢慢地进入矿洞。我总觉得自己像那位为了找回妻子亡魂的日本大神一样，进入了冥世似的。

温度和湿度越来越高，几乎让我窒息，我大口地喘着气，他们两人倒没什么，只是额头出了点细汗。不知道滑行了多久，矿车终于哐当一声停下了。李天佑跳下矿车，看了看，回头对我们说：“这就是工人发现喷血的地方了，你看，地上还有。”说着把灯对准了地面。我顺着方向望去，果然地上通红通红的。四周很安静，但我却一阵耳鸣，而且脑袋也很涨，感觉血直往头上涌。可能在地下过深有这种反应，稍微过了一会儿就好多了。旁边都是尖角突起的岩石，还有些挖矿工具，他们工作的地方的确是我难以想象的艰苦。不仅是因为环境恶劣，而且是我觉得在这里多待一分钟，就多一分自己无法再上去的压迫感。

我随手拿起个榔头，指了指一个地方问朋友：“这里可以敲吗？”朋友看了看，点点头。我狠狠地把榔头甩过去，碰了一下，石头四溅开，我仔细地看着破裂的地方，果然，渗出了类似血液的红色液体。我用手指蘸了点放在鼻子前闻了闻，有很重的血腥味和臭味，难道真是血？我有点疑惑了，虽然听说挖山洞开煤实际是挖着山神的身体，但不会这么夸张吧，煤矿到处都是，怎么单独这里出现这么奇怪的事？

我转过头问李天佑，在开采的时候是否发现除了煤矿以外的东西。李天佑拍着胸脯信誓旦旦地说没有，还说这里是煤矿又不是金矿，到处都是黑黢黢的煤，哪里来的其他东西。正说着，隧道里突然响起了婴孩般的哭泣声。我们三人为之一愣，尤其是李天佑，把手攥成个拳头，身体还在发抖。

怪声响了一下就消失了，我们舒了口气。但石壁流血如何解释呢？我把一些石头碎屑装起来，对李天佑说："我带些回去看看。还能再往下看看吗？"我看似乎还能再下去。

"不行，再下去我怕你受不了，里面环境太差，很多积水，而且刚刚挖掘。就到这里吧，我们先上去。"朋友阻止了我，不过也好，我待得实在有点难受，就像三伏天蒸桑拿一样。

朋友启动了矿车的开关，但矿车没有反应，他又按了几下，车子还是不动。

"怎么回事？"我和李天佑一起问道。朋友焦急地看着车子："不知道啊，矿车从来没出过问题，怎么今天忽然失灵了？"我看了看前面乌黑的路，如果爬上去不知道灯的电源够不够用。正想着，我们三人的灯忽然全暗了下来，最后一丝灯光很快就被吞没在黑暗中。我没说话，他们两人更明白在这里没有光意味着什么。

"我看我们还是坐在这里等他们下来救吧，如果没灯光爬隧道，我也不敢说会有什么危险。而且距离很长。"黑暗里听声音应该是李天佑。他还告诉我们少说话，呼吸尽量慢点，保存体力等救援人员。

隧道里安静极了，只能听见滴水的声音，在这里多等一秒都令人难受。要等救援的人来估计还有几小时。时间慢慢地过去，我们都感觉有些口渴了，黑暗中似乎都能听见对方吞咽口水的声音。不知道过了多久，我似乎听到了破裂声，是墙壁的破裂声。

"塌方？"李天佑和朋友几乎同时喊道，但又马上闭嘴，因为他们知道如果真的要出现塌方，再继续高喊无疑等于自杀，但现在没有灯光，我们只好尽量在耳边低声交谈。

"我们互相拉着手慢慢走出去。"朋友低声说，随即拉着我的右手，李天佑可能在最前面，我们慢慢地沿着石壁走上去。这样，我就在队伍的最后面了。

不知道走了多久，应该快出矿口了吧，温度似乎也慢慢降低了，周围的环境开始不那样难受，我正高兴呢，李天佑也说："快出去了吧。"我的左手感觉被人握住了，是双小手，很凉，很僵硬。

我的脑子轰的一声乱了，难道这里还有别人？我的腿迈不动了，这让前面的二人感觉奇怪，他们也停了下来。

"怎么了？是不是扭到脚了？"朋友关切地问道。

"纪同志没事吧？没事赶快出去吧，就快到洞口了。"李天佑的声音很急，我记得他好像还有个会要开。但我现在左手还是那种感觉，而且凉气顺着手一直往上走。以前我感到闷热，而现在觉得置身于冰窖了。我不敢回头，虽然我知道其实可能看不见什么，但脖子仍不由自主地转过去。

我居然看得见他。

或许还是说它？一个孩子，不能叫侏儒，因为那脸上分明带着稚气。他圆睁着眼睛盯着我，一只手握住我的左手，另外一只手指着我。他的脸很大，惨白，黑色稀疏的头发一根根像竹笋一样竖立在大大圆圆的脑壳上。我真诧异为何我居然可以看到他。他又转向我的左手，慢慢靠近，居然把嘴凑了过去，我还以为他要咬我，谁知道他似乎是在拿鼻子嗅了嗅，然后把脸靠在我手掌上。我想起来了，我的左手曾经触碰过岩石流出来的红色液体。

"纪颜？"朋友似乎靠近我了，显然他看不到，那个小东西正闭着眼睛享受地贴在我手上。我慢慢地走动一步，居然没什么阻力，原来我大可以带着他往前走。他们见我又开始走就没再问了，三人继续向井口走去，只是苦了我，左边身体几乎冷得发麻了。终于能看见些许光了，我们很高兴，但我的左手一下松开了，回头看刚才那个小孩不见了，要不是左手仍然很冷，我还以为是幻觉呢。

走出矿口我们才知道，原来我们已经在下面待了将近两个小时了。出来后也没看见什么人，矿工有的已经回家了，剩下的懒洋洋地看着我们从矿口出来，看来指望人救我们的话，估计还要多待几个小时。

终于我们三个回到了李天佑的办公室，现在十一月份了，天气变化得很快，尤其是山里，已经有深冬的感觉了。我们一人拿了杯热开水边喝边聊，我把矿洞里的事告诉了他们两个，他们大张着嘴巴，显然不相信。

"是不是待久了，你眼睛在出洞前产生幻觉了？"李天佑猜测。我摇摇头："不可能，我分明看见了，而且恰恰是快出来的时候他又消失了。"

"不会有人类能够长期生存在矿洞里的，更别说是小孩子。除非……"朋友两手端着冒着热气的搪瓷杯，蒸汽把他的脸吹模糊了。

"除非什么？"我问道。李天佑似乎很紧张，大声笑道："不会的，不会的，刘队，那都是传说而已。你我干这个都快半辈子了也没遇到呢，哪儿这么凑巧。"

"到底是什么？"我知道李天佑是不会说真话的，便放下杯子，走到朋友面前，看着他的眼睛。朋友望了望李天佑，喝了口热开水，苦笑道："没什么，我只是随便说说。"居然连他也瞒着我？

"好了好了，忙活这么久，我们去食堂吃饭吧，纪颜同志也饿了吧？加上乘车劳顿，刚下火车就来这里了，刚巧又遇见这种事，吃饭后，我让刘队安排你先休息一下。"李天佑说着自顾自地出去了，朋友也跟在后面。我一把拉住他，他摇摇头，然后拿笔在我手上写下"晚上九点矿口见"，便赶紧走了。我看着手上的字，心想他们到底在隐瞒什么？

食堂的饭菜虽然粗糙，倒还比较可口。可能的确是饿坏了，我吃了很多，接着李天佑和

我不敢回头，虽然我知道其实可能看不见什么，但脖子仍不由自主地转过去。

朋友把我领到职工宿舍旁边的一间几平方米的小屋。屋子里面很干净，有张床，床头还有张书桌，杯子和热水瓶都有。

“不好意思啊，这里比较艰苦，您将就一下吧。”

“没事，倒是麻烦李总了。”两人出去后，我躺倒在床上，怎么也睡不着，看看表才七点不到，于是干脆又穿了件衣服到外面走走，或许能有新发现。

这里的夜晚来得比较早，外面已经全黑了，不过还能看得见三三两两的工人端着饭盒走来走去，他们几乎不说话，我不知道这是他们养成的习惯，还是别的什么。不过，我还是找到一个面目比较和善、大概和我差不多年纪的人聊了起来。

他虽然看上去显得很苍老，但他的眼睛非常灵活，保持着年轻人的活力。

“来这儿干多久了？”我并没开门见山地去问，对陌生人的警惕会使对方很难告诉你他所知道的事情。我顺手递给他一支烟。

“两年了，家里等着用钱，没办法，要不谁愿意干这营生。”他接过我递的烟大口而贪婪地吸了起来，猛吸一阵，一下就剩了半支。

“干这个很苦啊，我今天下去一下都难受死了。”我顺着他的话说。他惊愕地看着，烟也没抽：“你下矿了？”

“是啊。有什么不对吗？”我见他神情有变化，看来他的确知道点什么。

“不，没什么，不过这活是很累，没别的事我回宿舍了。”说完他匆匆地把烟在鞋底蹭了两下，拿在手上，想扔又有点不舍得，别在耳朵上又有点脏。

我大方地把一盒烟都给了他。他很高兴，不过还是推辞了一下，说矿里有规定不能收外人的东西，但他还是收下了，小心地把烟藏在衣服里面，随即悄悄地对我说：“矿里有不干净的东西，所以大家打死也不愿意下矿，李总为这事都骂好几回人了，可大家死活不干，所以李总拜托刘队请人来，不过事先李总还是叫我们别到处乱说。”他忽然警觉起来，离开我几步，“那人该不会是你吧？”

我笑笑：“你看像吗？我是记者，上面叫我来写几篇关于煤矿安全的报道。”他疑惑地点点头：“算了，我还是少说为妙，我也不管你是谁，看在你给我烟的分儿上，我劝你少管闲事，井里到底有什么谁也说不清楚，你还是少下去吧。”说完他朝宿舍走去，走了几步又折了回来。

“干脆把打火机也给我吧。”他还真有意思，我把打火机也扔给他。

“再叮嘱你一句，下井前千万别提什么死啊死的，下井就是入地，本来就是非常不吉利的。”这下他是真的走了，一边走一边把玩着打火机。我看着他的背影，看来要知道到底怎么回事只有等到九点了。

九点不到，我就站在矿口等了。操场上除了几辆车没有任何东西，宿舍的灯都早早熄灭了。我一边跺着脚一边焦急地等待朋友出现，果然，九点整他如约来了。

“外面风大，进去聊。”他说着进了井，我也跟了进去，果然里面要暖和很多。

“说吧，现在就我们两个。”我对他说，朋友看了看深不可测的矿井。

“事情没有李总说的那么简单，这个矿已经干涸了。”黑暗的矿井外面刮着呼呼的风，但他的话我还是听到了。

“干涸？”我还以为自己听错了。

“意思就是说其实煤早已经采完了，他们提前二十年把煤采光了。”朋友叹了口气。原来是开采过多啊，可这和最近的怪事有什么关系？

“本来打算把这个煤矿废弃的，但公司说要尽可能地多利用。现在矿也不多，公司每年的产量都在下降，煤矿总公司也让我们尽量多开采点。

“就在井壁喷血的前几天晚上，我看见李总和几个人似乎在从井里搬什么东西出来，而且看样子很重，一块一块像是石头，但又被牛皮纸包了起来。我看见他们把东西搬到了李总办公室旁边的储物室，那里只有李总才有钥匙。搬东西的一个人是我的老乡，我费了些许力气总算套出点话，昨天我才知道，原来李总在搬的东西是血石。”

“血石？”我大惊，对啊，我怎么没想到，“为什么不早告诉我？”

“一直没机会，而且我怕你知道后会传出去。”朋友拿手按住我的肩膀。

“我劝你明天就和李总说无能为力，然后离开吧。我越来越觉得矿井不对劲了，本来我是想请你来帮着解决一下，但看来已经超出你我的能力范围了。”的确，如果李天佑拿的真的是血石的话，那我们就没任何办法阻止山神的报复了。血石并不是指市场上流通的那种含朱砂的稀有矿石。血石是山神体内几千年的精血凝结形成的，质地很软，割破后还会流出红色液体，血石会吸引很多怪物，我在矿井看到的想必是其中之一了。

“你在里面看见类似小孩的东西叫石娃，它们是以前死在山里的孩子的怨气通过石头形成的，哪里有血石哪里就有它们。还好它们性情比较温顺，虽然样子吓人，但只喜欢贴着有血石的东西。”

“你也看见过？”我问朋友。他说：“当然，但并不是每个人都能看见，所以老孙才会出现幻觉。至于蓝色火焰我就不知道了，但这几次矿里天然气的含量似乎在增高。山神不会让我们这么轻易地拿走血石，最近我眼皮老跳，我很怕出事，这里可是有几百号人要靠矿养家糊口啊。但李总还是逼着我们进去开采，表面上说采煤，其实是要血石。血石是无价之宝，据说可以治病延年，但也只是听说，李总叫你来不过是个幌子，好让工人安心下去采血石。”原来如此。

“话说到这里了，你明天就回去，如果有机会路过我家，帮我带个好，我实在没时间。”朋友说完毛腰闪身走出了矿井。我站在里面，仿佛在隧道里能听见沉重的叹息声。

第二天，李天佑意气风发地把所有工人召集起来，大声说已经把矿井的事解决了，只要今天再开采最后一天，把所有工资发清就关闭矿井，大家可以安心回家，然后等着去下一个煤矿。大家互相议论了一下，但没有动。李天佑又许诺，今天按三倍工资结算加班费。这时候，工人们才陆续去收拾工具准备下井。

我站在门外看着他的表演，再也忍不住了，刚想上去就被人拉开了。我一看居然是昨天那个和我聊天的年轻矿工，旁边还有几个身强体壮的工人。他们迅速把我绑了起来。过了一会儿李天佑走了过来，笑着对我说：“不好意思，纪先生，让你委屈一下，昨天老刘去见你的事我知道了，估计他什么都告诉你了，反正今天把最后一批血石挖出来大家都好，工人们开心，我也高兴，而且我可以分你一份，不过结束前你最好老实待在这里。”说完便做了个手势，只留了那个拿了我的烟的矿工看守我，其他人都下井了。

“你何必呢？我说了让你别管闲事，在这个地方李总就是皇帝，谁也奈何不了他。”他用我送的打火机点燃了一根烟，冷冷地望着我。

“你们会有报应的，山神会发怒的。”我也冷冷地对他说。他愣了一下，随即高声笑道：“别拿吓唬小孩子的故事骗我！”

话音刚落，矿井里传来轰的一声闷响，连地面都震动了，拿烟的年轻人几乎没站稳，一屁股坐在地上。矿井口一下围满了人，井边一些刚进去的人被石头砸住了身子，痛苦地哀号着，那些石头都有几百斤，一时间根本挪不开，旁边的人只好看着他们慢慢地在痛苦中叫着死去。

“快松开我啊，还不去救人？”我拿脚踢了他一下，年轻人嘴里叼着的香烟掉了下来，他傻子般地望着矿井，口中喃喃自语：“完了，山神来了，它会把我们全部活埋的！”说着他跟疯了一样挣扎着爬起来，踉跄着往外跑。结果又是一声巨响，矿井又爆炸了一次，我看见一块锋利的石头直接把向外跑去的他切成了两段。

我转过头，叫了一个工人解开我的绳索，然后帮着他们救人。朋友也不知道在哪里，我只好叫人赶快通知外面派救援队，然后让他们先离开井口，因为谁也不知道什么时候再次发生爆炸。

整个工区成了地狱，到处是哀鸣声和残缺的肢体。我现在只想找到两个人，一个是李天佑，一个是我朋友。

“看见刘队了吗？”我抓过一个顶着脸盆的矿工问。他望了望我：“刘队下矿了。”我一听头都大了，我只能祈祷他能坚持到挖掘队到来。

现场一片混乱，我跑到那个储藏室，果然李天佑正费力地把包好的血石往吉普车上搬，样子非常狼狈，哪里还有几天前李总的派头。

“我帮你吧。”

李天佑猛地转过身，尴尬地望着我。

“这里的血石我们一人一半，每一块都值好几百万呢，你放过我吧！”他指了指地上的血石。

“我没兴趣，我要你自首，你要为你做的事负责。”我心里有股想杀了他的冲动。

“够了吧，如果我被抓，最少要关上十年，而且什么都没了。现在像我们这样的煤矿多了去了，凭什么抓我？出了事就撂我头上，产量上去那是别人的功劳，我算个屁啊？”李天佑越说越激动，连领带都扯掉了。

“你的确不算个屁，你根本就是畜生，你明知道血石不能拿，它是安抚山神的神物，现在还不知道死了多少人。如果你不把血石放回去，这里整个山都永无宁日。”

李天佑冷笑了一下，冲过来推开我，再次搬起血石上车。我想阻止他，但我发现血石居然慢慢地把外面的牛皮纸熔化了，但李天佑根本没发现。

“你去吧，山神会来找你的。”

李天佑哈哈大笑道：“不过是天然气爆炸罢了，什么山神，老子才不相信。”说着登上车，吉普车一下就开得没影了。我看着远去的车子，心里暗想，你不可能带着血石离开这里的。

救援队赶来了，挖掘持续了将近半个月，陆续有尸体被从井里抬出来，包括我的朋友。他死的时候很安详，或许这已经是最好的结果了。

李天佑的尸体被发现在离这里两公里处的路上，或许说是尸骸好点。他整个人像被岩浆熔化掉一样，要不是凭着吉普车和车上他的护照，谁也分不清这是什么东西，连骨头都化成渣了，冷却后和吉普车融在了一起，车上的血石自然也不见了。

整个矿难挖出了一百四十七具尸体，还有多人失踪。我为自己的无能感到沮丧，如果我能早点觉察，我能再强点，说不定是可以阻止这场悲剧的。但我又在想李天佑的话，那么多黑煤矿，靠我一个人能阻止多少？

纪颜说完，把手里的烟狠狠地掐灭在烟灰缸里，我们几个都不说话，房间被沉默笼罩着。

纪颜清了清嗓子，继续说：“我去了朋友的家，他家不算富裕，完全靠他养活，我没有告诉朋友的死讯，虽然他们很快也会知道。我只是留下了一笔钱，这算是我能尽的一点微薄之力吧，我告诉他们这是朋友托我带来的。离开的时候，他的家人热情地想留我住几天，我推辞了。”

落蕾望了望低着头的纪颜，缓缓地说：“算了，你尽力了，别太难过。你这么远回来应该好好休息，我们还是先回去，明天你精神好点，我们再好好聚聚。”说着拉了拉在旁边哭得一脸泪水的李多。

我也准备告辞出去，纪颜拉住了我：“欧阳，我们很久没好好聊过了，晚上我去搞几瓶酒，陪我聊聊吧。”我迟疑了一下，答应了。

李多死活不肯离开，我告诉她，如果再不回去准备答辩就危险了，她只好很不情愿地和落蕾回去了，临走时不停地说明天还要来，我和纪颜只好相视一笑。

第十九夜
债

> “虽然是正午，但办公室依然很暗，主任看着那颗人头忽然感到一阵寒意，因为他好像看见人头笑了。”

这个城市的初冬的夜晚还是很漂亮的，虽然有点冷，但两个人可以喝着热酒吃点小菜，还是不错的。

过了一会儿，纪颜的头上都能看见些许白色的蒸汽了，我估计自己也是，把外衣脱掉又继续喝。纪颜端着酒杯，忽然又放了下来。

“我们好像很久没像这样聚在一起喝酒聊天了。”

“是啊，我还很怀念夏天的时候你讲的故事呢。”我把酒喝尽，热辣的感觉从嘴巴到喉咙又直通向胃，然后迅速地“溶解”到血液里，流向身体的各个角落。

“本来是想出去走走看看，不过出了矿难的事也没什么心情，只好回来，不过一路上还是听说了很多故事。”纪颜又倒了一杯酒。

“哦？我怕你心情不好，所以没问你，那到底是什么故事？”我帮自己也满上一杯，忽然发现自己已经有些醉意了。

“我们国家的汉字真是非常奇妙呢。”纪颜半笑着用手蘸了点酒，在桌子上写了一个字，我一看，是个“债”字。

“这不是‘债’字吗？有啥奇妙的？”我不解地问。

“你看啊，这‘债’字就是一个‘人’字加一个‘责’字，就是说，债就是人的责任。很多时候，欠债的人遇到灾难就是因为没履行自己的责任。我坐火车的时候，坐在我旁边的是一位老师，长夜无聊，我们互相讲故事，这个故事就是他告诉我的。”

（下面是纪颜的口吻。）

这位老师五十多岁，刚好去外地开教研会，他见我很不开心，于是主动攀谈起来。他姓吴，我们姑且叫他吴老师吧。

吴老师对我说的就是债的故事，他说他的学校就曾经出过这样一件事。

那时候是1991年吧，刚好在打海湾战争。那是一所中学，学生们都是十四五岁，都是顽劣不羁的年纪，外面的战争似乎成了他们的催化剂，学校里的聚众斗殴现象层出不穷。学校领导，尤其是训导主任头都大了，于是一气之下，制定了一条校规，打架一经发现，责任全部归于先动手的一方。听上去似乎有点道理，但还是出事了。

这天校长办公室还是一如既往的安静，忽然楼下开始了喧闹，接着是撕心裂肺的喊声。那时候校领导办公的地方还是20世纪50年代的旧楼，相当阴暗，外面即便是炎热的夏天，走进去也一下就暗下来，而且温度骤降。曾经有老师建议装修一下，但考虑到经费问题，校长拒绝了，而且还开玩笑说这里凉快，夏天办公很舒服。

但今天不会舒服了。

几个中年汉子抬着一具尸体，和一个哭哭啼啼的妇人冲了进来，校长大惊。几个汉子冲过来就想揍校长，还好被拦住了。这下办公室如同水入油锅，炸开了。一问才知道，原来这个孩子在昨天打架后回家就突然暴死了，而且这件事训导主任是知道的。

校长叫来训导主任，那几个人看到他，立即扑了上来就是一顿狠揍。训导主任被打得一脸是血，前面的门牙都掉了。被拖开后，那个哭泣的女人吃力地把那具已经有点发臭的尸体拉到人群中间，然后坐在地上指着受伤的训导主任骂。

原来当时这个孩子经常被人围攻，在一次还手时恰巧被训导主任看到，四下一问，旁边的人都说是这个孩子先动手，于是训导主任立即处罚了他，并且没处罚另外几个。结果这件事后，这个学生每天都受到同学的欺负殴打，苦不堪言，一旦还手，就被老师处罚，而欺负他的那伙人见这种情况，折腾得更来劲了，结果可能在昨天的打闹中，踢伤了孩子的内脏，导致失血过多身亡。孩子的眼睛都没闭上，由于是夏天，露出来的胳膊和腿上可以清晰地看见多处淤痕。训导主任一言不发地站在旁边，忍受着死者亲属的辱骂。

最后校长看不下去了。

“你们到底要怎样呢？事情已然发生了，总要解决的，主任也是为了使学校学习环境得到改善，虽然责任没有到位，但事情到了这个地步，总要解决啊。”校长的话让亲属的愤怒暂时平息了下来，过了一会儿，其中一个个子最高，刚才打得最凶的男人站了出来，一对三角眼，一只红红大大的酒糟鼻子。

“我侄子要不是你的狗屁校规，根本不会被活活打死。你要严惩凶手，而且还要公开向我侄子的灵位道歉，还要为他扶灵守孝三个月并赔偿。”主任一听，也生气了：“其他的我可以接受，我会尽力补偿你们的损失，但扶灵守孝绝不可以，我死也不答应。”说完闭上眼睛，准备迎接拳头。

两下又开始争执，最后连民警也来了，后来还闹上了法院，结果自然是死者的要求被驳回。宣判那天，死者亲属恶狠狠地看着主任，看得他发毛。

宣判之后回到学校，主任刚回到办公室，忽然那些人又来了，在办公室其他老师的阻拦下，他们没能接近训导主任，但是死者那位叔叔居然朝他扔来一个球形物体。由于被布包着，训导主任也不知道是什么，正好接住揽在怀里。

布打开了，训导主任这辈子都不会忘记当时所看到的场景。

里面是一颗血淋淋的人头，正是那个孩子的。人头在训导主任的怀里，眼睛睁得大大的，青白色已经腐烂的面孔，空洞洞地张着嘴，露出白色的牙齿。

训导主任哇的一声把人头一扔，就吐了出来。远处那个死者的叔叔高声叫道：“你躲得过法律，躲不过良心！你看到了吧？你一辈子都欠他的，你还不清！”说着又开始咒骂起来，结果被人群推搡出去，空荡荡的办公室里只有几乎吐得虚脱的训导主任和那颗在地上滚动的人头。

训导主任吐完后坐在地上，那颗人头也停止了滚动，正好停在他对面，而且面对面。

头上的老爷吊扇嘎吱嘎吱地叫着，训导主任气喘吁吁地坐在地板上，凉风阵阵，虽然是正午，但办公室依然很暗，主任看着那颗人头忽然感到一阵寒意，因为他好像看见人头笑了。

的确笑了，训导主任擦擦眼睛再仔细看，人头果然和刚才的表情不一样了，嘴角微微向上扬起，眼睛也眯了起来，但那笑更像讥讽的笑、藐视的笑。训导主任再也忍受不了了，怪叫一声冲出了办公室，结果和一个人迎面撞了个满怀。

这个人是他女儿，在这所学校读高三，成绩优秀，而且相貌清纯。训导主任经常以她为骄傲，四下的朋友都对他夸赞他的女儿。

“爸爸，怎么了？我听同学说你出事了，所以来看看你。”女儿温柔地搀扶住他，训导主任这才稍微镇静下来，但还是指着里面说：“人头，人头，那人头在笑。”女儿奇怪地把他搀进去，也看见了地上的人头，吓得话都说不出来，训导主任更是看都不敢看。

“爸爸，这是怎么回事啊？而且那人头没笑啊。”训导主任听了女儿结结巴巴的话慢慢转过头，奇怪，刚才分明笑着的人头忽然不笑了，或许只是错觉。这下训导主任的女儿反而害怕了，主任安慰了一下女儿，就让她回去上课了。事情慢慢平息了，虽然家长还来学校闹过，不过后来也就不来了。时间一下过去了四年，主任因为那件事有阴影就辞去了职位，做了个普通老师。为了叙述方便，我们还是叫他主任吧。

他的女儿也如旁人期望的一样，考取了一所名牌大学，而且成绩优秀。可是在女儿临近大学毕业的时候，他接到一个电话，电话是女儿老师打来的，里面焦急地说，他女儿似乎一下子发疯了。

训导主任接到消息的时候几乎也疯了。他立即请了假，和妻子连夜坐火车往女儿的大学所在的城市赶去。由于很远，他虽然很劳累焦急，但还是在车上睡着了。梦中他再次看到了那个人头，分外清晰，虽然四年了，但仿佛就在眼前一样。人头张着嘴吐出一个字——“债”。训导主任猛一激灵，醒了，原来已经到站。夫妇二人顾不得旅途劳累，直接赶往医院。

和女儿的同学、老师一阵寒暄后才知道，女儿本来好好地上课，突然发疯一样高喊“欠债还钱，杀人偿命”，而且声音很干涩，根本不是平时的感觉，同学和老师只好把她按住。但她力气惊人，居然挣脱了，冲到教室门外想跳楼，还好被同学和老师拦住，送到医院来了，所以老师才打电话给主任让他连夜过来。不过医生说现在刚打了镇静剂，要等等再进去探视。

主任听完脸立即阴了，他马上想到了四年前的事，但他立即打消了这个念头。他不相信鬼神，更不相信还有几年后来报复的。他认为，女儿应该是学习压力太大导致精神失常。等同学、老师都散去，夫妇俩走进了病房。

女儿安静地躺在病床上，外面皎洁的月光照进房间，照在她棱角分明的脸上。训导主任一阵心酸，自己心爱的女儿居然到了这步田地。妻子在一旁哭泣，主任让她出去冷静一下，因为他想单独和女儿待一会儿。

带上门，房间里就只剩父女二人了，药力估计还没过，主任决定守在她旁边，等女儿醒过来好好和她谈谈，开导开导她。主任刚转过身想坐下，却看见女儿居然站在了自己背后。他吃惊不小，按理镇静剂不会这么快失效啊，可仔细看女儿，似乎好了许多，眼神柔和。

“爸爸，我好害怕。”女儿忽然哇的哭了出来，钻进父亲怀里。主任只好抚摩着女儿的长发安慰她，这时候外面的母亲也闻声进来，一家人相拥而泣。过了好一会儿，主任的女儿才平静下来。

“到底怎么了？”主任问。女儿断断续续地说，这几年其实她一直都在做噩梦，梦见一个看不清楚面孔的人向她伸手，似乎讨要什么，但又听不清楚。接着是平时总是有意无意地会受到许多委屈，包括学习、生活、感情上的。那天上课，男友忽然打了个电话来，这几天两人有点小误会，但这次男方竟提出分手，而且没有任何理由，说完就挂了。女儿忽然感到精神崩溃了，多年来压抑的委屈一下子爆发出来，耳边还听到有人说“欠债还钱，杀人偿命”这句话，接着就什么也不记得了，然后醒过来就在病床上了。

主任听完，安慰女儿，并说等女儿病一好一家人就回家，女儿乖乖地躺下休息。看到女儿没什么大碍了，主任让妻子去买点吃的，并去医院财务部交一下住院费用，自己则在女儿床边坐了下来，看着女儿慢慢入睡，主任自己也迷糊了一下。不知道过了多久，主任感觉有东西飞溅到自己脸上，似乎是水，主任的眼睛困得睁不开，心想难道窗户没关有雨点飞进来了？接着他听见妻子的惨叫声，或者说是号叫。他猛地睁眼一看，女儿正面无表情地坐在床上，疯狂地撕扯着自己漂亮的长发，而且把连带着头皮和血的头发一把把地往嘴巴里塞，就像是在品尝美味似的。刚才飞溅在脸上的不是雨水，而是女儿的血!

主任呆住了，不过第一反应还是冲过去阻止女儿，他抓住了女儿的双手，但没想到她力气非常大，几乎要挣开了。还好医生和护士赶了过来，在几个人的控制下，主任女儿被按在床上。但她眼睛盯着自己的父亲，嘴里还留着头发，仍旧含糊不清地喊着："你欠的债，你要还！"主任听清楚了。

医生对她做了包扎，而且再次注射镇静剂，并且用皮带捆住她的手脚。主任夫妇连忙询问医生关于孩子的病情。

"不乐观，她精神波动很大，而且具有攻击性，像这样的病人很少见，她有自残倾向，你们最好把她送到精神病院，进一步治疗。"说完医生出去了，主任的妻子听完痛不欲生，一下子晕倒了。主任则紧咬着嘴唇，抱着妻子，忍着不让自己哭出声来。

接下来的漫长日子里，主任夫妇几乎穷尽全力来治疗女儿的病，虽然还屡有发作，但在家人的帮助下居然慢慢地好了起来，最后医院通知主任，他女儿已经完全好了。出院的时候，离病发那天已经过去了将近三年。

既然女儿的病好了，主任便再次回到了教育岗位。他这三年经常请假照顾女儿，人一下子老了许多，不过大家都知道他的难处，也不去计较。学生们很是喜欢他的课，所以他一来又开始悉心上课。

事情总在慢慢变好，主任心里是这么想的，再难的坎儿也有能迈过去的时候。可是他忘记了，不是每个人都能迈得过去的。

这几天学校决定翻新一下办公室，但工作的时候又不行，只好在午间休息的时候抓紧换换玻璃或者刷一下外面的油漆，这几天把主任头都吵大了，他经常忘记带东西。如往常一样，又是夏天的一个午后，主任没有回家吃饭，妻子回家乡省亲，家里就父女二人。女儿已经完全康复了，起码主任是这样看的，他甚至还想为女儿介绍个对象。这次他看了看自己随身的公文包，发现一份重要的讲义居然没有带来，他只好打电话给女儿，让她带过来，女儿答应了。

主任的家离学校很近，所以他直接站在办公室的窗户前看，等待着女儿。果然，女儿熟悉的身影出现了，手里拿着一份东西，应该就是自己的讲义了，他高兴地走下楼，去迎接女儿。

到楼下的时候，刚要出门，他突然一个踉跄，似乎被什么绊了一下，身体倾斜了过来。这时候，他的女儿正在他正前方十几米远的地方，看见他即将摔倒，连忙赶过来。他也看见了女儿，两人距离是如此之近。

与此同时就在楼上，一个安装玻璃的装修工正准备把一块玻璃镶嵌进去，他的另外一只手里还有一块玻璃，忽然他感觉眼睛一黑，手里的玻璃笔直地朝楼下门口飞下来。

啪的一声，玻璃摔在了主任与女儿之间，差点砸在主任女儿头上，两人都吓了一跳。主任这时候摔倒在地上，女儿赶紧上前一步，弯着腰低头想把父亲搀扶起来，主任也伸出手。这时候第二块玻璃又落了下来，如同被断头台处死的路易十六一样，主任的女儿就在主任面前被落下来的玻璃砍去了头颅。

速度之快，女儿脸上关切的表情都没消失，血如同开闸的喷泉一样冲向主任的脸。他完全木掉了，全身都是女儿的血，那颗头颅像七年前一样，掉在他怀里，像七年前一样带着微笑。

主任依稀听到耳边的话："你欠的债，迟早要还。"

"吴老师说完后，我也不禁打了个寒战，我不知道是不是死去学生的原因，或者一切只是巧合，但那主任一家也太可怜了。"纪颜说着，又喝下一杯，还浑身打了个哆嗦。

"是真的吗？"我忍不住问。

"当然，我听完后也立即这样问，我甚至怀疑这个吴老师就是那个训导主任，可他马上咧嘴一笑：'真的又怎样，假的又怎样，总之发生的事都过去了，那个训导主任唯一的想法是要尽自己的余生努力做好教育工作，完成自己的责任。'

"我望着他的嘴，牙齿很完整啊，也就没再多想。后来迷糊了一阵，开饭了，我看见吴老师小心地把嘴里的假牙卸了下来，开始慢慢地吃饭。他望了望吃惊的我，又慢慢地说：'事情都会过去，再难的坎儿都能过去。'"

我也吃惊地望着纪颜，酒劲也似乎过去了。纪颜又抬头叹道："如果责任是债的话，那责任越大的人就活得越累。"

"嗯。"我也同意地点点头。

第二十夜
房祸

“看上去似乎人人脸上都带着笑容，新郎新娘也十分般配，但我似乎天生敏感，总觉得有些不快。”

虽然现在大部分人都生活在城市中那厚厚的钢筋水泥房子里面，但在很多农村，有了余钱的人们还是喜欢自己盖房子，花上几万块，拉来水泥砖瓦，看着自己的房子一点点平地而起，那种心情估计不亚于看见自己的孩子慢慢长大。国人看重房子，所谓衣食住行，“住”仅仅在衣食之后，其注重程度可想而知。

在纪颜家醒过来，我发现已经日照三竿了，急着要上班，猛地看看手表，发现今天原来是周末，难怪说忙里不知时日，我连星期几都忘记了。看看日子，居然是十二月六号了，这时才想起母亲的嘱托——一位乡下的亲戚建了新房，请我们吃饭，我本不愿意去的，因为实在太远了，来回将近半天，但母亲极认真地嘱咐我说，别人可以不去，但这个是刘伯，一定要去，因为他可是带大母亲的人呢。那时候外婆家里经济条件紧张，而且算命的说母亲很难带，五岁过后才放哪里都能活，所以刘伯把母亲接到乡下，直到六岁才送回外婆家。这事母亲和外婆一直都很感谢他，并一再要求我把经常挂嘴边的那位本事特大的朋友也带去，帮着看看风水布局之类的，这位本事特大的朋友当然是现在躺在地板上酣睡的纪颜同学了。

我毫不留情地直接用脚丫子踢醒了他，并告诉他和我走一趟，纪颜无奈地答应了。我们两人随便在楼下吃了点东西，其实不想吃，头还疼着呢，但想到那么远的车程，不吃点东西吐都吐不出来。

打了个电话给家里，发现母亲已经起程了。我只好去找车，纪颜虽然富裕却极讨厌坐车，他认为这玩意儿和移动棺材没两样，甚至要求我和他步行过去，我直接否定了，并威胁说如果他不坐车，我就打电话把李多找来一起步行过去，他权衡了一下，妥协了。

我找到一辆面的，其实说是货车更恰当。车程漫长，纪颜打着哈欠向我介绍建房的禁忌。

“建筑学的祖师爷是鲁班，传说鲁班曾经留下一本书，书名就叫《鲁班书》。这本书分两卷，上卷写的是盖房子的时候如何用法术来影响入住者，当然，结果有好有坏，好的可以催财旺丁，消灾避祸，坏的可就多了，像让屋主破财，断香火，严重的会家破人亡。”纪颜滔滔不绝地说着。我皱了皱眉头。

“似乎有点歹毒啊。谁要得罪了会《鲁班书》的人，那不是倒霉了？”我问道。

“那倒不是。首先这书是不是真有其用我也不知道，不过还是有很多人相信的，而且书的上卷是如何施法，下卷是如何解法和一些医术之类的，两本书之间的‘术’互为相解。最重要的是，真的学习《鲁班书》并使用的话，必定要‘缺一门’。”

“缺一门？”我疑惑不解。

“所谓‘缺一门’，指的就是要么无后，要么残废，要么亲人遭殃。所以这书无疑是把双刃剑，想作恶就是害人害己。《鲁班书》世存两个版本，另外一个据说是由北京提督工部御匠司司正午荣汇编，书成于明代，讲述的是家居拜访、如何建筑的事。不过房子风水的历史悠久漫长，一般盖房子的时候主人对建筑者都是礼遇有加，即便再穷，家里两个鸡蛋也是要打的，可见这习俗深入人心自然有它的道理。”

“那你去过那么多地方，遇见过类似的事吗？”

“有，当然。去年这个时候，我还在福建漳州，在那里就出过一件怪事。”纪颜忽然停住了，看着满脸欣喜的我，恍然大悟道，“原来你小子又想诓我说故事啊，罢了罢了，告诉你吧。”

（下面用纪颜的口吻记述。）

漳州位于九龙江下游，与厦门、泉州形成“金三角”，是一座历史悠久的古城，又是举世闻名的“花果鱼米之乡”。那里民风淳朴，虽然闽南话很难懂，但当地居民为人非常热情，我过去的时候正好遇见他们为人招魂，场面非常悲哀。

当地的渔业发达，当然也会有渔民或船民因事故落水而死的事发生。死者的家属在水面寻尸时，要在船头挂起一件死者生前穿过的衣衫，沿江哀号，十分凄凉。其他船如果在水面上发现了死者的尸体，就会主动向死者的亲属报告。如果在水面上寻不到死者的尸体，死者的亲属还要在船上举帆招魂。

但这都不算什么，最奇特的当属当地的建筑风俗。旧时，建宅之始，要请风水先生选址，确定住宅的建筑坐向、方位。破土时，民间习惯于在正厅址处立一“福德正神”木牌，俗称“土地公”。破土前须酬谢一番，再用铁锤（忌以锄头）自东向西沿宅址四周挖一遍，称“动土”。动土后，土木即可兴工。但每逢农历初二、十六，均得奉敬土地公。直至宅建落成，“谢土”焚烧神牌，于正厅案上正式供奉土地公神位为止。施工中，凡下砖、置门、上梁、封归、合脊、放涵时，通常要选吉日良辰，俗称“看日”，其中以上梁的程序最为神秘、隆重。首先选定上梁的吉日良辰，吉日到，全村劳力都来帮忙，房梁用红罗布披缠（或挂上、画上八卦），木匠斧头也系红布。良辰到，房主、工匠洗手洗脸，房主燃香请神，敬土地神。木匠念上梁祝文，求神保佑施工顺利和家宅安宁，众人携力升梁。最后是木匠走到梁上封梁、祭酒，房主要给梁上匠工送红包，此俗今仍流行。民宅建筑旧俗最害怕的是木工、泥水工建房中运用巫术咒语暗下“镇物”，俗称“做剋”。旧时工匠因工钱、款待和施工质量争吵而结怨成仇，工匠做剋诅咒确有其事，所以大多数人对工匠礼敬有加。我要说的就是一个关于做剋的事。

那时候已经很少有人建房了，干手艺活的匠人也日渐减少，但在一些地方还是存在。我不喜欢在高楼里溜达，于是来到了当地的一处偏远郊区地带。很凑巧，正好赶上一户人家在办喜事，而且是在刚落成的新房里。我自然去凑了凑热闹。

这个年代的结婚风俗已经简化了很多，会操办整出婚宴的老者已经不多见。看得出，这家的主人是个极其看重习俗的人，估计在当地也是有些身份吧。

那天已经接近中午，喜宴已经摆好，虽然我是陌生人，但他们还是非常热情地邀请我，中午是吃“舅仔桌”。桌上摆十二道菜，每动一道菜，都有吉语相伴。十二碗中，六荤六素，所有鸡、鱼、猪肉、蔬菜、瓜果均无禁忌。看上去似乎人人脸上都带着笑容，新郎新娘也十分般配，但我似乎天生敏感，总觉得有些不快。

我站了起来，端着酒杯四处寻找这不快的根源，果然在人群中我发现了一个和我一样无心喝酒的人。这人三十上下，板寸头，戴一顶帽子，皮肤黝黑，宽鼻大眼，身体很强壮，虽然坐着喝着闷酒，但依然能看得出非常高大。虽然穿着十分随意，只是一件蓝色大褂，连扣子都没扣，但他却坐在上席，而且似乎旁边的人对他非常敬重，只是他倒有些爱理不理的。我很奇怪，随便问了一下在旁边招呼客人的主家这个男人的身份。主家奇怪地看着我，用不熟练的普通话说：“您是外地的吧，他可是我们这里最有名的木匠，叫张富，别看他才三十刚出头，木匠活可是一把好手，这新房里面所有的家具、梁木都出自他的手，这不，等下还要等他封梁呢。所以我们这儿的人都对他很客气。”说完，他又忙着招呼别人了。我看了看时间，一点多了，似乎封梁要到两点开始，一般让主活的木匠把一些吉利的东西装在小布袋子里挂到主梁最顶端，而且一旦挂上去就坚决不能拿下来打开，否则风水就乱了。至于挂什么，木匠挂上去之前是要给主家看的，所以一般也没什么事发生。

这个张富依然在喝着闷酒，像是在和谁赌气一样。主家有些不快，但仍然礼让他。快到吉时的时候，要挂袋了。大家都凑了过去，张富把袋子解开，主人家所有人看过后，爬到主梁上挂了上去。然后是大家一片喝彩，张富则在人群中消失了。

大家开始喧闹地准备闹洞房，我毕竟是外人，于是闪身走出了庭院，恰巧看见前面那个背影很像张富，有点歪斜，看来是喝多了。大部分人都进去看新房了，路上只有我和他两人。我不紧不慢地跟着他，一来可以看看这一带的地貌人情，二来我对他也有点好奇。

漳州居所建筑倒是有点像北京，前后两房高大的主建筑和旁侧突起的稍矮的旁屋加上一个院落，很有南方四合院的味道。路不狭窄，也不见得十分宽阔，但走起来还是极为舒坦的，我就这样一直跟着张富，大概足有半里多路。终于他在一所矮小的木房子前站住了，房子有些年头了，有点破旧，木门的漆皮几乎掉尽了，脆生生的木板横在那里，这感觉哪里是门啊，似乎推一下就开。张富开了门，踉跄地走了进去。我暗自嘀咕，像他这样出名的木匠居然住得如此寒酸。

我随意找了个路人问张富，他说张富虽然挣得多，但花得更多。有钱要么去城里大吃大喝，要么赌博，钱自然花得厉害。

"不过他以前不是这样的，自从他没娶到他师傅的女儿，就整个人都变了。"那人惋惜地说。

"他师傅的女儿？"我好奇地问。

"是啊，今天办婚礼的不就是吗？本来他们极不愿意张富去做活，但十里八乡实在找不到像他这么能干的，他的活独一份啊。而且张富也说了，人情是人情，活是活，两下分开。村长看张富倒也是老实人，于是还是让他做了，这不他喝醉了回来了吗？对了，你是他什么人啊？"路人忽然问我，我只好随便说亲戚想托我找张富做点家具，怕寻错了人，故有此一问，路人听了也就走开了。

难怪张富不太开心，喜欢的人结婚了，自己还要为她做新房。不过我也没把这事放在心上，很快就淡忘了。直到一年后我有事重新路过这里，忽然想起来，觉得好奇，就又到这里看了看。

我很快找到了那间房屋，一年过去了，当时气派的房子已经被旁边很多更高大的水泥房子超过了，虽然房子还是非常新，但看上去总觉得有一股衰败之气。我好奇地在旁边的一家小吃店坐了下来，一是吃点东西充饥，二是问问到底怎么回事。

我对桌坐了位长者，老爷子鹤发童颜，精神矍铄，一个人在喝茶。我凑过去，笑着问他："老爷子，我是外地来的，想和您打听点事。"

大爷看看我，放下茶壶，说："你说。"

“我想找一下去年在这里结婚的那对新人，我那时候来喝过他们的喜酒，并说以后会常来看看。不过怎么现在看上去有点冷清呢？”我指了指身后的新房。那位大爷突然脸色一变，把座位挪过来。这段时间我经常在福建游玩，对闽南话也略知道些了，虽然不是太懂，但大概意思还是知道的。

这对新人夫妻男的叫郑周名，女的叫曲红。郑周名是村长的独子，现在是村里的会计，高中毕业，曲红是这一带最漂亮的姑娘，追她的人数不胜数，当然，这里头也包括那个张富。不过曲红还是选择嫁给了郑周名，据说是村长利用了曲红父亲卧病在床急需钱治疗的软肋，虽然她本来和张富的关系是不错的，因为张富是她父亲最喜欢的徒弟。

外面传闻，自从两人结婚后，一年来新房怪事不断，先是莫名其妙地饭菜难以煮熟，或者是院子里养的鸡鸭要么走失，要么病死。开始都是小事，也没人在意，后来就更离谱了。房子在晚上经常闹动静，村长也退了下来，还生了重病，一直没好。村长的妻子突然双腿不能动，瘫痪了。村长一家认为房子有问题，第一时间当然想到了张富，他是最有可能做剋的，但房子建好以后，张富就失去了踪影，有人说在城里看见过他，说他在那里做家具营生，也有人传说他早死在外面了。总之，现在村长一家每天都不得安宁，只好拿曲红出气。

大爷说完，拿着茶壶又四处溜达去了，我则站起来走进了那新房。迎面过来一个年轻人，身材瘦削，裹着一套不合尺寸的深色西装，头发乱糟糟的，眼睛深陷，失魂似的朝外走，一边走一边摸索着点烟，他仿佛没看见我一样，倒是我先叫住了他。

“请问，您是郑周名吗？”我猜想他就是，果然，这个人就是郑周名，他狐疑地看着我：“你是谁？”

我想想一年前在婚礼上还是见过他的，没想到一年后居然变成这样，看来房子的传闻是真的。

“你们家是不是最近出了点什么麻烦？我想看看有什么能帮忙的。”我开门见山地和他说，不知他是否会拒绝。只听他哈哈大笑起来，笑声充满轻蔑。

“你是哪路的啊？张富那小子派来的？房子没什么问题，我们找人看过了。外面的都是谣言而已，我懒得去澄清了。如果你实在闲得无聊，我可以带你进去，你想看就看，省得你出去后又去造谣。”郑周名似乎很生气，抓着我的手就往房子里走，我没想到居然如此顺利地进来了。房子里面的设计还是很普通的，典型的福建民房，不过要稍显得宽敞些，进正门，中为门堂，两厢各一室，左为大房，右为二房。正房之前有两边护龙，整个建筑呈一面敞开的埕形，可晒谷和饲养，如前面再筑上围墙，安上大门，则成矩形四合院。郑周名还带着我去了里面，室内摆设颇有讲究，古色古香。有高级木料制成的长案桌、八仙桌、太师椅。壁上悬挂名人书画。房里则有十八堵（扇）加排楼的雕花木床，床面雕挂各种人物故事和花鸟图案。床由矮条凳垫起，床前有“踏斗”（与矮条凳等高，有抽屉），两端放置床头柜。床上悬挂罗帐，犹如戏台，很是别致。看来他家还是比较偏向于古朴的房屋建筑与布局的，别有一番特色。我又抬头看了看横梁，我虽然不是木匠，但多少还知道点，也没发现什么异样。想想也是，郑家肯定找人看过了，又怎么会让我这个外行看出什么。

“怎么样，都看够了吧？可以走了吗？”郑周名做了个请的手势。

“你别激动，我没别的意思，去年我出席过你的婚礼。”我连忙解释，“我是个旅者，稍微知道些关于这方面的事，一来好奇，二来想看看我能帮点什么忙。”

郑周名没说什么，不过还是面带怒色。这时候一个女人从一间房里走出来，穿着米黄色外衣，扎着根发髻，手里拿着一碗卤面，皮肤很白，不过有些病态，面容姣好，五官清晰，但眉头紧皱，一脸忧愁。我想，这难道是曲红？

“周名，面好了，你吃碗再出去吧。”说着她把面递了过去，郑周名不耐烦地把手一摆，理也不理，径自出去了，留下那女人一人站着。

“您好，您是曲红吗？”我问道。她这才注意到我，惊讶地说：“是的，您是哪位？”

“我叫纪颜，去年我曾经出席过你们的婚礼，我一时好奇想再来看看。听说你们似乎有点麻烦事，我想看看能不能帮上忙。”我友好地看着她。曲红顿了顿，刚想说话，厅房里传来个尖厉的老人的声音：“我的东西呢？还不快过来帮我找！”曲红马上应了一声，然后抱歉地略低一下头，道：“这样吧，您先在这里坐一下，我去招呼下我婆婆。”我也点了点头，知趣地站在院子里。

过了些时候，曲红出来了，端着一杯茶。我们坐在院子的石凳上聊了起来。曲红说，结婚后家里就怪事不断，本想搬出去，但一时又找不到合适的地方。她还说到张富，曲红不相信张富会在屋子里做剋，他的师傅也就是曲红的父亲曾经告诫过张富，做剋绝不可为，伤己伤人，而且张富虽然为人性情急躁，言语间多有冲撞，可本性不坏。

“你就这么了解他？”我忽然打断她的话。曲红一惊，随即又说：“是的，我和他从小一块儿长大，我阿大把他当儿子一样看待，要不是那场病，我们可能早在一起了。”曲红的神色有点伤感。“但没想到，阿大还是在我结婚一个月后病逝了。他的身体一直很好的，却没来由地得了那病。”

我安慰了她几句，如果张富没有在房子里做剋，那他人呢？我向曲红告辞，决定去张富家看看。

凭着大致印象，加上路人的指点，我又来到了张富的家，可这里实在不能称为家了，连门都没了，倒是方便了我，可以自由地进入。同样，张富的家门内也有个院子，不过相比曲红家就小多了，但多了棵树。树上好像挂着什么。我走近一看，原来是只刚死不久的猫。整个院子满地都是叶子和垃圾，一股子酸臭味。这一带的人都喜欢养猫养狗，但猫和狗死后都不可以埋入土中，所谓“狗尸随水流，猫尸挂树头”。

身为一个木匠，张富的家里几乎看不到什么特殊精致的家具。虽然这里没人没门，但乡亲们还是自觉地为张富守着，大部分时候没人进去过，以前郑家来这里搜过，砸了点东西就走了。房子里面很安静，总共就里外两间套房，里面应该是他的卧室。在卧室的地上，我发现一只耳环，正好掉在了床边，我一看是银制的，做工很精致。我把耳环收起来，又到人群里打听了一下村长家的事和曲红家的事。原来村长和曲红的父亲曾经在解放后先后拜过福建著名的一位艺人为师，那个人精通房屋建筑和风水。不过“文革”结束后两人为师傅送殡后就再无来往了，后来村长曾经想为儿子说亲，被曲红的父亲拒绝了。我把打听到的事暗记下来，回到郑家新房。

这次郑周名回来了，他一见我就烦躁地说：“你怎么还在这里？”曲红连忙走出来说：“纪先生说想来帮帮我们。”我点点头。郑周名从鼻孔里哼了一声：“我倒是带你看过一次，你说说有什么问题？”

“曲小姐，麻烦把令尊的病情描述一下好吗？”我忽然转向曲红，仔细地盯着她。曲红愣了一下，看了看郑周名，郑周名不置可否地坐到了石椅上。曲红这才开始说。

“阿大的病来得很凶，就一晚上突然说不了话了，开始我们以为是中风，但他开始头痛，每天都抱着头。阿大不会写字，后来去医院，医生说是什么脑血管梗塞，但阿大一直摇头，我也不知道什么意思，张富那时候经常帮着我照顾阿大。”这时曲红回头看了看郑周名，郑周名一点反应也没有。

“阿大经常拉着张富的手似乎想说什么，但他根本没办法说话。后来医疗费越来越贵，然后——”曲红突然不说了，低着头。一边的郑周名终于跳了起来，冲过来一巴掌打在曲红脸上，暴跳如雷地指着瘫倒在地的曲红骂道：“你还想说什么？说我们家拿钱逼你嫁我吗？我就知道你不是心甘情愿。当初别嫁啊，去和张富私奔啊。你看看你来我们家后这个家变成什么样子了？我奶母和阿大都病成什么样子了？我那个破公司都快倒闭了，全都是你个瘟神害的，你倒还有脸在外人面前说。”说着一边骂一边拿脚踢，曲红捂着脸哭着在地上闪躲。一下子外面围上了很多人。

我实在看不下去了，上前抓住郑周名：“够了，我有些话想和你父亲说。”郑周名奇怪地望着我。我把曲红拉了起来，再走到门口把看热闹的人哄散。

“我阿大身体不好，不见外人。”

“我可以治好他。”我笑道。郑周名惊讶地望着我。我当然是骗他，因为我要直接和村长说话，只好骗骗他。

“你真有把握？”郑周名狐疑地望着我。“当然，说不定连你母亲都可以治。”郑周名考虑了一下，再次把我领了进去，不过这次是来到了内房。

里面有间小房间，我一进去就听见有人剧烈地咳嗽。床上躺了个老人，我心想按理村长应该也就五十多岁而已，怎么老得像七八十岁一样。床上的人见我进来了，责备地对郑周名呵斥道：“你叫外人进来干什么？不是说了，我谁也不见吗？”

“阿大，他说可以治好你的病。”郑周名在父亲面前倒是很老实。

“你是郑村长吧。”我走过去，站在他面前。他的相貌走近看更是吓人，全身皮肤都松弛了，眼球几乎突出来了，整个面部瘦得和骷髅没两样，手上还有很多老人斑。我对他说：“我们单独谈谈吧，能让您儿子出去吗？”郑村长挥了挥手。郑周名嘟囔了一句，走出去带上了门。

房间里只剩我们两人了，我毫不避讳地直接问他：“曲红的父亲也就是你的师兄弟，是被你做剋害死的吧？”

躺在床上的村长浑身一震，支撑着坐了起来，气喘吁吁地说：“我都这个德行了，骗你也没什么意思。没错，曲师弟是我害的，他也知道是我下的手，我怕他说出来，所以用了封言术。”

“封言术？”我问道。

“哼哼，我在他床头枕下的木板上放了一个小人，小人喉咙处用木钉钉住，然后用紧箍咒法。但我没打算害死他，本来打算一个月后就为他解术，不料他突然死了，我也着实内疚了很久。”郑村长说了一会儿，就剧烈地咳嗽。

“紧箍咒法？”我惊问。“紧箍身，紧箍身，咒带随身，紧箍带在邪法师脑壳上，即时箍得头破眼睛昏，西天去请唐三藏，南海岸上请观音，天灵灵，地灵灵，紧箍紧咒降来灵。谨请南斗六星、北斗七星，吾奉太上老君急急如律令？”

村长不屑地说：“你说的不过是现在外面的俗本而已，光会咒语是没有用的，还必须练会使用的方法和符咒。不过，你居然也知道《鲁班书》的法咒。”

“我对这些比较感兴趣，否则也不会来多管闲事了。而且你应该也知道自己也被下了咒吧。”

“当然，就是这房子，不过搬不搬无所谓了，被下了镇物，我即便离开也没用。当时我疏忽了，我仗着自己精通这类东西，没把张富这小子放在眼里。没想到他还是玩了花样。”村长一生气，喘气就剧烈了。

“你居然也会不知道？”

“当然，师傅传我们的《鲁班书》分了两册，一人一册，上面咒法解法互相克制，以示两人不要争斗。不过封言术是我拜师前就知道的，所以他没办法解紧箍咒法，解法是要念动咒法的。”

“你难道不知道施术会缺一门吗？害人害己啊。”我叹道，看看他也觉得蛮可怜的。

“说老实话，对师弟我也是第一次用，以前师傅总是偏向他，加上本来想让我儿子娶他女儿结为亲家，没想到他一口拒绝。这次一怒之下做了错事，现在后悔也晚了，所以落到现在这个田地也是报应，不过祸及家人，我很难过。”他说着居然两眼落泪。

“如果是张富在房子上做剋的话，那他一定是继承了曲师傅的那部《鲁班书》了，就算你知道也解不开啊。”我在房子里转了一下。村长再次躺了下去，没有再出声，他仿佛是看着别人慢慢折磨自己却无法抵抗，这种等死的感觉非常折磨人，死不可怕，等死最可怕。

“除非你可以找到真正的另外半部《鲁班书》，而且你没被什么人施封言，应该可以解掉吧。”村长听出我话里的嘲讽，默不做声。我感到有点失言。“我觉得张富不会离开这里，或者说他不会离开曲红。”我看见曲红走了过来。

“如果你愿意，我希望你能联系一下张富。”我对着曲红说，说着把耳环拿出来。

曲红吃惊地看着耳环，下意识地用手摸了摸耳朵。

“你掉了一只耳环，怕被发现，只好用了另外一对，我估计应该是你婆婆的吧。耳环是在张富家找到的。你最近去过那里？”

曲红没有吭声，郑周名又冲了过去，骂着脏字想去打她。不料这次曲红居然躲开了，而且非常敏捷。郑周名没准备，一下子扑空摔到了地上。

“你以为我真会老实到成了你的人肉沙包？”曲红换了个口气，冷笑着看着地上的郑周名。郑周名也非常诧异。

“把张富叫来吧，把术解了，没必要再折磨别人了。”我劝她。曲红望着我：“我以为你是个好人，所以没有对你怎样，没想到你也站在他们父子一边。没错，我和富哥在他家偷偷见过，就在上星期。其实一年前我们就知道是郑村长害死了我阿大，但我们没证据，村里的人根本不会相信我们。张富知道，其实他想促成儿子和我结婚，不过是想把两本《鲁班书》一起据为己有。他以为我知道阿大把《鲁班书》藏在哪里，其实他不知道阿大早就把书传给张富，然后就毁掉了，并且一再叮嘱张富不要把书里的内容告诉村长。所以张富在我婚礼结束后，就一个人背井离乡出去了。他临走的时候告诉我，封梁的时候他已经下了镇物，而且他们谁也察觉不出来。”

“是那个袋子？里面没有什么啊，都是些讨吉利的东西啊。”郑周名说。

“哼，关键不在于袋子里的东西，而是袋子。”门边慢慢走进来一个人，我感觉很熟悉。

“富哥！”曲红向那人喊道。

“张富！”郑周名站起来想扑上去，但看看张富比他整整高大一圈，只好握着拳头站在原地狠狠地看着他，“你终于肯出来了啊。”

“我要带曲红走，她这一年受够了，所有的事就算了。你阿大已经得到应有的报应，我会去解开术，我不像他，直到害死师傅都不住手，那样到头来只会自己有报应。”

“张富，你以为你能走得掉？”我感觉背后一凉，似乎被什么东西砸了一下，然后失去了意识。

醒过来的时候，我发现我和张富、曲红被关在一个房间里。郑周名父子居然就站在我们面前，特别是那位原本病入膏肓的村长居然身体健康地站在那里。

“你是装的？不可能，我明明……”张富惊讶地望着村长。

“你下的镇物我早知道了，袋子有两层，里面那层是黑色缎子制成，绣有夺取生魂法，主屋主借寿，也就是未老先衰。可惜我正好当年偷偷翻阅过师傅的册子，别的没记得，单记得了这个术的解法。不过你还真毒，我要是解不开这个，我死了后就是我儿子，我儿子死后就是我孙子，直到家里男丁死光为止。”

“当然，要不怎么要用缎子应‘断子’二字呢。”张富说。

“现在你没什么想法了吧，我装了这么久，无非想引你出来。把上册《鲁班书》交给我。”张富不语。郑周名马上扇了他几耳光。我看不下去了。

“村长，原来你在房间里不过是演戏啊。但你也该知道，你害死师弟，又这样对待他的女儿和徒弟，真不怕报应？何况‘缺一门’是使用《鲁班书》必然的结果。”

村长望了望我：“我的确在骗你，因为我知道你很聪明，如果被你揭穿，张富说不定不敢出来了，你的话从另外一个方面让他们自己跳了出来。不过我不会加害你，等张富交出那册书，我会把你们都放了。”

“书是师傅的，我不会给你。”张富咬着牙说。

“好，你不给我就先杀了这个外地人，再杀曲红，我有很多方法可以不留痕迹地要他们的命，这点你应该很清楚，然后我还可以慢慢折磨你。”村长眯着眼睛看着张富，张富的鼻子气得一扇一扇的，他咬着嘴唇，作着艰难的选择。

“我不明白，你集齐两本《鲁班书》到底要干什么。”我问道。

“两本《鲁班书》在一起，可以参透很多玄机，你这样的外行人根本不会明白。甚至可以得道飞仙，再不济，我也可以找到一块真龙福泽之地下葬，我的后人会大富大贵，哼哼。”说着，村长几乎自我陶醉起来。

“好，我把书写给你，包括咒法和练习方法，但你要答应放我们走。”张富最终妥协了。

“当然，我也不想做得太绝，凡事留一线，日后好相见嘛。不过你要是敢骗我，我饶不了你。”村长威胁道。

果然他们如约放开了我和曲红，但手还是绑着，被郑周名带了出去，原来这是他家的地下室。

张富和村长一起走进一个房间。我和曲红则被赶到了院子里。过了很久，张富走了出来。村长也高兴地走了出来，手里拿着一沓纸。

“滚吧，别让我再见到你们。”说完，村长拉着郑周名进去了，郑周名看着曲红，眼里充满愤怒和不舍。

“走啊，以后富贵了还怕没老婆？这个贱女人不要了！”村长强拉着郑周名进了屋子。

“你真告诉他了？”我问张富。张富点点头：“他要是知道是假的，我们逃到哪里都没用，五鬼术很容易查到我们，到时候他真会杀掉我们，就像他害死师傅一样。”

“富哥，算了，阿大的仇不报了，我们走吧，去外地重新开始。”曲红依偎在张富怀里，边哭边说。张富一边安慰曲红，一边说：“放心，师傅的仇要报，不过不是我们，他会得到报应的。”说完和我告辞后，张富带着曲红离开了。

郑家大门紧锁，估计郑氏父子正在那里研究呢。我也离开了那个村子，后来也没了张富的消息，不过我想他和曲红应该会生活得快乐。

纪颜说完，车子便停了下来，我一看，已经到了。我们两人从车上下来，到刘伯家还有段路。

“那后来呢？”我对郑氏父子很感兴趣。

“后来？呵呵，那位村长根本不知道，就算是他师傅也不敢把两本《鲁班书》的内容都学会，当年一人一本不是为了怕他们相争，而是为了他们的性命着想。要是硬要学习两本内容，大多数人会陷入其中，在疯癫中死去。那个村长也不例外，当然，还有那个郑周名。这就是张富说的报应吧。”

“原来如此。”我看了看前面，刘伯的家已经到了，高高耸立的新房甚是漂亮。

“凡是做刻的人都要仔细想想，害人终究害己啊。”纪颜看着房子发出一句感叹，“走吧，我想你母亲可能都等急了。”

第二十一夜
双界湖

“两人的皮肤已经被泡得惨白，就像是被盐水腌过的海蛰皮一样，几乎半通明，在早上阳光的照射下泛着亮光……”

刘伯的房子建得很不错，纪颜看了看，不过提出了些如何归置家具、房间布置之类的小问题，像家具的占地总面积不能超过房间的面积一半啊，否则不利于空气流通。

乡下的空气甚为清新，大家都忙着祝贺刘伯建造新房，我和纪颜不太习惯热闹的场合，向母亲说了声，待吃饭我们再回来，这段时间想好好看看这里的风景。

我们两人随意走了走，这时一个神色匆忙的年轻人拿着渔具头都不抬地从前面跑过来，差点撞到我。我抓住他，好奇地问：“怎么了？”

他被我拉住，有点着急，身材太瘦弱，一时又挣不开，只好老实说：“快放手，那边的湖里跳出好多活鱼，去晚了就都被人抢了。”

“哦？鱼自己从湖里跳出来了？”纪颜也凑过来奇怪地问。

“是啊，我好不容易回来拿东西装鱼，你们快松开吧，要不我们一起去捞吧。”他说着顿了顿脚，带着央求的眼神望着我们两个。我看了看纪颜。

“走，去看看，离吃饭时间还早。”纪颜抬头看了看太阳，做了个去的手势。我放开年轻人，三人一齐来到他所说的湖。

这个湖不大，湖面清澈，没想到已经站了很多人。果然，我们走近一看，很多鱼像发疯一样拼命地往湖岸游，或者跳出湖面，场景非常壮观。旁边的人都乐开了花，老的少的都拿着袋子、衣服或自家的脸盆捞鱼。那年轻人也顾不得我们了，一边喊着慢点慢点，一边冲向湖去。我觉得，在场的捞鱼的人比鱼更疯。

我们站在旁边，想等他们稍微冷静些再问个究竟。不料人群中忽然叫了起来，开始是一声尖锐的喊声，似乎是个女人，然后是一帮人去围观，接着大家一阵欷歔声。我们赶紧跑过去看。

原来湖边浮起两具女尸。

是女尸也就罢了，问题是她们的样子让人觉得有些不舒服。两人的皮肤已经被泡得惨白，就像是被盐水腌过的海蜇皮一样，几乎半通明，在早上阳光的照射下泛着亮光，湿透的衣服紧紧粘在身体上，从身材来看应该非常年轻。最令我觉得不解的是，她们双手环绕住对方，抱得死死的，两人的手指几乎已经完全抓进了对方的后背，如钉子一样。脸紧贴在一块儿，一起望着侧面，脸上是一种临死前非常恐惧的神情，嘴巴张开，空洞洞的，眼球几乎完全凸了出来。

这时候已经有人去请人了，在场的年轻人居多，有大胆的已经把尸体拨弄过来，但两具尸体像焊接在一样，已成为一个整体了。这时看得更清楚一些，一个女孩梳着长辫，粗如麻绳的辫子缠在脖子上，鹅蛋脸，细眉高鼻，体态较另一个略微丰满，不过也可能是被水泡的，身上穿的似乎是夏装，短袖的格子花衬衣和海蓝色的长裤，不过鞋子没了，衣服也已经有些退色。另外一个是短头发，圆脸，额头很宽，穿着和刚才那个相似，不过她苗条些，生前应该是个很可爱的姑娘，但她现在的样子让我觉得很不舒服，因为她的嘴巴里面好像有很多黑泥。

“你怎么看？”我问旁边默然不语的纪颜。他一直盯着尸体，眼睛都没眨，我真佩服他的忍受力，因为我已经有点想吐的感觉了。

“很奇怪，她们不像是淹死的。”他突然嘀咕了一句。

“那她们是怎么死的？”我忍不住问道。纪颜不说话，我想可能他没接触到尸体，无法断言。不过想想也是，这两人身上穿着的是夏装，现在都快圣诞节了，这么长时间在水里既没有被泡得非常肿胀，身上也没有腐烂或者鱼虫啃咬的痕迹，实在太不正常了。

没过多久，看样子是当地的警察来了。另外还有很多村民赶了过来，其中有个四十来岁表情痛苦的女人拨开围观的人群，还高喊着：“是我儿吗？是我儿吗？”人群纷纷让开。中年妇女一看见尸体就呆立了几秒，然后哇的一声扑倒在尸体上。人到最悲伤的时候不是用哭来表达的，是哀号。

周围的人小声议论着，我扯了扯旁边的一个人的衣角。

“这女人是谁？躺在那里的是她女儿？”

那人叹了口气，缓缓说道：“她叫民婶，是民叔的老婆，地上那个留辫子的是她女儿。不过——”他突然停住了，似在犹豫，又有点恐惧地说，“她女儿是去年夏天失踪的，当时也以为是在湖里，捞了很久没捞到，民婶就魔怔了，整天见人就拉住诉苦，和祥林嫂一样。没想到，尸体这么久居然又浮上来了。”

“和民婶女儿抱在一起的是谁？”我又问。

“是她女儿的同学吧，两人经常一起玩，可她们两个水性都应该是极好的，而且这湖并不深啊。”说着，他又长叹一声，不再说话了。我绕开人群，发现纪颜不见了，四处找了找，发现他居然在远处岸边上发呆。

我走过去拍拍他，纪颜望着湖说：“湖有点奇怪。”

“奇怪？不会啊，虽然我来得少，但知道这湖已经有些年头了。这一带的居民经常在这里取水，夏天在这里嬉戏，现在很难得有这样还没被完全污染的湖了。”我看了看还算清澈的湖水，把刚才知道的情况都告诉了纪颜，他挥挥手。

“走吧，我们再去问问一年前这里的夏天到底发生了什么。”他的老毛病又上来了，不过这也是我的毛病之一。

问了好些人，回答都不是很完整，不过把每个人的叙述拼凑起来，我们还是有了个比较完整和满意的答案。

去年夏天，这里发生了严重的干旱。我还有印象，记得温度出奇的高，又连续数月不曾降水。城市里还稍好点，听母亲说这里大部分田地都枯竭了，农户们亏损了很多。这个湖也不例外，本身就不是很大，所以也干涸得厉害，成了个小水塘。夏日炎热，自然有很多孩子想来这里玩耍，但被村民们禁止了，毕竟万一要老不下雨，庄稼枯死也罢了，人总是要喝水的，所以大家派人连续值班，守着那点可怜的水源。

即便是这么点水，也成了附近人争抢的对象。别的村子的人经常想来借水，说是借水，倒不如说是赖水更合适，大家当然不同意。于是两村间的械斗开始了。为水源打架甚至伤人死人，在这里已不是什么新鲜事了。

不过好在事情没有升级。大概天气太热，大家连抬手揍人的气力都没有了。村子里依然每天派人守着湖，怕被别人哄抢，每天都有专门的人负责分发给大家一天的基本用水。

出事的那天正好是大暑，正是炎热的时日。民婶的女儿叫华华，那年刚读高一，放了暑假，孩子自然闲不住，即便外面太阳烤得空气都呈白色了，她依旧叫了另外一个同学也就是尸体中的另外一人，去了湖那里。

这个湖已经存在很久了，谁也不知道这个湖是什么时候有的，不过像这样干旱以至几乎把湖底都露出来的时候从未有过。

当天值班的正是刘伯。

刘伯说他看见了华华和她同学，两人想在湖里玩玩，被刘伯哄走了。湖虽然干涸了不

少，但要淹死人是足够了，再说在湖里戏耍被人看见也不好。后来刘伯困了，在休息的草棚里睡着了。

那天晚上，民婶就在找自己的女儿了。开始大家都以为她到外面野去了，但等到十点多还没见人影，民婶开始着急，于是求着大家帮忙寻找，大家打着火把四处喊着。最后有人提议去湖边看看。

在湖边找到了华华的一双鞋，民婶开始哭了，虽然已不抱希望，但尸体如果真在湖里，大家也觉得不舒服，在这里是极忌讳人死在水里的。但晚上太黑，大家只好安慰民婶，并且派了三个水性极好的人下湖找尸体。奇怪的是，这么大点的湖居然找不到尸体，大家只好放弃。民婶也一直神神道道的，大家都不知道华华和她同学到底去哪里了。

我们所了解的事情经过就是如此。我和纪颜觉得最奇怪的，莫过于那两个女孩当时到底怎么了，或者说她们的死因如何。

尸体已经被运走了，所以说想知道死因恐怕要等一段时间。纪颜说："不如我们去找找当时下湖的那三个人吧。"

我们回到刘伯家里，草草吃过了午饭，并向刘伯询问了当时下湖的几个人。有两个外出打工了，剩下的一个很凑巧，就是今天早上我们遇见的那个急着捞鱼的年轻人。

我们这才知道，年轻人叫德贵，初中毕业就回来务农了。他和华华还是初中的同学，不过华华上了高中后两人就生疏了，以前还是很好的朋友。

看来他今天似乎受了点打击，我们找到他的时候，他正窝在家里，半坐在床上。

"华华死得太惨了，她的样子老在我眼前晃悠。"德贵这样说，浑身还在颤抖，或许太熟悉的人死在面前，人多少有点接受不了。

"去年夏天你下湖去捞华华了？当时湖应该比现在小多了啊，怎么会没看到？"我问德贵。

"别提了，那次差点吓死我了，和我同去的两个也吓得不轻。"

"哦？说说，到底怎么了？"纪颜皱了皱眉头，搬了个竹凳坐到他旁边听他叙述。

"那天民婶几乎急疯了，死命拽着我的衣服，求我赶快下去。我们跳下去时就觉得不对劲。"

"是不是觉得湖水非常冷？"纪颜插话问。德贵停了下来，打量着纪颜："你怎么知道的？是啊，虽然湖水会比外面低几度，但是那水也太冰了，扎骨头，好像只有几度一样。我们冷得够戗，但还是在里面找了起来。我往湖中心找，他们两个则往两边。

"他们看见什么我就不知道了，往下潜的时候我感觉四周越来越暗，不过还是看得见东西。湖水相当清澈，但四周根本没有华华的影子，我们几个上去换了口气又继续找。

“我感觉越往湖心游就越冷，当我想放弃的时候，耳边隐约听到了什么，我停了下来，的确，我听到了华华在喊我的名字。

“当时我应了一声，但四周根本没她的影子，声音变得非常弱，我只当是自己听错了，加上气也不够了，就往上游。这时候脚感觉被什么勒住了，回头一看是只人手。”

“人手？”我和纪颜惊讶地齐声问。

“是啊，我也吓个半死，那手不知道从哪里出来的，不像是断手，就好像是从黑暗里忽然伸出来的一样。这时候我死命往外拉，手的力量并不大，慢慢地我居然把手从那种黑暗里拉了出来，足够我看清楚了，那是华华的半边脸。

“我只看得见她的半个身体，另外半个就像处于黑夜里一样。她央求地看着我，神情很可怜，嘴巴半张着。我听不见她说什么，但从嘴形看得出在喊‘救我’。

“这时候我已经快憋不住了，我不停地想把脚抽出来，蹬了几下后，华华放开了，我看见她重新被拖了进去，很快就完全消失了。我顾不得惊讶了，因为再不上去我就会憋死在湖里。上去后我没告诉任何人，这种事告诉别人也没人相信。我推说湖里什么也没有，另外两个上来也说没发现。后来我瞒着他们找了个道士帮我做法驱了一下邪，也就慢慢忘记了。早上听说有鱼从湖里出来就拿着东西想去装点，这不遇见了你们吗？但我没想到华华的尸体居然浮了上来。你们知道吗，当时看着她的脸，我几乎快崩溃了，我马上想起了她抓着我的腿要我救她的样子。她会回来找我吗？会吗？”德贵忽然掀开被子，两手抓着我的肩膀大声问道，我被他问傻了。纪颜赶紧按住他，并用手掌盖住他的眼睛，扶他躺下来。

“没事了没事了，你现在一点事也没有。深呼吸，深呼吸，尽可能地放松。”德贵慢慢平静下来，躺在床上。

纪颜把我拉出来。“会潜水吗？”他忽然问道。我答道：“会游泳，不过潜水没试过。”

“应该还行吧你，以前抓水猴的时候，你不是很厉害吗？”纪颜笑了起来，然后看了看时间。

“一点钟，阳光不错，这个时候下去最好。你回去准备一下，十五分钟后来湖边找我。”他说着自己走了，我还来不及说话，只好嘟囔着先回刘伯家。不过问题是德贵是夏天下去的啊，现在可是冬天啊，真要命。

现在的温度大概有6摄氏度，我庆幸自己还在南方。我拿了一瓶当地的土产白酒和一条宽大的干毛巾来到湖边。刘伯和母亲在家里聊天，我以想回归自然去冬泳的借口拿了上面说的东西，然后步行到湖边，刚好十五分钟。现在和早上的情形刚好相反，空旷极了，只是还能看见几条鱼挣扎着跳上岸来，然后活活死掉。

我小心地避开死鱼，看到了站在前面的纪颜。他笑了笑：“拿这么多啊，还拿了白酒？”

“喝点御寒。”

“别直接躺了。”说着他开始脱衣服。我也把外套脱了，那个冷啊，每脱一件跟受刑一样。没多久，我们就像两根香肠一样站在寒风中。我使劲灌了一口，好辣，土产的酒似乎度数不低。

纪颜倒像没事人一样。“你不冷吗？”我问道。

“没事，我以前经常冬泳。”我们稍微活动了一下，进水了。刚进的时候真是痛，是的，不是冷，是痛，感觉像割肉一样，而且明明难受还得往下游。刚进去的时候生不如死，过了一会儿酒力上来了，加上身体也麻木了，稍微好点了。纪颜在前面，我在后面。湖里面到处漂浮着死鱼，有的差点碰到我脸上，水里已经有一股很难闻的气味了。几分钟后，我们浮了上来。

“不行，温度太低，这样潜很难到湖心。”我喘着气说。纪颜也说这样太勉强了，毕竟现在的湖不比夏天干涸的时候。我们决定先上去，看能不能找到有关部门借到一套潜水的专业装备。不过说得容易做起来难。我们决定先回去，搞两套潜水服，顺便也打听一下华华的尸检结果。回去的路上，纪颜一直没说话，似乎在思考什么问题。

“在想什么？”我问。

“没什么。那么多鱼跳出湖面仿佛在逃避什么一样，其实出湖它们也是死啊。”纪颜回答。

“那不一样的，有时候可以选择自己的死亡方式也是件好事。”

“自己选择死亡方式的确要比掌握在别人手里要好得多。”纪颜若有所思地点点头，接着看着窗外的风景就不说话了。回到城里，我们就赶到一个潜水用具专卖店，这个店是一个潜水爱好者俱乐部投资开的。当然，我们找到了想要的东西，配备了最基本的一套，包括面镜、蛙鞋、潜水衣、氧气瓶、气压计和深度计。如果说到潜水装备中最重要和最贵的装备，那么非呼吸调节器莫属了。它的作用是将气瓶内受压缩的空气降压成我们平时呼吸的空气，并确保只有当潜水员吸气时，空气才会从呼吸调节器中放出。其中，一级头是直接和气瓶相接的，二级头备用，还有仪表全部接在一级头上，当然，还有两盏水下照明灯。

好家伙，这两套装备买下来居然要五千多块。我们和老板商量了一下只是租借一天，他很不情愿地收下了我们的押金，并且叮嘱千万不要搞坏了，我们点着头走出了商店。尸检报告最晚也要明天下午才能出来，我们好好休息了一晚，第二天一早又回到了那个湖，我们等到水温最高的时候才下去。

下去前，纪颜在我腰上拴了一根绳子，以备不测。穿了潜水衣的确好多了，与昨天裸泳相比差别太大了，虽然还是冷，但已经可以适应了。瓶子的氧气足够用半小时，我们往德贵所说的湖心游去，这时候整个湖里面已经看不到活的东西了。深度计显示我们在大概十四米深的水下，这个湖估计不会超过二十米，我们很快就可以到湖底看看到底有什么。纪颜把拇指向下，做了一个下去的手势，我们加速下潜了。

越往下越暗，而且旁边的声音越来越刺耳，仿佛哀鸣一般，我奇怪这里怎么能听见声音。湖水的温度也急剧下降，已经只有零上三摄氏度了。

深度计还在显示，我和纪颜依旧在下潜，似乎这个湖底根本就深不可测。

超过二十米了，但根本没有见底的意思。氧气已经用去三分之一。我稍微停了下来，打开了照明灯，灯光很足，我看见纪颜也停了，我在想到底要不要继续。纪颜也看着我，然后又往下去了。我无奈地摇摇头，知道他绝对不会半途而废的。

三十七米了。我无言了，纳木错咸水湖最大深度也才三十七米，但现在这里还可以下潜，难道这根本就是个无底洞？灯光照到的地方不多，像黑雾一样，不过仍然可以看见纪颜一直在往前游。终于，到四十米的时候，纪颜停下了。我看见纪颜没有再动，他居然做了个上去的手势。的确，再往下我们的氧气恐怕无法支持返回了。回头的一瞬间，我好像感觉头顶上有什么东西正飞快地冲下来。

我下意识地把灯光照过去，并转过了头。我面前出现的是一张人脸，德贵的脸。那脸明显毫无生气，和华华的尸体一个样子。最令我吃惊的是，他正好对着我的脸，我们两个几乎鼻子贴到鼻子了。灯光照射下的他显得更加狰狞，我慌乱地想闪过去，但他下来的速度非常快，我被他撞到了，而且飞快地往下坠落。旁边的深度计还在往上跳着数字，德贵像一枚导弹一样顶着我往下坠落。我心想这下完了。这时候腰间一紧，接着是一阵拉拽感，我好不容易把德贵移开了，然后趁着氧气还能维持的时间往上浮。还好这根尼龙绳救了我。

我回头看了看德贵，他就那样像秤砣一样沉了下去。氧气用完前，我们终于浮了出来，能再次看到阳光感觉真好，这里和刚才的水下根本是两个世界。

等我惊魂未定地坐在房间里，我才想起来问纪颜。纪颜擦了擦头发，对我说："德贵死了，和华华一样。"

"到底怎么回事？为什么湖底居然那么深？"我端起杯热茶，咕咚喝了一口。

"那不是湖底，或者说不完全是湖底。去年华华遇见的应该是类似的事，不过当时可能她正好被卷进去了。这种湖被称为双界湖。"

"双界湖？"我不明白了。

"我们这个世界和那个世界往往存在很多连接点，这些连接点是移动的，而且是没有任何规律的。只要它出现，如果旁边有生物的话就会被吸进去，像黑洞一样，然后等待下一次再次吐出来。你听过龙卷风吗，龙卷风在这个城市卷起的东西会到另外一个城市落下去，例如硬币雨之类的。”纪颜继续解释道。

“我明白了些，但德贵呢？”

“他那个时候本就应该被吸进去了，不过他应该是刺激过度，然后在我们下来之前就投湖自尽了吧。或许一段时间后，他的尸体会再次在什么地方浮现出来。”

“那是不是以后这个湖都会这样？”

“不知道，或许会，或许会移动，人体突然消失的事情有很多，甚至包括几百上千人，抗日战争的时候不是有一支日本部队突然一夜间完全消失了吗？我估计他们遇见了连接之处了。如果我们当时一直下去的话，就算氧气用完也到不了底的。”

“底下到底是什么？”我把茶喝完，问了最后一个问题。

纪颜擦净头发，把毛巾搭在头上，笑了笑，露出一排雪白的牙齿：“这个我就不知道了，或许若干年后我们都会知道，不过反正现在还不是时候。”

华华和她同学的尸检报告也出来了，没有任何伤害，也不是溺死。医生只说属于急性心脏麻痹。

很可惜，潜水服在归还的时候老板还是发现了小小的损伤，好说歹说，还是赔了点钱。不过，他要是知道我们穿着潜水服去了哪里的话，他恐怕就不会要了。

第二十二夜
魔术

“我把塑料袋套在他头上，我没有杀他，只是不停地问他，问他活着是否还有意义，问他像怪物一样地活着还有什么意义。”

“唐贞观末年，长安妖气纵横，多方术士集结于城，设坛作法，以至民心恍惚，民智钝结。唐太宗斥之为魇胜之术，并下令废止，其法列入唐律。”我停了下来，放下书，难道真有魇术吗？从湖里回来纪颜，通知了当地村民，湖里的鱼大都死尽，不要再接近那个湖了，除非发现湖中重新有活物生存。这几天比较忙碌，大家见面也少了，每次想约落蕾出去吃饭，却总被她以工作繁忙为借口拒绝了。马上就要圣诞节了，或许那天她应该有空吧。

手头的工作已经忙完，我伸了个极长的懒腰。下午有些时间，大家可以聚聚吃个晚饭，说起来也有日子没看见李多了。刚想到这里，就接到了她的电话。

“编辑同志，天气这么冷，晚上我们约上纪颜哥哥和落蕾姐去吃火锅好吗？”她的声音依旧俏皮，有让人听了就为之一笑的感觉。我问她是否已经告诉了落蕾，她说已经说了，落蕾也有空，这下我听了就是心头为之一震了。挂上电话，我坐在电脑前期盼着早点下班。

虽然觉得时间走得很慢，但窗外的天色已经渐渐黑下来了。我拿好衣物，去接落蕾，顺便和她一起去“季季红”。这个火锅店是当地最大最有名的了，冬天几个朋友聚在一起吃吃火锅聊聊天，恐怕没有比这更好的了。

到的时候纪颜和李多已经在了，互相寒暄了一下。李多高兴地摸着自己的耳朵，指着对我说：“你看，我又加了两个耳钉。”我一看，果然小小的耳朵上扎满了耳洞，几乎快连成一线了，我摇头苦笑。或许她所追求的我实在难以理解。倒是纪颜不置可否地看了看，接着点菜去了。李多有些不悦，但很快吃的上来后，火锅的蒸汽就把她的不高兴全熏走了。落蕾显得有点疲惫，话虽不多，但看得出还是非常高兴的，和李多有一搭没一搭地聊着。

吃到一半，大家便聊了起来。我想起那个魇术，问道："魇术到底是什么啊？有什么用吗？"纪颜正把一片雪白的羊肉夹起来，听到问话便放下筷子。

"魇术是有的，古时有时候指的是那些江湖艺人的表演手法，也就是魔术，但也有人说魇术是妖术或者邪术。野史说，康熙皇三子胤祉揭发当时的大皇子胤禔对当时的太子，也就是康熙的二子胤礽实施了喇嘛的魇术，使其心智大乱，结果被康熙废掉，不过这都是传言。其实在我看来，后来的魇术很可能是一种比较高级的催眠术。"纪颜说完想再去夹那块羊肉，发现已经被李多吃掉了，李多还朝他做了个鬼脸。纪颜只好又去涮一块生羊肉。

"后来呢？"我问。

"魇术起于殷商盛行于唐，然后慢慢衰败了。"果然和书中记载的一样啊。

"那你有没有见识过真正的魇术呢？"落蕾忽然问了一句，纪颜被问住了，还真是少有呢。他笑了笑，不做回答，这下倒是李多急了，不停地拉着纪颜的袖角。

"说啊，说啊，有没有呢？"

"怎么说呢，我只是从上一辈那里得到过一些关于魇术的传说。我的祖父对这些方面非常有研究，但也仅仅限于研究而已，因为他认为有些东西是人力无法涉及的。当然，我的父亲并不这样认为。"第一次听到纪颜说到他父亲，我们都很惊讶，他极少提及他父亲的事，即便是李多，也只是偶尔见过纪颜的父母两面。大家都放下筷子，听纪颜述说，旁边虽然人声鼎沸，但我觉得似乎这一桌被隔开了一样。

"那时候我父亲比我现在稍年长一些，他对这类东西很感兴趣。魇术就是他当时极力寻觅的一种。虽然他从我的祖父那里得到了一些关于魇术的基本知识，但这些远远满足不了他的好奇心。所以，他做了个让我祖父非常生气和担忧的决定，就是去寻找魇术的真正传人。他并不知道，他这个决定会给他带来多大的转变。

"要寻找一个已经消匿一千多年的术谈何容易，甚至它现在到底存不存在都是个问题。父亲当时向学校递了张假条，请了一学期的假，功课对他来说不是问题，他需要的只是时间而已。半年对他来说是个'预算'，如果不够他需要先回去修满学分，再继续去找。就这样来来回回过了快两年，他居然还是如期毕业了。

"毕业后，他终于找到了一点端倪，多年追寻的目标终于有了结果。父亲了解到在河南，也就是殷商朝以前的统治中心朝歌附近生活着一个奇特的氏族，全部由女性组成，她们居然掌握着最古老的魇术。父亲决定去看看。

"那是1982年，父亲独自一人风尘仆仆地来到河南省淇县。作为曾经的一国之都，它已经没有了数千年前的雄伟壮丽。但父亲说，他一来到那里还是感觉到了无法磨灭的震撼，无处不在但又说不清楚是真是假的古代遗址时刻向来到这儿的陌生人提醒着它的价值。父亲在这里逗留了一天，就开始寻找那个传说中的女性氏族。

“据说，真正的魔术发源于太古时代的女性祭祀。在父权尚未形成的时候，女性占据着主导地位，祭祀这种神秘的仪式都掌握在女性手中，那时候男巫称‘觋’，‘觋’是‘巫’字的从属词，可见当时女巫的地位。所以真正的魔术只能由女性使用和传承，这也是父亲相信这个女性氏族掌握魔术的原因。

“他在淇县周围寻找了很多天，都毫无头绪。直到有一天，当地出现了一件非常奇特的事件。

“一位上了年纪的村民得了一种怪病，父亲觉得好奇，便立即来到患病村民的家里。”纪颜说到这里停顿了一下，然后接着说，“后来发生的事我觉得还是用父亲自己的亲口叙述比较好。”

（以下是以纪颜父亲的口吻记述。）

我来到了那位村民的家里，那是当地最简陋的民房了，是那种用简单的泥土混合着草木搭建的，到处都是脱落下来一片一片的墙皮，感觉仿佛随时会坍塌一样。但毕竟是感觉，这些房子还是伴随着使用者经历了很多风雨的。

住在这里的老人姓鲁，旁人都叫他鲁四爷，他参加过抗日战争，不过他是国民党的士兵，在解放战争的时候被俘又加入了解放军。经历“文革”后，老人仍然孤身一人。还好他平日待人平和，大家都把他当自家的长辈看待，所以，鲁四爷的房子里现在正围着很多人呢。

我慢慢地走到人群边，虽然他们很快发现了我并不是村子里的人，但在知道我是来看望鲁四爷的时候，还是非常友好地让我进去了。房子里面不大，却非常干净，几件简陋的家具收拾得井井有条。屋里非常暗，不过借着白天的阳光，还是可以看见躺在那张破旧的竹床上呻吟的鲁四爷。

如果猛地看见他的话，恐怕真会吓一大跳。他的头就像一个充满了气的红色气球，头发一根根直立着，像被拔掉了一些刺的刺猬，本来应该布满皱纹的额头反倒变得平滑凸起了，到处都是鼓胀突起的青筋，眼睛也合不上，充血如同红色玛瑙的眼球几乎都快涨出来了。

“大概多久了？”我走出来问旁边一个穿着得体、戴着眼镜、皮肤白净的年轻人。年轻人被我这么一问似乎略有不快，但还是一字一字地说：“我叫白杨，是这里的组织干事。”我有些好笑，心想又没问你是谁。

“我只想知道鲁四爷这样多久了。”我不客气地顶了一句，白杨的一张白脸有些发红，他推了推眼镜，稍微克制了一下。

“快一个星期了，开始只说头晕眼花，接着便开始头痛，去县医院查了，但也没查出个所以然。对了，你又是哪位？鲁四爷的亲戚吗？”白杨带着挑衅问道。我懒得答理他，鲁四爷的症状和传说里的魇术的一种“血冲”发作的特点很类似，大量的血积蓄在脑部，开始不会有太大反应，甚至很容易被理解为高血压，但时间久了就很危险，现在他的情况很不好，只有先暂时放血，再问问他到底是怎么回事。

（“放血？”我不解地问。纪颜说：“放血其实是一种疗法，对一些病痛有缓解作用，中世纪前也是最主要的医治方法。当然，它不是万能的，而且不能乱放，要从特定的穴道放，还要注意放血的量、时间等。”纪颜解释完，又接着往下说，依旧是以他父亲的口吻。）

还好我曾经研究过针灸，不过以我的医术，恐怕顶多只能让鲁四爷暂时恢复一下神志，但也应该够我去找病因了。我拿出自己带着的银针，这本是怕在旅行中发生意外自救用的，没想到居然派上了用场。

头部的放血非常讲究，我先让大家把鲁四爷搬出来，天气不错，晒一下太阳可以帮助血气运行，使放血更有效率。大概十分钟后，搬入房间，鲁四爷现在的状况是血管很脆弱，不适合用切斜静脉的方法，所以我只好用已消毒的银针刺他头部和颈动脉。头部及颈部放血部位有二十一处：金柱脉一处、银柱脉一处、枕骨脉二处、囟门脉一处、小尖脉二处、喉脉一处、舌脉二处、面颊动脉二处、眼脉二处、鼻尖脉一处、耳脉二处、颞脉二处、齿脉二处。银针数量不够，我只好依次扎下去。

由于比较烦琐，大概忙了有两个多小时，放出了两搪瓷碗左右的鲜血，因为怕他年纪大失血昏厥，我还特意准备了鲜牛血，以及凉水和绷带。不过效果很不错，一切都很顺利，鲁四爷的头部一下就小了很多，人也慢慢恢复了知觉，没有充血的症状了。大家非常高兴，纷纷过来感谢我，当然我知道，除了一个人，那就是白杨，他已经不见了。

鲁四爷还非常虚弱，我让大家帮我做了些活血补血的食品。又过了一小时，他终于可以开口说话了。

“大概几天前，我在做饭的时候就发觉有些不对了，但当时并没多在意。”鲁四爷慢慢地说。

“做饭？”看见鲁四爷好转了，邻居们都散了，现在只剩我和鲁四爷在。他先是对我说了些感谢的话，然后我询问他最近有没有什么异常情况。

“是啊，我感觉眼睛一阵疼痛，然后看东西都是血红色的，像罩了块红布，后来休息一下又好了，但发作得越来越频繁，而且经常做梦。梦中老是看见一个年轻女子，戴着一个古怪的面具，右手拿着一条两尺多长的青蛇，站在那里。旁边似乎还有很多赤裸上身的男的，也戴着面具，跳着奇怪的舞蹈，嘴里都说着我听不明白的话。我每次梦醒后都头疼得厉害，而且脸都红得吓人。”鲁四爷一边说，一边指着自己的脸。

我一听，脑子里忽然想到了《山海经·海外西经》记载着：“巫咸国在女丑北，右手操青蛇，左手操赤蛇。在登葆山，群巫所从上下也。”难道鲁四爷真的是中了自己辛苦寻找的魇术才患了“血冲”？

放血只是治标的办法，不到三天，鲁四爷马上又会犯病，而且会更厉害，最后的结果只会是眼球爆裂，五官流血身亡。我时间不多，必须找到使用魇术的人。

有记载，用魇术加害对方，一般都通过梦为介体，看来果然是真的，而且使用者不会离这里太远，只要在附近搜索一下，应该会有点收获。我抱着这样的想法到处打听有没有遇见过奇怪的女子，但毫无进展，很快就到了夜晚。

由于暂时治好了鲁四爷的怪病，我受到了大家的热情款待。在一户比较富足的人家里，我向他们询问，这里是否曾经有过什么怪人或者怪事。他们想了半天也没想出个所以然，最后一致说村里最怪的就是白杨父子了。

“白杨？”我喝下一杯老乡自酿的米酒，问道。

“是啊，你不是问我们这儿有什么怪人吗，我觉得他们父子俩恐怕是最怪异的了。”一个和我年纪相仿的年轻人神秘地说，旁边的人也随声附和着。

“是啊是啊，他们父子大概是二十年前突然出现在这里的，不过还算比较本分，虽然我们觉得奇怪，为什么不见孩子娘，但究竟是人家的私事，只是我们背后会议论些。”另一个长相憨厚的大叔嚼着一块肉说。

“这也算不上什么奇怪事啊，鳏夫很常见啊。”我随口答道。他们见我不在意，又着急地说：“这当然不算什么，不过他们父子俩，尤其是白干事的爹，总是蒙着脸，而且据说有人听过他说话，细声细气的，跟个娘儿们一样，很少出门，也不知道他这几十年怎么把白干事养大的。倒是白干事还算有点出息，高中毕业后来村子做了组织干事，工作还行，就是待人接物差了点，总爱摆谱，喜欢装样。他读书的时候没少受大家照顾，毕竟他是我们这里文化水平最高的了。”刚才的大叔喝尽一碗米酒，痛快地打了个长长的酒嗝。我暗自记下了，不过今天天色不早了，好客的老乡招呼我住下。我决定第二天就去白杨那里看看，或许能有点什么收获。

第二天，我按照他们的指引来到了白杨家，我特意等他出去上班才过去拜访，原因很简单，实在不想看见他那张脸。

白杨的家并不比鲁四爷家好多少，不过到底还是干事，虽然旧，但不破。河南气候季节变化极大，雨季丰富，六月份后阳光照射又很强，大多数砖瓦房子在冲刷暴晒后都变成泥墙。白杨家的房子似乎是用石头堆砌而成，非常光滑。门是木制的，上面还有已经发白的门神贴图，不过都掉得差不多了。周围这么大一块地就白杨家一户，看来他们父子是不大喜欢和人相处。

我在门外喊了几句“有人吗”，过了许久，门嘎吱一声被打开，但只开了一部分，刚好够露出一个脑袋。我正疑惑怎么没人，于是弯下腰把脑袋凑过去想看看，结果一双眼睛从里面对过来，我和里面的人打了个照面，眼睛对着眼睛。

我没见过那种眼睛，或者说眼球更恰当，以至于我当时呆滞了几秒，但我很快意识到自己再这样看下去会有被催眠的危险，立即直起身子，逃离了对方的眼神。我几乎不敢相信，因为那眼睛的瞳孔是细长的，像什么动物一样。

“您是白大叔吗？”我友好地伸出手。里面的人嗯了一声，但还是没有出门的意思。我站在外面很是尴尬，只好再次和他解释。

“我想和您谈谈，不知道是否可以。我是白杨的朋友。”虽然我不想这么说，但看来这位大叔不是很友好。果然，他似乎有点相信了，把门打开，并招手示意我进去。（“其实想想，那时候的人还是比较质朴的，要换了现在，陌生人怎么敢这么随意就让进来。”说到这里，纪颜补了一句。）

一进去，他就把门重新带上，然后居然点着了一盏煤油灯。外面可是阳光灿烂啊，居然在里面点灯，这么做只有一个原因：他害怕太阳。

即便在屋里，他依旧用白色的围巾包着脑袋，只留了双眼睛露在外面。他的头顶没有一根头发，却长着粗糙不平像鳞片似的皮肤，屋子里面不像两个大男人居住的，非常干净整洁，里面的木桌上摆着两副碗筷，看来他还没来得及收拾。

“您来这里很久了吧？以前在附近这一带有没有听说过有一个女性的氏族？就是不太和外人接近，族里由女性做首领的家族？”我开门见山地问道。谁知道他根本不说话，但四下乱转的眼神掩盖不了他的慌乱。

“你，问这个做什么？”他的声音还真是如村民先前所言，细长而刺耳，如指甲刮在黑板上一样，听着很难受，又似乎带着浓重的鼻音。

“有些好奇，我是学历史的。听说在这一带有个氏族会使用魔术，所以想来看看。”我直白地告诉了他我的目的。

“魔术？”白杨的父亲失声喊道，“我劝你快回去吧，别招惹这些，到时候出事你会后悔的！”说着便把头歪向一边，不再说话。

“出事？出什么事？你指的是鲁四爷吗？”我追问他。白杨的父亲哼了一声，“鲁四是自找的，杨子回来把他的病情一告诉我，我就知道是他干的。”

“他？”我一惊，果然白杨的父亲知道一些秘密。但他很快就发觉失言了，闭上嘴不再说话，任凭我再怎么追问，他就是不说。我只好放弃，改问为什么鲁四爷会受到“血冲”的折磨。

这个问题白大叔倒是很爽快地回答了。

“鲁四当过兵，以前他经常对大家吹嘘自己当兵时候的事。他说自己在打仗的时候由于被围，士兵们缺少食物，就在当地四处寻找野生动物。他自己还生喝过蛇血，一般的蛇血也就罢了，但他喝的是蛇王血。”

“蛇王血？”我惊讶地问道。

“是的，他具体描绘了那条蛇，长三尺，杯口粗细，白皮，头上有黑色斑纹，所有的蛇都是冬眠，唯独蛇王是夏眠，所以他才很容易地捉到了蛇王。不知道算是他幸运还是不幸，蛇王并不是什么稀奇的宝物，本身也无毒，但它的血药性剧烈，性寒，而且极具灵力。鲁四说当时还是盛夏，结果他一喝下去就全身发凉，如身处冰窖一样，虽然后来好了些，但很多年以来一到那日子身体就发冷。”

“为什么一直到今天，他才爆发‘血冲’呢？”我又问。

“蛇王血必须有外界牵引才能发出力量。”白大叔又阴阴地说，“像梦之类的，有时候报复这种事说不定的，并不是当时就会发作，命里都安排好了。我听说你昨天靠放血暂时救了他一命，不过你还是别强违上天的旨意，到时候连你自己也会遭殃的。”

“你说的牵引就是魔术吧？”我继续问，但他这次是死活不再说话了，甚至把头扭到一边。最后我只好告辞。

他把我送到门外便不出来了。不过他还是说：“年轻人，我知道你不是杨子的朋友，我看你为人很善良才和你多聊聊。不过我再说一次，别再管鲁四的事了，他是自作自受，一跪还一拜，你还是小心自己吧。还有，如果你愿意的话多和杨子谈谈，他老说自己在这里一个朋友都没有，我又是个连门都出不了的人，委屈那孩子了。”说完，叹着气便把门合上了。

我细细想了想白杨父亲的话，看来他还是隐瞒了很多事情，不过有一点可以肯定，他绝对和魔术有关联。我刚转头想回去，不料身后已然站了一个人，不是别人，正是白杨。面对面发现他的皮肤还真是白，白得让人恐惧，恐怕在女性里都很难找到这样的肤色，还有鲜红的嘴唇和尖尖的下巴，感觉仿佛是女孩一样。

“你来我家干什么？”他一说话倒不像女的了，而且听起来感觉很欠揍，黑色的粗框眼镜后的死鱼眼睛耷拉着眼皮，上上下下地瞟着我，就仿佛我来偷东西一样。我忍住没发火，尽量温和地说，我是来找他父亲的。不想他更加失态，几乎发怒似的喊道：“我父亲不会见你！赶快走，别打扰我们的生活！”

我见他有点歇斯底里了，只好暂时躲避一下。不是有位哲人说过吗，和疯子计较，除非你也是疯子。我想想又回到鲁四爷家里，果然，他发展得比我预料的要快得多，脖子已经再次肿胀起来，脸也是通红的，只能躺在床上了。昨天才刚放血，短时间是不可以重复的，何况他年纪这么大，大量失血无异于自杀。

正当我一筹莫展的时候，一个更惊人的消息传来，白杨的父亲突然死了，消息是白杨告诉大家的，就在刚才。他甚至言辞隐晦地说，就在我走后，他进去发现父亲已经身亡了。不明就里的大家都以奇怪的目光看着我。

我几乎是被一伙人架着来到了白杨家。果然，刚才还和我对话的白杨的父亲安静地躺在里面的木床上，脸上盖着白巾。如果说他是被人杀死的话，我只会怀疑一个人，尽管我真的希望我的怀疑是错误的。

“你离开后，我一进去就发现父亲快不行了，已经是出气多进气少了。没过多久，他，他就身亡了。”说完白杨大哭起来。

“我没理由去谋害白大叔，我才到这里几天？今天还是我第一次见他。”话说完，大家又开始议论，的确，说我杀了白杨的父亲动机也太牵强了。白杨倒是没说什么，只是一个劲儿地哭。说老实话，我看着他哭非但没有半点同情之感，相反只觉得很做作。

大家没了主意，最后决定先让我待在村里，但所有的行李和证件他们都拿去交给村委会保管，等事情结束后再交给我。我只好答应了，实际上，我等于被软禁在这里了。不过我倒无所谓，在这里多待些时间也好。

村民渐渐散去，天气很热，尸体已经有点味道了，大家想帮白杨把尸体搬出去，但他死活不肯，说要陪父亲一晚上，于是只好如此。我没有走，因为我相信白杨有话对我说。

外面已经擦黑了。在角落里哭泣了很久的白杨终于站了起来，去里面拿出一条白色的毛巾和一个脸盆，去外面水缸舀了水，仔细地洗了洗脸，并将衣服又整理了一下，戴上眼镜，重新站到我面前。

“你应该最清楚，我没杀你父亲。你父亲的死因到底是什么？”我首先问他。

“的确，父亲不是你杀的。”他嘴角上扬，鲜红的嘴唇洗过之后越发骇人，雪白的牙齿很像动物的獠牙。

“别告诉我是你亲手杀了自己的父亲。”我忍住怒气，毕竟在和白叔的谈话中，我觉得他还算是个善良的人，否则也不会一再提醒我注意安全。

“不能算完全是吧。”他笑了笑，仿佛在谈论别人的生死一般。我再也无法抑制自己了，站起来揪住他扣得很紧的衣领。我很少动怒，更很少打人，但这次不同了，我一拳打在白杨脸上，他整个人像风筝一样从我手里飞了出去，摔在白叔躺着的床旁边。奇怪的是，他没有还手，只是低着头蹲在那里冷笑。

我很诧异他的表现。

“看你的谈吐举止和穿着，你应该生活在比较富足的家庭吧，衣食无忧，享受父母长辈的宠爱。”他依旧坐在地上，低着头，我看不见他的表情，但他的语气很冷酷。

“你无法想象和你同龄的我是如何长大的，贫困、孤独、被人嘲笑都不算什么。因为和我所受的苦难相比，这些都太微不足道了。”白杨继续叙述着，我则站在那里听。房间里只有我和他两个人，还有一具正在腐烂的尸体。外面已经全黑了。

“我知道你在寻找什么。因为我和父亲就是从那里出来的。”白杨漠然的一句话让我非常震惊，难道他们就是使用魔术一族的人？可那族不都是女子吗？

“你一定在猜想我们的身份，你看过蜜蜂吗？蜂后是整个种群的最顶层，雄蜂不过是用来繁衍后代的交配工具。在那个氏族里，男人顶多是用来繁衍族人的工具和劳力，而且终生不允许离开那里。我的父亲就是一只雄蜂。”我继续听着，但仍然忍不住惊讶，以至无法控制地发出了啊的一声。

“但平衡被打破了，会使用魔术的她们，按照现在这个社会的称呼应该是我的阿姨和我的母亲，在逐渐脱离社会。她们居住在一个谁也无法寻找到的地方，以她们的生活方式继续生存，魔术使她们可以和神灵交流，甚至可以暂时拥有神灵的力量去惩戒凡人，为神执行奖罚，几乎成了神灵的代言。鲁四爷就是其中的一例。

“本来她们希望我是个女孩，好继承氏族的魔术，可她们意外地发现，我居然是个怪物！一个男不男女不女的怪物！”白杨忽然声嘶力竭地喊道。

“是的，一个既无法继承魔术又无法承担繁衍后代任务的怪物根本就无法拥有活下去的资格。当我即将被自己母亲处死的时候，我的父亲，现在躺在这里的那只雄蜂站了出来。在他的哀求下，我被豁免了，代价是我们两人永远离开氏族，并且为了不让氏族的血脉外泄，她们对父亲实施了阉刑，还对他下了魔术。”我一直在听着，感觉自己在发抖。忽然屋子里亮了起来，白杨居然点燃了煤油灯，昏暗的灯光照亮了屋子，也照在了床上静静躺着的白杨的父亲身上。

白杨几乎没有表情地拿起油灯，走到木床前，把灯凑近盖着白巾的尸体。

“你想看他的脸到底什么样吗？”白杨带着戏谑的神情看着我，像开玩笑一样。还没等我回答，他把白巾揭了下来。

那是怎样一张脸啊。除了眼睛，其他的部位几乎都不能称做五官了，没有鼻子、嘴唇、耳朵，空荡荡的脸上布满了闪闪发亮的鳞片，只在中央有两个气孔。

“你看见了吧。我自从小时候起就时刻面对着这样一张脸，二十年来我每天都做噩梦，我忍受着别人对我从来不上厕所的嘲笑，孤僻、冷漠，你以为我愿意吗？我恨他，为什么他当初不让我去死呢？让我在这世上活活受罪？”白杨用手指着床上的尸体。

“真的是你杀了他？”

“不，是他自己要求的。你走后，我进去问他到底和你谈了什么。他却一味地叫我多和你接触，说你是个性格开朗的人，并说我太冷酷，不会和人相处。我们吵了起来，二十年的积怨终于爆发了。我把塑料袋套在他头上，我没有杀他，只是不停地问他，问他活着是否还有意义，问他像怪物一样地活着还有什么意义。他开始哭，而且是号哭，他哭泣着说当初早知道我这样还不如杀了我，还说他忍受这么多痛苦却换来这样的结果。我勒紧了塑料袋，父亲没有挣扎，他已经放弃了，只是双手还是下意识地想去揭开，接着双脚无助地蹬地。我勒得更紧了，又紧了一下，他几乎不动了，身下还流出淡黄色的液体。听人家说，人在快被勒死的时候会小便失禁，看来是真的。”

“你是个畜生，白叔为你付出这么多，他只想让你好好活下去，你却杀了他！”我骂道。但白杨又笑了。

“我没杀人，这里发生的顶多是一个怪物杀了另一个怪物而已。”说着，他把灯放回原处，把白巾重新盖回去，仿佛什么都没发生一样坐到椅子上看着我。

“现在，你还想去找那个传说的氏族吗？还是你愿意去那里当一只雄蜂？哈哈……”白杨放肆地大笑起来。我再也受不了了，逃似的离开了那个屋子。身后白杨的笑声竟无法挥散，像刀刻一般清晰。我找到大家，回头再去白杨家的时候，发现那里已经燃起了大火，白杨把家里点燃了，石墙被烧得通红，我甚至还能听到火堆中白杨的笑声。

火很大，直到快天亮的时候才被完全扑灭。里面有两具尸体，紧紧地抱在一起，已经烧成了两截黑柴。

鲁四爷也在随后几个小时身亡了，没人可以阻止他们的施罚，就像你无法阻止下雨一样。

说到这里，纪颜停了下来：“父亲的述说就是这些了。他后来说，可能白杨的父亲是被下了蛇术，五官渐渐从脸上腐烂脱落，皮肤慢慢角质化，变得和蛇一样。而白杨，他觉得是由于氏族内的近亲结婚导致畸形，使他成了无性人。以后，父亲终于放弃了曾经想寻找那个使用魇术氏族的疯狂想法，开始研究历史和考古。不过他的身体似乎还是或多或少受到了伤害，否则他也不会那么早就突然患病去世了。他本来遗留的一些关于魇术的手稿和证据、图片也随即消失，剩下的只有他为我讲述的这个故事。”

我们听完后有些感慨，特别是李多，似乎白杨的身世对她有些触动，毕竟她也早就知道自己是被纪颜父母收养的。四人埋头吃了点东西，落蕾又问：“那你刚才说贞观末年长安大乱是怎么回事呢？”

“那是因为唐太宗在晚年看到自己的几个儿子为争夺储君之位互相杀戮，毫无亲情可言，有感于当年自己杀弟弑兄，认为是因果循环，报应不爽，于是在长安经常请人为自己开坛祈福，冲鬼捉妖。其实令当时时局动荡的最大原因，依旧是返魂香的出现。作为宝物，它的出现会引发多方面的争夺，虽然后来传闻它被带到日本，但仍然给当时的长安带来不小的骚乱，所以才有后来太宗明令废除魔术、关押术士的决定。唐以后，魔术就彻底衰退了。”纪颜又解释道。

“好了，不说这些了，火锅都凉了。”我叫来服务员，加了些水，大家又开始吃喝起来。只是我心中依旧对白杨的死十分感慨，或许对他来讲，死是解脱，而活着是挣扎。

第二十三夜
解剖师

“助手打开了那宿主的右边腹腔。他马上惊呆了，原来他压根儿就没有肾脏。”

任何一项工作从事久了都会有厌倦感，大部分人都在自己并不热爱或者不感兴趣的工作里挣扎。他们不快乐，但迫于生计又不得不如此，于是很可能出现这样的事情：当你以非常羡慕的眼神看着别人的时候，很可能被观察者自己觉得疲惫不堪。

但总有少数人对自己的职业非常热爱，甚至到了一种疯狂的地步。他们往往不屑于世俗的目光，从事着一些常人难以想象或者厌恶的工作。就像纪颜向我介绍过的一位叫卫佳的女法医。

法医在古代叫仵作。当时从事这种职业的人多被别人避开，这也难怪，长年和死人打交道的人总让人觉得恶心或者不祥。这种观念现在依旧存在，而女性法医恐怕是另类中的另类了。

凭心而论，这个女孩相当漂亮，你恐怕无法想象她纤细、美丽、白皙的手指会操纵着明晃晃的刀子在一票死肉上割来划去。有人说女人比男人狠，学医的女人又是女人中最狠的。卫佳狠不狠我不知道，但怪是一定的了。

她先后谈过好几个男友，这样年轻美丽的女孩自然不缺乏追求者，但似乎每次都不了了之。第一个据说是运动员，身材健硕，卫佳每次看见人家都拿眼睛扫来扫去，那种幽怨的眼神让那人寒了好久。最后卫佳慢慢地说了句“你骨架很好”。后来的几位在知道她的职业后，像躲避瘟疫一样马上消失了。

当纪颜和我说起这事的时候，我总忍不住发笑，或许是职业的原因吧，学医的女生总让人觉得比较另类。以前我也有过一个医学院的同学，她来我寝室找我。当时正是夏天，里面有个同学只穿了内裤，一见有个女生进来他马上找裤子穿。结果我这个同学马上说了句："嘁，我又不是没见过，标本房里用福尔马林泡着呢，涨得跟萝卜一样。"结果当时全寝室的人都不说话了，我只好立即带她出去。

但卫佳毕竟是女孩，无论她之前从事什么职业，她以后都会像大多数女性一样，从事两种职业——妻子和母亲。不过最近她似乎遇到麻烦了，最初起源于她打给我的一个电话。

我接到电话的时候比较吃惊，因为毕竟我才和她见过几面，如果有事她应该找纪颜才对。我还没自信到可以凭着数面之缘迷倒一个美女的地步。

"你有时间吗，我想和你单独谈谈。"卫佳的语气非常平淡，但又带着点命令的口气。我看了看时间，离交稿还有半小时。

"一小时后吧，可以吗？"我决定把定版搞完再去见她。卫佳同意了。

一小时后，我在约好的书店前看见了她。她今天穿了件米黄色的风衣，长头发披在后面。我看见很多男的从她旁边经过都忍不住回头看去，的确，她的相貌和高度足够吸引很多人。当然，如果他们知道卫佳的职业的话就两说了。

"你很准时。"卫佳笑了笑，像个裂开的番茄，本来雪白的脸被吹得红红的。

"你不注意挡一下风吗？女孩子不都很注意皮肤保养吗？"我打趣道。

"无所谓了，保养给谁看呢？"

"有什么事？"我问她。卫佳似乎有点难以启齿。

"先去找个地方坐着聊吧。"

我们来到了书店里面的招待座位。接着卫佳开始慢慢叙述起来。起初我以为只是个女孩有点烦心事找我倾吐一下，但听了一下后，我觉得不是那么回事了。

"我不知道该从何说起，这像一种病症一样了，而且越来越严重。"她把左手插入乌黑的头发里，细长的手指在头发里若隐若现、一截一截的，我突然觉得那很像被人从墓地翻起来的骨头。

"其实在我报考医学院的时候就知道了，我根本对治病救人没兴趣，甚至我怕我会在做手术的时候把我的病人杀了。所以我报了法医专业，起码我以后面对的都是死人。

"最开始当我发现自己异于别人的时候是十二岁。那次我拿着早点上学，我的家在城市的中心，每次去学校都会经过一个交通繁忙的十字路口。那里的设备很简陋，车流量又大得惊人，父母忙，很少有时间接送我，但每次都叮嘱，走那里的时候一定要小心，因为在那个路口经常有人被撞死。

"不过那天我看见了。

“一个大概赶着上学、比我大几岁的男孩子，被一辆开得很快的汽车撞飞起来。我看见他的身体像纸片一样飘着，而同样在上面飘着的还有血和书包。

“他最后就落在我的面前，当时我不觉得害怕，我看着他在我脚边不停地抽搐，嘴像没关住的自来水龙头一样向外涌血。他睁大眼睛盯着我，手在地上摸来摸去。不到半分钟，他咽气了。

“交通事故每天都在全国各地发生，除了当事双方，恐怕谁也不会把这事记得太久，骂过，感叹过，惋惜过，事不关己的人都忙自己的事去了。但我发现我被这事影响很深。

“回到学校，我一直都想着那个男孩的身体，不，应该是尸体。我突然对那尸体很感兴趣，为什么大活人忽然就不动了，为什么有那么多血可以从嘴里出来。从那天起，我就到处收集有关尸体和解剖的书，当然这些都瞒着别人，如果被人知道的话，那就会说我有病了。

“时间很快过去，我义无反顾地填下了医学院的法医专业。那时候的我已经对人体非常熟悉了，但也只是停留在图画和文字的理论基础上，所以我渴望可以真正地解剖一具尸体，或者说身体更恰当。”说到这里，卫佳点燃了根香烟，我忽然想起一个人说过，女孩抽烟好不好看和抽烟的动作没关系，夹烟的指头只要好看就可以了，无疑，卫佳是我见过的抽烟最好看的女孩。她深吸了一口烟，稍微镇定了一下，接着往下说道：“在大学的第一堂解剖课上，我表现得异常兴奋，因为听老师说那是具年轻男性的尸体，医学院新鲜的尸体很少，而在解剖课能用来授课的更少，而且大部分都是老年尸体，因为你不可能说每天都有很多人发生意外死去吧。所以，老师说我们很幸运，因为这个男尸刚死不久。他大概二十五六岁，非常健硕，强壮的肌肉和风尘仆仆的脸表示他是一个体力工作者。他的头颅左侧靠近耳朵上有一个直径六厘米的洞，我们对他的死因不感兴趣，但是面对洞内依稀可见的白色的大脑还是有人不敢正视。进医学院就应该作好接触这些的准备。为了打好基础，我在暑假看过一些解剖教材，当真的看见活生生的赤裸的异性尸体，我还是很奇怪，我奇怪自己没有大多数人的害怕或者羞涩。我感到自己心里有一种奇怪的兴奋感和好奇，当看着老师拿起刀，我就非常激动，我终于可以看看真正的人体是如何被解剖的。你知道吗，如果有神的话，人体无疑是神最完美的杰作，能够亲自了解并探索它，你会觉得自己离神如此之近。

“忘记说了，纪颜当时就是我的同学，那时候的他可是非常受女孩欢迎呢，可是他朋友很少。很奇怪，我也是朋友极少的人，不过我们两人成了好朋友，差点还被人传成情侣。”说着卫佳开心地笑了起来，她很高兴，她的牙齿非常白，没有一点牙垢和烟渍。

“不过即便是他，也不知道我的秘密，因为那时候的我还是很怕别人知道的。当老师开始解剖时，刀划过厚重的皮肤后我听到了扑哧的声音，我后来知道那是划开了脂肪。然后老师按照教材把内脏、骨骼、血管大致地介绍了一遍。内脏被一件件取出，让大家观察，再教导如何制作标本。很多人都捂着嘴，而我则贪婪地观看着，辛勤地记录着。老师说，这具尸体可能要有很多用途。整个课程很长，但我一点也不觉得累。

“这样的结果自然是最难的血管学和解剖课程我都学得非常好，没过多久，我甚至做到了光抚摩一块骨头就能知道这是人体的哪一块。但医学院的尸体太少了，基本上后来上课都是直接拿那些浸泡在福尔马林液里面的器官和已经干枯的骨头标本来讲。尸体对大学学生来说是奢侈品，要不然国内外也不会有贩尸的组织了，据说一具普通的尸体都在五千元左右，年轻的价格就更高了。

“大学毕业后，我分到了现在的单位，从事法医工作。现在算算我都不知道我的手过了多少具尸体。有漂亮的、难看的、腐烂的，或者一块块的。但我始终觉得自己对人体还不是很熟悉，似乎总欠缺了点什么。”说完她忽然把烟掐了，看着我问，“你知道是什么吗？”

我摇头。

“是活人。”她忽然一字一顿地说，这时候我感觉脊背很凉，四周有很多人走来走去，但我觉得自己和卫佳仿佛被隔开了一样。这时候，我既想离开，又想接着听下去。

“当我知道自己的想法时我吓了一跳，我甚至怀疑自己是否已经心理变态了，但我又深刻感受到原来这个想法其实在我十二岁就有了，只不过被长期压制着。我经常对着镜子看自己的身体，甚至幻想着把自己慢慢划开，看看器官是如何工作的，看看血管里的血液是如何被运输到身体各个部位的。当然那不可能。

“你知道当一种欲望无法满足的时候人是很难受的。我只好以动物来做替代品，老鼠是最多的。听上去似乎有些残忍，但我也没办法，在每次活体解剖后，我都会暂时地平静些，不过很快那种对人体的渴望又涌现上来。

“我无心找男朋友，我不感到寂寞，我甚至怀疑自己是否得了恋尸癖，不过又很快否定了。当我对着那些已经死去而不具备任何活力的死尸的时候，我没有任何心理波澜，我越来越希望自己可以真正地解剖一具活着的人体。

“好了，现在要谈到我为什么找你的正题了。”

我忍不住说了句：“你该不是想找我做你的解剖对象吧？”

她笑了笑：“开玩笑，我还没发疯呢。我找你是因为你是记者，而且有种让我信任的感觉，之所以不告诉纪颜，是因为我怕他会阻止我。”

“你要干什么？难道我就不会告诉纪颜吗？”

“你不会的，因为这件事你也会很有兴趣。”她非常肯定地说着，我喜欢看漂亮女孩子非常自信的样子，这也是我喜欢落蕾的原因之一。

“因为我找到了一个可以解剖活人但又相对安全的工作。”卫佳神秘地说，薄薄的嘴唇向上努了一下。我奇怪难道还有这种工作？

“你听过贩卖人体器官的组织吧？那是个非常庞大的组织，他们通过诱骗、威胁或者干脆是强迫的手段从活人身上取出器官，然后在黑市上流通。每年这个社会都有五百个肾和六十颗刚刚拿出的心脏在交易呢。他们需要一个手法娴熟而且非常精通解剖的解剖师来取器官，因为不出人命是最好的，大部分人在拿出一个肾后还可以活下去，所以，我就充当了那个解剖师。”卫佳慢慢地说着，而我一惊。

“你知道你在干什么吗？这是犯罪啊，你下刀的时候难道没有内疚？”我质问她。

“有，当然有，把刀插进充满生命和热的肉体里的那种感觉你无法体会，但内疚感又和这个交织在一起，所以，这也是我找你来的原因。”终于步入正题了。

“你到底需要我做什么呢？我不过是个做报纸的。像这种事，即便我有证据也不可能登载上去，每次登报都要经过审批啊。”我无奈地摊开双手。卫佳笑了笑。

“不是要你帮我把这件事公之于众，何况这样对我也没任何好处。我找到你是我知道我可能无法再做下去了，我只想在最后的日子里有人帮我把这件事记录下来，因为你是做报纸的，所以我相信你的文字能力。”原来是这样。

“到底是什么事？”

“事情发生在一个月前。我之所以加入这个组织，是因为在网上无意间搜到了那个器官交易的网站，他们需要我这样的人。我抱着试试看的心理和他们联络了，很巧，他们也想在这个城市建立一个货源点。因为内地的器官远比其他国家地区的便宜得多，一颗上好的肾脏收来的成本只需要不到七万，但转手可以卖几十万之巨，如果可以跨国的话，有钱人愿意出上百万。

“一年来，我从十四个身体里取出过内脏，他们有男人、女人，还有刚满十六岁的孩子，每次工作后我会获得肾脏卖出去收益的百分之七。开始我的手还会发抖，后来则是非常熟练了，就仿佛从柜子里取出标本那样，不过最后一次取肾把一切都改变了。”

（为方便行文，下面直接以卫佳的口吻记述。）

那天下午我刚刚做完一份尸检报告，接到条短信息，上面只有几个字——“速来，有鱼”。当他们确定目标后，就以鱼来做代号。我收拾一下就过去了，不用带任何东西，他们有非常高级的全套解剖工具，具有讽刺意味的是甚至比某些大医院的都好。

解剖室在地下室，二十多平方米，我担保没人带路是无法找到那地方的，房间的结构与布局和医院的手术室一模一样，虽然力求不使人死在手术台上，但据说还是有些人无法活着拿着钱走出去。与支付给卖肾者可怜微薄的金钱相比，处理尸体所花的精力、时间和风险就大得多了。不过，在这之前，我从来没失手过。他们往往通过钱来诱惑一些急需用钱的身体强壮的人来卖肾，这次我看了看躺在床上的那个人。

他赤裸着上身，十七八岁，身体极长，脚几乎快伸出手术台了。他被无影灯照射着，脸显得非常苍白，看得出他很害怕，平放在两边的手在不停地发抖。以专业的眼光来看他是个非常好的“宿主”，我们把这些卖器官的人叫做宿主。不是每个人都可以做宿主的。身体过于虚弱，得过肾病或者血液类疾病的都不在考虑之列。这个少年的身体非常好，这点可以从他黝黑而强壮的肌肉上看出来。

接下来，我为他作了例行的麻醉，一般以取左肾为主，不要问我为什么，反正是不成文的规定。我有一个助手，很年轻，我不知道他为什么来做这份工作，可能也是为了钱吧。今天他站在我后面，为我打打下手。其实这时候我对解剖活人已经有些厌倦了，不过像吸毒一样上瘾了，我拿起刀就有划开什么东西的冲动。赚到的钱大部分又被我捐了出去，我总觉得这样似乎好受点。

取肾的方法有很多种，有的采用经腹腔取，有的采用经十一肋间切口取肾，两种都可以，主要注意别让宿主被感染或者造成器械性大量失血。我很快打开了他的腹腔。但我发现了一件完全意想不到的事。

他没有左肾。

我开始流汗了，马上转头问组织专门负责肾源和保护刚拿下的肾的运输工作的人——我通常叫他“牧师”。牧师经常是一身黑衣黑裤，大而宽的黑檐帽罩在头上，只能看见嘴巴里叼着一根古巴雪茄。

牧师非常瘦，而且高大。这时他没说话，只是说了一句：“取右边就是了。”声音冷酷得让我发抖。我暂时先缝合宿主的伤口，停了下来。牧师显然有些惊讶。

“傻子都知道，再取出个肾他就死定了，你们在寻找货源的时候就不知道检查一下吗？”我质问他，牧师没说话。

“算了，我不想干了，把这孩子放了吧。”看着还在床上酣睡的他，我有些不忍。

牧师依旧站在黑暗里。这时候，那个为我打下手的走过来拿起刀，向那孩子走去。

“我可以独立完成了，谢谢您的指导。”这是我听到的他所说的最长的一句话。牧师也开口了。

“没办法，这个宿主或许是天生只有一个肾脏，但他的肾非常适合一个富豪的身体，他愿意开出三十万美金。本来你做的话我愿意多付百分之五给你，不过看来你的助手比你更想得开。”说完，牧师嘿嘿地笑了起来。

我再也无法忍受了，解开白大褂，头也不回地走出地下室，身后牧师忽然说了句：“你会后悔的。”或许会吧，这样也好，我也算完全脱离了那里吧，不过也准备好了他们来报复或者灭口。不过很奇怪，那之后的一个月非常平静，我想他们不应该如此善良。等待死亡是非常痛苦的，我决定去查查。

我手头只有牧师和那个助手的联络方式，其他人我没有，组织内部一层层管理很严密，很少互相见面。我打了牧师的电话，没人接。那个助手我也联络不上。我唯一能想到的地方只有那个地下室了。

这里似乎很破旧了，我四处看了一下，应该没有跟踪的人。我慢慢走了进去。和一个月前比，感觉这里阴暗了许多。一打开门，空气里有一股臭味，这味道几乎让我窒息，我很熟悉，这是人体腐烂的味道。我觉得有点不对劲，靠着记忆在墙壁上摸索着灯的开关。

灯打开了，灯光迅速照射到房间的每个角落，我的助手，我想应该是吧，因为我仅仅能从身高和衣物来辨别他了。虽然那时候不是夏天，地下室的温度也比较低，但一个月的时间他已经腐烂得不成样子了。

他半躺在手术台旁边，手上还拿着一把手术刀。我捂着鼻子小心地走近他，还好，旁边还保留着几副橡胶手套。不知道为什么，看见尸体，我还是本能地想查看一下。

他的腹腔被开了一个排球大小的口子，整个内脏被掏空了，一样都没留下。看伤口似乎是非常粗糙的凶器造成的，或者干脆说是被撕开的一样，就像手撕鸡似的。

我没看见牧师，还有那个少年也没了踪迹。那是我最后一次去地下室，以后再也没去过了。接下来的日子里，我始终被迷惑所笼罩，网上忽然又流传经常发现内脏被掏空的尸体。我隐约觉得与那个消失的宿主有关联，直到我接到了牧师的电话。

此前牧师从来不和我通话的，一直都是短信，所以猛地在电话里听见他的声音，我觉得很不习惯。电话里的牧师说话依旧平缓，但掩盖不了他的慌乱。

“你在哪里？”牧师张口就问道，我回答他说我在家，而且告诉他不想再干了，而且我不会告诉警察。其实我并不知道组织多少秘密，我觉得他们即便不杀我，事情也不会败露。

“不是组织的问题，那个宿主……”牧师说到这里停顿了一下，我猛一惊，难道真的是那个少年的问题？

“那个宿主是个怪物。”牧师艰难地把后半句说了出来，就像下了很大决心一样。

“我不明白。到底那天发生了什么？”

牧师在电话的那头仿佛忍受了很大的折磨，似乎他极不愿意回想，过了将近一分钟，我还以为他挂电话了，他才把那天我走后的事告诉了我。

在我走后，助手接着取肾，牧师就在旁边。地下室只有他们两个人。这种工作接触的人越少越好，取肾其实一个人也是勉强可以完成的，不过花费的时间就要很长了，而且容易出

异闻录

Yi Wen Lu

少年直接把手插进了助手的身体内，助手一直到死恐怕都没搞清楚到底发生了什么，牧师也吓住了。

事，当然，本来出事的应该是被取肾的人才对。

牧师说，助手打开了那宿主的右边腹腔。他马上惊呆了，原来他压根儿就没有肾脏。

没有肾脏的人可以活着?

而且更让牧师变色的是，这个宿主不仅没有肾脏，所有的内脏他都没有，整个腹腔仿佛是一个空空如也的肉袋，这绝对是无法想象的。当时决定以这个少年做宿主的时候，他们在前一天还用X光检查过，他是有内脏的。助手完全手足无措地呆立在手术台前，牧师发现那少年居然自己坐了起来。

紧接着，少年直接把手插进了助手的身体内，助手一直到死恐怕都没搞清楚到底发生了什么，牧师也吓住了。接着少年把助手的内脏一件件掏了出来，然后顺着刚才取肾的刀口一件件放了进去，并且自己站在地上缝接血管、结肠、输尿管（牧师本身也是精通医理的）。这一过程持续了一个多小时。少年最后缝合了伤口。牧师在一旁看得说不出话来，助手最后被扔在了手术台下，而整个过程中那位宿主一直在流血，但他似乎丝毫不在乎。最后，他用纱布擦干身上的血迹，穿好衣服，微笑着走到牧师面前。牧师自己说，他当时只奇怪自己为什么没晕掉。

“我对你没兴趣，还没轮到你呢。”说完转头往外走去，可走了几步，他又走回来，这可把牧师吓坏了。

“对了，告诉你们，这才是真正的解剖师呢，只用双手取内脏。”说着，他得意地摇了摇自己刚刚从助手肚子掏出内脏的手。

“那你干什么过这么久才给我打电话？”我听完牧师的叙述，不解地问他。

“因为昨天我见到那个宿主了，”牧师回答说，“他问我要你的联络方式，还问了你的住址和姓名。”我一听就呆住了。

“你告诉他了？”我觉得自己这句话问得有些徒劳。

“嗯。”牧师居然略带愧疚地说，“你知道我很害怕，他当时全身是血。”

牧师还告诉我，通知我是为了叫我提防一点，算是他的补偿，并说他现在很害怕，说完立即挂掉了。我放下电话整个人坐在椅子上，陷了进去，脑子里浮现的都是助手尸体的样子，难道他要来找我?也要我的内脏?

卫佳说到这里的时候，长长地舒了口气。我奇怪地问她：“后来呢？”

“这也是我找你的原因，我不怕那个宿主来杀我，不过我不想死得不明不白，所以我希望你能记录下来，或者说帮我传播一下，作为警示也好、警告也好，我就觉得安心很多了。我是昨天接到牧师的电话的。我考虑了一晚，我朋友很少，想来想去只好麻烦你了。”说完，她掐掉烟，神色里居然有一丝悲凉。我心情很复杂，说不清楚对她是憎恨还是同情，毕竟她这种职业实在是有违法律和道德，或者说接近残忍。

卫佳站了起来，向外走去，忽然又想起了什么，转头对我说："我还有最后一个要求，不要把我当过解剖师的事告诉纪颜，我希望他能对我有个好的印象，他是个正义感很强的人，我怕他知道了会恨我。"说这些的时候，一向干脆的她居然有点慌乱和羞涩。接着，她走出大门，消失了。我在座位上坐了一下，又回到了报社。

当天晚上，我接到了纪颜的电话。他在话筒那边很难过地告诉我，卫佳死了，内脏被掏空了，事情就发生在我和她分开以后。

我忍不住还是把下午和卫佳的谈话告诉了纪颜。纪颜在电话那头沉默了很久，最后说："她太傻了，应该告诉我，像上大学时候一样，她有什么事都藏着，生怕别人拿异样的眼光看她，她太在意别人的看法和目光了。"

"那种东西，你知道到底是什么吗？"我小心地问道。纪颜又停了会儿。

"我不太清楚，但我听说有些生物是怨念形成的。无数被取肾或者其他器官的人和他们的家属的愤恨或许可以集结成一种新的物体，这种东西会不断地对人的内脏进行索求，不断地掠夺别人的内脏当做自己的。"

"那不是很危险？"我惊问道。

"不知道，但有一点可以肯定，什么时候怨气消失了，他也就消失了，因为支撑他存在的就是那些人的怨恨。"纪颜叮嘱了我几句，接着把电话挂掉了。

数天后，电视里播出一则新闻，一位在医药界很出名的代理商死在家里，身体里的内脏被掏了个干净。警察查出他参与了众多器官买卖，初步认定是寻仇。我关上电视，在电脑前把卫佳的故事发了出去。

第二十四夜
平安夜

“我抚摩着缸壁，非常光滑细腻。不知道怎么了，我又摸到了一处不协调的地方，似乎是裂缝。手机的光照射在上面，我仔细地看着，裂纹上好像有液体流出来。”

或许这个故事说得晚了点，但我还是想把它记录下来。

平安夜是温暖的，无论是节日本身的意义还是节日里人们的状态。大家聚在一起，那一刻是幸福快乐的，尤其对情侣来说。虽然现在流行着一种听上去比较壮烈的反文化入侵思想，将这些国外的文化传统视为洪水猛兽，要从本土中剔除干净，但那些一边手捧着高深的英语书，一边又支持着中文的博士、硕士是否想过，有如此的闲情逸致，为什么不去多做点研究，而是学什么联名公车上书，似乎十个博士就能抵得过十万人民的呼声似的，却不知道这方面博士的名头不如一个三流的电影明星说话有分量。鲁迅说拿来主义，但也要拿来，而不是一脚踢飞。

似乎说了点闲话，其实与今天的故事有着非常大的联系呢。

作为文化工作者，我今天非常高兴，因为今天很可能要和落蕾共度这个平安夜。在这个浪漫的感觉仅次于情人节的日子，或许我能有所收获也说不定啊。

提到这次的机会，无疑要感谢一个人。

这个人叫柏原，这似乎是个比较奇怪的名字，初听我觉得是笔名更适合些。他是一位狂热的古文复兴者，为什么叫复兴呢？因为这个年代能完整翻译古文的恐怕要比能翻译英文的人少得多了。我本以为这样的人必定是四十多岁的学者，说他是六十岁的老人我也不奇怪，但一看资料，这人居然只有二十六岁，实在让我汗颜。

再仔细看看，原来他出身于书香门第，祖上还有人中过状元，不过可惜祖上有状元的抵不过祖上有庄园的。柏原并不富裕，听说他有个女朋友，但后来似乎莫名其妙地分手了。他非常热衷复古运动，提倡重新学习古文，把一切洋玩意儿赶出中国，当然也包括圣诞节。他前面的话我是赞同的，但后面有些让人不快了。不过还好最近闲着，落蕾做的又是有关文化访谈的内容，平安夜人手不够，我自然主动请缨和她一起去采访一下这位柏原先生。

出去的时候已经满大街的小红帽了，到处都是行人，多数是青年男女，如果摘去那些帽子，我真会以为今天是2月14号了。不过落蕾似乎无心看这些，只是一个劲地翻看资料，准备采访，这倒让我有些无趣了。

柏原住在城市的最东边，我们几乎横跨了半个城。好在这儿不是北京上海之类的大城市，说是半个城，其实也不过大半小时的车程罢了。一下车就能看见柏原的房子，果然和常人的不一样。虽然门不大，但那种庄严古朴的感觉和电视里见过的略有相同。典型的四合院，没想到南方也有人住这样的房子，估计这与他祖上从北方迁移过来不无关系。门大概四人宽，朱红油漆，有八成新，外面有两只不大的石狮。进门上去还有四层台阶，门并不高，所以这台阶显得有些累赘，仿佛只有普通台阶一半的高度，走起来不是很舒服。我们按了按门铃，忽然觉得好笑，这么古朴的门上居然有电铃。只是这里冷清极了，丝毫没有过节的气氛。

没过多久门开了，一个年轻人走了出来，他就是柏原。与我想象的略有差距，剃着小平头，大衣下面是红色的毛衣和黑色西装裤，脚上还是厚厚的棉布鞋，这里虽然没有北方的酷寒，却有另一种湿冷，那是一种会渗入骨头的寒冷，所以反而更要注意保暖。不过有一点我倒是猜到了，他戴着一副厚厚的眼镜。

“你们来了？”柏原动了动薄薄的嘴唇，吐出一片白雾。果然说话简洁啊，我真为落蕾的采访担忧。

“我们是跟您约好的采访记者，不知道是否可以开始呢？”落蕾已经把长发盘了起来，由于天冷，戴了顶奶黄色的绒毛帽子，加上她皮肤较白，帽子戴在头上非常的可爱，哪里看得出是一个主编、一个女强人。

“进来吧。”柏原没有什么表情，丢下三个字就转身进去了，看也不看我们。我略有些不快，看看落蕾，她倒没什么，只是冲我笑了笑，看来她不是第一次遭遇这个了。我更无须计较，可能这类人都是这样，是清高，还是寒酸呢?

里面倒是很宽阔，天井的中央有口大缸，那缸大得惊人，是青瓷龙纹的，可能有些年头了，因为我看见缸口上有些年头的青苔了。不过实在是大，我几乎要踮起脚才勉强看得见缸口。

更让我感到不舒服的是左边的房子，似乎和整体格格不入。仿佛它还处于另外一个年代，或是凭空多出来的一样。房子并不破旧，但门上那锈迹斑斑的长生锁，还有那刷成血红色的门框门沿，让人感觉很不舒服，这时候已经是傍晚了，那红色仿佛有生命一样地在跳动，看得我眼睛难受。

“你这房子干吗刷得那么红啊？”我忍不住问道。柏原从里面拿了壶茶和几只茶杯。像他这样的人，待客的茶是不可少的，虽然我不太喜欢喝茶，但出于礼节我还是喝了一口，是红茶，口味比较重，我放下杯子。不过他似乎没听见我的问题，压根儿没理我。我的脾气也上来了，你想装我不让你装，我提高声音又问了句：“为什么漆得那样红啊，没必要吧？”

柏原显然有些不快，他眉头皱了一下，斜三角眼眯得更细小了，奇怪的是他反而笑着说：“为什么不能用红色呢，中国红是民族的颜色，我当然最喜欢。”

“但你独独那间房子……”我依然不依不饶。这时一旁一直在品茶的落蕾忽然插话说：“欧阳为什么不喝茶呢？这可是云南普洱呢。”

“普洱？”我虽然是茶盲，但好歹还是听过的。一旁的柏原忽然哈哈大笑起来。

“你姓岳吧？看来你也懂茶道呢。”原来也是看见漂亮女人说话口气就变的人！

“谈不上吧，只是高中的时候经常随我父亲喝茶，久而久之习惯了，加上这儿工作压力大，女孩子喝点普洱可以保护皮肤，也可以养胃。”我惊讶地望着落蕾，只知道她整天喜欢端着个机器猫的卡通杯，没想到她喜欢喝普洱。

“普洱是红茶的代表呢。”柏原听完赞许地点头，“茶对人的身体和精神都有好处，难得有像你这样喜欢喝茶的女孩了，如果明明也像你的话……”柏原忽然感慨地说，但发觉不对又马上住口。

“明明？”我马上问道。柏原又岔开话题，同时狠狠地望我一眼，看来我和他互相都没有任何好感了。俗话说同行是冤家，同性是什么？对家？仇家？

落蕾放下茶杯，拿出录音机和记事本。“那么开始采访吧，免得拖太晚了打扰您休息。”

“好的。”柏原很配合地坐了下来，用手抱着跷起的腿望着落蕾，我则无聊地坐在旁边观察着他家。

不愧是文化世家，到处都是古色古香的。黑色的檀木椅非常漂亮，还有那把泡茶的紫砂壶，比我爸爸那把好看多了，而且非常特别。整个壶和普通的椭圆宽扁不一样，绛紫色，居然有棱有角；侧面是弧腰梯形的，跟秤砣一样；壶嘴比较长，也比一般的要粗，而且是龙头状；壶顶有颗龙珠，色泽圆润，似是玉做的，甚是好看。壶壁上刻了几个字，但距离远了点，看不太清楚，估计这壶应该来历不小。

“您为什么提倡古文复兴运动呢？”我听见落蕾问道。柏原沉默了一下，说：“谈不上提倡，只是觉得自己作为一个古文化的研究者，或者说是为数不多的继承人，有义务来宣扬和维护我们民族的东西吧，现在这个世界充斥的低俗、不健康、不规范的东西太多。”他真把自己当卫道士了。

“打个比方呢？”

“比如，一切与钱挂钩。说个最简单的，为什么大多数人宁愿学外语也不愿意花点时间学习母语？因为母语只要会说就可以了，而学好外语意味着好工作或者留学深造，总之最终的目的就是为了钱！一切的一切都和钱挂钩，只要有钱，即便是个再卑微、庸俗、丑陋的人也会得到人家的尊敬和拥护，不是说过吗，现在笑贫不笑娼。”柏原略有点激动，我能看见他的唾沫随着说话的频率加快而喷得更快，已经快砸到落蕾身上了。当然，从落蕾的那个角度是看不到的。

“但钱并没有错啊，大家都要生存啊，您是否觉得可以等大家有稳定的生活和工作后，再来从事古文化的学习，比如《红楼梦》一类的高雅艺术，那样也不晚吧？”落蕾继续问道。

柏原不说话了，他无比失望地望着落蕾，以非常鄙夷的口吻说道：“果然连你也是拜金主义者，我还以为你会和其他女孩不同呢。”落蕾一听有点不快，但还是微笑着。

“那我们谈谈别的吧。对了，您的个人感情生活怎样？文学家也要结婚吧？”落蕾开了个玩笑。不料话一出口，柏原就把脸阴了下来，刚才架起来的腿也放了下来，手插进裤子口袋，半天不说话。采访陷入冷场了。我也觉得开心，不过我还是走了过去，想看看壶上到底写了什么。谁知道手还差一点碰到壶，柏原就从座位上跳起来把我推开。我担保，那一下绝对打破了我认为搞文学创作的都是脊柱歪斜、股骨头坏死、腿脚麻痹导致行动迟缓的一贯想法。

紧接着，他的嘴如同喷壶一样。

“你有点教养好吗？也不打招呼随便乱摸东西。你知道这是什么壶吗？茶壶是有灵性的，你手一摸它也变得和你一样庸俗了，那这壶就完了！”我不和他一般见识，和落蕾说了句在外面等她，然后就走出去了，留下落蕾和柏原继续谈着。

我走到了刚才看到的水缸前，仔细看真是觉得大啊。我抚摩着缸壁，非常光滑细腻。不知道怎么了，我又摸到了一处不协调的地方，似乎是裂缝，不过很小，只用手才摸得出来，天已经黑了我看不清，只好好奇地打开手机。

手机的光照射在上面，我仔细地看着，裂纹上好像有液体流出来。

居然是红色的，而且很稠密。我蘸了点拿在鼻子前闻了闻，似乎是血。不过，我不敢肯定。而且似乎里面还有声音传出来，摸着缸壁的手感觉到了轻微的震动。我试探地把耳朵慢慢靠近水缸，冰凉，如果在北方估计我的脸就粘在缸壁上了。

我听到了刮东西的声音，像那种指甲刮出来的声音。

我吓得往后退了一步，正好碰到后面的什么东西。回头一看，柏原像死尸一样站在我后面，面无表情，眼珠都不转一下，冷冷地看着我。

“不是叫你别乱动我家东西吗？”柏原的声音在院子里回荡，就像往水中扔了块石头一样。

“我有点闷，所以随便看了看。”我不想和他多说，“你不是在里面接受访问吗？落蕾呢？”

“欧阳。”落蕾从里面走出来，“别乱动柏先生的东西了。”说着向柏原鞠了个躬，转身拉着我回了屋子。我依旧望着那口巨大的水缸，心想那里面一定有什么。

采访继续进行，一直到了九点，也就是说即使马上离开，等我们到家也要十点多了。不过今天是平安夜，街上十点正是热闹的时候，我希望赶快结束，我和落蕾还能有几个小时单独待一会儿。

果然，访问结束了。落蕾收起了东西准备离开。柏原站了起来，带着少见的笑容对我们说天很晚了，不如在这里留宿之类的话。我们当然不能同意，落蕾于是婉转地拒绝了。

“那再喝口茶吧，别浪费了，这都是我托人专门从云南带来的。”柏原见留不住也不多言，转身又把茶端来给我们。我本不愿喝这个，但看见落蕾用眼神示意我，也只好喝下了，只是茶水的味道略有些涩麻。我暗想，莫非是放了许久的陈茶?

告别了柏原，我和落蕾便往大门走，哪知刚到门口就一阵胸闷，回望落蕾也捂着胸口，另外一只手撑着门。接着我眼一黑，就什么也不知道了。

直到醒过来，我仍不知道为什么会晕倒，是那杯茶吗？但我是看着柏原倒出来的啊。我头疼得厉害，眼睛勉强睁开，发现四周很黑，勉强能看见落蕾就在我旁边，稍微动了一下，感觉肌肉很无力，不过我还是发现，我的脚似乎被什么东西锁住了。

“这是哪儿啊？”落蕾扶着头，看来她也头疼呢。我刚想说不知道，忽然眼前猛地一亮，房间里一下亮堂了，一下接触光，我和落蕾都有点不适应，用手遮住了眼睛。

“平安夜快乐。”我听见了柏原的声音。现在我的眼睛已经好点了，眼前的柏原上身穿一件厚厚的红色白丝绒边外套，脑袋上还戴了顶圣诞帽子，下身也是条红色的裤子，脚上则套了双小丑穿的大鞋，肩上背一个大麻布袋子，黄色的，质地很粗糙，如果再加一撇胡子的话，那他就是十足的圣诞老人了。

“别开玩笑了，这又不是万圣节。”我大吼一句。落蕾还很虚弱，说不了话，只是侧着身体躺在一边。我看见柏原把食指放到嘴边，做了个嘘的动作。

“别喊了，这里没有任何人，我说了，今天是平安夜，我给你们准备了点小礼物。”说着他把袋子扔下来，那袋子居然还在蠕动，一点点向我和落蕾爬过来。我往后退了点，但很快锁链把我固定住了，落蕾也是。

“别怕，她不咬人。或者说，她咬不了人。”柏原微笑着，眼镜和笑起来脸上堆起的肉在灯光下泛着光。

咬人？袋子里是动物吗？

当袋子里的东西蠕动到我面前的时候，柏原踩住了袋子，然后坐在旁边看着我们。

“你很喜欢她吧？”柏原望着我指了指落蕾。落蕾听了也睁着眼睛望着我。

“不干你的事，你到底要干什么？非法禁锢是违法的。”我没回答喜欢或者是不喜欢，话一出口我又看向落蕾，她把头低了下去，我看不见她的表情。

柏原仿佛陷入了沉思，然后用很慢的语速说道：“我本来也有个非常好的女朋友，她漂亮、聪明、温柔、善良，我曾经觉得自己是世界上最幸福的人。我是学古文的，她是学英语的，外面的人都戏称我们是中西合璧。”我边听着柏原的话边看了看这房间。

我和落蕾被困在了一个洗手台的下面，我们的锁链绑在一根坚固的下水管上面。我使劲挣了挣，除了使脚更疼外毫无用处。房子非常破旧，头上一盏几十瓦的电灯，洗手池似乎也很久没用了，结满了污垢，水管也锈迹斑斑，地面冰凉，还是那种没有任何装修痕迹的瓦砾地。我们的对面，房间的另一边还摆放着一个大的玻璃罐，就是经常用来泡药酒的那种，但被黑布盖住了，也不知道里面是什么东西。我在想，柏原家里什么时候有这个地方，难道是进来的时候看见的那间被锁住的红房子？

“她很喜欢外国，包括文化、美食、风俗习惯，我则相反。很可笑，这样的两个人居然会相爱，居然会谈婚论嫁。不过虽然有矛盾，但不影响我和她的感情，至少我是这样认为的。”柏原望着电灯，自顾自地喃喃自语，仿佛房间里只有他一个人一样。

“这和我们有什么关系？”落蕾忽然轻声问了一句。

柏原停了下来，望了望地上缩得跟小猫一样的落蕾，忽然没头没脑地问了句：“你喜欢过平安夜吗？”

“谈不上喜欢也谈不上不喜欢。”落蕾依旧颤声回答。

“她很喜欢，她甚至说什么春节、端午之类的节日就该取消，那都是老头老太太过的。每次到圣诞节她都很开心，还要我陪着她守夜，我虽然不快，但还是答应了她。一年又一年，直到去年的圣诞节，我依旧满心欢喜地穿成个圣诞老人的模样，对，就像现在这样，等着她来，我在袋子里还准备了一个礼物，想要送给她。

“她终于来了，吃惊地望着打扮如同小丑的我，没有笑，而是厌恶地转过头，沉吟了许久，终于开口说话。

“‘你要我说你什么好呢？柏原，我们不是小孩子了，或许以前你这样干我会很开心，可现在呢？我不想再和你一起过着节衣缩食、低人一等的日子了，你有才华，你有本事，为什么要学什么隐士一样埋葬自己？相信我，走出去，你可以有更好的天地的。不过我不适合你，这样下去我所学到的东西根本无从发挥，女人的事业期很短暂的。我今天来是告诉你，我要去美国了，大概就这几天，所以，所以我是来和你说再见的。’说完，她低着头，小声抽泣着。

“我当时傻了，真的傻了，我甚至跪在地上求她，求她别离开我，我可以为她作任何改变。可是她不答应，一边哭一边往外走，直到我们纠缠到水缸旁边。”柏原的声调猛地拉得好长，仿佛将要被宰杀的公鸡一样，他情绪很激动，脖子伸得老长，脸在昏黄的灯光下一片血红。

“我愤怒了，我一边骂她，一边推了她一下。她像风筝一样飞了出去，头撞在了水缸上，对，就是你站过的地方，你应该也摸到那里的裂痕了吧。”

我一惊，原来是这样。

“不过她没死，我还在她的提包里找到一样非常有趣的东西。”柏原站了起来，走到我面前。

“你知道是什么吗？是一张化验单，她居然怀孕了。”他的脸在抽搐着，随即狂笑，“而我，而我从头到尾都没碰过她！她居然怀孕了！”

“我终于明白为什么了，她早就和别人私通了，这个婊子！她在昏迷的时候还不停地喊着‘孩子，孩子’。于是我想到了一个非常恰当的报复方法，我没有杀她，却用了比杀她更好的办法。”柏原得意地说。

“我有一个朋友，专职负责人流。我马上找到了他，并告诉我的这位医生朋友，我的女朋友怀孕了，并且在家摔倒，需要让他来一趟做个手术。于是，这个孩子，或者说这个孽种被我拿了出来。事后我重谢了那位朋友，并告诉他别告诉任何人。

“接着，我把那个未长成的孩子放进了一个大玻璃罐子，并放在了这个房间里。”说着他指了指那个罐子，我看了看，觉得一阵恶心。

“至于那个女人，我把她养在了水缸里面。对了，你不是对水缸很好奇吗，我这就把她放出来给你看看。”说着，柏原把袋子口放开，然后把袋子扔到了角落，并走到那个玻璃罐前，打开了黑布。

那果然是个未发育完全的胚胎，不过已经有初步的人形了。胚胎的头异常的大，不知道是光线照射的错觉还是怎么回事，浸在黄色液体中的婴孩四肢带着半透明的玻璃似的光芒。那还未张开的眼睛却对着外面，小手也握得死死的，小脸上一脸凶恶的表情，带着对还未接触到的人世的不满和怨恨。柏原走到落蕾面前，用手捧起她的脸。落蕾吓得脸色惨白，嘴唇不住地颤抖。

“你真漂亮，也很像她。不过忘记告诉你了，这房子之所以是红色的，是我用那女人的血封住的，母血封子，我还真是查了很多书呢。再过一会儿，那孩子就会出来了，被人强行从母体中拿出来的他很不快乐呢，他会到处找更适合的女性身体。”说完，他大笑着走了出去。

我大骂道：“你是个疯子！”柏原笑道：“你不是爱她吗？快点想办法去救吧，否则等那孩子爬进岳记者身体就晚了。”说着把钥匙扔在地上，走了出去。

房间再次只剩下我和落蕾两人，落蕾不知所措地望着我，大眼睛里满是泪水。我拼命往扔钥匙的地方移动，可是柏原看似随意扔的地方，我即使把脚勒得生疼也够不着，总差那么一点。我不能放弃，哪怕像上次独眼新娘一样，即便要我的眼睛，我也要把落蕾救出来。

当我想办法接近钥匙的时候，那个袋子的口打开了。

袋子里伸出一只手，那姑且算是手吧，或者说爪子更为合适，因为那手臂简直如同一段还没烧干净的木柴，又黑又瘦，木柴的末端连接着同样如鸡爪一样的手掌。我看见那手指的指甲几乎磨破了，泥巴和血混和在一起，成了黑色的血痂。

那袋子里的东西依靠那只手向我这里爬来。紧接着袋子里又伸出了另外一只相同的手臂，不过上面伤痕累累，有刀伤，也有烟头的烫伤。如果你看见一个黄色的麻布袋子靠着双手爬行，在昏黄的灯光中向你慢慢靠拢还算可以接受的话，那接下来发生的恐怕落蕾一辈子都无法忘记了。

几乎是同时，那个孩子出现在落蕾的前方。我本在注意那个袋子，随着落蕾的尖叫看了过去，果然，那个尚未发育完整的婴孩依靠四肢慢慢向落蕾爬去，而玻璃罐子里孩子的尸体还在。

是婴灵吗？我记得听纪颜谈过，这种无法来到人间的孩子往往带着极强的愤恨，而且他们没有什么思想，只是单纯地要回到他们喜欢的温暖的子宫里去，这可不是我和落蕾希望看到的。

问题是我这里的麻烦也来了。袋子已经爬到我面前了，我听见里面传来呜呜的声音，就像是被捂住嘴的小动物发出的声音一样。我想踢开袋子，却浑身无力，看来药性还没消失。

那双手已经摸到我了，接着顺着我的腿向我爬过来。旁边的落蕾已经叫不出来了，只是尽可能地缩到角落里，一边抽泣一边看着我，她说不出话，但那眼神分明是叫我救她。婴灵离落蕾已经只有几米了，他仍然不停地往前爬着，一边摇晃着身体伸着手往前抓着，一边拿巨大的脑袋往前探。

“别怕，我会来救你。”我虽然在安慰落蕾，但袋子已经爬到我胸口了，我终于见到了袋子里的人，不，或者说东西更好。

她应该就是柏原说的那个女孩吧，现在看去哪里有女性的样子。她的脸从袋子里缓慢地伸出来，正对着我，这下轮到我说不出话了。

不知道各位听过人彘吗?

汉高祖刘邦（我习惯叫他流氓）去世后，吕后把刘邦生前最喜欢的儿子赵王如意杀死，接着把如意的母亲，也就是刘邦的宠妃戚夫人的眼睛弄瞎，鼻子割掉，耳朵弄聋，嘴唇用线缝起来，并把手脚砍去。

这就是人彘。

眼前的她虽然手还在，但柏原的残忍不亚于吕后。她的脸被蓬乱的头发盖住了一部分，但靠着灯光我还是可以依稀辨别得出来。这个女孩的眼睛和嘴唇都被麻线缝了起来，瘦削的脸、高耸而突出的颧骨，脸上有很多刀伤，耳朵也被割去了，而且我还看到，她的双腿虽然还在，但那畸形的样子告诉我，那是被人故意打断再乱接好的，骨骼已经完全变形了。她无助地用手扒拉着我，嘴巴发出呜呜的声音，手紧紧地抓住我的衣服。

“如果你听得到，在你的左边有钥匙，求你赶快拿给我，我要救我的朋友。”我对她大声喊道，这个女人似乎听到了，点点头，往右边爬过去。

婴灵的手快摸到落蕾的脚了。

在我的指挥下，女人很快摸到了钥匙。我叫她递过来，迅速打开了铐在身上的脚镣，并冲向落蕾那里。

我想用手赶走婴灵，但他仿佛看不见我一样，执著地朝落蕾爬去，而我的手也根本碰不到他。婴灵已经爬上落蕾的身体，我绝望了。

婴灵忽然停了下来，大脑袋左右摇摆着，似乎在寻找什么。这时候，我看见那个麻袋里的女人用钥匙挑开了自己嘴巴上缝着的线，满嘴都是鲜血。

“妈妈，妈妈在这里啊。”那声音如同刀子刻在石头上一样尖厉而撕心裂肺。她张开双手，四处在地上摸索，嘴里喊着那句话。

婴灵依旧闭着眼睛，他的大脑袋在落蕾和那个女人之间徘徊，最后，他选择那个麻袋里的女人，并爬了过去。我把落蕾抱在怀里，她全身都在颤抖，像过米的筛子一样，手也是冰冷的。

婴灵爬进了那女人的怀里，然后消失了。我回头看了看那个玻璃罐子，果然，里面孩子的神情变得柔和了，先前的凶狠不见了，紧握的小拳头也松开了。而那个女人趴在地上哭泣着，但她被缝住的眼睛很难流出泪水，血顺着线的缝隙流了出来。一切都结束了。

柏原走了进来，用带着无限鄙夷的目光看着地上的那个女人。

异闻录

Yi Wen Lu

这个女孩的眼睛和嘴唇都被麻线缝了起来，瘦削的脸、高耸而突出的颧骨……

“这下开心了吗？母子团聚了？对了，你还没告诉我你的情人是谁呢，都怪我太着急缝住你的嘴巴了。”柏原蹲了下来，抓起女人的头发，望着她。

我想冲过去揍他，可力气仍未恢复，而且我看见柏原的手里还拿着一把刀。

接下来的事令我难以相信，那女人忽然嘴角动了动，然后以不可思议的速度向柏原扑上去，用嘴巴咬住了他的喉咙。柏原痛苦地大叫着，躺在地上挣扎，小小的屋子里，柏原仿佛在和一个动物作战一样。他用手拼命拉着女人的头发想拉开她，但女人像饥饿的狼咬住猎物一样，根本不会松口。他用手中的刀狠狠地刺向女人的身体，血喷如注，但也毫无用处。我捂住落蕾的眼睛，因为即使我看了也不免胆寒。

柏原在地上翻滚着，叫喊着，声音越来越低，动作也越来越迟缓，地上已经有好大一摊血，有女人的，也有柏原的。

过了一会儿，他不动了，他身上的那个女人也不动了。我走过去，柏原已经断气了，但那个女人还有点气息。

我把她抱起来，她的声音很微弱，但我还是听到了。

“我很爱他。”说着，她扶着柏原的身体，把被血染得鲜红的嘴唇靠在柏原嘴上，接着就死了。我摇摇头，从柏原身上搜出钥匙，打开了落蕾的镣铐。

我找到了自己的手机，已经快十二点了，这个平安夜会让我记得很久。

坐在客厅里面，看着警察进进出出地忙碌着。我又看到了那只壶，原来那是只双子壶，壶的里面分了两部分，而且非常紧密，只要动一下壶顶的珠子，倒出来的就是另一边的茶水。壶身上写着一行字：“两情若是长久时，又岂在朝朝暮暮。”我把壶放下，看了看落蕾，她对我笑着。

“还打算今天晚上和你一起去好好玩一下，看来平安夜要过去了。”

“嗯，不过还有新年啊，反正节日很多的。”落蕾眨了眨眼睛。

一星期后，落蕾从惊吓中恢复过来。而我和纪颜又去了一趟那里，我央求纪颜为他们三人超度一下。因为我在警察的调查下，还知道了些其他的事。

那个女孩是非常爱柏原的。她被人强奸后怀孕了，她不敢告诉柏原，因为她觉得柏原是不会接受这样一个结果的，于是她想提出分手，不想让两个人都痛苦，而且也想激励柏原好好地利用自己的才华做一番事业，但没想到换来了这种结果。

“平安夜好像是基督耶稣降临的日子吧？”纪颜忽然问。

“嗯，是的，所以第二天是圣诞节。”我回答完好奇地问他，“你问这个干什么？”

“耶稣其实说起来也是个私生子吧，他的母亲也是突然怀孕的。”

“你的意思是指如果柏原可以接受那个孩子的话，那那个平安夜就真的符合它的意义了。”我恍然大悟道。

“可惜，他不仅没像马利亚的父亲一样宽容，居然还折磨自己的爱人，弄了个这样的结局。”纪颜叹了一口气，然后冲我笑了。

“你该感谢他，可能他看见你和落蕾，心里忽然想起了以前的自己，嫉妒心使他想折磨你们两个，不过似乎把你和落蕾拉得更近了。”

我也笑笑，手机响了，是落蕾的短信，她叫我今天中午一起去吃饭。真是个好消息呢。

第二十五夜
怨崖

“我点点头，走进去看着做饭的李多，她耳朵上的十三颗耳钉闪着耀眼的光芒。”

有些人，从出生就注定是对手，就像草原上的小狮子和小瞪羚，狮子必须跑过瞪羚才不会被饿死，而瞪羚也必须跑过狮子以免成为其果腹之食。所以，并不是狮子就一定决定着瞪羚的命运，两者之间互相影响。

黎正和纪颜就是如此。从钉刑到老屋，黎正仿佛如鬼魅一样，似乎对纪颜有着天生的敌对感。我问过纪颜，他在钉刑事件以前从来就不知道黎正这个人。

新年快来了，这种日子里人们做什么事都是开心的，仿佛新的一年可以洗刷以前所有的不快和倒霉的运气，人人脸上都是满意的神情，连平日里凶巴巴的老总也露出少有的笑容。其实元旦不过是普通的一天，特别是对某些人来说。

阴穴，那个纪颜和谢依达曾经取走返魂香的地方，至今仍可以依稀听到九尾狐灵体低沉的吼声。纪颜说，在那件事之后，谢依达的妻子莱伊派人把那里封锁了起来，任何人接近都可以在警告后射杀，站岗的都是雇佣兵。莱伊把所有以前挖掘出来的古玩都变卖了，你恐怕难以想象那是多大的一笔财富，我只能说粗略地估计，那绝对是南美洲几个大毒枭的财产之和。莱伊现在专门从事古墓的保护工作，但是她今天居然来到了这个城市，这是纪颜刚刚告诉我的。

“所有的守卫都消失了，是的，就像蒸发了一样，没有任何踪迹，现场只留下他们的衣服和枪支武器。虽然这些雇佣兵不像海军陆战队那么强，但都是职业军人，这太匪夷所思了。”纪颜见我一来，就说道。旁边坐着一位三十左右的女性，皮肤呈健康的棕黑色，穿着一件黑色的皮制夹克和紧身裤，脸庞干净，眼睛很大，鼻梁明显和普通的中国人不同，我猜想她就是莱伊了。最奇妙的是，她的眼睛一只褐色、一只黑色。

“你好，我叫莱伊。”她见我来了，站了起来，我这才觉得她竟和我差不多高。

“你好，我叫欧阳轩辕，你叫我欧阳就可以了。”我和她握了握手。一阵照例的寒暄后，我们步入正题。莱伊提到，发现出事后她看了看监控室的摄像头，发现是两个奇怪的人进入了藏有阴穴的那个谢依达的房子，而且其中一个看上去非常古怪。

莱伊把带子带来了，不过纪颜家放不了，我们只好来到报社。那里有录像机，本来是用来录制节目的，但许久没用了，平日倒也没人看管，现在派上了用场。

画面一开始，就是从两个站岗士兵的斜45°方向拍的。

两个人都比较高大，一个似乎是美国人，另一个是中国人，因为他后来说了一句中文。

起初两人在用简单的英语聊天，似乎是那个美国人抱怨没办法回去过圣诞节，过了会儿他们就一起把枪对着前面，开始高喊Stop（停）。紧接着他们开了枪，但从两人脸上的惊讶表情来看，显然那两个陌生人在继续靠近。

终于，画面上出现了一个人，这个人我和纪颜再熟悉不过了，银发，白色西装（难道他不冷吗），还有那张戴着墨镜总是微笑的脸。

“黎正！”我和纪颜同时喊道。接下来我们看到的就无法用现有的知识来解释了。

我们看见黎正对着后面招了一下手，一个全身裹着大衣、头戴帽子的人走了过来，根本看不见容貌。但有一点可以肯定，他很高大，因为即便他弯着腰，也几乎和黎正一样高。

那个人走近了士兵，也就是那个美国人，然后用戴着手套的手碰了他一下，那个美国人连哼都没哼一声，一下就消失了，是的，是完全消失，只剩下军装、枪。旁边的中国士兵吓呆了，忍不住高喊了一句：“你们到底是什么人？！”

这时黎正笑着说：“告诉死人名字有什么意义？”接着这个人也步了刚才美国人的后尘，消失了。我和纪颜看得呆住了，“你知道这是怎么回事吗？”

纪颜托着下巴沉默良久说道：“不知道这是什么，虽然双界湖之类的地方会把人吸进去，但那种东西是无法控制的，而黎正旁边的人显然是很熟练地就让人消失了。”正说着，黎正和那个怪人又走了出来，手里赫然拿着一个圆形的物体，通体透明，非常漂亮。他似乎知道有摄像头，挑衅似的把手里的东西朝这边晃了晃。

“就差你那块了。”他说完便走了。显然，黎正手里拿着的东西是和氏璧，那里面有一块返魂香，加上老屋里他抢走的一块，三块之中他已有其二了。返魂香可以救人，但似乎没人提及如果三块在一起会发生什么。

“录像就只是这样，我不知道该怎么办。虽然刚才纪颜把他和黎正以往的恩怨告诉我了，但我还是希望大家一起把那块返魂香拿回来，毕竟那是我丈夫曾经为之拼上性命的东西。”莱伊话语间有些伤感。也难怪，毕竟她和谢依达感情很深。

“今天是今年的最后一天了，不如我们去街上看看吧，黎正在暗处，他到时候自己会出来的。”纪颜建议道。我和莱伊点了点头，当然，我们也叫上了落蕾和李多。

明天就是元旦，平日里本来就非常热闹的大街现在更加拥挤，还有很多表演的艺人，大都是商家请来促销的。虽然落蕾和李多非常开心，总在小吃摊和服装店流连，但我们三人时刻想着黎正是否会突然出现。

“看哪，前面好热闹，过去看看吧。”李多突然指着前面，一大片人围观，肯定是有什么活动吧。纪颜似乎不想去，人多的地方杂，大家很容易被冲散，但禁不住李多百般纠缠，还是去了。

挤进去一看，原来是在表演魔术。一位非常高大的魔术师戴着面具，穿着黑色的长袍在向路人表演魔术，大家非常着迷。

“现在我想为大家表演个大变活人的魔术，我需要一位志愿者。”魔术师停止了表演，忽然走到李多面前。

“美丽的小姐，请问你愿意充当一下临时演员吗？”说着伸出手。李多高兴地走出来，纪颜一时没拉住，只好轻叹了一口气。

魔术师把李多领到中间，让她闭上眼，接着拿来个黑色的大袋子，把李多全身罩住，然后手一挥，袋子就掉在地上，显然，里面的李多消失了。纪颜眉头一皱，冲了进去。

纪颜想抓住魔术师，但旁边忽然有人高喊：“这里有免费的小礼物派送啊。”人群哄的一声散掉了，大家一下被挤散，等聚到一起才发现，魔术师和李多已经没有踪迹了。

“该死，我太大意了，那个人一定是黎正。”纪颜握紧拳头，我从未见他如此紧张和愤怒。这时候，前面走来一个人，就是刚才的魔术师，不过他已经拿掉面罩了，果然是黎正。纪颜想冲过去，但又停了下来。

“你我的争斗和她无关，你要是个男人就放了李多。”纪颜压着嗓子吼着，如同一头被激怒的狮子。黎正手插在裤子口袋里，高昂着头，不屑地望着我们，哈哈大笑起来。

“你在开玩笑吧，我连人都不是，你不需要拿这个来激我。不过我告诉你，如果你想救回那个美丽的小女孩，就拿你手里的返魂香来交换，交换的地点是怨崖，你应该知道在什么地方。我只给你三天时间，时间太长了，我怕我的那位助手会忍不住。”说到这儿，黎正把手插进头发里，又放肆地大笑起来，大家没说话，只是冷冷地望着他。路边的行人也有停下来的，好奇地望着我们和黎正。

“好了，三天后，我们怨崖见，你也不想那么活泼可爱的小姑娘变成一堆腐肉吧。”黎正继续高声笑着离开了。

“为什么不干脆抓住他？”莱伊问。

“没用，第一我们没有确定的把握，第二，他可是说到做到。”纪颜尽量控制着自己的怒气。

“他到底要返魂香做什么？还有怨崖是什么地方啊？”落蕾问。

“一千多年来，从未有任何人凑齐过三块返魂香，我也不知道他到底想做什么。但怨崖我知道，我的祖父和父亲包括族人都一再提及，纪氏族人谁也不要轻易靠近那里。而且我只是听说过，具体怎么去并不知道。我这就叫叔叔过来一趟，也好有个帮手。”

“好，我们一起去。”我望着纪颜，纪颜也望了望我，迟疑了一下。

“虽然很危险，但我知道我阻拦不住你，好吧，我们一起去，不过你们小心吧。我感觉录像里和黎正在一起的绝对不是善类，不，或者说他不是人才对。”

纪颜和我立即准备东西，而且纪颜的叔叔纪学在下午也赶来了。与上次见面相比，他除了有些瘦之外，没有太大变化，依旧穿着灰色的长褂，在这城市里面显得有点格格不入。

“不行，你绝对不能去怨崖。”纪学一听就连忙摇头。

“为什么？我必须在三天内过去，要不然多多会有危险的。”纪颜着急地喊道。

“我说了不行就是不行，唐以来的一千多年，我们纪家的祖训就明确说了，谁也不要靠近怨崖，否则性命难保。纪家到你这代已经人丁单薄了，你又是长子长孙，也没有其他兄弟姐妹，万一有什么差池，我回去如何向你奶奶交代？”纪学也激动起来。我们只好坐在旁边看他们叔侄二人争论。

“祖训？都过了一千多年了，就是有妖魔鬼怪也化成灰了。黎正什么都做得出，如果我不去，多多必死，我去还可以拼一下。您经常教导我们，我们纪家世代都以救人为己任，祖爷爷不也是为了救人才牺牲的吗？”纪颜努力想说服叔叔。纪学不再说话，而是坐在一旁猛抽烟。

“叔叔，时间不等人，我们立即出发吧。”纪颜再次着急地催促纪学。纪学站了起来，把衣服整理一下，长舒一口气。

“好吧，但是你和你的朋友千万要小心。他抓走李多既做人质又可以搅乱你们的心绪，遇事不要慌就可以了。怨崖其实是在这世上不停地移动的，一般并不知道它确切的方位，但返魂香可以找到。”

“哦？为什么？”我好奇地问。纪学停了停，郑重地说：“怨崖其实就是冤死或者死前带有极大怨恨之人死后的集中地。它们无法被超度，像滚雪球一样积累得越来越多，而且无法逃离，就像黑洞一样。怨崖没有什么具体形状，怨灵们会堆积在一起，执著地不停地往上爬，希望可以进入极乐，但结果像沙丘一样，最终又滚下来。所以说，就像爬山崖一样。与其说是返魂香对怨崖有反应，倒不如说是返魂香吸引着那些冤魂。据说三块返魂香如果拼在一起，可以起到钥匙的作用，打开怨崖。如果黎正真想这样干，这个世界就不得安宁了。”纪学说完，我们都惊讶不已，难道那个疯子真想这么做？

“不知道为什么，似乎怨崖与纪氏家族有莫大的关系，所以我们被再三告诫，不要靠近它。好了，现在你们都知道了，我们不但要救人，而且不能让黎正把三块返魂香都拿到，否则虽然救出李多一个，但倒霉的就是很多人了。”听纪学一说，众人都不再说话，大家都感到肩膀有些沉重。纪学这次来没带什么，只有一把匕首和一个黑色的小袋子。他说袋子里装的是金粉，匕首是纪家世代相传的，可以辟邪驱鬼。

纪颜拿出返魂香，不是平时的墨黑色，而是中心发出淡淡的红光，纪学拿过来握在手中。

“我们走吧。”纪学握了一下，然后说道。

根据纪学对返魂香的感觉，我们来到了古都西安。这座古老而历史悠久的城市，曾经是中国历史上最强大王朝的都城。也就是说，怨崖就在西安城附近。

来到这里，我就不自觉地被它无法抵挡的城市内在魅力折服，虽然它已不复当年的繁华，但其中的霸王之气是无法磨灭的。半坡村文化遗址、秦始皇兵马俑、唐代慈恩寺、西安碑林、明代城墙、临潼骊山，无论哪一处都是国家级的重点文物保护单位，哪一处都是世界游客向往的历史古迹。

不过我们可没有闲情逸致去欣赏，今天已经是和黎正约定的最后一天了。但我们还无法找到怨崖的准确位置，看来返魂香也只是可以指明大概的方向而已。

“长安是六朝古都，王气环绕，八水绕城，南依秦岭，北临渭河。同时也是历来兵家战事之地，怨崖会在这里也不奇怪。不过按照八门对照，应该在城市的东北方向。”纪学一边看着西安地图，一边说。

“那里叫骊山，当地人说里面有座没完成的废塔，据说被用来放骨灰，而且阴暗得很，我想黎正应该在那里等着我们吧。”纪颜也说道。

“那我们就去骊山吧。”纪学收起图纸，现在离最后的限期只有八小时了。

下午四点，我们来到了骊山。虽然刚才天空还很晴朗，但看到塔后，似乎空气就开始变得凝重起来，我们的呼吸也快了很多。这座塔看来的确有些年头了，塔有七层，感觉和一般用来保存佛骨的佛塔很相似。

“这次不知道有什么危险等着我们，我作为纪氏的分支，没能好好保护你父亲已经很内疚了，我绝对不会再让你受到任何危害。如果这次我回不去，你就把我的骨灰带回村子，纪氏家族的子孙一定要葬在祖坟。”纪学忽然感慨地说。

“不，不会的，叔叔！我们会一起回去的。”纪颜用坚定的语气回答道。

“那就难说了！”居然是黎正的声音。果然，他正在塔的入口处，斜靠在门栏上。

“李多呢？”纪颜问。

“别担心，小公主在塔顶休息呢。你果然没失约，既然你能找到这里，证明你带返魂香来了。”黎正忽然望向纪学，“居然还请了帮手啊，不过这只是徒劳罢了。和我上塔吧！”说着，自己走进了塔里。

“不是说在怨崖吗？”我奇怪地问。

“怨崖没有具体的形态，除非它愿意在你面前显露出来。”纪学回答我说，然后大家跟着黎正走进了塔。

“你知道吗，纪颜，我为什么千方百计地想取回返魂香，我为什么知道你的一切而你对我毫无所知？”黎正带着我们在楼梯上缓慢地向前走，一边走，一边大声喊道，声音在破旧的塔楼内回荡，仿佛要被震塌一样，灰尘不住地往下落。塔里到处是脱皮的墙坯，虽然颜色大都退掉了，但是依稀可以看见和敦煌壁画一样的图画，人物大都衣着宽松华丽，体态丰满。楼梯的扶手满是灰尘，看来很久没人来过了。

纪颜和纪学没有搭腔，黎正一个人说着。

“我和你的祖先，原本是辅佐太宗李世民的两大家族，我们在历史文献上默默无名，但如果不是我们的祖先为他除妖驱鬼，只凭他所谓的军队怎能统一中国。

“直到他杀弟弑兄，登基为皇，我们的祖先依旧只能躲在阴暗的角落里，为巩固他的皇权竭尽所能，包括镇压他兄弟的冤魂，作法远征高丽，保护皇宫的安宁。你们纪氏家族擅长以鲜血为力量除妖，而黎氏则驱使鬼进行暗杀，尤以黎氏的桃木钉刑最为著名，所以太宗御赐了五根桃木钉，其中一根还写了‘黎民苍生，正气永存’以示表彰。李世民甚至还谕封了我们家族李姓。

“但是，到了贞观末年，返魂香在长安出现后，妖孽横行。太宗的宫殿经常听见鬼哭狼嚎，还有人传闻看见已经死去多年的李建成和李元吉兄弟。于是，太宗命黎氏和纪氏分别负责看守返魂香和除妖。这个时候，我的祖先，当时黎氏的族长，也是黎氏家族最强的人，当时他还叫李连，无意发现了返魂香起死回生之外的特殊用途，他上报给皇帝。但太宗那时候正为自己的几个儿子为皇位互相杀戮而烦恼，他认为这是他的报应。加上长久以来，皇帝的众多大臣都惧怕我们家族强大的暗杀和驱鬼的能力，居然以黎氏接触亡魂太多、沾染邪气、妄图占据宝物、暗连齐王李佑图谋造反等莫须有的罪名，要将我们灭族，而这个任务的执行者就是你们纪家。因为皇帝认为，这样既可以看看纪氏的忠诚，又可以让两强相争削弱彼此的力量，真是歹毒啊。”黎正说到这里，停了下来，回头冷冷地看着纪颜两叔侄。

“他说的是真的？”纪颜问道。纪学摇摇头：“我也不清楚，但我们家族的确是唐以后才搬到现在的村子里的，而且家训上也说过，不可和黎姓之人交往。”

“好的，我接着说。”黎正清了清嗓子，我们已经走到第三层了。

“那天夜里，纪氏族人包围了我们家。由于在井里事先下了毒，几乎没有多少抵抗，全族人都被抓住了，直到被绑起来，我们的族长都不明白究竟是怎么回事。当他知道自己快要被灭族的时候，他恳求他的好朋友，也就是带人抓他们的人，纪氏家族当时的族长——纪贤为黎家保留一支血脉。就这样，或许是突然的良心发现，纪贤放过了黎连当时最小的一个儿子。然后其他人被满门抄斩，一个都不留。

“纪贤见好友落得如此下场，也向太宗辞行，带着全家人隐居起来。而被杀的黎氏一族，在巨大的怨恨中产生了怨崖。这也是怨崖形成的最初原因。后来太宗认为返魂香乃不祥之物，命深藏，最后才在鉴真东渡时赠之让其带回日本。

“一千多年来，这件事被代代相传，并刻在这里的塔墙上，我也是在我母亲临死前才知道了这件事。可笑的是，我冥冥之中居然被那个姓黎的警察收养，或许这都是命运的安排吧。”黎正的声音忽然变得柔和了许多，真不像他啊。

“那你是想复活你的族人？”我问他。黎正回头笑道：“这可是秘密，你等一下就会知道了。”说着抬头看了看，“塔顶快到了。”我一看，果然，塔顶快到了。我感觉身后的衣服被抓紧了，回头一看，落蕾惊恐地睁着大眼睛，抓着我的衣服。我握着她的手，她看上去才好了些。塔顶是个巨大的椭圆形，中间站着一个人，身材修长，但是由于穿着黑色长大的风衣，还戴着头罩，我看不清楚他的样子。他脚边躺着一个人，果然是李多，不过昏过去了。

大家都登上了塔顶，黎正踱步到那人面前，似乎说了什么。

“把返魂香给我，我们放人。”黎正站在前面，塔顶的风很大，吹得他的头发都把脸盖住了。旁边的人把李多扶起来，这时候她似乎有些清醒了。

纪颜拿着返魂香，这时候返魂香已经全部变成红色了，如同血石一般，黎正则押着李多走过来。两人一点点走到塔顶中间。

“真的要把返魂香给他吗？”我小声问旁边的纪学。

“我会去掩护纪颜，等李多一过来，我就会跑向他们，纪颜会缠住黎正，你们只要保护好自己并看好李多就可以了。不过奇怪，录像里不是有个很高大的人吗，但似乎不在这里啊。”我一看也对，站着的那个虽然比较高，但完全不像录像中的那个。

黎正似乎非常大意，居然先放李多过来了，李多的眼神很迷茫，走起路来也摇晃着。

“她似乎有些不对啊。”莱伊奇怪地说。

只在一瞬间，就在纪颜手拿返魂香，另一只手刚要碰到李多的时候，我看见黎正笑了，那是充满自信的笑容，就像他在医院逃脱追捕，就像他在老屋拿走其中一块返魂香时一样的笑容，我依稀觉得有点不妥。纪学已经拿着匕首冲向了黎正，同时，李多猛地睁开眼睛，从纪颜手中抢走了返魂香，并顺势把什么东西插进了纪颜本该来接住她的手腕里。而另外一边，纪学的面前站着那个穿着黑色长风衣的人。纪学焦急地看着躺在地上握着受伤手腕的纪颜，但他又无法过去。

一切发生得太突然了，我们都没反应过来。倒是莱伊第一时间冲过去，搀起了纪颜，纪颜满脸疑惑地看着李多拿着返魂香给了一旁的黎正。我这才看清楚，插在纪颜手腕上的是一根钉子，一根木钉子。钉子插得很深，几乎穿到另一面去了。纪颜咬着嘴唇，额头上全是冷汗，但与心里受到的伤害相比，手上的伤不算什么了。

“很意外吧？我刚才似乎说漏了一点，这个美丽的小公主，就是我的亲生妹妹。”黎正得意地走过来，手里摆弄着返魂香。

妹妹？这是怎么回事？

“当我和妹妹先后出生后，父亲居然无法承受我们从小就带给他的巨大的不祥感，他觉得我们会毁掉这个世界，他甚至想杀了我们。母亲在妹妹刚出世没多久就把她交给孤儿院，并再三告诉院长她叫黎度，估计那人听错了，居然听成了李多。不过将错就错，妹妹居然被你父亲收养了，真是命运开的玩笑呢。一星期前我找到她，并且告诉了她一切，那天的魔术表演其实是我们早就策划好的。怎样？纪颜，是否有一种巨大的挫败感和被愚弄的感觉？”说完，黎正开始狂妄地大笑。李多茫然地站在他旁边，头发被风吹得非常凌乱，她的手上、衣服上还有刚才纪颜的血。

“三块返魂香都到手了，您可以现身了。”黎正把手里的返魂香扔给一边的高个子，那人接过来，把风衣脱掉。

也是满头的银发，不过他似乎比黎正要苍老很多，过胸的长须，高耸的颧骨，深陷的眼窝里一双凝神不外露的双眼，高直的鼻梁下面的嘴唇薄得如同女性的一样。而且他穿的似乎还是古代的衣服。

“我是黎连，也是一千多年前被唐王处死的黎氏一族的族长。”他高傲地作着自我介绍，虽然塔顶有如此大的风，我们却清晰地听到了他的话，一字不漏。他不是死了吗？

“返魂香之所以能够有起死回生的作用，是因为它本身就是靠吸收人的求生欲望得到力量的。当三块合在一起，甚至可以使怨崖得以打开，当然，我也可以完全恢复过来。不过这之前你们都必须死。”黎连虽然一派长者形象，但说话非常狠毒。他话还没说完，一个巨大的弯着腰裹着风衣的东西站在了纪学身后，和录像里的那个怪人一样。

我忍不住喊了句：“小心！”纪学马上躲避了它的攻击。

“如果被它触碰到，你就会被活着拖进怨崖了。”黎正笑嘻嘻地说，突然又把第二根钉子打进了纪颜的右腿。纪颜闷哼了一声，差点跪下去。我和落蕾想过去帮忙，但被纪颜挥手阻止了，而且他还让莱伊出去。的确，我们什么忙也帮不上。

“二对二，一千多年的怨恨今天应该了结了吧。”说着，纪颜挣扎着站起来，看了看纪学，纪学同样看了看他，眼神充满了信任。纪学拔出匕首，居然是把双刃匕首。他把其中一把扔给纪颜，同时在左手手掌画着什么，匕首猛地插了进去，当纪学把匕首拔出来的时候，已经是一把三尺长的血红色的剑了。

“血剑？”黎连冷笑了一声，“可惜它至多只能维持半个时辰，我倒想看看你的血能流多久。”说完他把返魂香插进了自己的身体，“现在三块返魂香都在我身体里，我的身体就是怨崖，我给你们半个时辰。如果你们打不倒我，怨崖的门就会被打破，这世界到时候会成什么样子我也不知道。嘻嘻，开始吧！”黎连双手拔出十根木钉，向纪学扑来。另外一边，那个裹着风衣的怪物也朝纪学跑去。

纪颜也拔出了血剑，可是他的似乎并没有纪学的颜色鲜红，而且时隐时现，看来那两根钉子对他伤害不小。纪颜对着李多大喊：“多多！你能听到吗？我不相信你会变成这样！我一定会救你出来！”李多转了转头，依旧没有反应。我忽然看见她的耳朵好像闪着光，到底是什么？

“管好你自己吧！我妹妹没空理会你！”黎正又向纪颜的左腿扔出了钉子，但这次纪颜躲开了。黎正把手合在一起，过了一会儿，肩膀上居然出现一只像爬虫一样的金色虫子，慢慢地蠕动着，没有眼睛，也没有肢体，不过在额头上有个黑色的“正”字印记。

“这才是控尸虫的真面目，今天我们两个只有一个人可以从这塔里走出去！”控尸虫以非常快的速度扑向纪颜，纪颜下意识地把血剑挥过去，控尸虫马上被砍碎，但立即全部粘在他身上，如同胶水一样使纪颜动弹不得。

“你在这里好好待一下吧。”黎正走了过来，同时把其余两根钉子分别钉进纪颜的左腿和左手。

“我还有更重要的事要做呢！”说完，黎正冲向正在一旁搏斗的黎连和纪学。

“没想到一千年后还有你这样水平的后辈啊，纪氏家族果然人才辈出，可惜，今天要在这里绝后了！”纪学一下没站好，腿被那个怪物抓住，他立即用血剑砍掉，那条断腿一下就消失了。

“你完了，等我把五根桃木钉钉进你的四肢和眉心，你将永远无法超生！噢，我忘记了，你已经没有了一条腿。”说着回头看了看走过来的黎正。

“你还真是我的好后代呢！我们黎氏家族很快就会重新回到这世上了！”黎正面无表情

异闻录

Yi Wen Lu

纪颜也拔出了血剑，可是他的似乎并没有纪学的颜色鲜红，而且时隐时现，看来那两根钉子对他伤害不小。

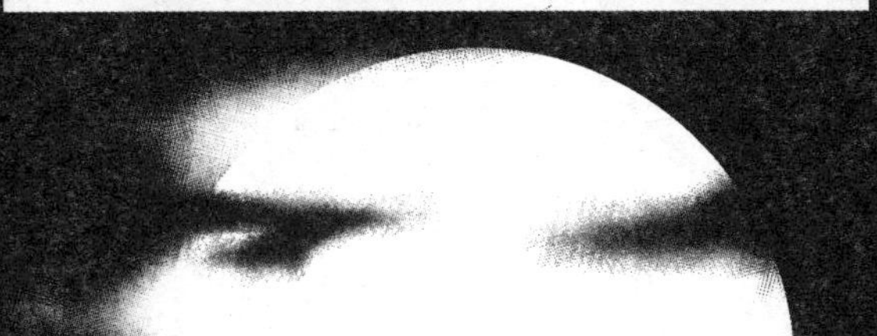

地点了点头。黎连再次转过来，把钉子插向纪学的眉心，纪颜在一旁无奈地看着。我们想冲过去，但那个裹着风衣的怪物横在中间。

钉子离纪学的眉心只有几厘米了，忽然停了下来。黎连的表情很奇怪，看上去似乎非常痛苦。我仔细一看，原来他的胸膛里竟然伸出了一只手！那手还拿着三块合在一起的返魂香！黎连满脸不解地低头看着那只手，黎正在一旁看着他。

手的主人是李多，她悄然站在黎连身后，在他最没提防的时候，给了他致命的一击。

"老东西，你真以为我会为了那一千多年的陈年旧事来使你复活？我不过利用你罢了，把你从怨崖召出来，只是想让你解决掉这两个麻烦的人，不过我不喜欢看见他们被你杀死，所以，你从哪里来，还是乖乖回哪里去吧！"说完，李多把手抽了出来，黎连轰的一下倒了下去，那个裹着风衣的怪物瞬间消失了。李多把返魂香交给黎正。

"好了，碍事的人都消失了。"黎正高兴地握着返魂香，然后抱着李多，抚摸着她的头发，"很快，很快我们又可以和妈妈团聚了。"李多依旧没有表情地点了点头。

"你到底想干什么？"倒在地上的纪学和被困的纪颜同声问道。黎正没有答理他们，只是向我们走来。他一下就把落蕾抓了过去，我和莱伊冲过去想抢回落蕾，但发现腿已经被控尸虫的残肢粘住了，根本迈不开步子。

落蕾几乎吓哭了。黎正轻声对她说："别怕，母亲回来需要一个身体，只有勉强为难一下你了。"黎正让李多抓住落蕾，自己把返魂香举过头顶，在塔的正前方出现一个巨大的黑洞，洞内隐约能听见非常悲伤的呼喊。我看见无数赤身裸体的人都在挣扎着朝洞外爬，但快到出口的时候又落了回去。

过了一会儿，一个类似人体的东西像泥巴一样从洞里流了出来，然后来到塔顶，渐渐恢复成一个人形。

是一位面貌非常慈祥的中年妇女，长相和黎正非常相似。黎正看见她，居然哭着喊道："妈妈！"一边的李多似乎也有所动容，朝那妇女走去。那女人微笑着看着他们，然后朝落蕾走了过去。

落蕾瘫软在地上，那妇女再次化为黑色的泥巴状的东西，朝落蕾滑去，正当快要接触到落蕾的脚时，忽然被什么东西击碎了，四散开来。我们都惊呆了，尤其是黎正和李多。黎正呆立在原地不知所措，而李多的表情更吓人，她的耳朵开始发出刺眼的光。

"臭小子，你居然为了复活你死去的母亲而利用我，我把你母亲的魂魄打碎，看你怎么办！"黎连居然还未消失，挣扎着把一根桃木钉扔了出去。李多的耳朵发出的光芒越来越亮，一道，两道，三道，直到第十三道光芒后，她已经被光芒吞没了。在场的人都惊讶得说不出话，尤其是黎连，忽然若有所思地喊道："我知道皇上灭我族的真正原因了！"

话还没说完，他就被金色的光吞噬掉，再也看不见了。困住我们的控尸虫也不见了。黎正满脸怆然地跪在地上，手里握着返魂香。李多的光也消退了，整个人瘫倒在地上，昏过去了。

塔顶的黑洞越来越大，似乎有更多的人要从里面爬出来。

“黎正！快关上怨崖！否则来不及了！”纪颜虽然没有被控尸虫所缚，但身体受伤太重也动不了。我们跑去扶住他的身体，纪学也慢慢爬了过来。

黎正站了起来，看了看地上的李多，又看了看我们，平淡地说：“来不及了，本来我是想等母亲复活后再关闭，现在晚了，除非有人可以带着返魂香进去，平息那些人的怨恨，怨崖就会彻底消失。”说完，他转过身朝怨崖走去。

“黎正！难道你……”纪颜朝他喊道。黎正把地上的李多抱了起来，放到纪颜面前。

“好好照顾她，别让她再打开耳朵上的封印了，我犯的错我自己会去承担。另外——”黎正说到这里顿了顿，居然拍了拍纪颜的肩膀。

“有你这样的对手真好。”说完对着纪颜笑笑，拿起返魂香飞快地冲向怨崖，黑洞一下就把他吞没了，紧接着开始慢慢缩小，直到消失不见。

塔顶又恢复了宁静。

“你没事就太好了。”纪学对着纪颜笑了笑。纪颜内疚地望着他。

“叔叔，你的腿……”

“没事，保住性命就很不错了。”

还好，纪颜迅速为自己止住了血，我们稍微休息一下就互相搀扶着下了楼。莱伊感叹着说：“返魂香就这样从世间消失了。”

“你说，黎正是不是就这样死了？”我问道，身边的落蕾一边扶着楼梯，一边靠着我的肩膀。

“不知道，或许他不会再出现在我们面前了。”纪颜略有些伤感，躺在他后背上的李多仍然没醒过来，我们不知道该如何向她解释这一切。

一星期后。纪颜在家休养，李多照顾着他。纪学已经回去了，他说不习惯在城市里待着，而且他也需要赶快回去报个平安。莱伊继续她的古墓保护事业了，并一再要求纪颜伤好后去她那里玩，我们答应了。

我和落蕾去探望纪颜的时候，李多正在照顾他。听纪颜说，李多醒来后就什么都不记得了，这对她来说未尝不是件好事。

“我总觉得，我总觉得最近似乎做了个好长的梦，而且好像失去了什么非常亲近的人，还好纪颜哥哥没事，吓死我了。”我们还是习惯地叫她李多。

“多多没事的，我不过是被车子撞了一下而已，恢复很快的。”纪颜赶紧敷衍她。我们也跟着打马虎眼。李多狐疑地看着我们，嘟着嘴说：“我总觉得你们在瞒着我什么一样。”

“哪里，你那么高的智商，我们哪儿敢骗你。”我笑道。

“那倒是。今天你和落蕾姐姐别走了，留下来吃我做的饭吧。”说着哼着歌走了进去。我们三人看着她的背影，忍不住都叹了口气。

“我不想欺骗她，等她心理再成熟些，我会告诉她的。”纪颜低着头说。我点点头，走进去看着做饭的李多，她耳朵上的十三颗耳钉闪着耀眼的光芒。

第二十六夜 船虱

“果然，在船尾处冒出了几个青白色的半圆人头，只露出额头和眼睛，盯着我，或者说盯着船更合适。最后几丝光线反射在那些光滑的脑袋上，泛着白光。”

李多（我还是习惯这个名字）的饭菜的确不太行，我们勉强吃完了。她乐呵呵地进去洗碗的时候，我问纪颜，黎连消失前说的话到底是什么意思，黎正说别再让李多解开耳朵上的封印又是为什么。纪颜摇头，他说自己询问过纪学，也查过资料，但那里也没有关于黎氏一族的事，更别提什么十三颗耳钉了。我只好作罢。

纪颜的伤并不重，我甚至开始佩服他那野兽般的恢复能力了。才过了几天，他的手脚已经可以动了。但还不能洗澡，大概还要过几天伤口才可以碰水。

“再不洗澡，身上就要有虱子了。”落蕾削着一个苹果笑道。

“我倒不会有虱子。对了，你们知道吗，轮船倒是会生船虱呢。”纪颜说。

“哦？那是什么意思？”李多洗碗回来，靠着沙发，盘腿坐在地板上。

“船虱本来并不算什么，但有的时候是致命的。”纪颜用手肘把自己撑起来，换了个较为舒适的姿势，开始了他的故事。

去年夏天，我打算乘船从大连出发去烟台，坐的是一艘客货混装船，船里不仅载着几百号人，还有几十辆汽车。上部是客舱，下部装载着过海的汽车和其他物品。我上去的时候，一些工人还在清理船底，旁边一位身材魁梧、满脸络腮胡子、穿着黑色上衣的男人正站在那里指挥着，他把裤腿挽到了膝盖处，赤着脚在码头上走来走去。我走了过去，想和他攀谈一下。

他叫刘伟，是船上的大副，为人很热情。距离开船还有段时间，我们坐在码头聊了起来。刘伟虽然才三十多岁，但脸上被海风侵蚀得很厉害，鼻梁似乎被砸过，斜歪向左边，红红的像一个折弯的辣椒一样。手上、脸颊红彤彤的，而且粗糙干裂得厉害，我不禁想起了长年缺水的田地。

在他旁边，我可以清晰地闻到那种混合着海水和体味的特殊味道。他开玩笑地抚摸着自己的鼻子。

“被桅杆打的，那次出海遇到了暴风雨，我在甲板上收帆，结果脚一滑，砸在上面，就歪成这样了，不过也没什么，能活着我就很感恩了。”说完他微微抬了抬头，粗大的喉结滚动了一下，似乎想起了什么事情。我看着轮船，好几个人在水里面擦洗着，于是问他船员们是不是每天都要擦洗轮船，因为我觉得船面并不脏啊。

刘伟的眼睛很深邃，像那种希腊雕像似的，他望着前方，忽然说：“他们擦的不是那种脏东西，而是船虱。”

“船虱？”我还是第一次听见这个名词。

刘伟见我惊讶的表情，微微抬了抬嘴角：“知道你会奇怪。知道鲨鱼吗？它们是海洋的霸主，大部分鱼看见它们都会走远，除了鲫鱼。鲫鱼长得像梭子，细长细长的，背上有一个吸盘似的东西，它们就吸附在鲨鱼的腹部，享受着免费的旅游，还可以从鲨鱼的嘴巴里捞点残羹冷炙。当然，轮船这种大家伙在海里面行驶也会招惹到这类家伙。但它们不是什么大问题，我们需要提防的是另外一种脏东西。”说到这里，刘伟忽然压低了声音，凑到我跟前，我看见他那像弹簧钢丝般的头发一根根卷曲着，跟打了摩丝一样。

“你知道吗？在那海里有多少冤魂，他们都是海难事故中死在大海里的人。冰冷的海水无情地将他们永远留在了海里，大多数临死前的人心里都期望着什么？当然是轮船，他们渴望被救起，再次进入轮船，所以那些死者只要看见海里的轮船就会执著地想要进来，然后把整船的人都带进海里，我们一般称他们‘船虱’。”刘伟说完，拍了拍我的肩膀，哈哈大笑起来。我对他的话感到惊讶，然后又被他的笑搞迷糊了。

“别害怕，跟你开玩笑呢，我都在海上这么多年了，还从来没见过船虱呢，那不过是传说罢了，大家只不过在清理船壁上依附的贝类而已。”说完他站起身，深深吸了口气。

“这味道真好，老子只要一天闻不到这咸咸的海水味就不舒服。”他把我拉起来向轮船走去，“走吧，再过一会儿我们要起程了，跟你聊天很舒服，如果有什么需要请到船员休息室找我，我会尽力帮你的。”我感谢了几句，跟着他上了船。

这艘船叫“天顺”号，已经服役五年了，船上刨去船员和厨师之类的工作人员，光我这样的游客有三百多人。下午五点，太阳就躲起来了，温度骤然降低。我不想待在甲板上做人体冰棒，于是走进了娱乐室凑凑热闹。外面阴沉沉的，轮船开始远远地驶离码头。我透过玻璃窗望着渐渐远去的大陆，忽然有种很不踏实的感觉，怎么形容呢，或许就是第一次坐轮船的人那种不安全感吧。

娱乐室大概有八十平米，有一些棋牌类玩具和书报，另外还有个小型的商店，你可以买点吃喝小点。我看了看，大都贵得吓人，但我有些晕船，于是买了包姜片，含在嘴里效果不错。而且我认识了几个人，其中就有一位是拖货的。他名叫赵卫东，四十上下，典型的老板，脑袋大脖子粗，每次谈得开心时都会爽朗地笑着把头往后仰，然后脖子上立即出现一圈圈轮胎。

“这次拖了二十辆，不过感觉这次船载的汽车还真不少，以前最多才五十多，今天居然总共装了六十多辆，看得都堵得慌，我真怕一个不小心他们的钢索固定不好掉进海里一辆，那我就要哭死了。”赵卫东端起一大杯牛奶喝了一口，他说医生说他有严重的胃病，所以他戒酒改喝奶了。

“哦？难道以前发生过吗？”我一听这话，便饶有兴致地问他。赵胖子忽然把我拉到一边，极低声地说：“你是不知道，有次大风，下层的车子载得太多，掉了一辆，后来几个船员想去重新固定，结果只回来一个。这事被船长瞒了下来，总公司也就不了了之。据说每次出船，下层货舱都能看见那几个冤死的船员趴在汽车上。”我有点想笑，但看见胖子一本正经的表情又忍住了。

“你是怎么知道的呢？”我问他。赵胖子认真地说：“我当然知道，那次就是我帮着运货的，还好不是我负总责，我的上司就是出了这事才被开了，于是我才有机会上来啊。”说完，他灌下一大口牛奶，满意地打了个饱嗝，连嘴角都没擦就跑去看人家打牌了。我百无聊赖地在这里转圈，忽然想起了刘伟，于是便去找他。

我走到娱乐室的下一层，船员休息室在配电室下层，旁边不远是厨房，负责整船人的伙食，这个时段里面已经很热闹了。船舱过道的空气还算是比较好的，虽然离厨房很近，不过看来通风设施还不错。过道只能容一个人舒适地走过，这时候就见前面走过来一个高个子的男人。

他穿着质地非常不错的短袖天蓝色丝制衬衣，不过下身却穿了条黑色金边的制服裤子，脚上是双黑色皮鞋，看神情像是船上的工作人员。他走近了，不过没有丝毫避让的意思，看来必须我让了。

“请让一下。”他终究还是说了句，语气却是升调，长长的、干净的方形下巴略微抬了抬，细长的单眼皮动都没动，嘴上虽然客气，但步子没有丝毫停顿。我躲让及时，没有被他撞到。我看着他的背影，有点不快。他走过去后，厨房好像响起了很大的训斥声。

“啊，你不是在码头的哥们儿吗？”前面过来一个人，高声喊道。果然是刘伟。寒暄了一下，他执意要带我去厨房吃点海味，其实我对海味的接触仅仅停留在鱼类上。

“大嘴，去搞点吃的来，我肚子饿了。”刘伟朝着一个身材矮胖的厨师背上狠狠拍了一下。那人回过头，果然嘴大，估计一斤重的苹果可以自由进出。

大嘴一脸愁容：“刚才船长来训斥我了，说我们厨房最近水平下降了。”

“船长？”我问。

“是啊，刚才来的。”大嘴答道。我问刘伟船长的容貌，刘伟不屑地说：“高长高长的，跟个小白脸一样，样子很欠揍，尤其是那下巴，真想拿拳头上去招呼。”看来我遇见的就是船长了，果然有点傲慢。

刘伟从大嘴那里弄来了点海产，大都是我没见过的。海参、鱿鱼、鲍鱼，海胆是刺猬状的，剖开生吃，肉如同常见的鲫鱼鱼子的颜色和形状。我大快朵颐一番，原以为坐船必是没什么胃口，没想到还有这样的美食，喝了两瓶极品的黑狮啤酒，仍然意犹未尽，但是没好意思再叫。

两人吃完后，和厨房的师傅打了招呼，就去甲板聊天了。

海风不大，现在已经快入夜了，在海上看天渐渐变黑是件很美妙的事，因为不只是天慢慢变成墨色，大海也慢慢变色。我和刘伟站在这里，享受着入夜后舒适的空气。

我伸了个极长的懒腰，忽然看见前面不远的地方似乎有什么东西，之所以会有感觉，是因为我觉得那好像是双眼睛。我的视力极好，所以我眯起了眼睛仔细看去。

果然，在船尾处冒出了几个青白色的半圆人头，只露出额头和眼睛，盯着我，或者说盯着船更合适。最后几丝光线反射在那些光滑的脑袋上，泛着白光。

我立即拍了拍刘伟，但当我们一起望去的时候，天一下就黑了，哪里还有什么人头。

“你眼睛花了吧。在海上经常会出现幻觉，加上快天黑了，你一定看错了。”刘伟肯定地说我看错了，但我对自己的眼睛是非常有信心的，不过这种问题多争论也无意义。

黑夜中，巨大的海轮在海洋里游弋，或许在陆地上它算是巨无霸了，但在海洋中，它显得十分渺小。

“纪先生。”我听到后面有人叫我，回头一看，居然是船长，也就是那个在过道中遇见的傲慢男子。我对他印象很差，但还是礼节性地点点头。

船长非常谦逊地老远就伸出左手，他胳膊极长，比常人要多出一截。我也伸出了手。

“实在对不起，刚才我忙着去厨房训斥他们，因为有旅客抱怨东西做得难吃，所以着急了点，可能对您多有冒犯。”船长笑眯眯的，双手互相搓着，似乎略有不安，是什么使他态度大变呢？

“没事，我遭遇得多了，早已习以为常。”船长听完，更加有些尴尬，好像有什么话要说，但欲言又止。

“有事您不妨直说。”我知道这类人若非有事相求，断然不会卑躬屈膝来央求，果然，这位船长遇到麻烦了。攀谈中，我知道他叫唐洛飞。

“我知道您向来是处理一些麻烦而又无法解释的问题的专家，刚才我们在雷达上发现船的周围有很多不明物体，很多，而且数量在增长。开始我们以为是鱼群，便派了潜水员下去看，但是……”唐船长忽然脸色变了，停顿了一下。

“怎么了？”我问道。

“三个潜水员，他们都说下面什么也没有。”唐船长终于还是说了出来，他的眼睛看着鞋底，仿佛像一个做错事的小学生，哪里有一船之长的威严。我能看得出他的恐慌，毕竟这么大的船，他的压力非常大，万一有什么事故，像几年前发生的那次大海难，他不以死谢罪的话，真的一辈子都会受良心的折磨。

“带我去看看吧。”虽然这样说，但我也不敢肯定自己一定可以解决得了，因为我极少接触海洋。

指挥室很宽敞，里面的仪器我大都不认识，不过雷达我还是了解的。果然，屏幕上的白点在不停地增长，而且有慢慢包围船的趋势。

“现在船速已经十二节了，但好像那些东西还跟着我们。刚才派潜水员下去的时候，它们又和船一起停了下来。”一位工作人员向船长报告说。唐洛飞面带苦涩地望着我。

“太像了，和那次一样，我们全都会死的，全都会死。他们回来了！”一名船员提着一只酒瓶，衣冠不整，淌着口水冲进指挥室。

“把他拉走。”船长厌恶地喊道。马上两个人上去想要拉走这位喝醉的船员，但他力气很大，居然挣脱出来，踉跄着走到船长面前，一只手搭在船长肩膀上，醉醺醺地笑道：

“别装了，上次那几个兄弟怎么死的，你最清楚了。还有，现在这个地方就是几年前大海难的事发地点，他们回来了，回来找你索命来了！”听他说话并不像是喝醉酒没有理智的人。唐洛飞气得脸都紫了，暴跳如雷地吼道：“还傻子样的看什么！快拉下去，这人完全疯了！”那两个船员马上惶恐地把这人拉走了，但我们仍能听见他在外喊叫着大家都会死。

指挥室出奇的安静。

“你还是告诉我吧，如果有隐瞒，我无法帮你。”我对着唐洛飞说。

“船长，别再瞒下去了。”指挥室的船员都围了过来。唐洛飞痛苦地咬着嘴唇，双手捂着头。

“我真不是存心要害死他们的，那真的只是意外。”

“到底怎么回事？”

“一年前，我还是这艘船的副船长，专门负责下层货物的存放安全工作。就是今天，几年前大海难的纪念日，同样是这里，船行驶到这里遇到了暴风雨，非常危险。整个船上弥漫着死亡的气息，特别是船员，都说这里自从发生海难后就非常邪门，经常有船在这里就莫名其妙地走不动，下去查看引擎并没有任何问题，但就是走不动。海上的人都传说，大海难之后死去的人会变成船虱，它们会拖住过往的船只，直到把它们拖入海底。

“起初我也不相信，但如果任凭风暴袭击，下层的货物会全部掉进海里，损失是一方面，重要的是如果货物掉了后船体失去平衡，发生倾斜的话，船就保不住了。尽管没人愿意去下层，但我作为负责人，还是找了六名船员下到存货处。

“下去的时候人根本站立不住，我们七个人穿着雨衣，拿绳子绑在腰间，另一头系在里面房间的下水管上，顶着风雨去固定汽车等大型货物的缆绳。当时的情景我几乎每天都会梦到。”唐洛飞坐在椅子上，旁边的人给他倒了杯水，他喝了一口，稍微平静了点。

“我们在暴风雨中拼命地喊叫，但那点声音瞬间就消失在甲板上。这时候已经有几辆汽车发生偏移碰撞了，如果处理不好就会着火，到时候就非常麻烦了。我努力拉扯着缆绳，全然没注意有东西爬了上来。”

“有东西？”我惊讶道。

“是的，我们几个都没注意，最后是我无意中朝后面系安全绳的地方看了一眼，当时正好一个闪电，虽然只有一秒多，但我完全看清楚了。

“一群只有小狗大小的白色的人形东西，像蜘蛛一样从旁边甲板边缘爬了出来，有些已经爬到了我们的绳索上，居然在咬绳子，有的在拉扯。

“我吓坏了，几乎来不及去叫其他人，当时只有一个念头，赶快跑到里面去。但我的那几个兄弟，我几乎连他们的惨叫声都没听到，便全部被卷到了海里，至今也未找到尸体。而那几个怪物也消失了。好半天我才缓过神来，赶紧逃回船舱告诉大家我所遇见的，但没人相信，他们觉得我是被惊吓的。后来总公司的人赔偿了笔钱，这事就不了了之，几辆车子也掉到了海里。这事被严令不许再提，怕影响公司的形象。

“但有个船员告诉我，那些东西就是船虱，它们都是海难中的受难者，只要有机会，它们就想把过往的船留在事发地点。”

“船员？”我问他。

“是的，他现在是这里的大副，叫刘伟。”唐洛飞抬起头，“他这次也在这条船上，本来这次他是休息的，但他坚持要上船。”我听完后有种感觉，一定要找到刘伟，我觉得他应该知道点什么。

但是，外面已经发生骚乱了。

大部分旅客都拥到这里，过道塞满了人，大家的脸上全是各种各样复杂的表情。

有的惊恐，双手揪着头发，或者抱着胳膊，大声地哭道："完了完了！我们都要死在这里。"

有的愤怒，手指着船长和船员们大骂："你们干什么吃的？居然把船开到这么危险的地方！"

所有人都提到了这个词——船虱。

"船长，是不是有船虱在船附近啊？听说只要它们来了就一定会死人，船也会沉没，是吧？"许多人把脑袋凑过来，带着渴求的眼神问。船长站起来，接过旁人递来的帽子。

"有，船虱的确有。"众人哗然。

唐洛飞紧接着说："船虱不过是一种昆虫，也叫海蟑螂，我已经吩咐大家去打扫房间了，希望各位不要被无谓的谣言困扰。在海上大家共乘一船，要同心协力，请大家相信我们，一定会平安到达目的地的。"这番话虽不能完全平息这场风波，但大多数人还是慢慢退散了，极个别的人在船员们的劝说下也嘀嘀咕咕地回客舱了。唐洛飞送走最后一个人后，长叹了口气。

"船长，船周围的东西越来越多了，几乎快连成一片了。"果然，屏幕上到处都是白点。

"你确定你们的雷达不会出现故障吗？"我问他。唐洛飞还没回答，一旁的一个船员抢着说："这是日本产的MR-1000R2 ICOM船用雷达，具备最新的自动跟踪功能，提供了可靠的船舶避碰保证，有强大的四千瓦发射功率，最大量程达到三十六海里。上个月才刚刚装备，绝对不会出错。"

"保持这个速度吧。我去找刘伟，你们派些人去安抚旅客，再让部分人去加固一下货物层的固定措施。"唐船长点点头，随即不解地问："找刘伟做什么？"

"我也不知道，但我相信他可以回答我的一些问题。"我走出指挥室，但该去哪里找刘伟啊？等等，如果刚才的旅客是听了刘伟的煽动的话，那他应该在娱乐室附近，这个时间段只有在那里人才最集中。果然，在娱乐室的房间里，我看见刘伟叼着根香烟，在一个人玩牌。

我走了过去，他头都没抬，很专注地看着扑克。

"你来了？"刘伟闷着声回答。

"你到底想做什么？煽动旅客，说船被船虱困住了，告诉唐洛飞那次他遇见的是船虱，让他到现在都活在恐惧中。你到底是什么人？"我不间断地盘问他。但刘伟没其他反应。

"我有两位亲人，只有两位，一个是我母亲，一个是我弟弟。"刘伟把香烟掐灭，慢慢说着。

“母亲死于几年前的那场大海难。当时死的有好几百人。如果不是货舱固定装置老化，如果不是船横风行驶，或许不会发生那场事故。不过算了，那毕竟是谁都不想看到的。

“但是我弟弟，也就是和唐洛飞一起下去固定绳索的六人中的一个，他绝对不该死。”刘伟的口气变了，变得非常急躁，非常激动，他随手翻起了一张黑桃K。

“那天本来是我下去的，但我的腿有点不舒服，你知道长期在海上的人多少都有点老毛病，所以弟弟代替我去了。唐洛飞一定告诉你，那次事故不关他的事，对吧？事实上当时我也在现场，因为我不放心弟弟，负责帮他们看住系安全绳的地方。我亲眼看见那些怪物从甲板爬上来，在啃咬拉拽那些绳子。当时唐洛飞吓呆了，他压根儿没去帮忙固定，你想想他一位副船长会去吗？他也和我一样在里面用对讲机指挥，当他和我同时看见船虱的时候，他一下就跑了，连对讲机也扔下了。我只好拖着病腿，拿起对讲机叫他们赶快回来。因为我也没勇气去看那些船虱，它们像软体爬行动物一样，居然可以在光滑的甲板上行动自如。

“他们六个人拼命往回跑。我差点就可以抓住我弟弟的手了，他浑身是水，歪歪斜斜地伸着手艰难地跑过来。就在那一刻，一只船虱飞快地从旁边将他扑倒，双手夹着他从另外一边甲板跳到了海里，留下我傻傻地伸着手。弟弟的哀号很快淹没在暴风雨中，接着是第二个、第三个，六个人要么被风吹进海里，要么被船虱抓走。

“最后几个船虱发着咕噜咕噜的声音向我爬过来，我这才想起自己不能死，我一边拖着腿往后跑，一边把剩下的绳索绑在身上，好在后来很多人跑了下来，船虱才跑开了，全部跳到海里。有部分人看到了，但都吓得说不出话，因为船虱只在传说中才会出现，没人亲眼看见过。”

“现在船旁边的就是船虱？”

刘伟没回答，继续翻着扑克。我把他提了起来，揪住衣服望着他。他没有表情地对我说：“走吧，你是好人，我不想看着你死，再过几小时，你想走都来不及了。船尾有救生艇和救生衣，这里离海岸不远，运气好的话还可以遇见过往的船，艇上还有燃烧弹、信号灯和一点食品，也不枉你我相识一场。”

“你太残忍了，唐洛飞是贪生怕死，但你需要用整船人来祭奠你弟弟吗？他们有什么错？”

“你错了，这船一年前就该沉了，船虱在海底等了一年，它们绝对不会再放弃这艘船。现在这艘船上的人，除了你，都是一年前船上的人员。”说着，他又翻开了一张扑克。

我想起赵胖子的话，难道世上真有这么凑巧的事？

“我不管，既然我在这条船上，就要解决这件事。”我把刘伟提了起来，“你必须帮助我。”

“我没法帮你，在海上它们是最强的，我们斗不过它们。我说过了，船虱是那些死者的怨灵，它们在海上的唯一目的就是把人和船拖进海底。我们阻止不了。你刚刚从指挥室出来吧，应该看见雷达上有多少东西，再过一会儿，船就走不动了，然后它们会把船整个拖下去。”刘伟拨开我的手，转过身又点着根烟。

“你不去我不强迫你，但我不希望这么多人都和你弟弟一样长眠在海底。”刘伟依旧没有说话。我对他失望了，一个人往指挥室走，结果还没走出这里，船轰的一声停住了，我没站稳，差点摔倒。刘伟的脸色都变了，烟掉在了地上。

“它们来了，船停下来了，很快它们就会把船和我们全部拉下去。”刘伟的嘴唇哆嗦着，丝毫没注意香烟都掉了，仍旧把手放到嘴边。

“快告诉我！你一定知道有什么办法。”我冲过去抓着刘伟的肩膀摇晃着。

“信念。”刘伟眼神恍惚，只说了两个字。

“信念？什么信念？”我急着问他。但已经没时间了，我听到了人群的尖叫声和骚乱。

“活下去的信念！我说过船虱是海难中死去的人化成的，它们只要嗅到恐惧和绝望，就会把你抓走。”刘伟望着我，“只要活下去的信念足够强烈，就可以逃出去。”刘伟站了起来，“我听海难活下来的人说，只要坚信自己不会死，就能有机会活下去。”他的眼睛又恢复了生气。

“刚才你告诉那些人有船虱，就是想让他们的信心垮掉？”我问他。刘伟点点头。

“那时候我觉得反正逃不了，当时我要求上船，不过想充当这些人的领路人罢了。”

“你知道会出意外？”我惊讶道。

“只是感觉，因为一年来，只有这次船是再次经过这个航道，所以我要求上船。那次你说看见那些东西的时候其实我也看见了，但我不想让你知道，想让你一个人走，毕竟你与这事无关。”刘伟说。

“我制造恐慌，其实是希望船能开回去，但现在晚了。”刘伟把自己的身体缩了起来。

“不晚，你也说了只要有活下去的信念，就能活下去。”我鼓励他。刘伟看了看我。

“姑且试试吧。”他站了起来。

“我们先去指挥室。”我拉起刘伟往前走。过道上到处都是乱跑的旅客，有穿着睡衣的，还有贴着面膜的，脸上都是惊恐和不安。

“船长呢？”我走进指挥室，里面已经乱成一团，很多人都在准备弃船，正慌乱地穿着救生衣，根本没人理会我。

“唐洛飞呢？”刘伟怒吼一声，所有人都停了下来，看了我们几秒，我在他们的脸上看不到任何想要坚持下去的决心。这时候，船又剧烈震荡了一下，我扶着门才没摔倒。

“他跑了。”刚才那个介绍雷达的船员冷冷地说，“我们也要跑了，你们也快点吧，晚了救生衣就不够了。”说完，大家又忙着收拾衣物。

“都他妈放下！”刘伟喊道。过道里的人也安静下来，望着我们。

“我们是船员，如果我们都急着逃走，旅客们怎么办？我们有责任坚持到最后，除非确定船一定沉没，否则船员一个都不准先离开。即使要弃船，船员也要最后走！”

“但船长都逃了。”一个船员小声嘀咕道。刘伟立即喊道：“他不配做船长，从现在开始我就是‘天顺’的暂代船长，我需要知道船体现在的情况，再决定是否疏散大家。还有，大家要相信，我们一定可以活着回到陆地上！”船员似乎有所触动，都放下了救生衣，过道里的人们也稍微平静了些。

刘伟吩咐大家各守其职，我则被嘱咐带几名船员去安抚旅客。

在船尾，我意外地看见了唐洛飞。他带着个大箱子，穿着救生衣，正手忙脚乱地解着救生艇的固定绳。我走过去的时候，他也看见了我。

“别怪我，我不想死。”他摇着头说。我没说话。

“你可能会说我自私胆小怯弱，但我没办法，我的儿子才两岁，他还等着我回去。”唐洛飞解开了绳索，救生艇掉到了海里。借着船灯，我看见他跳了下去。

“你就这样把船抛弃了？你的确不配做‘天顺’的船长，你连和船共生死的勇气都没有。”我嘲讽他。但他不为所动，依旧划着救生艇，还没划出几米，水里跳出数个白色的船虱，救生艇摇晃了几下，唐洛飞连哼都没来得及哼一声，就被拖下去了，水里的浪花一下消失了，救生艇又回到了船边。我站在甲板上，船虱在下面，和那次一样只露出上半个脑袋，睁着眼睛盯着我，月亮出来了，把它们照得分外清楚。

“我不会怕你们。”我盯着它们说了句，然后继续去安抚旅客。

船体摇晃得更加厉害了，我们几乎无法立足。雷达上已经白色一片，谁也不知道到底有多少船虱在这里。

虽然再三劝说，依旧有乘客要逃生，但只要跳下去，无一例外都被船虱迅速拖进海里。它们就这样守在船边，像看笼子里的猎物一样看我们。

剩下的旅客不敢再离开船了，大家抱在一起低声哭泣着，整个船似乎都在颤抖。

“怎么样？”我回到指挥室，刘伟正在和大家商量。

“不行，它们太多了，按照现在船的马力，我们只有一个办法，那就是把所有下层的货物全部扔掉，才能拼一下试试。”他话刚说完，门外就炸了锅。几个人马上冲了进来，反应最激烈的就是赵卫东。

“不行！二十辆车啊，我的下半生全靠这些了，这些车没了我就欠一屁股债了，我还不如死在这里呢！”他激动地朝空中挥舞着双手，接着索性坐在指挥室门口，堵住门，也不管后面的人骂他。其他几个人也是大同小异的说法。

“现在不是你的问题，是全船三百多条人命的事。我不管你怎么想，反正有一丝希望就要试试，再晚这点希望也没了！”刘伟大声喊道，又看了看我，我在他眼睛里终于看到我们可以活下去的希望，尽管非常渺茫。船体继续摇晃着，这次更厉害了。刘伟和我带了另外五名强壮的船员，决定去下层把所有货物扔下去，减少船的重量。

路上刘伟一直喘着气。我问他怎么了，他半天不说话，当走到下面甲板的时候，他终于说了句：“谢谢你，这一年我活得太痛苦了，希望我们都可以活着回去。”说完，开始为大家系腰间的安全绳。

货物众多，光汽车就好几十辆，但人手不够，我们还要分出人照顾旅客，所以只有我们七个了。

汽车和货物一个个地被推进海里，只飞溅起了少许的浪花，马上就沉没了。我在甲板边上看着下面的船虱，它们的眼睛里似乎充满了迷惑。

“还有一半！大家加油，早一秒卸完就多一分希望！”刘伟和我推着一辆别克大声喊着，忽然一个人冲了过来，猛地拉开了我和刘伟，一把抱着汽车大哭起来，原来是赵胖子。

“别，别再扔了，给我留几辆吧，我求求你们了！”他一把鼻涕一把眼泪地跪在地上，我们一时不知如何是好。

我忽然听到了什么东西爬行的声音，从汽车那头爬过来的一只船虱证明了我的猜想，赵胖子丝毫没有发觉。船虱猛地一扑就趴到了他头上，把他的脑袋死死抱住。赵卫东拼命拉扯，但仿佛被吸盘吸住了一样。我们刚想过去帮他，马上又来了几只，他和那辆别克一起被拖了下去。这一切就发生在几秒钟时间里，我和刘伟几乎没反应过来。

“没时间了，赶快，否则它们会马上把船拖下去。”刘伟拍了拍我。我们一面提防着船虱，一面加油把货物推下去。其间上来过几只，被刘伟用拧螺丝的大扳手打跑了。五分钟后，所有货物都卸光了。我们回到指挥室。

“现在让船以最大马力前进！”刘伟喊道。但船依旧无法动弹。外面的人群开始发出绝望的咒骂，骂刘伟，骂他出的馊主意。刘伟没理会他们，只是继续命令全力开船。渐渐地，咒骂声减弱了，取而代之的是大家齐声的祈祷。

僵持了一分钟后，船终于动了。

看着雷达屏幕上那群白点慢慢消失，指挥室里外响起了庆祝的声音，大家喜极而泣，互相拥抱起来。我看见刘伟终于放松下来，一下瘫倒在椅子上，所有的船员都围了过来，拥抱我和刘伟。

一天后，我们回到了港口。这次虽然包括船长唐洛飞在内还是有十二人葬身海底，而且所有的货物也没了，但大部分船员和旅客都生还了。

这以后我没再见过刘伟，因为我已经对船产生恐惧了。不过他每年都给我寄贺年卡，上面每次都是同样的两个字：信念。

纪颜说完，终于换了一下身体的位置。我感慨道："或许，人生存的信念才是最强大的力量。"

纪颜点点头，落蕾也同意地说："的确，大部分时候都是我们自己的心理在作怪。"

李多在旁边认真地看着一章乐谱，丝毫没注意我们在说话。纪颜好奇地问她干什么呢，她神秘地说道："下星期二，一定要来学校啊，有我的演出！"

"哦？是什么？唱歌吗？"我问她。李多摇头又点头，"是唱歌，但又不全是，反正你们去了就知道了。"

我和落蕾答应了一定去，李多才放我们离开。我看看日记，今天是周末，也就是说后天就是她说的日子了。她到底要我们去看什么呢？我和落蕾都很好奇。

第二十七夜
合唱团

“女孩痛苦地用双手拍打着窗户，两脚乱蹬，和被钓上来的鱼一样，拼命而无助地挣扎，头高昂着，喉咙里有一根细线钓着，而且在向外喷血，血液飞溅在窗户上。我们都惊呆了。”

很久没去过大学了，仿佛已经隔了好多年似的，其实我也不过毕业几年而已，但再次看见美丽的校园，即便不是自己的母校，那种亲切感也油然而生。只是大学大都在城市偏远处，于是我借了辆采访车，当然，其实是落蕾借的。

李多告诉我们，今天下午有她的演出。原来她参加了合唱团，我倒一直没注意到她有唱歌的天分，不过想想她平时的高分贝，或许很适合。

三人坐着采访车进了大门，但里面的路不熟悉，只好打电话叫李多出来。车里有点闷，只好下车等，顺便也可以看看校园里面什么样子。

我正往前走，忽然身后被人撞了一下。我倒是没事，回头一看，地上坐着一个短头发穿着学生装的女孩子，一脸孩子气，旁边还散落了几本音乐书和乐谱。她揉着手肘，似乎很疼。

“不好意思，是我跑太快了。”她站了起来，不住地向我鞠躬，搞得我反而不好意思了。

“你没关系吧，需要看医生吗？”我问道。女孩羞涩地笑笑，低下头，齐耳的短发把脸遮了起来。

“啊，吕绿，你在这里啊。”李多忽然一跳一跳地不知道从哪里冒了出来，挽住了女孩的手。

“你们认识？”纪颜和落蕾也过来了。

“嗯，她是我的好朋友，也是合唱团的一员。她叫吕绿，双口吕，绿色的绿。”李多向我们介绍完后，又回头对吕绿说，“顾老师在找你呢，下午就要演出了，还要最后彩排一下。”吕绿哦了一声，向我们点了点头。我们三人也随着李多去了彩排的剧场，反正来得早了点，倒不如看看她们彩排。我大学的时候懒得很，从未参加任何课外活动，所以对这些小女生的合唱倒是很好奇。对了，忘记说了，李多参加的是女子合唱团，不过据说她们的老师是个男的。

学校颇大，合唱团彩排的剧场离大门有点距离。因为李多和吕绿要赶去彩排，在李多的指引下，我们向歌剧院驶去。路上李多说个不停，我们也稍微了解了合唱的基本知识。

不是任何一个集体歌唱的组织都可视为合唱团，偶然或骤发性的集体歌唱只能叫做群众歌咏活动，二者的区别不仅体现在演唱水平的差异上，更重要的是歌唱目的不同。前者的歌唱行为表现为艺术追求，后者的歌唱行为则是以集体歌唱为特定表达手段的社会活动。合唱团是这样一个集体，它充分掌握那些必不可缺的合唱技巧和艺术表现手段，以表达作品中所蕴藏的思想与感情等内容。合唱团是按声部来建构合唱组织系统的，声部则是依据嗓音个性特征即音域的宽广来划分的，分为女高音——Soprano，男高音——Tenore，女低音——Alto，男低音——Basso。李多应该是女高音吧。

穿过图书馆和学校的运动场，车沿着学校西边的饮食街行驶。剧院是在学校建校同时兴建的，虽然中途翻新了几次，但还是比较破旧。据说今年学校收到了一笔巨额的赞助费，专门用来做新的剧场和舞台。

剧院还保留着比较完整的哥特式建筑风格，两边是高耸的尖顶，青灰色的墙漆让人觉得有点凉意。中间夹着半圆形的正门，虽然谈不上宏伟，但那种古朴的颜色和严谨细腻的布局，处处向外散发出一种艺术感。剧院的窗户都是又高又窄的，上面还有绿色的花纹，非常漂亮。

我们下了车，正门前还有台阶，上了台阶之后，里面还有段比较长的走道，走上去才知道，居然还是地板，不过从快退色的表皮来看，的确有些年头了。五个人走在地板上发出嗒嗒的击打声，尤其是李多，她拉着吕绿跑得很急，皮鞋和地板的撞击声很大。走过过道，出现一个旋转式的扶梯。这是栋四层的楼房，就算没有电梯，爬起来也不算费力。每层的扶梯转角都有些名人油画或者小型的石膏艺术品陈列。整个剧院几乎都是由木制品组成的。

排练的地方在三楼。我们刚上三楼，迎面走过来一个女孩子，和刚才的吕绿不同，这个女孩身材非常高挑，穿着红色的毛线衣，黑色的鬈发披散在肩膀上。她长得很漂亮，小巧的鼻子和大大的眼睛恰到好处地安放在那张瓜子脸上，有几分像当下某知名的女演员。不过很可惜，我不喜欢这一类，因为她的脸上同时带着一副傲慢和轻佻的神情。她站在楼梯口拿着镜子，看见李多后，微微笑着走了过来。

“这不是李多嘛，顾老师找你很久了，怎么，带了一大帮亲友团来啊。”说完朝我们看了一眼，与其说是看，不如用瞟更恰当。

“不用你管，再照镜子你也只能做替补而已。下午的演出有校领导来呢，当然要让最优秀的团员去唱，你还是好好化你的妆吧。”说完，李多拉着吕绿走了进去。红衣女孩听了后脸都发紫了，一个人朝另外一边走去。

“她是谁啊？”落蕾问李多。李多气呼呼地说：“她叫凌凤，据说她父亲是个土财主。要不是捐了笔钱给学校，她哪里进得了合唱团，唱歌老走调。”

“合唱团很难进吗？”我不禁问。吕绿这时候说话了，她左手抱着书，右手把头发捋到耳朵后。

“是的，团里，尤其是顾老师挑选成员很严格，而且我们合唱团清一色都是女孩子，以前的前辈经常演出，还出过国呢。”说完，她又皱了皱眉头，握着李多的手，“我真怕我不行。”

“没事的，这里除了我，你就是唱得最好的了。”李多热情地抱着吕绿。我们三人则暗暗发笑。

排练室我们不能进去，只好站在外面。离演出正式开始还有段时间，我和纪颜决定转转，落蕾则坚持要留在这里看女孩们彩排。

总的来说这里让我不太舒服，虽然现在是冬天，但外面阳光灿烂，而这里一点阳光都看不到，这里的冷也和外面的有所不同，似乎这里的寒冷更容易入骨。

“似乎很多学校都有自己的传说啊，包括我以前的大学，据说化学实验室永远不开放，因为传说有个化学老师在里面用硫酸自杀过。”我望了望这里，忽然对纪颜说。纪颜把衣服裹了裹，看来他也很冷。

“大部分都是假的，不过是学生们编着玩罢了。可是，”纪颜正色说，“有些东西如果大家传说多了，是会产生变异的，就像癌细胞，其实开始是良性，但总去怀疑担心，搞不好真的会变成恶性肿瘤了。所以，谣言最好止于智者。”

“你们是什么人？”一个戴着眼镜、三十多岁、脸庞十分白净的男人向我们走来。令我吃惊的是，他的声音如此细腻，如果不是看着他，我真以为是女人在说话。

“我们是李多的朋友，她叫我们来看演出的。”纪颜介绍道。

“我叫顾鹏，是李多的老师，合唱团是我带的。”原来他就是李多和吕绿说的顾老师。“李多的资质不错，磨炼磨炼会是个优秀的歌唱演员。不过合唱的要求是要做到大家一起唱得如同一个人在唱歌一样，最主要的是和谐，在同一地方换气，在同一时间出声，正确地演唱自己的旋律，音调纯正，不跑调。每一个人都善于纯正地演唱，就可以保证整个合唱团音调的纯正。这个合唱音响成分称为音准。但李多的毛病就在于太爱表现了，总是很难和大家合拍，不过她已经改正了许多，要不然今天也不会让她上了。”顾鹏说了一大堆，我和纪颜听得不是太明白，只好拼命点头。看来他是来上厕所的，和我们说完又朝排练室走去了。

“和谐。”纪颜忽然没头没脑地说了句。我疑惑地问他什么意思，他却说随口说说罢了。

正在这时，排练室传来一阵尖叫，接着是一大片人嘈杂的呼喊声。

“出事了！”纪颜看上去兴奋多过惊讶。我和他连忙赶过去。

七八个女孩围在一起。我们进去一看，一个女孩躺在地上，双手捂着喉咙，脸部的五官痛苦地扭曲着。我发现她的喉咙肿胀得厉害，而且带着青黑色。

“让开一下。”纪颜叫各个面带惊恐的女孩散开，好给躺在地上的人留足够的呼吸空间，接着他抓着女孩的手，轻声说，“别紧张，放松，我马上救你。”说着他从口袋里拿出一个黑袋子，展开一看，居然是一组银针。他拿出一根十厘米左右的针插在女孩的后颈处，又接连插了几根。黑肿开始消退，伤口处流出很多乌黑的血，而且非常臭。女孩的脸色稍好了点，但惨白得吓人。一阵忙碌后，纪颜也满头大汗。

“怎么回事？”我忙问纪颜。他收起银针，擦了擦汗。

“不太清楚，看上去像中毒，如果不把血放出来，她会窒息的。现在虽然好点，但这段时间她的喉咙肯定是无法出声了，更别提唱歌了。”纪颜神色黯淡地说。当然，我们没有说太大声。像这种事情要看当事人了，如果报警其实也能立案。

由于救了那个女孩子，纪颜一下子就引起了周围女生的注意，呼啦一下就围了过来，问这问那。还好李多一下把纪颜拉了出来，并作了简单的介绍，我们才得以逃脱。

“遥遥的位置只好暂时让凌凤顶吧。”顾老师交叉着手放在胸前，叹了口气。原来出事的女孩子叫遥遥，怪可怜的，练了这么久突然意外地下来了。顾老师叫大家恢复一下状态，准备正式排练一次。而遥遥则被送到了附近的医院。这时旁边的女生议论起来。

“也不知道这事怎么解决，我看八成是凌凤下的毒。”

“是啊，你说会不会有警察来？”

“难说，不过无所谓，凌家有的是钱。”女生们趁着休息时间，聚成一团咬耳朵，虽说是咬耳朵，其实声音大得我都能听见些了。这时候凌凤换好了衣服从这里走过，头都没动，鼻孔发出了哼的一声，接着甩下一句“嫉妒”，就去顾老师那里了。

合唱团的总人数并不多，因为每多一个人，演唱的难度就增加一分，除了凌凤、李多、吕绿三人，另外还有七人。也就是说，虽然说是合唱团，其实上去唱的也就十人。顾老师在一旁指挥，而且旁边还有录音，以便让她们自己听听，找找缺点。

据说这次唱的曲目有三个待选，由于属于小合唱，可选曲目并不十分宽裕。这三首歌分别是《我的祖国》《爱我中华》和《饮酒歌》。我们站在门外听她们演唱，的确很好听，难怪这学校的合唱团非常著名。短暂的演练后，顾老师把大家叫在一起听录音，以便找找不足的地方。我们也去了。其中一个女孩子去上厕所了，厕所在四楼。

录音放到一半，忽然声音有些异样，在美丽的合音之中好像有别的声音，而且不只我，大家都听见了。于是顾老师把那部分声音放慢。

“帷幕已经拉开，一个接着一个，美丽的姑娘在风中舞蹈，却无法唱出歌来。”放来放去却只有这一句。众人脸上多有恐惧之色，由于在排练的时候窗帘是拉上的，排练室不是很明亮。

“可能是混进的杂音吧，大家不要在意，继续，我们时间不多了。”顾老师拍了拍手，环顾一下，却发现少了一个人，原来上厕所的女孩仍未回来。顾老师只好亲自上去找她，学生们就原地休息聊天。

“据说这里曾经有个前辈吊死了自己，”吕绿面带愁容地说，“就是二十年前，她们是学校最优秀的合唱演员，但其中一人就那样结束了生命。”

“上吊也没什么特别啊。”我问。

这时候李多神秘地回答：“你不知道了吧，她从这里的楼顶跳下来，但不是用绳子绑着自己的喉咙，而是……”她还没说完，我听见拉上了窗帘的窗户发出砰砰的撞击声，似乎有人拍打一样。整个排练室静了下来，砰砰声在这里回荡起来。纪颜和我走了过去，旁边几个女孩子都吓得躲一边去了。

我过去慢慢打开了窗帘，首先看见的是一只手。

它不停地拍打着窗户，上面全是血迹，我把窗帘全部拉开，一个人被吊在外面，正是刚才上厕所的女孩。

你们看过被钓钩钓上来的鱼吗？

现在就是。女孩痛苦地用双手拍打着窗户，两脚乱蹬，和被钓上来的鱼一样，拼命而无助地挣扎，头高昂着，喉咙里有一根细线钓着，而且在向外喷血，血液飞溅在窗户上。我们都惊呆了。

“快救人啊！”还是纪颜大喊一句，冲过去打开窗户，众人才清醒过来，七手八脚地去帮忙，可是很难放她下来，而且女孩抖动剧烈，只能发出呜呜的声音。等到上面的人去剪掉钓住她喉咙的细线时，她已经不会动了。尸体被抬了进来。

“美丽的姑娘在风中舞蹈，却无法唱出歌来。”吕绿一边哭着，一边低声念道。

“那个前辈，就是这样自杀的。”李多缓缓地说。如果刚才的中毒还不算太严重，那这次已经出人命了，合唱团的所有人员都被阴影笼罩着，大都在旁边哭泣。

警察很快就来了，对众人盘问着。凌凤忽然高声叫起来：“够了！警察根本没用的，我们全都会被杀死！”一位女警试图按住她，但无济于事，因为还有几个女生也发出类似的呼喊。场面一片混乱。录音机又响了起来，依旧是刚才那个声音，空灵好听。

“当白色变成红色，公主沉默了。”所有人都安静了下来，偌大的训练室只能听见录音机沙沙的声音。大家都惊恐地望着录音机，仿佛那里会出来怪物一样。凌凤趁着警察分了心，跑了出去。

“我可不想待在这里等死！”我和纪颜追了出去，但她走得很快，我们拉不住她。当凌凤走到二楼楼梯口时，忽然一阵风吹来，原本摆在楼梯转角的石膏像掉在了地上，砸碎了。紧接着，凌凤的脚一滑，整个人从楼梯飞了出去。纪颜没拉住，她摔了下去，最后面朝下躺在石膏像的碎片上，不动了。等我们走下去把她翻过来时，发现她的喉咙被一大块碎片刺穿了，石膏碎片都被血染成了红色。凌凤大睁着眼睛，带着不解和迷茫离开了。

“当白色变成红色，公主沉默了。”大家开始默默地念着。短短十几分钟，居然连续死了两人，连那些警官都有点胆寒了。合唱团的所有成员脸色都变了，李多还好，只是紧皱着眉头不说话。吕绿独自坐在一边，脸色苍白。上去查看四楼厕所的警官也回来了，并无任何异常。绑在开始那个女孩子喉咙里的是鱼线，另一端在楼顶的水管上。喉咙里面的铁钩也是四楼储藏室里面的，是以前钓鱼俱乐部留下来的。

“太奇怪了。”纪颜望着我说，“每次那歌声响起后就有人死去，而且第一个是用钓钩吊死，第二个看上去像是意外。而且凌凤原本是替补的，要不是那个叫遥遥的女孩突然喉咙出了意外，刚才的合唱轮不到她。”

“你的意思是，刚才合唱的十人，甚至，”我压低了声音，“甚至包括李多都有危险？”

“的确，刚才凌凤就站在左边第二个，而第一个，则是第一个死的女孩。”

“第三个是谁？”我忍不住问道。纪颜摇头。

“不记得了，只知道李多和那个叫吕绿的女孩子是第五个和第六个。我觉得最好搞清楚二十年前这里的合唱团到底发生了什么事。”我也点点头。落蕾决定先回报社查查看，而我和纪颜决定待在这里，看看有什么线索。

剩下的八个女孩一直待在排练室，出了这种事，本来的演出当然取消了，而且消息被严密封锁起来。先后来了几位领导，都和带队的警官嘀咕着。当然也照例对我们进行了盘问，没有结果前，被告知待在这里不能随意行动。

在后来到来的几个人中，有两个引起了我和纪颜的注意。

这一男一女的确非常反常。

男的叫凌水源，自然，他就是凌凤的父亲。他看上去非常年轻，哪里像有着二十岁女儿的人。面对爱女的惨死，他虽然悲伤，却极力克制，配合着警察的调查。他更特意多看了吕绿几眼，但很快又转开了，吕绿却一直看着他。

我们之所以注意他，完全是因为顾老师对他的态度。不知道各位是否见识过仇人相见，分外眼红。总之，顾老师一看见凌水源当真是双眼通红，牙根紧咬，甚至嘴角都在抽搐。但是，当凌水源走来和他说话的时候，顾老师又恢复常态，冷静下来。这一点，我和纪颜都注意到了。

而第二个人，也就是一开始喉咙受伤的女生的母亲。顾老师只称呼她叫遥遥的母亲。我们也姑且这样喊吧。

这位母亲出乎我们意料的平静，只是来询问一下女儿，不，或者似乎应该说是来确认一下女儿的伤势。

“遥遥是不是在彩排前喉咙就出问题了？”她问得过于急切，自己也发现不对，连忙掩饰说，“她没什么大毛病吧？”顾老师安慰了她几句，她也就安心了，把衣服抚平了一下，擦了擦额头的汗。我跟纪颜一说，发现我们有相同的想法，那就是这位遥遥的母亲一定知道些什么。

当她要离开的时候，我和纪颜拦住了她。由于开始有人跟她说过是纪颜救了遥遥，这位母亲还是表示了感激，不过总感觉有点敷衍的味道。

“不用谢，其实您女儿不用我急救，过几天那毒血自己也会排出，对吧？我不过一时心急而已。相信您女儿现在已经没大碍了。”

遥遥的母亲愣了一下，冷着脸说：“我家里还炖着汤呢，如果没别的事我先回去了。”说完便想走。

“我们有很重要的事想和您谈谈。”纪颜依旧笑着说，“我相信您也不想看到这几个和您女儿一般年纪的女孩子惨死吧，我希望您把知道的都告诉我们。”遥遥的母亲依旧不说话，只是站在楼梯口，盯着那具被白布盖着的尸体，久久不语。

“我们找个地方谈吧。”她终于说话了。三人转过了人群，在不远处的走廊聊了起来。

“我真的无能为力，我只想保住我们家遥遥。其实我想你们猜到了，老实说吧，我在遥遥中午喝的水里放了特殊的药，在短时间可以让人无法发声，只要她今天别去参加什么合唱表演，她就不会有事了。”

“你不觉得太自私了吗？那两个惨死的女孩也是无辜的。”我忍不住责问她。谁知道遥遥的母亲冷笑了一声，那笑声让我发寒。

“无辜？可能她们是无辜的，但她们的上一辈就难说了。告诉你，我在二十年前，也是这个学校的合唱团成员。我亲眼目睹了那场惨剧，那场本来根本不应该发生的惨剧，也是十个人，只有我活了下来。”她的话让我们大吃一惊。

“第一个死的就是风铃，她虽然姓田，但我们都爱叫她风铃，因为她是合唱团里声音最好听的，宛如风铃一样，清脆悦耳，闭着眼睛听她唱歌，整个人都会放松下来，加上她长得非常漂亮，成绩优秀，几乎是一个非常完美的女孩子，追她的人不计其数。那时候她还经常带着她弟弟来学校。

“在合唱团里的人都知道，风铃的意中人是谁，就是我们当年的乐团老师，也就是对面站着的那个男人。”遥遥的母亲朝着前面指去。我们顺她的手指望过去，居然就是凌水源。难怪他给女儿取名叫凌凤。

“但好景不长，本来那个男人和风铃的恋情只有我们一起的姐妹极少数人了解，可不知道被谁捅了出去。你要知道，那个时候的学校对这种事可是无法容忍的，尤其凌水源还是老师。事情立即就风言风语地传了起来，最先散播的是谁已经不重要了。

“当时的系主任我已经记不清楚是谁了，只知道是一个经常容易暴怒的中年妇女。”说到这里，遥遥的母亲忽然不好意思地笑笑，“这本是我女儿现在经常用来形容我的词语。”

“说远了。系主任逼着风铃写检查，甚至还想让全校都知道，说要以她为典型来整顿学校风纪。合唱团也被暂时停止。而且凌水源居然还在那时候和风铃说分手，虽然说是迫于压力，但实际上已经给了风铃最重的打击。自杀的那天，她始终对我说，她的声音害了她。我们还安慰她，结果第二天早上，我们就发现她用鱼线和钓钩把自己钓死在楼顶。这事被校方草草了结，因为风铃的家人都在外地。送葬的时候，她弟弟哭得很厉害，而且非常仇恨地看着我们。

“我们都以为事情结束了，但是，在一次合唱团的集体排练中，我由于感冒没去，逃过一劫，但我的姐妹们在排练室里被活活烧死了。后来虽然校方极力掩饰，但我还是知道了，排练室是被人从外面锁了门，再浇上了汽油。她们的尸体被一具具地抬出来的时候，都是那种捂着喉咙的痛苦样子。后来的日子里，我一直做噩梦，有时候梦见风铃，有时候梦见我那些姐妹。直到遇见我先生，结婚生子后才安宁起来。但我不死心，虽然大家谣传是风铃回来报复，说她是在报复把事情说出去的人，但我绝对不相信！”

“哦？为什么？”纪颜忽然问道。遥遥的母亲愣了一下，转过头咬着嘴唇说：“反正风铃不是那种人，因为就是她昨天托梦让我千万别让遥遥去排练。”说到这里，她忽然流下眼泪来。

“对了，风铃是不是经常唱一首歌，好像歌词前面是这样的：‘帷幕已经拉开，一个接着一个，美丽的姑娘在风中舞蹈，却无法唱出歌来。当白色变成红色，公主沉默了。’后面还有吗？”纪颜问她，但遥遥的母亲面带疑色。

“这是首诗，但并不是风铃经常唱的，好像是她弟弟写的。她弟弟很有才华，年纪不大，居然会写歌词，后来风铃找到凌水源作了曲。我记得后面还有，好像是……”她在慢慢回忆，但这时对面的排练室又炸窝了。所有的人都冲了进去。我和纪颜心头一沉，难道又出事了？

果然，本来已经被拔去插头的录音机再次响起。

“粉碎了的心刺穿了我的咽喉，望着你我无力说爱。”遥遥的母亲几乎和录音机同时念出这一句。但她奇怪地说了句：“这不是风铃的声音。”我们呆立着，谁也不明白这又暗示了什么。一位脸色苍白、嘴唇干涩的高个子女生大概口渴了，拿了只玻璃杯子要去倒水喝。

纪颜一直望着她。忽然想到了什么，他猛地冲女孩喊：“放下杯子！”并朝女孩跑去。

但是已经晚了。

我们听见砰的一下爆裂的声音，刚把玻璃杯送到嘴边的女孩已经躺在地上。她双手捂着喉咙，不停地朝外吐血，身边全是碎玻璃碴儿。玻璃杯居然爆炸了，碎片全部扎进了她的喉咙里。她如同被电击一样痛苦地在地上发抖，双脚不停地踢着旁边的柜子，一下一下，被玻璃刺穿的喉咙发不出任何声音。我们没有丝毫办法，甚至连缓解她的疼痛都无法做到。等到医生上来的时候，女孩已经断气了。大家开始放声大哭，连我也不忍再在这里待下去。纪颜没有任何表情，只是把女孩睁着的眼睛合上。剩下来的七人，每个人都无神地坐在地上。一向坚强的李多似乎也嗅到了死神镰刀上的气味了，不过她依然安慰着吕绿。纪颜看了看吕绿，走过去问道：“几点了？”

吕绿缓过神来，看了看表，小声回答说：“快五点了。”纪颜让她们两人坐好，并说了些安慰的话。警察依旧按照意外处理，虽然他们也觉得这意外也太意外了。

死去的三名女孩除凌凤外，另外两个我们问了一下，原来，被钓钩钓死的女孩是当年系主任的小女儿，居然还是系主任将近四十岁才生的，所以被家里看做掌上明珠。而刚才被玻璃杯炸死的女孩是曾经当面侮辱并扇了风铃一记耳光的人的女儿，据说这个人也很喜欢凌水源。

“这种报复太过于狠毒了，我总觉得似乎还有别的事隐藏其中。”纪颜知道几人的身世后，疑惑地说。我也觉得奇怪，如果要报复的话，以这种形式好像过于残忍了，难道只为了让那些人体会失去亲人的痛苦？我们又去查其余几人，果然除了李多和吕绿外，她们的父母都和风铃的死有着或多或少的瓜葛。

“这些女孩子都是谁选入合唱团的？”纪颜忽然问我。我一想，惊问道：“你是说顾鹏？”

纪颜默然不语，半天才说：“你还记得风铃曾经有个弟弟吗？如果活到现在，好像正好和顾鹏年纪差不多，而且你也看见了他看凌水源的眼神，或许从某种意义上讲，风铃的弟弟可能把仇恨都集中在了凌水源身上。”这样一想似乎比较合理，如果要证实的话，就必须查查顾鹏的资料了。这时候，我接到了一个电话，是落蕾打的。

按照落蕾的查找，这个学校的确出过合唱团人员在排练时候被大火烧死的事，而且日期就是今天。

顾鹏的资料很快被打听到了，在报社做事的我在这方面多少有点优势。果然如纪颜所想，他的资料只有成年以后的，而且他不是本地人，是外地来应聘的。所有合唱团的成员大部分都是他主动去邀请的，那些女孩子有的还是在他的长期劝说下才加入合唱团的。为什么说是大部分？因为李多不是，李多是跟着吕绿来的。

这个时候，发生了更加令我们没想到的事情。凌水源不知道和顾鹏说了什么，以致后者突然性情大变，居然打了起来。好不容易分开他们，顾鹏高声叫着：“姐姐不会原谅你！”在场的人都惊讶了，包括遥遥的母亲和凌水源。顾鹏自己也发觉失言，连忙想走进排练室，但我和纪颜冲过去抓住了他的手。

“你就是她弟弟？为了报复这么做值得吗？”纪颜愤怒地喊着，顾鹏呆住了。随即恶狠狠地甩开纪颜的手，从怀里掏出把匕首向凌水源扑去，并且把他当做人质向墙角走去。

“都是因为你！我知道是你害死姐姐的。”顾鹏一边哭，一边把匕首往凌水源的脖子上又勒紧了些。凌水源默然无语，仿佛心甘情愿赴死一般。在场的警察都拔出枪对着顾鹏，并让他放下匕首。现场进入僵持状态。

大家的注意力都放在了这两人身上，身后的排练室再次传出刚才的声音。

“我期待，像鸟儿一样，驰骋在天空。”顾鹏呆了一下，放开了凌水源，一位警察马上带走了凌水源。警察包围了他，顾鹏环视四周，望着我们，又好像对谁说话似的。

“我走了，这仇恨永远不会消失。”说完，他从楼上的窗口飞身跳下。我们赶到楼下的时候，发现他的头触到石头上，已经死了。

“结束了。”我看着顾鹏的尸体，长叹一口气。

纪颜却依旧眉头紧锁：“真的结束了？我还是觉得似乎有很多疑惑，但又说不上来。”我拍了拍他：“别说了，或许是你多疑罢了。”

事情看上去真的结束了，录音机的确没再响了，大家松了口气。李多带着吕绿也走了出来。

“他到底是怎么杀了那三个女孩的，我一直想不明白。”纪颜始终有种不快的感觉。李多拉着他的手撒娇道：“别管了，反正不是都解决了吗？”

“你们先回去吧，我再去查查，始终有点不放心。”说完，他放开李多的手，叫我送她们回去，自己转身回去了。我只好开车送她们回寝室。

回到报社，还没坐稳，纪颜就打电话给我。

“二十年前那些被烧死的女生中，有一个是姓顾的。”他的第一句话就让我觉得奇怪。

“他的确是为姐姐报仇，但不是风铃，是在事故中被烧死的一个。”纪颜着急地喊道。

“你的意思是……难道……”我也大惊。

“没错！你赶快回到排练室，我等你，记住，不要告诉李多。”说完他就挂了。我打车回到排练室，这时候已经是晚上七点多了。校园非常热闹，夜色中到处都是一对对的情侣。我忽然想起了那个叫风铃的女孩，或许她晚生二十年，根本不会有那种悲剧发生。

来到排练室，和外面相反，这里非常的冷寂。果然，纪颜正站在门口等我，见我来了，立即迎上来。

“顾鹏不是风铃的弟弟，据说，那次大火是凌水源放的，为的是报复把秘密说出去的合唱团的女生，可能顾鹏是因为这个才想杀凌水源。还有，你知道谁是第一个进合唱团的吗？”我摇头，纪颜正色说：“是吕绿。”

“这代表什么？”我也奇怪道。

“我去问过李多，吕绿是从国外转来的，所有的资料都是空白，而且也不住在学校里，她在外面租了房子。”我想想，的确，下午送她回去的时候，她拒绝了。

“而且，又有个女孩子在回家的途中被车子撞死了。”纪颜最后的话让我吃惊。

“记得那个遥遥吗？她的母亲找到我，那个女孩子现在失踪了，独自一人离开了医院。”排练室的灯忽然亮了起来，并且传出了悠扬的歌声。

纪颜看了看我，我知道，他的意思是要上去，虽然我是极不情愿的。

我们几乎是摸索着上去的，三楼的排练室果然亮着灯，里面还有歌声。走进去一看，居然有两个人。

一个是那个叫遥遥的女孩子，另外一个就是吕绿。她们对我们的到来仿佛根本不感到吃惊。

“我知道你还会再来的。”吕绿望着纪颜笑道，和白天不同，她完全没有那种青涩感，仿佛变了个人。旁边的遥遥也只是笑着站在那里，不说话。

“你到底是谁？”纪颜厉声问道。

“没必要这么凶，反正姐姐已经回来了，该死的，都死了。”吕绿气息平稳，清脆的声音在排练室回荡。

“你才是风铃的弟弟？”我也惊讶，不是弟弟吗？吕绿笑了笑，把衣服脱去，他居然是男的，但就算男扮女装，他现在也三十多岁了啊。

“巨大的悲痛或者刺激可以使人停止生长，连声带也不会变化。”吕绿仿佛知道我在想什么，依旧笑着解释。

“我不过是按照姐姐的意愿做罢了。我和姐姐既要复仇，让那些人知道丧失亲人的滋味，同样，姐姐也要再次回来。不过，姐姐需要一个身体，所以她才托梦给那个女人。”我看了看遥遥，她和白天时相比好像有了些变化，似乎更漂亮了。

“你知道到底是谁把姐姐和那个男人的事传出去的吗？就是那个遥遥的母亲，真是恬不知耻啊，嫉妒使她出卖了最好的朋友。她给女儿服下的药都是按照梦中姐姐告知的方法去配的，她天真地以为姐姐原谅了她，其实只是她的女儿最适合做容器罢了。”我和纪颜都骇然无语，没有比把亲人变成漠然路人更好的报复办法了，简直让人生不如死。

“我很奇怪，下午的时候，你似乎就看出我来了。”吕绿终于换了种表情。

“手表，当我问你时间的时候，你的手表是块男式手表，或许你自己也没察觉？当时我心里也只是有点不解，但没有多想。还有，顾鹏是被你利用了吧？”

“是，我告诉他，那火是凌水源放的。他居然轻易地相信了，三十多岁的人居然这么冲动，于是他答应和我联手，我要报复那几个人的后代，而他对能杀死凌水源的女儿也十分高兴。整个排练室都排成了巨大的咒阵，只要我愿意，踏入这里的人都可以被杀死。不过没必要，平息了姐姐的怨气，我就可以让她再次回到这世界上，我可以带着她去一个没有人的地方隐居起来。”吕绿骄傲地叙述着，说到后面，他的眼睛居然冒着兴奋的光，仿佛看见了美好的未来。

“其实，那场火是你放的吧？”纪颜继续平静地说，“我问过当年的人，有人看见一个孩子从排练室慌张地跑出来，随后，排练室燃起了大火，门被人封死了。”吕绿不说话了，面部开始狰狞起来。

“唱完这首歌，姐姐就会回来，我做的一切也算没白费。”吕绿不理会我们，继续和遥遥一起唱歌，歌正是今天录音机里放的那首。

“帷幕已经拉开，一个接着一个，美丽的姑娘在风中舞蹈，却无法唱出歌来。当白色变成红色，公主沉默了。粉碎了的心刺穿了我的咽喉，望着你我无力说爱。我期待，像鸟儿一样，驰骋在天空。从天国飞下，再次回到这世上，把你我的手，永远连在一起。”歌声完了，遥遥茫然地望着前面，忽然哇地哭了。偌大的排练室忽然响起了一声很沉重的女性的叹息。吕绿大惊，抬起头来大喊道：“姐姐！姐姐！你在吗？”但回应他的不过是回声而已，反观遥遥，她正一脸疑惑地望着四周，一副不知所措的样子。

“别喊了，你姐姐回不来了，死去的人本就不该再回到这世上。”纪颜说。吕绿愤怒地走过来，他本来俊秀的五官已经完全扭曲了。

“你到底做了什么？”他企图去抓纪颜的衣领，但纪颜轻松地躲开了。

“你在排练室设下咒阵，你就成了踏入这里的女生的死神。你想让她们怎么死，她们就如同木偶一样按照你的剧本去死。而你想把这些推到二十年前被烧死的那些人身上。你和你姐姐导演了一场好戏。可惜，当我第一次踏进这里，就已经发现这里不对，虽然我没来得及破解掉你的咒阵，但遥遥的身上有根针我始终没有拔去，在她的后颈，有一根如头发丝细的针。附有银针的身体，是无法被附体转生的。其实我打算晚点拔，本意是治疗她的喉咙，结果歪打正着，或许，这一切都是注定的。”纪颜说完，走到遥遥面前，从脖子那里拔出一根针，要不是借着反光，哪能看得到。

吕绿痛苦地号叫着，跪倒在地上。

“那些女孩子根本没有错，你却如此残忍地杀害她们，还有二十年前被你烧死的那些人，你自己好好反省一下，这样复活的姐姐，还是你愿意见到的吗？”纪颜把遥遥扶了过来交给我，转身又对跪在地上低着头的吕绿说，“你知道失去亲人的痛苦，反而变本加厉地实施给别人！”纪颜不再说话，和我一起走出了排练室。

我回头望了望吕绿，他始终跪在那里没有动。

遥遥的母亲再次看见遥遥几乎要疯了，使劲地亲着女儿。随后的谈话中，她承认是她把风铃的事告诉了学校，至今她仍旧非常后悔。我们没把事情的真相告诉她，只说是在学校里找到遥遥的。

至于凌水源，他那次看到吕绿，就发觉他和风铃太像了，回去后，女儿的死和今天看见吕绿竟然使他难以自拔，在自责中服毒自尽了。而吕绿我们再也没见过他，学校的资料里，对他只有短短几字的说明：此人已经转学。

李多经常不快地抱怨，抱怨吕绿为什么不辞而别，什么都没告诉她。纪颜一直安慰她，她也就渐渐忘却了。直到一个月后，李多接到了吕绿寄来的礼物，上面写着的地址离这里很远。

那是一盘磁带，我们听了听，就是那首歌，那首他作词、凌水源谱曲的歌。这是他唱的，不过现在听上去非常的清澈好听。

“风铃是姓田吧？”我问纪颜。纪颜笑，“你是想问吕绿为什么叫这个名字吗？”我点点头。

“笨啊，吕绿就是吕吕啦，双吕就是田字啊。”纪颜开心地笑道。我摸了摸头，也笑道：“原来是这样。”

第二十八夜
开眼

“他颤抖地把孩子抱过来，只是一下，那孩子便如同触电一样，哭声戛然而止。全场的人不再笑了，而是非常惊讶地看着他。孩子笑了。很漂亮。但在我看来，我觉得他笑得很诡异，不像一个孩子的笑容。”

在平安夜的故事写完后，我接到一个电话，是一个女孩子，她非常干脆地说：“我必须和你谈谈。”

在谈话中，我了解到原来她居然和故事有部分相似的经历，我不免感到好奇，无奈中国的电话费实在惊人，故事听上去颇长，于是我们决定在QQ上聊。

下面就是她在QQ上告诉我的她的亲身经历。

我是名毕业不久的大学生，别看我比你小，但我的经历绝对比你要多。

和大多数女孩子一样，我也希望自己有一段爱情，而且在大一的时候，这段爱情真的来了。我遇见了一个男孩，最起码，在当时我还是非常爱他的。

大二的时候，我们，不，应该是我，为短暂的欢愉付出了代价，我去做了一次人流。当时他也在我旁边，他握着我的手，扶着我走进手术室。那不是个大医院，因为我怕在医院遇见熟人，他更怕。我们两个人如同做错事的孩子一样，偷偷摸摸地找了个小医院，一个外表看上去破旧，里面看上去更破旧的医院，但收费比正规的医院便宜一半。我进去的时候，等候室的长木椅子上还坐着一个年轻女孩，孤独一人，看上去也是个大学生，我当时心想，起码我比她要好点。

做手术的时候是下午四点，天很阴、很冷、很沉，仿佛就盖在你头顶一样，压得人喘不过气来。手术室不大，只有一张手术床，旁边摆放了许多器械，在房间里泛着冷光。我忽然畏惧了，因为我感觉到肚子里的生命在拼命抵抗着，那天，我已经怀孕四个多月了。

那个男人，居然在我背后顶住我，他不耐烦地说了句："别怕，很快的，不痛。"里面有一位医生，戴着大大的口罩，把整个脸都藏了起来，只露出两只鹰眼，神情漠然地看着我们俩。

"快点，别磨蹭了。"他低喊了一声。男友出去了，顺便把手术室的门轰地带上了。我无助地用双手捂着肚子，向那张床走去，并爬了上去。

"诱导还是附加吸引？"医生摆弄着器械，那些东西碰撞的声音非常清脆，在房间里回荡。我被他问住了，一时没明白。他见我不说话，叹了口气。

"几个月了？"

"四个多月了。"医生略有些惊讶，怔了一下，随即说，"那不能用诱导了，用附加吸引吧，而且，最好打麻醉，不然会很疼的。"他转过身，又嘀咕道，"都四个多月了，真是太不注意了。"

我拒绝了麻醉的提议。我忽然有种非常迫切的想法，要把这个孩子，这个不完整的孩子生下来，我要把这痛记忆一辈子。医生劝了我几句，见没反应，只好照做。

我选择的是器械流产。的确，我真的一辈子都不会忘记，冰冷的手术工具进入我身体的时候，第一感觉不是痛，而是一种撕裂的感觉，随之而来的疼痛直接传遍了我身体的每一个角落，我的身体剧烈地收缩了一下。手术过程我不想再回忆了，总之，我一直在手术室里痛苦地尖叫着，那种叫声连我自己听着都觉得吓人。

当手术结束的时候，他进来了，一脸的不安，甚至不敢正视我的眼睛。我虽然虚弱，但神志很清醒，我一再要求看看从我身体里拿走的那一部分血肉。医生迟疑了一下，叫护士抱过来给我。

我也惊讶了，他出奇的大。四个月怎么会这么大？他已经有性别了，是个男孩，头很大，我有种感觉，这个孩子如果真能生下来，一定会很聪明、很可爱。

我转过头，挥了挥手，眼泪无法自制地流了下来。护士又把孩子抱给了我男友，他颤抖着接过孩子，沉默了一下，忽然把手伸向孩子的脸。

二十七周的胎儿眼睛才能发育完全并睁开，所以，他现在的眼睛是紧闭着的。我男友当时不知道为什么，居然用手把孩子的眼皮拨开了。一边的医生转过来，喊了句："不要！"但是，我男友已经打开了。

我并没有看到里面什么样子，但是他突然惊恐地把孩子往地上一扔，踉跄地往后面退，甚至人都摔到了地上。他一边用手指着那孩子，一边大张着嘴巴，吐出几个字来："洞，洞，黑洞！"

他似乎吓坏了。我鄙夷地看着他，这个我曾经深爱的男人现在在我看来却无比的丑陋。医生走了过来，把孩子重新抱起来。

“当然是黑洞，眼睛又没发育好，不过，像这样流下来的孩子，最好还是别去看他们没长好的眼睛，开眼之后，据说很麻烦的。”医生的语气一直都非常冷淡，或许这种事他看得太多了。

好在流血不多，我的身体恢复得很快。男友一直面带愧色地在床边陪伴我，但等自己能下地之后，我做的第一件事就是分手。他没有挽留，也很自然地答应了，这段爱情就这样和大多数人的一样，变成了记忆深处的一道瘢痕，只不过，我的比别人的要重一些。

在分手后，其实我更痛苦，开始大量地喝酒、旷课，我以堕落的方式惩罚自己，室友们在劝阻无效后开始远离我，我成了真正意义上的孤独者。我甚至还接触了毒品，那种摇头丸，暂时的神经麻痹可以使我好受一点。这种日子持续了半年，直到我有一次在吸食过量后，一头撞在凳子角上。我捂着鲜血喷涌的伤口，疼痛让我苏醒了，我发现我应该好好活下去，虽然额头的疤现在都无法去除，但我仍带着感恩的心去看待它，毕竟，我再次活了过来。

后来的事比较平淡了，我努力学习，以优异的成绩毕业，和那个男人的联系更加少了，只是例行问候，要说不恨他不可能，但冷漠比恨更多点。

其实真正的事情刚刚开始。

今年六月份，我的大学同学铃的孩子满月，大家都来庆贺，当然，也包括我的前任男友。我们很友好地寒暄了几句，席间他似乎有很多事要告诉我，但我脸上的表情让他欲言又止。说老实话，才这么短时间，他变化得很厉害，消瘦而虚弱，眼睛旁边有深深的黑眼圈，头上的白发居然也依稀可见了。

铃生了个儿子，非常可爱，胖乎乎的，只是有一点不好，非常爱哭，而且那哭声让人听得发毛，如同有东西在抓一样。还好人多，倒也不是很难受。这时候有同学打趣，说大家轮流来抱这个孩子，看看孩子喜欢谁。

游戏开始了，每个人抱着孩子都无法阻止他哭泣，每抱一次引起的都是一阵大笑，铃和她老公看得哭笑不得。一直到他，我的前男友，他颤抖地把孩子抱过来，只是一下，那孩子便如同触电一样，哭声戛然而止。全场的人不再笑了，而是非常惊讶地看着他。

孩子笑了。很漂亮。但在我看来，我觉得他笑得很诡异，不像一个孩子的笑容。

我的前男友的眼睛里忽然有点异样，他想把孩子换给下一个人，但大家都在起哄，连铃和她老公也说让他多抱抱，还要他做孩子的干爹。无奈，他只好继续抱着。

这时候，孩子忽然在他怀里摸索起来，小手一直向上摸去，直摸到他的眼睛。

我的前男友不动了，任凭那只小手摸着。等到铃把孩子抱走，我才发现，他原来已经吓得呆住了。宴会结束后，他终于找到我，并一再要求和我谈谈。

他满脸的无措，慌乱地找出根烟，哆嗦着点燃了，猛吸了几口，开始镇定下来。

“你到底想说什么？不说我走了，我还有很多事。”我有些不耐烦，多看见他的脸几次我就觉得烦躁。他拉住我的手，那手依旧和几年前一样大而厚实，但那种温暖已经没有了。

“别，别走。”他如同一个犯错的孩子一样，满眼哀求。我忽然心软了，停了下来，听他叙述。

“这几年，对的，就是那次陪你去做了人流以后，我，我一直做噩梦，梦见那个孩子，空洞洞的眼窝发着骇人的光。接着，我的耳边经常听见小孩的笑声。早上起来，经常能看到脸上、脖子上，有……有那种婴孩的手印，紫红色的。还有很多怪事。而且最近我会不自觉地去画一些画，当我清醒过来的时候，发现画的全都一样，我带了一幅，你看看。”忘记说了，我前男友是学美术的，现在是个小有名气的画家。我接过他从口袋里拿出的画，对着昏暗的路灯看了起来。

整张画的背景是灰黑色的，涂抹得不是很厉害，里面画了一个头大大的婴孩，双手抱在胸前，蜷曲成一团，但他的眼睛是睁开的，里面空洞洞的，但又有一种如同黑洞一样的吸力，仿佛能把看的人灵魂都吸进去一样。我感到有点头晕，立即合上画纸。

“你想太多了吧，可能是幻觉，再说你们画家不经常都神经兮兮的嘛。”我冷静下来，把画纸扔还给他，然后一扭身就走了，把他一个人留在路灯下。

几个月后，我听说他办了画展，并力邀我去。我看也有空，为了打发无聊的生活，就去看了。

画展的派头挺大，看来他在这方面混得不错。我看了看画展的名称，叫开眼。

总共有几十幅画，全部是画眼睛的，老年的、少年的、男人的、女人的、外国人的、中国人的，所有眼睛全部不同，带着的感情也全部不同。不得不承认，他的确是位很有才华的画家。

在画展展厅的中间显著位置，摆着一幅巨大的画，吸引了很多人。

我走过去一看，居然就是他曾经给我看过的那幅。不过放大后看上去更加让人不安和发冷。旁边，很多人在小声评论着，有说什么画意深刻，代表了生命的追求，有说表现了后现代感的迷茫，诸如此类。我听得直想发笑，全都是扯淡。

当我想从画展的后门出去的时候，忽然一只手拍在我肩膀上。我吓得回头，一看居然是他，我的前任男友。

“你还是来了。我不得不把他画了出来，仿佛不受控制一样，这样宣泄一下，我好过点。”他的声音很嘶哑，看来又抽了不少烟。过道很黑暗，我看不清楚他的脸。

“少抽点吧，别不爱惜自己的身体。”我微叹了口气，把皮包提了一下。黑暗中他似乎呼吸有点急促。

“你，还是关心我的啊。”

“没别的意思，我看你误会了，我已经有了新的男友，就快结婚了，我不想再和你纠缠下去，我不恨你，也不爱你，你我之间没有任何羁绊了，至于你的悔恨，我接受。”说完我就要走。他默然无语，我好像依稀听见他在抽泣。

我头也不回地往外走，忽然耳边好像听见了小孩的笑声，咯咯咯，非常的清晰，我忍不住回头看了一眼。

正好一束光不知道从哪里射了进来，他正回头往画展展厅走，光照在他的脚上，我看见了。

一个婴孩。

胖胖的，抱着他的小腿，正回过头看我，满是笑容的脸上，两个大大的黑洞，还对着我挥了挥如莲藕样的小手。我已经不会动弹了，全身的血液如同凝固了一样，一直过了十几分钟，我才缓过来。我摸索着墙壁走出了过道，重新回到阳光下。

随后的日子里，我经常得知前男友的消息。他过得非常落魄，甚至穷困潦倒，而且还问我借过几次钱。最后一次见他，他已经不成人样了，哪里还有画家的风采。

再后来，我就没有他的消息了，他仿佛失踪了一样。

她的故事停顿了一会儿，我忍不住问道：“后来呢？”

她转过话题：“你知道下蛊吗？”我一愣，的确，经常听说，但到底是怎么回事却从来不得而知。

“难道，你知道？”我问她。

沉默许久，她回过话来：“是的，因为我就是苗人的后代。不过这里面很复杂，我今天还有事，下次再谈吧。”说完，她下线了。我望着显示器有点茫然，看来我只好等她以后再来联络我了。

第二十九夜
蛊

“里面的东西很冷，我不禁打了个哆嗦。阿姨坐在我对面，闭起眼睛，不知道在念些什么。开始并没有发生什么，过了数分钟，我感觉坛子里有东西在慢慢拱出来。”

下午刚打开QQ，就见上面一个头像闪个不停，原来是昨天和我聊天的女孩子，全都是问我在不在。回了一句过去，她也正好在线，自然继续昨天的话题。

“昨天说到哪儿了？哦，是下蛊。”她自问自答了一句。

你知道吗，我的原籍是云南苗族，只不过我的外公在年轻的时候去了上海闯荡，所以从我母亲开始便居住在上海了。但是，在老家的家谱上，还是有我的名字的。

我见过家谱，有些特殊，所有的男性全部写在左边，所有的女性全部写在右边，夫妻兄弟姐妹又要重新注释。在家族里，男性的名字我记不太清楚了，只知道女性的姓的发音。而且这家谱只从宋代开始，因为我的祖先是从别处迁徙到云南的。

（我想了想，没想到宋代有什么大规模的迁徙事件，于是只好继续听她解释。）

知道宋金战争吗，1127年，金军灭北宋，并把徽、钦二帝和众多皇族、宫女、大臣、金银财宝掠回北方。那场浩劫之前，后宫的女人其实就开始被送走了，总共分成三批，持续了两天。而我的祖先在当时逃出去的人中是地位最高的，好像是大宋贵人吧，当时就是后宫中的一位嫔妃。她在战乱中和自己的家人逃到了云南苗人的居住地。你要知道，像这种后宫深闺里的女人，怨气都很重，互相之间经常猜疑，也经常争执，有的还会学习些下蛊啊、降头之类的邪术来害人。可惜手法大都不对，下蛊哪里是那么容易的，所以也就害人害己。我的那位祖先到了苗家，当时苗族的巫师说，这个宋朝的贵人很适合继承下蛊，因为一来蛊术需要继承者，二来也可以保护当地的族人。

可惜，这么多年来，下蛊已经慢慢衰败了。因为族内对使用蛊的人选有严格的要求（看到这里我很好奇，到底是什么样的要求，居然严格到使蛊术慢慢衰败了的程度）。

首先，必须是女性，即便男性会也不过是一些皮毛，而且，这个女孩要非常聪明，并且发誓永远不结婚，她们可以有情人，一旦孩子出世的话，他们就要分开。所以总的来说，蛊术传承者的命运比较悲惨。而在我们那一族，好像也只有一位可以真正使用蛊术，按照辈分，她是和我母亲一辈的，我尊称她为阿姨。她的房间长年都很阴暗，有很重的草药味道，大概是为下蛊吧。我每年都要和家人回去看看，但今年回去的时候，向来不太和我说话的阿姨始终望着我。

忘记说了，自从和那位男友分手后，我的生活开始过得出奇的顺利，无论是工作还是爱情，我渐渐从阴影中完全走了出来。而这次将要回去的时候，阿姨忽然对我说了这么一句，她说孩子，自己的幸福不全是自己的，别人的苦难也不光是别人的，并要求和我深谈一次。我忽然有点感触，就答应了。

我们两个盘腿坐在她的房间里，阿姨具体询问了我所发生的事。当然，对于这样一位长辈，我自然不敢有什么隐瞒，便把所有的事情都告诉了她。事情叙述完，阿姨深深地叹了口气。她对我说，婴儿的怨是最强的怨，他们对这世界有非常强烈的不舍，他们渴望来到世上。打开他们眼睛的人，会被盯上一辈子。我没有去开眼，而阿姨说我的命极硬，那孩子也不会来找我（我一时好奇，就问了问这个女孩的生日，果然，这一天真的是历史上经常发生灾难的日子）。

阿姨接着说，如果我愿意，她可以下个蛊，帮助我的前男友摆脱被纠缠的噩运。你可能会觉得奇怪吧，我当时都觉得奇怪，因为似乎在大多数人眼里，蛊术无非是害人的法术，让人倒霉或者家破人亡。当我向阿姨问起时，她居然笑了起来。

“蛊术不是那样的，并没有你们传说的那么可怕，怎么说呢，它更像是一种买卖，实施蛊术的人，可以和未来达成交易，或者是一种交换。人的一生中，所有的东西都是有定数的，蛊术可以让你提前知晓你的未来。或许听上去有点可怕，其实很多人觉得未来非常遥远，眼前的利益却唾手可得，所以有很多人穷其一生去追求，结果不过是一场梦罢了。不过蛊术也可以驱邪治病，你的那位朋友非常麻烦。那个孩子是你们生的，却被你们抛弃，他不找你，却缠上了他父亲，如果再不赶快的话，恐怕你的男友这一生都会毁掉了。”我听完后想了很久，的确，我已经不再恨他了，甚至有些可怜他，特别是阿姨对我说的，自己的幸福不光是自己的，别人的苦难也不全是别人的。我决定帮他躲过这次灾难。

既然正式决定了，阿姨也就去准备了。当然，其中有很多东西我是无法解释给你听的，因为我自己也不是非常了解。只知道蛊术极其复杂，不仅仅需要众多材料，还要有特定的时间。

在接下来的日子里，阿姨从我身上取走了很多东西。我不能完全都告诉你，因为这毕竟涉及苗人的秘密。不过大部分还是可以说的。

这些东西包括我的头发、睫毛、血。最奇妙的是，居然还需要我亲手杀的一只公鸡的胃。当一切材料准备妥当的时候，阿姨从她的房间角落里拿出一个深黑色的上面封口的瓦罐坛子。我很好奇里面是什么东西。

当罐子打开后我后悔了，气味非常冲，我偷偷看了一眼，全是墨绿色非常黏稠的东西。阿姨取出了一点，混合了开始准备的材料，便要正式准备下蛊了。

谈不上什么仪式，她的双手握住我的手，两人把手放入盛有所有材料的一个大得类似腌制泡菜的坛子里面，不过开口比较宽敞。放进去后，阿姨叮嘱我，等一下不管感觉到什么，都不要把手拿出来，直到她叫我才可以拿出。

里面的东西很冷，我不禁打了个哆嗦。阿姨坐在我对面，闭起眼睛，不知道在念些什么。开始并没有发生什么，过了数分钟，我感觉坛子里有东西在慢慢拱出来。

我吃了一惊，但谨记阿姨的话，没有把手拿出来。阿姨继续在低声念着，坛子里的东西晃动得越来越厉害。

我清晰地摸到了。

从坛子里慢慢浮出来一个孩子，准确地说是一个孩子的脑袋。因为我已经感觉到了他肉实的小脸和脖子，接着是胖胖的小手。我开始有点恍惚了，眼泪忽然止不住地流下来，我的眼前不停地浮现当时在医院里的情景。一幕幕仿佛像电影一样在眼前迅速地掠过，灰沉的天，阴沉的手术室，那些冰冷泛着寒光的器械，带着冷漠眼神望着我的医生。最后我发现自己穿着单薄的白色连衣裙，一个人站在空旷的灰色地面上，非常冷，整个地面上看不见任何东西，接着从远处传来了若有若无的笑声。我顺着声音望去，那里居然慢慢爬过来一个孩子，我再熟悉不过了，他那没有眼睛如同黑洞般凹陷的眼窝和诡异的笑容。他一点点地朝我爬过来，我想躲避，可四面八方到处都是。他们抱着我的腿、胳膊、身体，嘴啊啊地半张着，空洞洞没有眼球的眼眶对着我，仿佛在说些什么，可我什么也听不到。最后，那些孩子慢慢地组成了一张大大的婴孩的脸，而我就站在那上面。

终于，我又清醒了过来，透过满是眼泪的眼睛，我发现我依旧坐在阿姨的房间里。四周开始变得非常的暗，我和阿姨坐得如此之近，也要眯起眼睛才能看清楚她。房间里开始由小及大地回荡着孩子的哭声，那哭声撕心裂肺，我几乎有种将手从坛子拿出来的冲动。我想去找我的孩子，我知道，他在呼唤我。

异闻录
Yi Wen Lu
我想去找我的孩子，我知道，他在呼唤我。

“阿何！”阿姨猛地大喊一声，我才恢复了神志，阿何是我在苗族的姓氏。据说，在人意念迷乱的时候，老人会大喊你的姓氏，叫回你的灵魂。

幻觉和孩子的哭声开始慢慢消散，但坛子震动得更加厉害，里面响起了非常沉闷而凄厉的叫喊声，就像某种动物一样。而我的手始终摸着里面他眼睛的部位，软软的，仿佛一口空布袋子。

我忽然感到疑惑，那孩子只有四个月啊，为什么我总觉得他好像变大了很多？阿姨继续念着，速度越来越快，坛子动得也越来越快。终于，她大喊了一声，叫我把手抽出来，她也同时抽出，接着迅速用一个塞子将坛口塞紧。阿姨望着一脸惊恐而疑惑的我，轻轻地说了声结束了。我觉得自己一下虚脱了，然后就晕了过去。

不知道睡了多久，只知道醒过来已经是夜晚了。阿姨就在我旁边，房间点起了蜡烛，她为我做了点吃的，吃完后，我恢复了点力气，她才对我慢慢道来。

“你孩子的愿望很简单，他只想长大。”阿姨整理着衣物，平淡地对我说。

“长大？”我不解地问她。阿姨望着我点了点头，继续说：“是的，他只想长大，因为这是他最基本也是最原始的欲望。所以他缠着你朋友，就像寄生虫一样，靠吸取他的生气来维持着他存在于这世界上的能力。如果时间长了，你朋友就危险了。现在我把他封在那个坛子里，在那个空间，他可以满足自己的愿望，慢慢地长大，直到长到他本应该长的程度。”我听完后环视了一下房子，果然，在那个蜡烛几乎照不到的角落里，静静地摆着一个坛子。我看着它，觉得他仿佛也在坛子里面望着我一样。

阿姨送别我的时候告诉我，这件事过去后，我会有个好的开始，我的生活会彻底发生改变，关心别人，其实也就是关心自己。这是阿姨最后对我说的话。我问她是否后悔学习蛊术，她迟疑了一下，笑笑说，以前后悔过，不过现在不了，因为有一些事总是需要人去做的，这都是注定的。我看着阿姨的背影渐渐消失，真不知道还剩下几位像她这样的蛊术的继承者。后来阿姨还告诉我，世人都认为下蛊关键在于“蛊”，其实下蛊的关键在于“下”，下的方法决定蛊的作用。

她终于说完了。我忍不住回问她，她那个被纠缠的男友后来到底怎么了。可惜她只是回答，到现在仍旧没有他的任何消息。

这个女孩下线了。我回味着这个故事，思考为什么历代朝堂，从汉朝开始都对苗族进行大量压榨和杀戮。苗人的多次起义虽然都以失败告终，但中原的汉人们始终对他们敬畏有加，谈起苗女无不色变，其中虽然有夸大之嫌，但其实细想一下也不无道理啊。

第三十夜
买衣

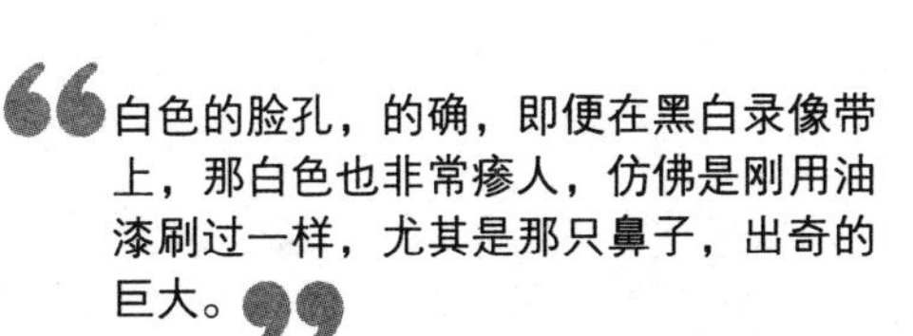

“白色的脸孔，的确，即便在黑白录像带上，那白色也非常瘆人，仿佛是刚用油漆刷过一样，尤其是那只鼻子，出奇的巨大。”

世界上总有几种职业，需要经常在深夜工作，当然，谁也不喜欢独自一人在夜晚溜达，但迫于生计又没有办法。开夜车的司机便是其中一种。我把纪颜的故事整理了一下发到了网上，居然有很多人喜欢，其中还有我一个久未见面的初中同学。

很久没见，便相约在肯德基聊聊。见面后我们互问了几句境况，她似乎面带难色，几次想说什么却又很犹豫。

“你的那位朋友，是不是真的能解决一些我们平常人无法解决的怪事呢？”她终于还是说了出来。我虽然已经料到，但还是有点惊讶。我问她是否遇见了什么难事，如果我能帮忙一定尽力，她摇摇头。

“不是我，是我父亲。”她非常苦恼地说，“他已经卧床很久了。看了很多医生，花了不少钱都不见起色，问起他到底怎么回事，他总是面带惊恐之色，但平静之后，总是闭口不答。我没有办法，正好在网上看文章，没想到是你写的，于是想来碰碰运气。”我想了想，纪颜并不太爱接触陌生人，贸然去叫他来他不一定会答应，于是我决定充当回先锋，去看看究竟是怎么回事。

同学的家在市中心附近，是非常考究的住宅区，门口有铁门和门卫，每栋楼下面还有摄像头，看来的确是相当安全的房子。

她家在四楼，进去后里面的装潢倒是非常不错。记得初中的时候她家还不算太富有，可能这几年发达了吧。在同学的带领下，我们走进了内屋，里面躺着一位五十多岁的男人，正歪着脑袋剧烈地咳嗽着。他瘦得很厉害，面黄得像得了肝炎一样，并没发现我们进来。同学赶忙扶起她父亲。

“您是……”他终于看见我了。同学简短地介绍了一下我，她父亲有些不快，大概是怪女儿随意告诉别人他的事。

我则说道：“伯父，有些病是闷出来的，您不妨告诉我，或者告诉家人，可能有些转机啊。而且我认识一些朋友，即便问题棘手，也是可以处理的。”他狐疑地看了看我，加上同学又在旁边规劝，终于答应告诉我，前提是他女儿必须出去。

“年轻人，你必须答应我，不能告诉别人。”他虽然带有病态，但眼神依旧锋利，我点了点头。

“其实数年前，我还是个开出租车的司机，开始钱不够，买不起自己的车。你要知道，大凡自己有车的司机都是早班自己开，晚班让别人开，然后从中抽头，而我就是专门为人开夜班的。

“起初倒也还顺利，我经验丰富，晚上的客人也算多，直到出了那件事。”伯父吞了口唾沫，又空咳了几声。

（下面是同学父亲的口吻。）

那天是入秋的一个夜晚，天气还算凉爽，开夜班的人都极爱这种夜晚，太热，坐久了身体难受，太冷，两腿冻得发麻。我一个人在抚河大桥那里逛车，没有顾客的时候，我们开着空车寻人叫逛车。

奇怪的事出现了，我忽然看到前面闪过一个白色人影。是的，你别不相信，我至今仍清晰地记得是一个白色人影，就在车头不远处，我下意识地停车。当时已经快十二点了，大桥上一个人也没有。车停在桥上，仿佛随时都会被夜晚吞没一样。我不放心地走下车，发现前面什么东西也没有。我只好重新上车，继续寻客。

没开多久，又是那种感觉，人影仿佛离车子更近了，我又刹住了车子，这下我连火也熄了。我不敢下去，待在驾驶室里面，头靠着方向盘，眼睛死死地盯着车窗外。车灯的光照不了多远，四周黑得吓人。除了风吹动河面的水声，什么声音也听不到。我当时真的害怕忽然有什么东西从前面跑出来。我本来想把车子放这里叫人拉走，自己再搭车回家。奇怪的是，本来这里就算凌晨几点都车流不断的，忽然半天都没一个人，也没一辆车。我听过许多关于夜车的传说，什么搭车的禁忌之类，只道是大家平日里闲聊扯皮开的玩笑，从来没当真，没承想居然真的落到自己头上了。我就这样待在车子里面，希望等到天亮再说。

温度开始慢慢降低了，身体开始哆嗦，我有点犯困了，点了根烟，想尽力使自己保持清醒。那时候我不喜欢把烟灰弹在车里，于是把手伸到车窗外面，一边抽着烟，一边想着事情。

忽然，放在外面的手猛地被人拍了一下，我吓了一跳，把烟都抖落了，整个人几乎跳了起来。这时外面响起了一个声音："师傅，借个火好吗？"

我定了定神，原来是个路人，没想到这么晚还有过路人，我很意外。借着车灯的侧光，我眯起眼睛看着这个人。他很年轻，似乎比我女儿大不了多少，外面套了件灰色帆布外套，肩膀上扛了只麻布袋子，可能是晚上出工回来晚了吧。这一带有些家具加工店，经常会请一些农村的孩子来打工，每天都做得很晚，工资却异常的少。我为少年点着了烟。那一瞬间，我看清楚了他的脸，那张我永远都不会忘记的脸。

他的皮肤很干燥，前凸的额头，充满血丝和疲倦的单眼皮眼睛，厚厚的干裂如久旱的河床的嘴唇，尤其是他的鼻子，出奇的大，令我想起了香港某个知名演员。

忽然，一个非常罪恶的想法如同被按进水里的木瓢一样从我心底浮现出来，当人恐惧的时候会非常自私，自私到根本视别人的生命为无物。因为我想到一个经常出车的老前辈说过，要是晚上开车，总是在车前看见人影打转，那就必然要出车祸，做我们这行的最怕出事，撞坏了车要赔别人钱不说，即便保得住自己的性命，要是把别人撞死了，赔多少钱都不够，撞伤撞残更倒霉，一家人都完了。司机都有条心照不宣的那个什么（我提示他，潜规则），对，就叫潜规则，这词真恰当！那就是撞伤不如撞死，撞死了一了百了。你别不高兴，实际上就是这样，我虽然很久没摸方向盘了，但前些日子不还说一个司机把一孩子来回轧两次吗？他还说回头的一次是为了救人。狗屁，老子还不知道他想什么，救人停车不就得了（他说到这里，有点激动，又剧烈地咳嗽了几声。同学闻声从外面进来，被他呵斥出去了）！

话扯远了，当时我的确只想保住自己再说，以后就顾不得了。那个年轻人点了烟，道了声谢，见我没有走的意思，居然和我攀谈了起来。我和他套了会儿瓷，便提出要买他的衣服。

（"买他的衣服？"我听了很惊讶，他却挥了挥手，示意我别打断他。）

起初他非常惊讶，看了看自己的衣服，忽然爽朗地笑了起来，并问我要这破衣服干什么，不过是件普通的衣服。我摆摆手，迟疑了一下，对他说，我要的是他里面那件贴肉的。这时候他不笑了，警觉起来，往后退了一步，不再说话。我马上跟他解释，自己并没别的意思，只是对他里面的衣服很感兴趣，想买下来回去叫老婆也做一件。他松口气，把衣服扯了扯。

"这是俺娘做的，别人不见得做得出来呢，俺娘是村子里的一把好手。"他果然很朴实，居然相信如此荒唐的理由。我马上提出，给他五十，他更惊讶了。我以为他嫌少，就拿出张一百的给他，并指了指他的衣服。这孩子马上答应了，迅速把衣服脱掉并递给我，而我则把钱给了他。他高兴地拿着钱，不停地对我说谢谢，然后消失在夜色里。

“你知道我为什么要他贴身的衣服吗？”伯父转过头问我。我自然摇头，他叹口气。

“我做了件这辈子都后悔的事，做了件让我良心永远不安的事。我见他走远，就把衣服整齐地摊开放在车子前面，然后启动车子，在上面来回轧，还下车再三检查，是否轧到了衣服。然后，我继续开车，果然没看见什么所谓的人影。”

“哦？这是怎么回事？”我奇怪地问。

“你知道应物吗？有时候人们为了躲避灾祸，会弄一点假东西来应自己的劫难，被拿来做替身的叫应物。我本来会发生车祸，于是把那孩子的衣服当做应物，来回轧过，就当做轧了人的劫。这，也是别人教我的。我只是试试，没想到还真有用。”

（下面依旧是同学父亲的口吻。）

我非常开心，以后便把这事忘记了。那个农村来的年轻人，我也没再去找他。后来我生意越做越好，很快就买了自己的车，钱也越赚越多，于是又在这里买了房子。

可是，在一次朋友的聚会上，我们在醉酒的时候偶然谈起了应物这件事。其中一人说道：

“如果是贴身衣服被拿去做了避劫应物的人，大多数都活不长，会死于非命。”

我一听大惊，酒也醒了，马上再三求证，大家都是一致的回答。我草草应付了酒局，马上凭着残存的记忆，在那次遇见那个年轻人的地方附近的木工店到处询问。费了好大的周折，还好他的外貌比较特殊，最后在一家非常小的木工铺子里问到了。

“你说大鼻子小李啊。”老板端着饭碗，漫不经心地说。

“是啊是啊。”我一见有了眉目，非常高兴。谁知道这位老板却说，小李已经死了，日子就在那次遇见我后没几天，忽然在做工的时候恍恍惚惚地冲向马路，结果被来往的车子撞死了。他家里都是贫苦农民，由于是自己违反法规，一分钱都没得到，连安葬火化的钱都是这里不多的几个老乡凑的。我听完后当时人就木了，呆立了好久，连老板叫我都没反应。

你知道我当时有多么自责吗？我本没想到他会这样，以为他顶多倒霉几天，不料却害了人家性命。这和杀人有什么区别？我所能做的只能是经常去为他扫墓，祈求他的原谅，并定期去他老家，尽一点微薄之力。每当他的亲人送我的时候千恩万谢，我都觉得非常羞愧。

时间慢慢过去，每当我闲下来，那人的脸总在我眼前转悠，这件事永远是我的一个心结。我原以为这个秘密会被我带进棺材，但事实证明，有些东西躲不掉的，该来的终会来。

在雨竹（我同学的名字）念大学二年级的时候，一次照例回家休息，我忽然发现她脱鞋的时候少了只袜子，便随口问了句，不料她的回答几乎让我吓出一身冷汗。

原来刚才在楼下，雨竹遇见了一个戴着宽檐灰帽的人，听口音不像本地人。经过交谈，雨竹知道他是外地来的，他一再要求买雨竹的贴身物件或者袜子一类的。起初我女儿认为这人很荒唐，甚至呵斥他走开，但这人声泪俱下地央求，并说有特殊用途，是用来救人用的。雨竹心肠软，经不住他的劝说，就把左脚的袜子给他了，临走前，那人给了雨竹一张一百元的钞票。

（“一百元？”我不禁问道。伯父也停下来，转过头，神情有些黯然。）你也想到了吧？在我接过的一瞬间，就有一种非常不祥的感觉。当年我给那年轻人的一百还真不是小数目，而且那种钱明明在新币改版后已经很少见了。而且怕是假钱，我一般会在钱的左上角画上一个五角星的符号。我把钱币翻过来一看，果然，那个熟悉的符号正在上面。

我的头轰的一下大了。来了，果然来了。虽然这么多年我都尽力向善，我不奢求能得到那孩子的原谅，只希望自己的良心好过点。我还设想过自己的下场，但当它真的来临的时候，而且是报应在我自己的后代身上时，我却猝不及防。女儿在旁边叫我我都没听见。

“或许不过是巧合啊，您可能多虑了。”我虽然也听得有些奇异，但仍想安慰他。伯父哼了一声。

“我当时也是这样安慰自己。等我给你看点东西，你就不会这样想了。”他挣扎着想下床。我阻止了他，并在他的提示下，从对面的箱子里翻出了一盘录像带。我非常奇怪，但不便去问，只好放进了录像机。伯父要求我仔细去看。

这是一盘监控录像，我看见日期赫然是几年前的，我明白了，这就是楼下摄像头的录像。录像是黑白的，但还算清晰，不久，画面上出现一个戴着灰色宽檐布帽的人，帽檐压得很低，看不清楚脸，看样子像是在等什么人。又过了一会儿，一个学生模样的女孩子走了过来。我一下就认出来了，这就是我同学雨竹。那人见到雨竹，立即冲过去拦住她跟她说话，雨竹开始没答理他，两人还起了点小争执。后来那人似乎开始哭了起来。最后，雨竹脱下了袜子，塞给了那人后便走进去了。

拿到袜子后，那人便朝着摄像头走过来。是的，他现在正对着摄像头。我看见他的手慢慢地伸向头部，摘下了帽子。

白色的脸孔，的确，即便在黑白录像带上，那白色也非常瘆人，仿佛是刚用油漆刷过一样，尤其是那只鼻子，出奇的大。他的面貌就如同刚才伯父描述的一样。最后，他居然笑了一下，我发现他的牙齿都是黑色的，一笑，仿佛没有牙齿一样。周围的人都奇怪地看着他。随后，那人戴上帽子，离开了。

录像带结束了，满屏幕的雪花，而我仍然没回过神来。伯父从我手中拿过遥控器，关闭了电视。这才说："现在，你相信了吧。"

"可是，你也说这是几年前的事啊，这些年雨竹不是好好的吗？"我依旧反问他。伯父摇摇头，用颤抖的手指了指自己的心脏。

"他在折磨我。"伯父一个字一个字地吐出来，紧闭起眼睛，眉头皱在一起，"看过猫抓老鼠吗？抓住，放开，再抓住，再放开，直到猫腻味了为止。现在，我和我女儿就是那只老鼠。这些年我一直看着雨竹，她想去外地发展，被我阻拦了，想去旅游被我制止了。平日我经常叮嘱她小心这个小心那个。你不会明白我的心情，我无时无刻不在担心着她。我就像一个随时等待宣判的囚犯，我生怕忽然一个电话打过来就告诉我女儿出了意外。早知道这种结果，我宁肯自己去死，也不想雨竹有事啊。"伯父说完，不禁老泪纵横。我看了也一阵心酸。

"伯父，不如这样，你先不必过于担忧，我回去告诉我的朋友，我相信他能帮助你。"我不知道纪颜是否真有把握，不过他总应该比我们有办法。伯父看了看我，艰难地点了点头。

雨竹把我送出来，一路上总低着头："真不好意思，浪费你这么多时间，但我还是抱着一线希望，希望爸爸的病好起来。"

我安慰她几句，随后雨竹就上楼去了。我立即打电话给纪颜，把事情大体上告诉了他，并想让他出来一趟，看能否帮忙。不料纪颜听完语气大变。

"重要的不是拿去的袜子啊！应物是可以解的，但那张钱才是关键。你赶快叫他们把钱烧掉。然后你把钱灰拿出来给我。对了，你现在在哪里？我马上赶来。"我把地址告诉给他，他很快挂断了电话。我也再次往雨竹家里赶去。按了很久的门铃，大门才打开，她见是我，有点惊讶。

"怎么了？你怎么又回来了？我正用微波炉帮爸爸热点汤，你也喝点吧。"我看见她双手戴着副大大的卡通手套，正准备回身去拿汤。我拉住了她。

"不了，你快去叫伯父把那张钱给我。"雨竹有点糊涂，但经我再三恳求，她还是带着奇怪的表情领着我又走进去。

和伯父大致说了一下，他回忆了好久，说是这张钱就带在身边，却又一时想不起来了。他一着急，便又剧烈地咳嗽起来。雨竹不知道我们要找什么，还一个劲劝父亲说钱找不到就算了。

我帮着伯父在床上找了很久，终于在被子底下垫着的一件衣服的口袋里翻出了那张钱。果然，还是那种很早版本的百元钞票。我立即走到屋外想点着它，但我发现不必了。

因为厨房已经着起了大火，我刚想过去看一下，又是一声爆炸，一个微波炉的残骸带着汤汁从厨房里面飞出来，砸在门口，整个房子开始迅速地燃烧起来。我立即返回屋子。

"快，房子着火了，伯父我背您出去吧。"我一把拉起他，虽然他看上去十分瘦弱，但身子异常的重。伯父不停地高喊："来了，来了，他来了。"一旁的雨竹却根本听不明白。

等伯父下床，火已经蔓延得很快了。但现在出去还来得及。可我发现不知道什么时候，录像机居然启动了。难道是刚才找钱的时候无意中按到了开关？

画面立即出现了，却不是我先前看的。

电视里的确还是那个面色很白的人，背景却是一片漆黑。他没戴帽子，整个脸几乎是贴在镜头上，显得非常畸形，把我们三人都吓了一跳。

"逃不掉的，要么是你，要么是你女儿。"电视里的他居然说了这么一句，那声音就像声带剧烈磨损的人发出来的一样，沙哑得很。随即，电视没有了图像，录像机开始发出剧烈的嘶嘶声，接着从里面飞出了录像带的磁带，到处都是，把伯父和雨竹的脚缠绕在了一起。我们想挣开，却越来越紧，火已经快烧到卧室了。浓重的烟味和塑料被烧焦的味道开始充满整个房间。我想把磁带拖到外面去烧，但根本拉不动，原来磁带把录像带和录像机还有电视连在了一起。伯父痛苦地对着电视高喊："放过我女儿吧！放过我女儿吧！"接着把雨竹推到我身边。

"快！带我女儿走，快点！"伯父对我喊道。雨竹也哭着，不停地喊："爸爸，爸爸！"我拉住了她，因为伯父已经冲向火海了，一下就成了个火人，他不停地痛苦哀号着，在地上打滚。雨竹大哭起来，根本接受不了，一下就晕了过去。

火已经蔓延过来，雨竹的父亲也躺在地上不再动弹了，声音也没有了。我看着大火，神志已经不清晰了，难道我真要死在这里？又是一阵剧烈的浓烟，我被呛晕了过去……

等我醒过来，已经在医院了，旁边躺着雨竹。纪颜正坐在我旁边看书，见我醒了，摇着头说："还好你命大，我到那里的时候看见窗户在冒烟，立即打了火警电话，你们才没事，不过现场还是有具尸体。"我望了望雨竹。发现她还没醒。纪颜马上解释说，"她也没事，不过受刺激过大，刚才她醒了一次，但情绪不稳定，所以医生给她打了针。"

虽然头还有点疼，我还是把发生的事都告诉了纪颜。他听完后低头不语，良久才说："两个选一个，真是残忍。对了，那张钱呢？"我记得好像最后把钱放进了上衣口袋，于是立即伸手去掏，果然还在。

我拿出来一看，那钱如同在地下存放了千百年一样，都变成黑色了，碰一下就全部破碎了，接着又化成了灰，什么都没剩下。我看着手里的唯一一块残片，真不知道该说什么。

“衣服的力量不可怕，可怕的是报复的心。”纪颜从我手中接过碎片，扔出窗外。他看了看躺在一旁的雨竹。

“倒是她最可怜，永远也不会知道到底发生了什么。”外面已经接近黄昏，今天太阳的最后一缕光正好照在雨竹脸上，可以清晰地看见她脸颊上还未干的泪痕。

第三十一夜
吴钩

“‘啪！’一只乌黑的手掌拍在窗户上。紧接着是一张小脸，翻着眼白，咧着嘴巴，他的牙齿雪白，门牙缺了一角，他嘴巴两边的肌肉由于笑得过猛，已经破裂开了，烧焦的皮肤纷纷落了下来，如黑雪一样。”

如今这掘老祖宗坟的风气盛行，那些身前荣华富贵、高高在上的君王贵族，处心积虑地把自己的墓建得如迷宫一样复杂。但架不住世世代代积累下来的智慧与勇气，一个个的墓被挖掘出来，试问古今五千年，还有几个有名的墓敢说自己未被挖掘过呢？

我们这里也不例外。惊闻女皇武则天的墓居然也被挖开了，市里的考古学家们就像响应号召一样，居然也在城市郊区发掘了一块墓室，而且似乎年代极为久远，据说是春秋末期的。那时候我们这里属于吴越一带。

从随葬品来看，墓室的主人来头不小，不过肯定不是王，估计是大夫一类的大臣。我幸运地被老总派去报道这一事件，既然是两千多年前的古墓，我自然拿起相机就过去了。当然，我也告诉了纪颜，可惜他不是太感兴趣，所以我只好独自一人乘车去了。

我以为自己算去得快的了，没想到那里已经围了厚厚一群人，都是各大媒体的记者，我好不容易才挤进去。其实我没打算搞点什么，只是好奇，想看看古墓到底什么样子。

可惜里面被一条白色塑胶带拦住了，几个穿着制服戴着袖标的人正努力地把人向外推。我夹在人群中间，如同在波涛中一样，摆来摆去，脚几乎都触不到地。最后还好出来一个看上去像是个头头的秃头男人，他相当的胖，外面还裹了件厚重的绿色军大衣，可能越胖越怕冷吧，我看他走几步就跺跺脚，摸摸他硕大滚圆的脑袋。经过他的一番整理，秩序总算是好了点。原来胶带后面几米处就是古墓，我看了看，似乎没有预想的那么宏伟，只看到个顶多容一人进出的石制小坑，或许里面连着一个巨大的墓地吧。

“到底是谁把消息透漏出去的？来这么多记者，怎么进行发掘工作？”旁边过来个神情严肃、剃着平头的男人，额头上有着几条深深的皱纹，眉头挤成了个“川”字形。他两手放在背后，从洞里毛着腰走出来，人未见声先到。

秃头男人连忙低着头，搓着硕大的肥手，结结巴巴而又充满委屈地解释：“林队，我也不知道啊，他们几乎都同时来的。”我正好被挤到了两人左手不远处，而且本人听力甚好，虽然这一点我学生时代的任何一位英语老师绝对不会赞同。

这个被秃子称做林队的人又训斥了几句，接着似乎对洞内的人喊了什么，然后他走到中央，大声对着记者们喊道：“请各位朋友暂时关闭所有的相机，不要拍照，请合作，等一下我们会统一给大家一些时间。”重复了几遍后，大家还是自觉地收起了相机。过了会儿，有几个人从洞里面小心翼翼地搬出几样东西。我看了看，有陶瓷，有铜像，还有些兵器，其中最令我感到好奇的是一把钩子。

大家都知道，吴钩越剑。吴国的主要兵器是钩，而越国则以出产锋利的青铜剑著名。像非常著名的剑师干将莫邪，他们虽然后来在吴国，其实是因为越王允常杀害了干将的师傅欧冶子不得以才逃往吴国的。后来干将又逃了，但那是后话，不过由此可见越国剑的铸造程度已经是当时的顶尖水平了。但吴钩不同，那是一种比较适合水战的武器，虽然后来随着吴的灭亡也消失了，但在当时，是吴国的标志性兵器。所以吴越一带的南方人经常说，男儿行千里，腰间系吴钩。

这把钩和我以前见过的略有不同，似乎更长、更大，埋没在潮湿的泥土中几十个世纪，却丝毫没有影响它的光泽。

这种钩上细下宽，看弯曲的形状，大概像一只竖起身子来二尺长的大螳螂。在它的头上有一个弯向前面的尖嘴的钩，钩的顶部有一个突出的枪头，可以钩落敌人的兵器，或者钩向敌人的身体，同时也可以刺。在钩身五分之三的地方加宽了，成了外凸内凹的一面圆形的小盾牌——盾牌前面凸出的地方也有一个小枪头，后边凹陷的地方装了半环形的把手，人的手就握着这把手来使用，手恰好遮在小盾牌的后面，使被保护者不致为敌人所伤。这后半部犹如螳螂的肚子和尾巴。后来人们在衣袋子上使用的“扣手”“带钩”以及“如意”，可能就是这种兵器形制的遗留，只是肚子上和头顶上的枪尖取消了。这种钩的独特性和多种用途会让使用者的活动空间很大，所以春秋战国时期有名的四大刺客之一要离才能凭借这种武器弥补自己独臂的缺陷，杀死了吴国第一勇士庆忌。

据说当时的吴王曾百金悬赏好钩，使得很多老百姓荒废田地去做钩师铸钩，吴钩的影响可见一斑。

我突然有种非常强烈的熟悉感，是的，那把吴钩让我觉得似曾相识，仿佛它曾经是我身体的一部分一样。但这种感觉很快就消失了。在那位林队的阻挡下，我们大部分人都没拍到什么。一小时后，现场被封锁，大家只好扫兴而回，当然，也包括我。

“怎样？古墓好看吗？有没有小龙女啊？”回到报社看见落蕾，她笑着打趣道。我也回笑了一下，看见那钩后我似乎整个人都没什么精神了，要是以往，我肯定和她好好聊聊天。她送了我一个蜡像娃娃，是一个小女孩，我收下了。现在的我只想回家躺着休息，于是我告诉老总回去写专稿，并把照片拿去洗了。

头开始痛了，一阵一阵的，如凿击般。我感觉身上每寸皮肤都有灼热感，仿佛站在一个熔炉旁边一样，我赶紧躺下。这段时间容易感冒，我怕自己发烧，于是决定休息一下。脱掉衣服，我随手把蜡像放在床头的桌子上，然后很快就睡着了。

非常的热，迎面来的热浪几乎让我站不住脚，脸上、手上，凡是裸露出来的肌肤都觉得生疼生疼的。我不知道自己站在何处，只看见一些铸造的工具、锤子之类的。我四处乱走着，地上到处都是废弃的钩，各种各样的，有的还是毛坯。不远处，一个上身赤裸的男人全身冒汗，古铜色的皮肤在火光的照射下闪着光。他左手用火钳夹住一块钩坯，右手挥舞着锤子在狠命敲打着，一下又一下。他的手臂上到处都有烫伤的瘢痕，右手的指头已经被熏成了灰黑色。他的脸很模糊，我根本看不清楚。这时候，一个穿着灰蓝麻衣、头系红绳、腰间绑着一条布带、只有五岁左右的小孩跑了过来，抱住了那男人的腿。小男孩长得很漂亮，他拽着男人的裤腿，头极力仰望着，样子很可爱。

“吴鸿，别闹，去找你哥玩去。”男人推搡了一下孩子，却不是很用力。孩子依旧执拗地扯着男人的裤腿摇晃着，声音清脆好听。

“父亲，母亲说吃饭了。”这时候，男孩突然转过头望着我。他能看见我？不过很快他被那个男人抱了起来。我依旧看不清铸钩男人的相貌，只能看见他的背影，却觉得非常熟悉，孩子趴在男人的肩膀上一直盯着我，眼睛大大的，我看着他们远去。这时，电话响了，我才从梦中醒来。

我起来才发现自己全身是汗，连内衣都湿透了。电话吵个不停，一接却是老总的。

“欧阳，出大事了。”老总的声音夹杂着焦急和兴奋。我心想，他这么高兴肯定没什么好事，我们这行如棺材铺的老板，事情出得越大，最好是坏事，我们越开心。

“古墓发掘出来的一把非常珍贵的吴钩，你应该看见了吧。我有个朋友就是考古队的，他刚才告诉我，那把钩居然不翼而飞了。”我从未知道老总有个什么考古的朋友，这消息也不知道是真是假，猛地听见吴钩消失了，我的心居然一沉。

"你如果有时间就去查查，看有什么好爆料的。这年头新闻难搞，大家明星看厌了，选秀看烦了，说不定这个能吸引眼球！"老总的思想果然独到，我哼哼哈哈地应了下来，他总算挂了电话。身上已经觉得有点冷了，我决定去洗个澡。

由于昨天整理了衣柜，换洗的内衣被我放到最上面的一层去了，放上去容易，拿出来却难。我只好找来只凳子，垫着脚，但还是不够。外面的灯光很暗了，衣柜黑糊糊的。我勉强把手伸进去摸索，里面衣服很多，我费了半天劲才摸到，刚想把手拿出来，却闻到一股怪味从里面飘出。

一股焦臭味，是的，那种好像肉烧焦的味道。同时，伸进衣柜的手被什么东西抓住了，力气虽然不大，但非常突然，而且手腕立即感觉被火烧到一样。我吓坏了，使劲拔出来，定睛一看，手腕上多了一圈黑色的手印，摸过去居然还有热度，甚至带着一些黑灰。看手印的大小，似乎是小孩的手。

衣柜依然半开着，仰起头正好看见柜子的边缘，里面很黑，实在看不太清楚。我勉强摸到开关的位置，刚想按下去，但很快又缩了回来，原来电灯开关已经烧得烫手了。房间无法再待下去了，桌子上的蜡像居然已经在熔化，屋内的温度太高，几乎变成了一个蒸笼。

逃出卧室的我走进了浴室，用水去冲洗手腕上的痕迹，但那黑色的手印怎么冲也冲不掉，用手去搓洗也无济于事。回想刚才的梦以及莫名其妙失踪的吴钩，我依稀觉得两者间似乎有什么联系，这下我不管纪颜对古墓感不感兴趣了，因为我知道他一定对我的梦和遭遇感兴趣。

电话打过去，还没说完，他便急着叫我过去，后来又改口说他自己过来，并叮嘱我别再进卧室了。我只好随便找了件大衣披着，坐在客厅等他来。

大理石铺设的地面非常漂亮，几乎和镜子一样，但在冬天坐上去也非常冷。刚才接连受了几次惊吓，现在出的汗在背上开始慢慢蒸发，我整个身体像被放入逐渐变凉的温水一样。我使劲把自己裹紧了点，但一点用也没有。我想纪颜估计要十几分钟才能到，因为他的原则是能走路就不坐车。

头又开始剧烈地疼痛了，是那种熟悉的感觉，我很惊讶，因为伴随着头痛居然还有强烈的睡意。我拍了拍自己的脸，但一点用也没有，如同被孙大圣的瞌睡虫附体了般，我居然在客厅睡着了。

真是惊讶，我又回到了先前看见的那个地方，不过这次并没有那么高的温度。我看见那个男子，就是那个铸钩师。他没有在铸钩，而是蹲在一堆钩子前发呆。在他旁边，一对长得一模一样的双胞胎正呼呼酣睡，其中一个正是我见过的那个五岁的男孩。一个二十六七岁年轻的妇人，穿了一身淡黄色的衣裙，头顶上绾了一个很大的螺形发髻，用一条深紫色的绢帕围在四周。她身材比较高大，脸色近于棕红，手上端着一只黑色的木盘，盘子里装着碗盛着的麦饭、新鲜的烧鱼，还有几张薄饼。我看着妇人的装束和吃食，觉得他们应该是吴越一代的居民。奇怪的是，虽然我可以清晰地看见盘中的食物，但依旧无法看清楚那男人的脸，因为他深埋着头，双手插进了浓密而乌黑的头发里。

“吃点吧，为了得那百金神钩的奖赏，你都多久没好好吃东西了？”妇人依旧站在旁边劝慰，脸上带着焦急的表情，但声音异常温柔。蹲在地上的男子没有任何动作。

“我铸了上百把了，为什么始终铸不出那神钩？到底要如何啊，百金的悬赏之日就要到了！”

“吴王是因为铸不出超过越国的剑才去铸钩，干将和莫邪走了，再也没有可以和越剑匹敌的剑了。我们大王的脑袋里只有战争和杀戮，你何必为了那百金而耗费心血呢？我们的孩子在渐渐长大，你却从未教导过他们，吴鸿经常向我抱怨，说父亲对他很冷淡。”我站在不远处，好奇地听他们夫妇俩的对话，想必旁边熟睡的双胞胎有一个就叫吴鸿。

“百金啊，我一个穷苦的铸钩师要铸多少把钩才有百金？而且最重要的是那名声，如果我成功了，我就是吴国最优秀的钩师！”男人似乎越说越激动，再次站起来，背过身，又去努力铸钩了。那妇人望着他，深深叹了口气，默默地朝孩子们走去。

炉子里的火又燃烧起来。我的手和脸又感觉到那火烧的灼热感，这感觉让我醒了过来。望了望四周，纪颜还没来，我依旧坐在客厅的沙发上，四周静得很，对面墙壁上的挂钟提醒我，原来我只是睡了几分钟，不过很好，因为我的头不疼了。

“站起来走走吧，免得老坐着感冒。”我把外衣一卷，刚想起来，马上发觉脚踝处有异样的感觉。

我低头一看，自己的脚踝被两只近乎烧尽的木柴般的手牢牢抓住了，手指如同鸡爪，虽然瘦弱，却气力极大，几乎入肉了，我被抓得生疼，忍不住喊了一声。我弯下腰，顺着那手臂望去，在沙发黑暗的底部，我借着不多的光线，依稀看见有一张人脸。

姑且称之为脸吧，虽然看不清楚，但还是能发现已经烧得一塌糊涂了，只是从眼白部分看，好像还是个孩子的脸。而且他笑了一下，露出一排雪白的牙齿，虽然前面的门牙只有一半，似乎被什么硬物磕掉了。

“陪吴鸿玩啊，不要走啊。”他居然说话了。吴鸿？刚才梦中提到的铸钩师的孩子不就叫吴鸿吗？我实在有点混乱了，直起腰，努力想掰开那孩子的手。就在这时，我看见地面上如镜子般光滑的大理石映出我后背的墙壁上，一个被烧得浑身如黑炭似的身体，正渐渐地破墙而出。他就像早已经融合在墙壁里一样，先是手，然后是头和肩膀，慢慢地把手朝我头边移动。我想离开，但脚被吴鸿抓得死死的，沙发下不停地传出稚嫩却沙哑的喊声："别走啊，陪我们玩啊。"

身后的手已经很近了，绕到了我面前，一下遮住了我的眼睛。我想去扯开，却没有任何气力，只能任凭后面的东西靠在我的肩膀上，对着我的耳朵小声说："猜猜我是谁啊？"眼睛被勒得死死的，他的手指几乎要插进我的眼眶了。门外响起了门铃声，是纪颜来了。我不知道哪里来的力气，居然挣脱出来，踉跄地跑到门边。

开门一看，果然是纪颜，看我如此狼狈的模样，他有点奇怪。我下意识地回头望去，沙发下伸出的手和从墙壁里出来的人体都不见了，但我的手臂和脚踝黑色的手印仍依稀可见。

"你的眼睛怎么了？跟被火熏过一样。"纪颜走进屋子，指了指我的眼睛。我立即拿来镜子一照，果然，眼睛周围都是黑炭一样的残渣，现在眼睛还有点疼，视力都不是太好。

我把事情的经过大体上和纪颜叙述了一遍，他一边听，一边走到卧室，我也跟着进去。里面一切如常，没有先前那么高的温度了，但桌子上落蕾送的蜡像娃娃已经熔化成一个蜡块了，可见那些不是我的幻觉。纪颜找来个凳子，把手伸进衣柜，手掌拿出来的时候沾满了黑灰色的粉末。然后他从口袋里掏出只塑料袋，再把粉末小心翼翼地装进去，封好。

"既然你住的地方老出问题，干脆去我那里吧，顺便我去化验一下，到底是什么东西。还有，你说你老梦见一个铸钩师？"我拼命点着头。他沉吟了片刻，忽然说："我倒是认识一位考古学家，叫林斯平，好像他最近正在挖掘一个吴国古墓，就在郊区附近，里面就出土了把吴钩。"

"林斯平？"我一愣，难道那个叫林队的就是他？

"这样吧，如果你还撑得住，我们现在就去找他，他是我父亲的故交，向来和我们家往来密切。我称他为林叔，其实他只比我大十岁左右，以前曾经为我父亲所救，所以和父亲成了好友。"这样也好，我正愁不知道怎样接近林斯平呢，或许还可以因此拿到些关于古墓的资料。只片刻工夫，刚才的经历就被我忘掉，职业习惯占了上风。

林斯平现在正待在寒风萧瑟的郊外的一栋平房内，这里距那座古墓不远，大部分人员在这里休息。南方的冬天虽然不似北方酷寒，却透着股阴冷，而且湿风大，待久了非常伤人，加上天气灰暗，似是将要下雨，所以林斯平吩咐工作人员搭好雨篷保护好现场，就随着大家进屋了。

我和纪颜到那里的时候，已经开始下雨了，好像还夹杂着小雪粒，噼噼啪啪地打得脸生疼。开门的人正是林斯平，他一见纪颜就愣了一下，然后马上放下握在手中冒着热气的搪瓷杯，双手扶着纪颜的肩膀。

“想不到你都长这么高了！记得上一次看你，你还在你二叔腰那里呢。”林斯平非常激动，他的脸被风霜打磨得粗糙不堪，仿佛是月球表面一样，在屋子昏暗的灯光下泛着黄光，紫黑色的嘴唇干裂得厉害。不过看得出，他很开心，五官几乎都笑到一块儿去了，与在挖掘现场看到的严肃神情截然不同。

“林叔，你也是啊，又苍老了许多。”纪颜也笑道，随即对着我介绍说，“这位是我的好友，叫欧阳轩辕，他是报社的，上午还来采访过，不过他刚才遇见点怪事，好像和你的队伍发掘的古墓有关。”林斯平全然没有注意我，直到纪颜介绍才看过来，他用钩子般的眼神上下打量我一番，收起了笑容。

“我还在纳闷呢，到底谁把消息捅给外界的。不过欧阳同志，我希望你不要把你知道的东西那么快地公布在报纸上，我们希望有个安静稳定的工作环境。”我听完，只好半笑着答应。林斯平这才领着我们进了屋。

“吴钩？”林斯平一听，屁股下像安了弹簧一样跳起来，睁着驼铃般的眼睛瞪着我们，却不说话。在场的其他人也都停止了交谈，带着异样的眼神看着我们，一时间房子里安静得出奇。我和纪颜也不说话，感觉非常尴尬。倒是林斯平率先打破了沉默。

“那把钩，实话告诉你们，奇怪得很。”林斯平的语调有点异样，眼神也很恍惚，“在记者们走后没多久，我们刚想把那把吴钩搬运出来妥善保管，它忽然飞了起来，在我们的头顶盘旋，还嗡嗡作响。”他在叙述的时候老是习惯性地用舌头舔舔嘴唇。我发现他的额头在流汗，周围的人也低头不语，整个屋子只有林斯平一个人的声音，他的声音绝不动听，但说出的事让我和纪颜听得聚精会神。

“接着，如果我们不是在现场，我打赌没有人会相信发生的一切。那把钩居然唱出了歌，而那声音像是小孩的声音，非常好听，但词语晦涩难懂，不过我们还是记了下来。”我问林斯平记录的歌词是什么，他从口袋里翻出了折得四四方方的一张稿纸，打开一看，是几行苍劲有力的大字。

清清之水兮，
其流潺潺。
吴王索钩兮，
民俱尔瞻。
百金之诱兮，
我夫为之狂。
钩兮，钩兮，

何日得成？
母老子幼兮，
我心其悲！
钩兮，钩兮，
慎莫毁我兮。

我把这首词看了许久，大体上看明白点，但我始终觉得那钩还能唱歌，实在太匪夷所思了。

“这，到底是什么意思？”纪颜凑过来问，我也是靠着高中那点残留的古文知识去读，还好春秋时代的诗歌并不算太难懂。

“清澈的水啊，潺潺地流动。吴国的王在索要钩啊，百姓们都低头不语。百金的诱惑啊，让我的夫君为之疯狂。钩啊，钩啊，你什么时候才能铸成？母亲衰老儿子年幼啊，我的心多么悲伤！钩啊，钩啊，千万不要把我的家给毁灭了。”我大致翻译了过来，纪颜听了听，并没说话。我望了望林斯平，他也点头，看来他也同意我的理解。

“可是这和那把怪钩又有什么关系？”林斯平问我。我没敢说话，因为我心中忽然觉得已经知道了答案，但我实在不敢相信，也不愿意相信这件事。因为如果是真的话，那实在是过于残忍和无法理解了。

“这首歌应该是铸钩师的妻子写的。”我平静地说。旁边的人愣了愣，包括林斯平在内，但他们很快开始嘲笑我。

“你怎么知道？难道就凭那句‘我夫为之狂’？就算是，也不能说明那钩会唱歌啊。”质疑扑面而来，比外面的风雪更厉害，我没理会，只是追问林斯平。

“我听说钩已经飞走了？”林斯平呆了一下，说：“你既然知道，而且又是纪颜的朋友，我就没必要隐瞒你。”他用手阻止了旁边一个想插话的人，继续说，“的确，唱完歌后，那把钩就飞了出去，至于去哪里了，我们也不知道，现在正在拼命寻找。”我看了看屋外，雪下起来了，茫茫地连成一片，如同一块巨大的白色幕布，缓缓地把大地舞台遮上了。

“雪太大了，我们等小点就去查吧，既然你们俩也来了，正好多点人。”林斯平倒了两杯开水递给我和纪颜。我接了过来，抿了一小口，脑袋里依旧想着那个被烧成焦炭的孩子，那个叫吴鸿的孩子。

“陪我玩啊。”耳边又听见一句若有若无的声音，我一惊，拿杯子的手一震，几乎把水泼了出来。一旁喝水的纪颜注意到了，凑过来小声问我：“怎么了？”

我没回答他，因为那声音好像从很远的地方飘来，还带着风声似的，最重要的是，居然还在慢慢靠近这里。我坐立不安，拿着杯子走到窗户前，玻璃窗已经被屋内人呼吸的气熏得模糊了，我拿手去擦了擦，把脸凑到窗户前，想看看外面雪停了没有。

“啪！”一只乌黑的手掌拍在窗户上。紧接着是一张小脸，翻着眼白，咧着嘴巴，他的牙齿雪白，门牙缺了一角，他嘴巴两边的肌肉由于笑得过猛，已经破裂开了，烧焦的皮肤纷纷落了下来，如黑雪一样。我吓得往后一退，正好撞在正看书的林斯平身上。

“搞什么！”书被杯子的水泼湿了，林斯平埋怨我说。我根本吐不出半个字，只是捂着眼睛，手指着玻璃，好半天结巴地说：“窗户，窗户上有东西！”

众人围了过去，然后是一阵哂笑。

“不过是风雪卷起的烂树枝罢了，把你吓成这样。”我望了过去，果然一截焦黑的树枝贴在窗户上，还被风吹得啪啪作响，但在我看来，那树枝极像人的手臂，或许刚才真的是我看错了。大家哄笑了几句，便又坐回原位，默默地等待雪停。

“你到底怎么了？又看见了？”纪颜见我脸色很不好，关心地问。我摇头，或许事情太奇怪了，连纪颜也没办法帮助我。再次灌下一杯水，我坐在炉火前，居然想睡觉了，这倒不怪我，因为已经有几个人蜷曲着身体在旁边呼呼大睡了，连纪颜也无精打采地看着火。我实在受不了，把杯子放到桌子上，靠着墙睡了过去。

“我这是神钩！”我忽然听见一个人在高喊，顺着声音望去，一个瘦弱的老人被几个士兵模样的人推搡在地，老人的身边扔着一把钩。

“狗屁！滚你的蛋吧，哪里来的鬼钩、神钩，你是想要赏金想疯了吧？你的钩和那些有什么不同？”一个穿着青色长袍、头上扎着发髻、戴着冠帽、官员模样的人从士兵后面走了出来，一边指着老者骂道，一边手向后一挥。我看过去，层层叠叠，不知道多少把吴钩，各种各样，堆放在地上。原来，这里就是钩库，想必这些人就是吴王命令专门负责收钩的人了。老者走后，又来了几位，大体都和刚才一样的遭遇。这时候，我又看见他了。

虽然是背影，但再熟悉不过了，就是那个钩师，他正站在我面前。但我无法说话，更无法靠近他，当然别提走过去看看他的长相了。

“怎样算神钩呢？”他走到官员面前，那官员用缝隙般的眼睛瞟了他一眼，从鼻子里哼了下，说道：“神钩和神剑一样，可以自由驾驭，首先是锋利无比，无坚不摧，接着可以由使用者呼之即来、挥之即去。我们大王说了，有了这种钩，我们吴国想打赢哪个国家就打赢哪个国家，自然可以和那些中原的大国平起平坐了！要想成为霸主，也是理所应当之事！”

“自由驾驭的神钩？”那男人低头喃喃自语。

“做不出就不要在这里捣蛋，快滚！”官员挥了挥手，士兵便把那男人赶走了。铸钩师独自一人走在路上，而我始终只能跟在他后面，仿佛两块同极的磁铁，总是保持着一段距离，无法再接近了。

我一直跟随着，直到他回到了家里。钩师似乎在家中翻找什么，我看见他把箱子翻得乱七八糟，到处都是杂物。终于，他停住了。

“欲造神兵，以亲祭之。”他低沉着声音念道，反复念了几遍，每念一次，语速便加快一些。最后他发疯似的把什么东西往后一扔。只见一张发黄的羊皮飘落在我脚下，我仔细看了看，羊皮上用刀清晰地刻着几个字：“欲造神兵，以亲祭之。”正是刚才那男人反复唠叨的那句。在这句话的后面，还刻着几个字，比那些字略小，但勉强还可以看清楚。

“王诩题。”王诩？这个名字很眼熟啊，但话到嘴边，又说不出来，真是奇怪。我暂时没再去想这个人，继续看着那钩师。他走到一张床边，上面躺着一个孩子。

钩师在床边站了很久，他的拳头握得紧紧的。我知道他在想什么，如果我可以喊可以动的话，就一定会去阻止他，但可惜，我只是个看客。钩师终于动了，他嘴巴里不停地念叨：“神钩，神钩。”

接着，他点着了炉火，鼓风机呼呼地吹着，里面的火苗越来越旺，红得如血一般。钩师脱去上衣，赤裸着上身，把孩子从床上提了起来。

“父亲，干什么？”孩子用手揉着双眼，迷糊地问他。钩师一言不发，用手提着孩子的脑袋，猛地向炉壁摔去，孩子瞬间被摔得血肉模糊，连哼都没哼一声，接着，钩师把孩子的尸体扔进了炉里。

我不忍再看，如果这是梦，让我醒过来吧。

舞动的火苗，孩子的尸体瞬间被吞没了。

“父亲，你，你把扈稽怎么了？”钩师没有说话。我看过去，原来是另外一个孩子，看来，他正是吴鸿。

“鸿儿，过来。”钩师对这孩子招手，吴鸿恐惧地朝后退。

“鸿儿，你不是老抱怨父亲不和你玩吗？刚才我和扈稽玩了，他很开心呢，你也过来啊。”五岁的孩子哪知道什么，轻易相信了父亲的话，慢慢向钩师走了过去。钩师见孩子过来，一把抓起他，再次如法炮制，想摔死吴鸿。但这次似乎并不顺利，吴鸿用手一撑，嘴巴磕在炉壁上，满嘴都是血。我看见一颗断牙从那里飞了出来，掉在我脚下。

“胡琴（父亲）你干书么（什么）啊？”小吴鸿口吐鲜血，含糊不清地哭喊起来。钩师似乎失去了耐心，直接把他扔进了炉子，关闭了炉门。孩子撕心裂肺的哭声在整个房子里回荡，我捂着耳朵，但声音依旧穿透过来，伴随着哭声的是钩师疯狂的笑声。

“疼啊，疼啊！”

“神钩！神钩！”

笑声和哭喊声混杂在一起，把妇人从外面引了进来。她侧眼一看，什么都明白了，一下昏厥了过去。而我的头也疼得厉害，吴鸿的哭泣声就像是在我耳边一样，挥之不散。接着我眼睛一黑，就什么都不知道了。

醒过来的我还在那屋子里，但周围一个人都没有了，门大开着，看来是寒冷使我醒了过来。我摸摸头，全是汗水。

“纪颜！”我走出屋子，外面的雪停了，我站在空旷的雪地上大喊，但声音很快被吞没了。

过了会儿，远处走来一个黑点，等到近前一看，果然是纪颜。他神色凝重，走了过来。

“我和林叔找到那把钩了，但没办法拿出来。”我一听，连忙让他带我去，两人随即踏着雪上路了。我责问他为什么不叫醒我，纪颜满脸无辜地解释说看我睡得很熟，于是干脆让我多睡会儿，然后他再过来找我。我暗暗叫苦，我哪里睡得熟啊，现在睡觉对我来说简直是痛苦的刑罚。

走了一段路，就看见林斯平正和大家围着一个湖泊。湖已经冻上了，但是在湖面中心好像有一个洞，不像是锤子砸的，倒像什么锋利的东西割开似的。

“那钩就在湖里。”林斯平指着湖说。

“你没开玩笑吧？怎么证明？”我惊讶地看着他。林斯平不快地望了望我。

“你当时在睡觉，自然不知道。是那把钩把我们带到这里的，大家这么多双眼睛都看见了，钩飞进了湖里，就顺着那个口子。”林斯平指着湖中的裂口说。我看看纪颜，他也点点头，看来的确是真的。大家开始商讨到底如何取出钩，现在这种天气下湖可不是开玩笑的，所以决定先暂时封锁湖岸，等温度上去后找专业打捞队来，虽然不是什么好办法，但目前也只好如此了。

我望着那裂口发了一会儿呆，刚要随着众人一起返身离去，不知怎么的，脚却不听使唤地朝那裂口走去。我踏上结冰的湖面，脚下立即响起咔嚓咔嚓的碎裂声，但我仍控制不住自己。

喉咙仿佛被塞住一样，我什么也说不出来，我知道这湖面刚结冰没多久，随时都有可能坍塌。听着脚下冰面破碎的声音，几十年来，我从未像今天这般讨厌自己的体重，果然是书到用时方恨少、肉到重日才怨多啊。

第一个发现我不对劲的是纪颜，他在我身后喊了几句，见我没有回话也没停下来，立即冲过来想拉我回去，但已经晚了。冰面哪里支撑得住两个人的重量啊。

我的身体迅速浸入了冰冷的湖水中，四周黑暗得很，看水上却一片亮光。湖水迅速从我的口鼻涌入肺部，剧烈的冲击和低温使我的肺叶迅速地收缩和扩张，我的胸闷得厉害，而且膨胀到疼，神志也开始变得模糊了。我看见纪颜朝我游了过来，自己的身体却急剧下沉，耳朵已经听不到什么声音了。除了那句。

“来陪吴鸿玩啊。”我的眼睛闭上了。

“这是我的神钩。”熟悉的声音让我再次苏醒，我睁开眼，身上的衣服都是干的，我又回到了两千多年前？我朝声音发出的位置望去，那个钩师依旧背对着我，身前是先前那个收钩官。

“开玩笑！你如何证明？”那个官员看都没看他，在他看来，这种人他每天都要看成百上千。

“里面，仔细地看啊，这对钩里面有我一对双胞胎孩子的血肉，这对钩就是我的孩子！”钩师的声音非常激动，几乎语不成句。

“哈哈哈哈，神钩？”官员狂笑起来，旁边的士兵也笑了，周围其他献钩者也笑了。钩师似乎被激怒了，他大声质问道：“这是大王定下的法令，我铸的明明是神钩！为什么不相信？”这时我看见有一队人马过来了，领头的是一个披着铠甲、将军模样的人，一只手按着宝剑，一只手提着马缰。人群看见了，立即闪到一边，给队伍让开一条路。那些官员起初还在大笑，但现在已经谦卑地跪在了地上。钩师背对着，不知道大王来了，很快就被旁边的人按倒了。

马背上坐着一个人，身材高大，皮肤黝黑，透着象征健康的暗红色，下巴和腮部生满了黑黑密密卷曲的胡须。他那额角高耸的头顶上戴着一顶王冠，上面垂着七条玉珠带子。几乎快要连成一字的浓眉下面，从中间挺出一只硕大的鹰钩鼻。那双特大的眼睛深陷在眼窝里面，闪烁着骇人的红光，凝视着马下的人们，大家都不敢直视他。

“王上，这里便是钩库了。”一个须发皆白，看上去虽然年老，但身板硬朗强健，穿着似士大夫的人走了过来，向马上的人作了揖。那人原来正是吴王阖闾。

“这人，到底在吵什么？”吴王质问收钩官。那官员把刚才的事禀告给了他，阖闾很有兴趣地用手摸了摸胡须，在旁人的搀扶下，从马上下来了。

钩师站了起来，终于面对着我了，但他深勾着头，把那钩捧到吴王面前。吴王拿起一把观摩了一下，又摸了摸，失望地放回去。

“这如何称得上是神钩？充其量不过是把好钩罢了。”

“大王，这对钩里有我一对双胞胎孩子的骨血，只要我呼喊他们的名字，即便再远也会飞过来贴着我的胸膛，这，还不算是神钩吗？”

吴王好奇地望着钩师：“哦？那就让你试试吧。”众人议论纷纷。大家挤出块空地，刚才一个曾经嘲笑过钩师的士兵，抱住了其中一把钩子，离这铸钩师几十米远处站住。

“开始吧，你现在就呼喊，看看是否那钩可以飞过来。如果可以，我便封你的钩为神钩，并且百金之赏也是你的。”

那个杀死自己儿子的男人站到了中央，先清了清嗓子，然后张开手，对着抱钩的士兵喊：“吴鸿！扈稽！过来啊，我是你们的父亲！”场边的人都不说话，大气都不敢喘，静得吓人。抱钩的士兵汗都流下来了，脸上既有恐惧，还有些许兴奋，仿佛他可以感觉到钩内的灵魂一样。

“吴鸿！扈稽！过来啊，我是你们的父亲！”第二遍喊过了，但没发生任何事。大家开始骚动了。

“吴鸿！扈稽！过来啊，我是你们的父亲！”第三次了，即便这次声音已经嘶哑了，可钩还是没有任何动静。钩师绝望地跪在地上，自言自语说：“神钩，神钩啊。”官员的脸色非常难看，他一直看着吴王，生怕他一怒之下会责怪自己。但阖闾严肃的脸忽然奇怪地抽动了一下，然后竟纵声大笑起来。

“真是个疯子啊！”他笑过后，便命令收钩的官员，“给他百金的奖赏吧，以报答他对我的忠心！他竟杀了自己的儿子！”吴王一边重复着最后一句，一边上马走了。临走前，他把其中的一把钩给了那个须发都白了的中年人。

“伍相国，这钩便给你吧，当做纪念。”那人接过钩，谢过了，然后看看接过黄金的钩师，摇摇头，走开了。

钩师散开了头上的发髻，长发披了下来，怀里抱着黄金，一口气奔跑回家，我始终跟在他后面。当他回到家的时候，看见的却是他妻子的尸体，脖子上有一道紫黑色的淤痕。

“她上吊了，我们一直守着等你回来。”几个邻居对他说了几句，然后四散离开了。钩师呆呆地望着妻子的尸体，半天无语，然后他扭转头，朝外奔去。我看见了，那是个湖。

他把黄金扔掉了，手里拿着剩下的那把钩，冲进了湖里。

我的四周又开始涌出冰冷的湖水。纪颜正提着我的手努力地向上游去，我用最后一点意识回头望去。

我看见了一张熟悉的脸。

他抱着一把吴钩渐渐地沉了下去，离我越来越远。

真的很熟悉，因为那是我的脸。

接着，我的眼前又黑了。当我再次看见东西时，已经在生起炉火的木屋里了，旁边是林队和纪颜他们。

“你醒了？”林斯平高兴地喊着，我发现自己的手和脚都在几个队员的手上，他们正拿着雪使劲地搓着。

“真危险，还好纪颜水性极好。不过你们两个出来的时候都已经成冰棍了。”林斯平笑着说，我看看纪颜，他也在拿雪擦拭着手臂和身体。

我想说话，但纪颜做了个阻拦的手势。

“不用说了，我下湖后也看见了。”听完他这一句，我又昏昏沉沉地睡了过去，不过，这次，我没有再做梦。

身体恢复得很快，没过多久，我又活蹦乱跳了，南方的温度降得快，升得也快，很快湖化冰了。我和纪颜随着林斯平的队伍回到那个湖边，看着他们手忙脚乱地准备打捞。

“那是你的前世吧。”纪颜说。我嗯了一声，或许是，或许不是。

“也许正是你再次看到那把钩，所以才惹出这么多事。虽然你和前世是截然不同的两个人，但那钩里的孩子可不这么认为。”纪颜继续说。我一想到那两个孩子，心里还是觉得一紧。

“还有，你家衣柜里的粉末，化验后好像是人的骨灰，不过有些年头了。还有，你对我说的羊皮上的那个叫王诩的，好像是鬼谷子的真名。”纪颜说道。我一听，默然无语。

“还好事情都结束了。对了，你知道这个湖的名字吗？”纪颜忽然转过头笑着问我，我摇头。

“叫‘吴王百金杀儿湖’，或者直接叫做‘杀儿湖’。”

“找到了！”对面的湖里浮出一个人头，他的手里拿着一对吴钩，在冬日冰冷的阳光照耀下显得非常刺眼，起码，我觉得是。

第三十二夜
缩头

“门只开了条缝，但王觉没进去，因为他看见了。
借着窗外的月光，王觉看见有个人正站在儿子床前，弯着腰用手大力地按着孩子的头。”

冬天闲来无事，加上林斯平与纪颜许久没见了，大家便来到纪颜家中喝酒聚会。冬日白天极短，六点不到，外面已经黑了，于是决定一起说说故事或者自己的经历，第一个便是林斯平讲的。

“这能算是故事吗？”他的第一句让我听得莫名其妙。林斯平挥了挥手，然后把杯子里的残酒喝尽，用手背抹了抹嘴巴。他的脸上开始潮红一片，身子又往炭炉旁靠了靠。纪颜是不喜欢用电炉取暖的，他经常说，冬天寒冷的时候闻着烧炭的味道能让他有回到过去的感觉。当然，这点我也赞同。

（下面就是林斯平的故事。）

我经常出外考古，在田间乡野四处游走，那里的人大都十分质朴、善良，非常好客。你知道，我也是个好奇心极重的人，对那些未知的东西总抱着非常大的探究心，只是无法做到像你父亲那样放开包袱，痛快地四处旅行。不过我还是选择了考古这个职业，也算是聊以自慰吧。

在与他们的谈话中，我得知当地的县医院发生过一件非常奇特的事。故事的主人公是一位妇产科医生，他叫王觉。这人的故事几乎已经在乡里四野传遍了，大家都引以为戒。当然，我刚来，所以被慢慢告知。

那时候，产子还是有着诸多禁忌的，因为生产时血污很多，被认为会冲犯神灵。当然，这不过是一种比较迷信的说法，但很多产妇还是坚持不在自己住地生产的原则，大都去医院。另外，胎盘与脐带的处理也非常特殊，因为从古代开始，胎盘和脐带被认为是第二个自己，据说它们埋葬的地点要非常谨慎。胎盘的处理甚至直接关系到这个孩子日后的命运。作为一名妇产科医生，王觉虽然比较年轻，但还是深谙其道，虽然不算非常完备，但也懂得不少。他在当地的名气不小，很多人的孩子都是通过他的手来到这世上的。

在二十九岁那年，接生了无数婴儿的王觉犯了个错误。

有的错误是可以弥补的，或者说还是可以挽救的，但王觉错就错在非但不知道悔改，反而变本加厉，所以这种人日后的下场可想而知，不过这是后话了。我还是先说说他到底做了什么事。

那天夜里十点多，王觉正在县妇产医院值班，这几天他心烦得很，因为家里诸多事情搞得他头都大了。媳妇吵着要改善家里的住房条件，而自己由于有好赌的毛病，在外面还欠了一笔不小的赌债。所有的事情解决的办法说起来很简单，有钱就可以了。但钱往往是最难搞的。

正当王觉叼着根烟，就着热茶看报纸的时候，门外的护士跑过来告诉他，有个产妇来了，而且即将生产。

或许你们要问，为什么预产期将至却不住在医院呢？其实有些人很讨厌医院，今天这个产妇——当地一个村长的儿媳妇，就是其中一个，好在村长家离医院不远。

既然病人来了，王觉便暂时忘记了自己的事，专心投入工作中去了。

产妇来的时候羊水已经流了很多，王觉立即叫护士去准备。说起他的技术，在医院也算是把好手，这么多年从未出过任何差错，当然，王觉今天也是非常有信心的。

接生的时候有点困难，不过对王觉这样的老手来说不算什么。几小时后，婴儿的头几乎已经完全出来了，产妇即将顺利地分娩。就在这一刹那，王觉忽然想到了一件事情。

现在医院医生的工资暗里已经和医院的收入挂钩了，就是说，如果规定时间里医院获得病人的手术费、医疗费、药费越多，医生的收入就越多。王觉抱着已经露出大半个脑袋的婴儿，迟疑了一下。

在这个方向，没有人看见婴儿的头已经露出来了。医院的收费标准规定，剖腹产的费用是顺产的三倍。王觉决定做了。

手术结束了，村长和他儿子支付了难产的手术费用，过后还塞给了王觉一个信封，虽然不厚，但好歹是别人的心意。王觉推辞了一下，最后任村长还是塞进了他白大褂的口袋。王觉的手套没来得及脱去，上面还有产妇的血，他半举着，望着口袋里的东西尴尬地笑了笑，笑得跟做贼一样。当然，母子也都平安，王觉很高兴，觉得自己是通过正当渠道增加了收入。

后来又有很多产妇在医院生产，几乎有一半都是难产需要剖腹。当王觉满头大汗、神情严肃地通知家属们要准备手术的时候，那些人哪里知道是这位相貌堂堂、一脸正气的权威妇产科医生在产房里玩了个小把戏呢？谁会为了在乎那点钱，而弄得妻儿出事？所以，王觉的收入越来越高，他老婆非常高兴，不仅赌债没了，家里还盖了栋新房，医院还表彰他为年度劳模。王觉坐在新买的沙发上跷着二郎腿，抽着病人送的名烟，望着墙上的奖状和家属送的“仁医仁术，妙手回春”的锦旗，哂笑不已。

人都说福无双至，祸不单行，王觉却不觉得，他深刻觉得自己那天的决定是非常正确的。现在他妻子也被查出怀孕了，王觉每天都沉浸在幸福之中，名利双收，自己又将为人父，王觉真的非常满足。而那件事王觉也干得少了很多，当地还是很信命理的，这种事做得多了，终归良心上过意不去，而且这事要是被人揭穿，他就别想在这里混下去了。所以，王觉打算再做最后一次，以后规规矩矩做个好医生，也算是弥补自己以往的过错吧。

这天，一位产妇住进了医院，离生产还有几天。产妇的背景很硬，公公家好像是工程队的，丈夫一脉单传，而且据说产妇的妹妹也是妇产科医生，所以在家就调养得很好。王觉每天来查房，看着高耸的肚皮，心想这种家庭最适合了，找他们要钱的话，绝对不会空手而归，只要保得母子平安，多大的代价都会答应。

“就她吧，最后一次，反正他们的钱来得也容易。”每次王觉都拿这种借口来搪塞，干多了也就无所谓了，甚至还会觉得自己是个劫富济贫的侠医了。人就是这样，即便是坏事，只要连自己的良心都过去了，也就不会觉得是坏事了。

很快，王觉再次走进了手术室，床上的产妇厉声高叫着，这叫声本来已经听了很多年，但今天觉得异常刺耳，王觉忍不住皱了皱眉头。生产很顺利，孩子大大的头颅已经出来了。王觉看看四周，照着原来的方法又做了一次。不过，今天出事了。

一般王觉会建议人家实施剖腹产，如果对方不同意，就在顺产的时候玩点花样。其实他心里也知道，剖腹产马虎不得，本来是要进行严格的检查和配备安全措施的，否则后果不堪设想。不过他很聪明，他经常会检查孕妇的身体健康程度，然后再来决定是否实施紧急剖腹产。所以，他经常在手术前准备一套应急措施和设备，名为时刻提防意外，实为让自己准备。这次，他又是立即命令护士为这个产妇插好导尿管，并且进行麻醉。王觉没有选择腰椎麻醉和硬膜外麻醉，因为紧急手术，所以就全麻了。可是，他没想到，这个本来他判断身强体壮的孕妇居然对麻醉剂有着非常大的反应。原本手术王觉早就驾轻就熟了，可是大量的失血怎么也止不了。产妇的脸色非常难看，鼻孔里已经进气多出气少了。护士们慌了，王觉也慌了，看着产妇的眼睛，那眼神他一辈子都忘不了，充满了求生的欲望，又充满了绝望和痛苦。

孩子和女人都没保住。

这几乎是王觉行医生涯的一个巨大失败。家属在医院里哭天喊地，照理和他拉扯了一番，但事情被归结为医疗事故。院方和家属交涉了一番后，事情就过去了。王觉受了处分，整个人都痴呆了，他木然地看着那个女人的丈夫哭着走出院门，虽然别人不知道，但他自己最清楚不过了，那孕妇完全可以顺顺利利地产下个健康的孩子，只是自己的那么一下，居然送掉了两条人命。从那以后，王觉总是心不在焉，好几次差点出事，结果被院方派去做后勤一类的事了。周围的人都很同情他，觉得他是因为良心的责备而搞得如此落魄，都夸他说这样有责任心又有道德的医生已经不多了。

日子渐渐过去，王觉的妻子也要生产了。

他向医院请了一星期假，专门陪着妻子。看着妻子的肚子，王觉总有一种莫名的恐惧感。这几天他只要一睡着，那个失去妻儿的男人的脸就在眼前晃悠，时而清晰，时而模糊，最后居然变成了自己的脸。每当这时候王觉就从梦中醒来，看看旁边睡得正熟的妻子，他只好叹气。

终于，王觉心里面最期待也是最恐惧的日子来了，妻子从早上八点就开始说不太舒服，他立即把妻子送进医院。到医院的时候，妻子痛苦地大喊，王觉凭着多年的经验，知道妻子就要生了。

负责的是位年轻的女医生，她把口罩、衣服、手套穿戴整齐后刚要进去，王觉就拉住了她。两人对视了几秒，王觉本来想说“拜托了”“靠您了”之类的话，但似乎角色的变换让他张不开嘴，啊啊了几下，却一个字也说不出来。

倒是那位女医生笑了笑：“王医生，您放心，我会像您一样，做一个好的妇产医生。”说完便转身进去了。王觉听着这句话，越琢磨越不对味。他强烈要求进去，看着妻子生产。这在当地是大忌。当地的风俗是丈夫绝对不可以在妻子旁边看着她生产，否则对孩子非常不利。不过王觉顾不得这么多了，他一定要看着妻子把孩子生出来。

痛苦的尖叫一声接着一声在产房里回响，王觉抓着妻子的手在她耳边鼓励她，并不时地望望那位女医生。由于他很久没和医院的医生接触了，加上戴着口罩，王觉只能看见那双眼睛，虽然非常熟悉，却又想不起来。妻子生产得很不顺利，时间一点点过去，产房里的每个人都紧张得很。年轻的女医生满头都是汗，不停地喊用力用力。

“很难，胎位不正，可能要准备紧急剖腹产手术。”女医生对王觉说。王觉一听犹如掉进了冰窟，他恐惧地看着女医生。这句话他再熟悉不过了，经常都是他对别人说。

“摘下你的口罩。”王觉忽然冷不丁冒出这么一句。在场的人都奇怪了，尤其是女医生。

“王医生，这……”女医生面带难色。但王觉一再坚持，她只好拿掉了。

王觉呆住了，指着女医生半天张不开嘴。王觉终于知道为什么医生的眼神那么熟悉了，她分明长得和前不久死去的那位产妇一模一样。王觉发疯似的退到角落里，大喊起来。

“我不是故意的，我不是故意的！你别害我老婆和孩子，我求求你了！”说着居然跪在地上，不停地磕头。女医生很尴尬，一面让护士去喊人准备剖腹产，一面搀扶起了王觉。

“王医生，我姐姐的事不怪您，我也是学医的，有些事可能无法避免。我之所以要求调到这里接替您，就是想让更多的产妇能健康地产下孩子，避免我姐的悲剧再次发生。”说着女医生竟落下泪来。王觉听完后才缓过神，原来这位医生是那个产妇的妹妹。

在担心中，王觉还是抱起了他的儿子。当听到妻子也平安的时候，他才把提到嗓子的心放了下去。孩子很可爱也很健康，王觉非常高兴。不过，事情并未结束。

王觉的儿子开始长大，但王觉越来越发现儿子身体的奇怪之处，开始年纪小并不觉得，可是当孩子和同龄人一比，不同的地方一下就看出来了。

王觉儿子的头小。

是的，其他地方都没什么，唯有这头出奇的小。在王觉看来，几乎像从他娘肚子里出来就没长过一样，这到底是怎么回事？这样下去孩子就会变成怪物了，大大的身体却有个婴孩的头颅。王觉以前看过一些书籍，说有些部落会缩头术，死者的头颅会被缩成很小的球体。但现在他儿子就活生生地站在他面前，头是那么小。

不能再这么下去了。经过了几乎倾家荡产的治疗，夫妇俩被折磨得半死，也试过很多方法，结果一点用也没有。孩子一天天长大，遭遇的却是他人怪异疏远的目光，于是性格变得越来越孤僻，不爱说话。王觉抚摸着儿子比拳头大不了多少的头，再看妻子黯然落泪的样子，心里如同刀割一样难受。他问孩子，是否觉得头部有什么不适，但儿子总是摇头。

一天夜晚，王觉起来小解，路过儿子的房间。天气渐凉，他担心儿子踢被，于是把门打开，想进去为他盖被子。

门只开了条缝，但王觉没进去，因为他看见了。

借着窗外的月光，王觉看见有个人正站在儿子床前，弯着腰用手大力地按着孩子的头。儿子面带痛苦地闭着眼睛，却根本没醒过来。王觉大惊，正想要冲进去，那人却直起身子转过脸来，正对着王觉，深深笑了一下。这一笑，王觉呆了，没有再进去。

第二天早上，王觉被人发现吊死在自家的厕所里。

听到这里，我和纪颜不禁好奇地问，王觉到底看见什么了。林斯平笑笑，转过话题说：“你们知道王觉是怎样让本来顺产的孕妇弄得难产而剖腹吗？”我们自然摇头。

林斯平继续说：“其实很简单，他双手按住出来的孩子的头颅，又把它塞了回去。然后

异闻录
Yi Wen Lu
王觉其实看见的是自己。他看见自己按在孩子的头颅上，孩子的头盖骨非常软，正在生长，长时间挤压，自然长不到应有的大小。

就说难产，准备剖腹。

“王觉其实看见的是自己。他看见自己按在孩子的头颅上，孩子的头盖骨非常软，正在生长，长时间挤压，自然长不到应有的大小。或许王觉明白，使他儿子的头长成那样的罪魁就是自己，不，或者说是另一个自己，一个为了钱竟然将本来顺产的孩子重新塞回去的那个王觉吧。当我从旁人口中听说这个故事的时候，本来不信，但他们执意带我去看那个孩子，那个被缩头的孩子。

“我在乡亲的带领下，来到王觉的家，我吃惊不已，原来真有其事。在房间里面，我看见一个十几岁的少年正在喂一个妇人吃饭。那少年在夏天还带着巨大的草帽，根本看不出什么样子。只是那妇人，一脸毫无表情的样子，眼神呆滞地望着前方。少年见我们来了，热情地和大家打招呼，然后带我来的乡亲和少年说了什么，少年摘掉草帽。

“我第一次看见那样小的头颅。虽然据村民说这孩子的头已经比以前大了很多，但我还是无法接受人类的头颅变成这个样子。我清晰地看见他太阳穴的两侧有明显的凹痕。他的头从远处看就像一个‘工’字。”

林斯平没有再说话，纪颜过了会儿说：“希望像王觉那样的人少点吧，终究害人害己。不过王觉的故事令我想起了一个故事。”说到这里，他微微停顿了一下，然后故作神秘地说道，“你们听过龙蛇吗？”

林斯平笑道：“我只听过龙蛇混杂，还没听过龙蛇。”说完又看看我，我自然摇头不语。

纪颜说：“那就听听龙蛇的故事吧。”他往炉子里加了把炭，火烧得更旺了。

第三十三夜
龙蛇

“阿布又笑了笑，我忽然发现他的舌头又细又长，而且是通红的，每次说话前都要伸出来舔舔自己的嘴唇。他的皮肤很粗糙，而且脱皮脱得厉害。”

纪颜伸了伸腰，把手暖了暖，向我和林斯平徐徐道来。

中国幅员辽阔，动物的种类繁多，当然，蛇也是其中一种，尤其是蟒蛇，一般在南方诸省，像福建、广东、云南等省都能在茂密的山林里找到它们。不过传说中的龙蛇绝对罕见。

我在父亲遗留的笔记中，找到了一个居住在云南的少数民族部落的线索。这个部落以捕蛇贩卖为生，其中有一个人谈到了龙蛇，不过记载甚少。龙蛇其实是一种巨蟒，但又和其他巨蟒不同。为什么称为龙蛇，笔记没有记载，只是一再强调非常危险，要当心之类的话，并用了个大大的红圈圈出来。我带着好奇，终于找到个机会前往云南寻找龙蛇的踪迹。

云南自古就是非常神秘的地方，那里几乎保留了最原始的自然景色和生态环境，茂密的原始森林曾经吸引过众多探险家，但危险也多。

1942年，中国为了解救在缅甸被日军围困的七千名英国士兵，十万中国远征军开赴缅甸。打仗的伤亡并不大，可绝大多数人在穿越中缅边境的原始森林时丧命。充满瘴气的森林、食人蚁军团、巨型蚂蟥，以及众多不知名的野兽，时刻威胁着人们的生命。即便是幸存下来的人，余生也始终处在恐惧的阴影之中。可想而知，龙蛇生存在那种地方倒也不算偶然。

我经过几天的旅行，来到了云南，并根据父亲遗留的地图和笔记，开始寻找那个部落。当然比较辛苦，不过当地人还是很热情的，半个月后，我终于来到了那个靠捕蛇为生的部落。

和我预想的不同，与其说它是个部落，倒不如说是个村庄，远远望去，和我老家并无太大不同。

“你是来收蛇的吗？早了几天啊。”一个穿戴比较接近汉人的人朝我走过来，有些奇怪地问我。我告诉他，自己是个旅游者，慕名而来。那个人笑了笑，自我介绍说他叫布里，这里的人都叫他阿布。因为阿布会汉语，所以专门负责联系外面的人来采购蛇皮蛇胆，还帮村里的人买卖货物，所以他在村子里的地位还是很高的。

“你的汉语是跟谁学的？”我好奇地问阿布。阿布又笑了笑，我忽然发现他的舌头又细又长，而且是通红的，每次说话前都要伸出来舔舔自己的嘴唇。他的皮肤很粗糙，而且脱皮脱得厉害。他告诉我，最近太阳太烈了。

“我的汉语是跟一个汉人学的，很久了，他人很不错，教会了我很多东西，那时候我还是个孩子，充当他的导游。”我猜想那人一定是我父亲了，看来我找对了地方。阿布的手脚很长，仿佛没有骨头一般。山路崎岖，走起路来，他的手如飘带一样晃来晃去。我眯起眼睛看了看前方，有一大堆人围在一起，似乎在庆祝什么。

我好奇地跟着阿布走了过去，等到了近前一看，原来是有人捕到了一条蟒蛇。

蟒蛇还是活的，不过头上套了蛇笼，好像是一种编织袋，又有点类似马的缰绳，那带子好像很坚固。蟒蛇的头在剧烈地摇摆，但挣脱不掉，它的另外一半身体被牢牢地绑在地面的木桩上。这条蛇不算大，但也有四米多长，身体的背面呈灰棕色，头部和背部有成对的大鳞片，背面和侧面有云状大斑纹。

编织袋的另外一头握在一个壮实的年轻汉子手里，他脸上充满了得意的神情，一只手抓着袋子，另一只手叉在腰上。他的身上披着一件红黑相间的短服，没系扣子，露出健壮的肌肉。他的眼睛向上，压根儿没看见我这个生人。倒是一个四十多岁、皮肤黝黑的矮胖中年人发现了我们，大家都把视线转移到我身上。抓蛇的年轻人不快地望着我，可是他看上去也很好奇。

一下子被这么多人围起来，我感到有点不好意思。他们说着我听不明白的语言，睁着大眼睛拥挤在一块儿，仿佛在动物园看动物一样。还好，阿布赶快解释了一番。

“别介意，一般收蛇的人不进村子的，大家很少看见外族人，所以显得很好奇。”阿布拍拍我的肩膀，他背对着太阳，如衣梭般的脸朝外吐着舌头。我看看他，又看看地上的蟒蛇。

人群逐渐散去，我跟着阿布来到他家。同其他人一样，家里很简陋，不过里面的物件很独特。大都是皮制品，有皮裤皮衣，还有一瓶浸泡着数条蛇的大玻璃罐子。里面的液体是黑褐色的。阿布叫我自己坐坐，他去喝水。我应了一句，然后走到玻璃罐前仔细看着。

里面的蛇好像是毒蛇，有一条黄色的，头部呈三角形，比起其他几条来都要大。我把手放到罐子上，眼睛贴在上面，想看看它的花纹。不料，那蛇竟猛地睁开眼睛，大大的灰色眼珠转了一圈后盯着我。我吓得直往后一退，正好撞到了从里面走出来的阿布身上。

“你怎么了？”阿布奇怪地问我。我惊惶地指着罐子：“那蛇，居然是活的。”

阿布冷笑了一声，然后不屑地道：“那蛇当然是活的，你不知道吗？蛇酒自然要泡活蛇，否则药力就弱了。那酒的温度低，所以蛇处在半休眠状态，你刚才一定是把手放在上面了，温度一高，它自然活过来了。”

阿布笑嘻嘻地走过去，用手撩起衣角擦了擦刚才被我焐出几道手印子的罐壁，然后指着那条蛇说：“你可别小看它，它可是有名的烙铁头，被它咬一口，半小时没血清就没命了。不过用它泡的酒非常不错，这蛇前些日子刚放下去，要等它醉死，才能开盖子饮用。”我点点头，果然是捕蛇世家啊。门外不时地有小孩趴在门口看我，然后又被女人们领走了，开始我还不太习惯，后来也无所谓了，便和阿布攀谈起来。

“日子不好过，收蛇的人价格越压越低，村子里的人却越来越多，当然，能抓到的蛇也没以前多了。刚才捕到蛇的那个叫乌苏，他已经是村子里最会抓蛇的人了，可一条四五米的蟒蛇活的才卖两百多，死了更不值钱。要么就冒险抓毒蛇，价格稍微高点，但被咬死的人也不在少数。总之要么饿死，要么被蛇咬死，日子很难过。听长辈说，以前村子里自给自足，虽然不富裕但也过得去，自从有人开始卖蛇赚了点钱，大家都去赶着抓蛇了，抓来的蛇一多，价钱就贱了，结果搞得现在村里的人只会抓蛇了。”听了他的话，我很难想象原本在我印象里神秘而强大的捕蛇部落，现在居然处于这样一个尴尬的局面。不过，我还是问了他关于龙蛇的事情。

“龙蛇？你疯了吗？我劝你赶紧打消这个念头吧，我们这个部落已经几百年了，从来没人见过龙蛇，它只在老人家吓唬不听话的娃的故事里出现过。以前那个教我汉语的男人也说来找龙蛇。”阿布端详了我一会儿，忽然指着我说，“没错，和你长得有些相像，你们该不是父子吧？”我笑了笑，点点头，阿布也笑笑。

“真高兴，我居然还可以见到纪先生的儿子。”阿布对我的态度明显热情了许多，不过他还是不赞同我去找龙蛇。但他告诉我，明天就是一年一度的捕蛇比赛，比比谁是最厉害的捕蛇人，冠军的奖励是很丰盛的。

“我和乌苏是一起的，你可以和我们一道去看看，怎样捕捉一种大蟒蛇。”阿布神秘地说，“那绝对是你从没见过的捕蛇方法。”我有点好奇，但阿布却不再往下深说，只好作罢。夜晚在他家吃了顿蛇肉饭，还算可口，晚上睡在竹席上面，月光透过装有毒蛇的酒瓶，映出一片银光。一觉睡到天明，直到阿布叫醒我。我揉揉眼睛，听到门外一片欢呼声，走出去一看，原来有很多女孩子正穿着很华丽的民族服装跳舞。

"捕蛇赛过后就是蛇节，所以大家会庆祝，不过以后这样庆祝的机会恐怕越来越少了。"阿布感叹道。他告诉我，由于有部分年轻人技术不好强行抓蛇，已经死了好几个了，所以族长说以后的捕蛇赛会慢慢减少，直到停止。昨天的那个年轻汉子就是乌苏，他走了过来。今天他换了套行头，穿了套灰色的紧身衣，脚和手臂都裹着厚厚的白布，腰间系了只大大的布袋，肩膀上斜挎着一条拇指粗细的绳索，看来这都是准备抓蛇的工具吧。他没看我，径直走进房间，然后和阿布对话，可惜我一句都没听明白。不过乌苏好像很不高兴，指指我，又对着阿布高声叫喊。最后他好像还是很郁闷地走出了房间，用手抓着胸前的绳子，对我使劲瞪了一眼。

三人准备好后便出发了。阿布也为我包上白布了，因为深山老林里瘴气蚊虫多，这个时候虽然是进山比较好的时间，但还是要注意。阿布还带了很多药品，大都用小瓦瓶装着。

上午九点后，参加捕蛇赛的人都陆续出发了。

"我们去捉岩蛇。"阿布和乌苏交谈了一下，回头告诉我。现在我们三人正在陡峭的岩石上攀岩，我一听就奇怪了。

"什么蛇？"

"岩蛇，它们很大，有六七米，甚至更长，居住在山洞里面，一般在晚上才外出。岩蛇和其他蛇不同，它比较迟钝，而且它们是靠嗅觉捕食的，一般被它盯上的，跑都跑不掉。"

"为什么？"我好奇地问。阿布笑道："因为岩蛇的嘴巴很大，扁平状，巨大的身体像风箱一样，和猎物距离相近后，便靠着吸力将猎物直接吸过来，然后绞杀，最后吞食掉。不过，抓它的方法很特别，也很危险，看来乌苏是一定要抓岩蛇来证明自己了。"阿布望着前面卖力爬山的乌苏矫健的背影，叹气道，"希望他别出事。"

三人沿着山路一直走到日头高挂，我看了看表，快中午了，可乌苏丝毫没有停歇的意思。我的体力有点不支，慢慢被抛到了后面。阿布和乌苏在前面交谈着，时而又高声争吵着什么。我开始有点讨厌这个叫乌苏的小伙子了，因为他回头看我的时候，我总觉得他带着鄙视。终于，我们在山间的一片开阔地停了下来。在不远处有一个山洞，黑糊糊的，大概有两人高。

"岩蛇的鼻子很厉害，你要涂上这个。"阿布从自己带来的那些瓶瓶罐罐里面摸出一个绿色的，打开后里面钻出一股非常浓烈的味道，十分难闻。

"这是什么啊？"我接过来，仔细地涂抹。阿布再三叮嘱我，要尽量把整个身体都涂上，不要漏擦。我涂抹完后，把瓶子递给阿布，但他收起来了，自己没有涂。

我不禁问他，阿布笑了一下，用舌头舔了舔嘴唇。

"我和乌苏都是这里长大的，身上有蛇的味道，你是外来人，所以你需要涂。"说完盯着我，看得我发毛，那眼神不知道为什么，很像昨天瓶子里的那条蛇的眼神。

乌苏冲着阿布大喊了一句，阿布回了几句，似乎两人还在争吵，不过最终乌苏屈服了，不高兴地跑到一边去了。

“要怎么抓呢？”我问阿布，阿布却对着我笑。

“你知道怎么抓龙蛇吗？”我很奇怪，不是说要抓岩蛇吗？他不是老说叫我别去想着抓龙蛇吗？他绕着我转圈，一边转，一边看着太阳。

“龙蛇是神物，你知道，它是快要化龙的大蛇，但是和人一样，人要修仙就必须经历劫难，龙蛇则是要吞食死者的尸体来超度亡灵，以此来修行。可是如果它吞食了活人，就会暂时失去力量，没有任何危险。”

“这是什么意思？”我忽然觉得他很危险，下意识地退后几步。阿布停住了，他看了看太阳，最后又看着我。

“正午是龙蛇最弱的时候，你身上涂抹的是一种尸味油，能盖住活人的气味。要抓龙蛇必须有饵。而你就是最好的饵，这里的规矩是一旦死了人就抬到这里让龙蛇超度，这么多年来规矩一直不变。不过我管不了了，只要能抓住龙蛇，那就是一堆金子啊，整个村子都会富裕起来，可是他们谁也不敢去当饵。很不凑巧，你居然自己送上门来了。二十多年前，你父亲看过龙蛇吃尸，所以他误以为龙蛇是凶兽。不过今天你既然来了，也能看看，而且是近距离，哈哈哈哈！”阿布开始放声大笑，我感觉到一阵眩晕，腿一软便倒了下来。我失去意识前听到的最后一句话是阿布的。

“油里面还有迷香，在阳光的照射下会从你的皮肤里进去，好好睡吧。”

不知道过了多久，我好像是被冰冷的地面冻醒了。睁眼一看，自己躺在山洞里面，阿布和乌苏早没了踪影，我想挣扎着爬起来，但身体一点气力也没有，手脚仿佛不是自己的一样。如果只是不能动还好，迷香的作用迟早会消失，可是洞里面传来一阵蠕动的声音。

我看见两只发着绿光的眼睛。

是龙蛇？

借着外面的光线，我依稀看见有东西从里面爬了出来，然后是很重的呼吸打在我脸上，很难闻，我几乎要作呕，夹杂着腐烂的臭味和动物的味道。在这味道的刺激下，迷香的作用似乎小了点，我可以稍微动一下了，可是在这种情况下，我就是能跑也没用，因为我已经看见它了。

怎么形容呢，龙蛇已经不能说是蛇了，它的额头靠近眼睛的上方隆起了两个类似肉瘤的大包，眼睛也深深凹陷进去，在嘴角两边居然还有须，非常长，一直飘到脑后。它脖子后的鳞片比普通的蛇鳞要大得多，也厚得多，通体成红色，在身体两侧已经可以看见脚的雏形了，像壁虎一样，不过没有实质功能，它依旧靠爬行来移动。

它比我想象中的要大得多，光是脑袋就几乎比我身体都大了。蜷曲爬行的龙蛇似乎发现我了，吐着舌头朝我迅速地移动过来。蛇鳞和地面的摩擦连我的皮肤都感觉得到。

只是一刹那，我感觉脚一阵冰冷，原来龙蛇已经开始从脚部吞食了。我的眼睛正对着龙蛇的眼睛，它的眼神很冰冷，虽然我知道它的视力并不好，或许根本看不见东西，但我还是很惧怕它的眼睛。

你很难想象被一种东西活吞是什么感觉。

我知道，有一种捉蛇人把自己当做食物引诱蛇来吞食，等吞到大腿处时再迅速坐起来杀蛇，这时候的蛇是没有任何防备的。我以为只是笑谈，不料今天自己亲自尝试了一把。

龙蛇的嘴很大，它完全可以一下就把我吞下去，可是它偏偏一点点地含着，靠着每次张嘴时上颚和下颚的蠕动，把我的身体送进去。我心想，或许是因为长期吃尸体让它的胃口变得很不好了。

我的脚指头能清晰地感觉到龙蛇的内部黏膜和肌肉的蠕动，它已经吞到我的膝盖了，我不知道阿布和乌苏到底想干什么。这时候，龙蛇忽然停止了吞食，然后猛地把我吐了出来，接着仰起头，痛苦地摇摆。我的身体已经可以动了，于是赶紧扶着石壁跑了出来，脚上全是龙蛇的黏液。

“多谢你了！”阿布不知道从哪里冒了出来，仿佛看风景一样看着在旁边剧烈挣扎的龙蛇，然后吃惊地说，“它比几十年前更大了，而且更接近龙，或许再过些日子它真的能变龙飞天了。”乌苏走了过来，两人交谈了一会儿，乌苏用绳子把我捆得像粽子一样。

“等我把龙蛇带回去，村子里的人会把我当神一样供奉起来。”阿布得意地笑道，细长的舌头又伸了出来，似乎那张嘴巴已经无法容纳这么大的舌头了。

“不行，我听说龙蛇肉吃了可以不老，我不能错过这个机会。”阿布的眼睛里冒着攫取的光，他从腰间抽出把匕首，等着龙蛇停下来，等它没有力气。终于，龙蛇瘫倒在地上，无力地把头靠在一边，身体盘了起来。阿布高兴地走过去，但被乌苏拉住了，乌苏拼命地摇头，两人争吵起来。最后阿布没有理会乌苏的阻拦，强行走了过去。一边走，一边嘟囔着。他颤抖地走到龙蛇脖子的地方，把匕首扎了进去。龙蛇似乎没有任何反应，任凭阿布把一大块肉生生割了下来。

阿布手里提着龙蛇肉，兴奋地走了出来。

“吃了这个，可以长生不老，或许我还可以把这个拿去卖钱，哈哈哈哈！”阿布狂妄地放声大笑。他背对着洞口，我和乌苏则正对着。所以，我们俩看到了。龙蛇头上的包如同破茧而出一样，伸出两只长角，身体上的四肢也伸了出来，它现在已经完全不需要爬行了，整个头部也变得巨大起来。龙蛇就站在阿布的身后，它脖子上的伤口完全恢复了。

乌苏指着阿布，然后怪叫着逃走了。阿布也感觉到了，他面带恐惧地转过头，脸上还带着刚才的笑容，但是他刚回过头，迎接他的便是龙蛇的大嘴。

只一下，阿布就进到龙蛇的嘴里了，在嘴外乱蹬的脚还有提着龙蛇肉的手都显示着他还没死。不过很快龙蛇便把他整个吞了下去，我能看见龙蛇喉咙的位置有一团东西在蠕动。

接下来轮到我了？我闭上眼睛受死，在神物面前，我的力量完全是多余的。不过它似乎对我并不感兴趣。等我再次睁眼的时候，发现它已经不见了。

整个地面除了阿布留下来的一些工具之外什么都没有，我感觉如同做了场梦一样。龙蛇变成龙了？抑或是去了别的地方？

后来我靠着石头磨断绳索，走了很久也没有找到那个村子，不过我还是幸运地被几个旅行者救了，这才能活着回来。那些旅行者说，他们是看见天空中有异物才朝这个方向走的。我想，或许他们看见的就是龙蛇吧。

我看着纪颜，真难相信他居然把这事叙述得如此轻松，要知道我和林斯平都听得非常惊讶。

“我寻找了所有关于龙蛇的史料，原来龙蛇靠食尸超度亡者来修行化龙，但等它化龙的时候需要吃掉作恶者，如同古代传说的神兽麒麟，也会担当一种类似法官的角色。恐怕阿布到死都不知道自己为什么会被吃掉。”

“一字谓之贪啊，就像那位真的掉入钱眼的局长，贪婪是一切犯罪的根源。”我忍不住说道。

“哦？那是一个怎样的故事？”纪颜和林斯平问。我清了清嗓子。

“这是一个关于钱眼的故事。”

第三十四夜
钱眼

“我的确去看了，把眼睛慢慢凑了过去，
不过到现在我都后悔那个决定。
我的眼睛看到了另外一只眼睛。确切地
说是眼珠。”

“钱眼？”纪颜好奇地问道。林斯平也笑了笑问：“听过有人掉到孔方兄里面去，但那位掉入钱眼的局长是什么意思？”

我用火钳夹起一块烧得正红的木炭，把烟凑过去。我一向不喜欢用打火机，甚至火柴，尽量远离现代的东西，可以让你有种释放的轻松感觉。我吐出口烟，故事便在渐渐散开的烟雾中展开了。

我本是学计算机的，无奈专业学得太差，这才又搞了份报社的工作。这年头80%的人都干着与自己兴趣无关却和自己的肚皮相关的工作，当然，如果真是这样，那我很幸运地属于那20%的人，因为我还是非常喜欢这份工作的。

大多数工作都要度过一个实习期，那位局长的事，恐怕是在我实习期间最难忘的了。

这个局长姓吴，呵呵，个人认为百家姓中属“吴”最难搭配名字了，大部分都不是很好。这个吴局长也不例外，他全名叫吴德学。这个吴局长有个很大的特点，爱钱。

不要误会，爱钱和爱财其实并不见得是一回事。起码开始的时候，吴局长还是非常正直的。他爱钱，只是喜欢收集钱币而已。从古代铜币到现代发行的金币，甚至很多绝版稀有的在他那里都能窥见一二，可想而知吴局长痴迷钱币到了何种地步。不过他只喜欢金属币，讨厌纸币，按照他的说法是金属币可以把玩，而纸币与冥钱太相像，有点不吉利。

吴局长其实是副局，但大家都顺口叫局长，只有正局长在的时候大家才叫他吴副。他分管当地的药物监管，也就是抽查质量，大部分临床用药都得经过他的审批，权力之大可想而知了。刚上任的时候，吴局长还是做了几件实事的，查处了些违禁药品的外流案件，而我也正是因为要为他写专访才认识了他。对于那篇专访，吴局长非常高兴，还当面表扬过我。两人倒还谈得来，于是我就经常去他家坐坐，所以他的事也就知道一二。

不过，后来他变了。

吴局长是大学生，从小就嗜好古玩，听说家里祖上就是琉璃厂里的伙计。日本鬼子侵华，他爷爷就带了几件顶值钱又非常易于携带的东西——古钱，逃到了南方，然后就在这里娶妻生子开枝散叶了。吴局长从小经常生病，家里常用古钱镇邪，所以他自小熟悉古钱，就好比80年代的人小时候熟悉画片一样。据他自己说，六岁的时候，他就可以通过辨锈来鉴别古钱了，我听后心里有点不信，毕竟识锈辨锈已经不是玩票级别的收藏家所能做到的了。古钱大多是金属，以铜居多，锈蚀多种多样，既有真伪之别，又有地域、厚薄之分。南方多雨，土壤潮湿带酸性，锈蚀较严重且相对疏松，绿锈中常混杂有蓝色和红色锈，称为“红绿锈”，有的铜锈中还会泛出一片片或一点点水银般的光泽，称为水银锈；北方少雨干燥，锈蚀坚硬板结，锈色多呈绿色或蓝绿色，是为硬绿锈，其钱体大多绿锈满身，就是常说的“北坑”；河中捞起的古钱，锈蚀多呈灰白色，坚硬异常，极难清理，常叫做沙锈。当吴局长对我侃侃而谈的时候，我实在对一个负责药品的官员同时对钱币如此精通佩服不已。当然，他还请我观看过他的收藏，不过那也只是他收藏的一小部分，按照他的说法，极品是有灵气的，不到万不得已绝见不得生人。我也只好作罢。

但是，一个人有爱好的话，那么爱好往往就是弱点。

记得有部电视剧里说过，好像是《李卫当官》吧，剧中李卫被调任扬州之前，雍正恐其和前几任地方官一样为盐商所腐蚀，于是让他去大狱看看那几位已经被判死刑的扬州前任知府，有的是为色，有的是为字，有的是为钱。总之按照盐商的话，就是不信这世间还有无缝的蛋，就算是铁板一块，也要烧化重铸、掰开灌盐。

所以，当一个人被众多人算计的时候，那就危险了。

吴局长自然不例外。他不好色不好财不看人情脸面，问题是他喜欢古钱。

当那些药商、药贩看准这一点后，机会就来了。他们四处收集吴局长的资料，并高价搞来古钱。开始自然是碰了一鼻子灰，久而久之，门外的人进去了，进去的人坐下了，坐下的人送礼，吴局长也开始收了。

药的利润多大，看药的周转流程就知道了。经过药厂、药商、采购、医院药剂部、药房、医生，再到病人。一道道盘剥下来才到我们手里，也难怪药商们要花如此多的精力钱财来打点吴局长了。

长时间的合作倒也相安无事，药虽然贵了点，治不好人，但也出不了事，起码没出大事。后来吴局长退下来了，送古钱的自然就少了。但是有一天，吴局的夫人打电话告诉我，家里出事了。或许你们会觉得奇怪，为什么要告诉我，因为吴局实在没有肯帮忙的朋友，起码我还勉强算一个吧。在电话里，局长夫人把事情的原委告诉了我。

那天吴局像往常一样把玩着他的古钱，这时一位奇特的客人来到他家。说他奇特，因为他来的时候穿着仿佛民国时期的长衣大褂，戴着顶黑色帽子，还揣着块怀表，提着只一尺多长的红木箱子。这人直说是来送礼的，但吴局压根儿不认识他，不过凭着感觉，觉得这人不是普通人，还是迎进门接待了他。当时局长夫人就在一旁，自然也听到了他们的谈话。

“我听说吴局长喜好古钱，而且眼光独特，这里有几枚特殊的，在下想让局长鉴赏一下。”那人带着点北方口音，而且身材高大。吴局长自然高兴，便提出要观看观看。两人谈了会儿，客人居然说把钱币留下，让局长慢慢观看，一个月后自己再来取。吴局长自然高兴，热情地送他出门。

不过从那天开始，吴局长就把自己关在房间里，除了吃饭上厕所，压根儿不出来，即便是吃饭也是匆匆扒拉几口，和平日里向来和睦的妻子也说不上几句话。局长夫人很着急，于是想叫我去劝劝。勉为其难，我只好动身前往吴局长家中。

“欧阳，是你啊。”还好，吴局还认识我，可我快不认识他了，短短几个月不见，他早就没了先前的神采。我走进他房间的时候，他正拿着个放大镜，勾着个脑袋对着一枚古钱在端详，整个人如同一只烤熟的龙虾，蜷曲着身体坐在书桌前。我进来很久他才注意到我，因为他那个时候想站起来喝水。他的头发快掉光了，眼睛也深陷下去，全是血丝，手可能由于长时间弯曲都变形了。腿因为长期不活动，走路都要一步步的，难以置信，他以前可是还和我一起打过篮球啊。

我和他寒暄了几句，话头自然聊到那几枚古钱上。一说到古钱，吴局的眼睛就大冒精光，神采奕奕，仿佛抽了鸦片一样。

“你知道吗？这几枚是什么？”他指了指桌子上的古钱，我是门外汉，自然摇头不语。

“古钱按稀罕程度高低分为一至十级，每级又可细分为上、中、下三级，而‘五十名珍’是其中的极品，如东周的‘三孔布’、王莽时的‘壮泉四十’、宋代的‘建国通宝’、清代的‘天国通宝’，古钱的价值不仅仅取决于年代历史，主要是发行数量和再版版次，即使是离我们最近的清朝，很多钱币也还是非常珍贵的。”吴局长快速地说着，我几乎听不完整，只好好奇地问：“那这几枚是什么？”

吴局长小声地说：“其中有一种真品存世只有两枚，其中一枚就在我这里。”我更感好奇了，世界上只有两枚？

“会是赝品吗？”我话一出口，又觉得唐突，还好吴局长并不介意。

“不会，我这么多天一直在翻阅资料，仔细地检验。”吴局把那枚古币拿起来，在我看来好像和大唐通宝没两样，圆形，直径两厘米左右，周围印着“大齐通宝”四个字。

“它叫大齐通宝，是南唐钱。此钱真品仅发现两枚，因其文字形制与大唐通宝接近，所以定为南唐开国者徐知诰升元元年建国号大齐时所铸。一说为南唐后期铸大唐通宝时所铸。”吴局长拿过一本书，把其中的图画和文字指给我看。我发现画上的钱似乎和吴局手上的钱币有点不同，但我也说不上来哪里不同，只是心想，他这样的专家估计早注意到了吧。

“可是再过几天，那人一来就要拿走古钱了。”吴局长叹了口气，愁容满面。我看他似乎对这枚钱着魔了。

“我想做枚假的，要不直接跟他说我把这钱弄丢了。即便倾家荡产，我也一定要把这枚大齐通宝弄到手！”吴局的表情突然变得很可怕，面目狰狞的那一瞬间，我几乎不认识他了，原来占有欲最容易改变人。一阵沉默之后，又随便聊了聊，我便告辞了。临行前，吴局抓着我的手，叹气道：“欧阳啊，也就你在我退休后还会来找我。”

我笑笑，最后他还再三询问最近中央对药改有什么动作，我说不清楚，他又驼着背进去了。

一段时间后，因工作繁忙，我把吴局的事几乎淡忘了，但吴局夫人又一个电话打过来，不过这次声音很急。

“我们家老吴不见了！”第一句我就觉得奇怪，不见了就报警啊，怎么这么紧张。但碍不过往日交情，我还是去了他家一趟。

一个大活人怎么会不见了？太可笑了。但根据吴局夫人的话，吴局自从昨天晚饭后进了房间就再也没出来，今天她进去的时候，发现里面一个人也没有。

我仔细地看了看书桌，上面堆满了关于古币的书籍，摆放着一个放大镜，还有很多玻璃盒子，里面装的都是古钱，如战国时代齐国的刀币、楚国的蚁鼻币等。墙上挂着一柄桃木剑，是用古钱镶嵌而成。不大的房间里面，几乎每样东西都和古钱有或多或少的关系。吴夫人去为我倒水，而我则在房间里继续查看。

房间和阳台相连，总不能说吴局长从阳台逃了吧，难道他带着那枚古钱走了？不至于啊，而且更奇怪的是，我在他的书柜上找到一个盒子，里面居然装着那枚大齐通宝。

“太奇怪了，钱居然还在。”我本想把它放回原处，忽然莫名的好奇心又使我把它拿了出来。当然，我戴上了手套——这是吴局以前再三要求我的，因为手上的汗水可能会毁掉这枚珍贵的古玩。

“真有那么好吗？”我看着这枚和普通铜币没有两样的东西，在手上也没有过于特殊的质感，这时候，透过房间的窗户，一束光射了进来。

说来也巧，那道光正好射在铜币中间的孔上。我怕铜币被照射过久不好，刚要收起来，却发现了件很奇怪的事。

本来钱币中间空空，那光居然无法穿过，我又试了一次，果然光还是无法透过中间的方孔射到地面上。我把手指伸了进去，畅通无阻，但光线奇怪地进入不了。

“真有意思。”我笑了笑，居然还有这种事，于是把钱靠近了点看。古钱通体淡黄透红，我多少和吴局待过段日子，对古钱有些许了解。根据铜的含量多少，古钱的锈迹和颜色都不同，五代时的铜币含铜多，呈现水红色。我把古钱近距离地对着眼睛，我想看看，既然光线无法透过方孔，如果眼睛去看能否看见什么。

我的确去看了，把眼睛慢慢凑了过去，不过到现在我都后悔那个决定。

我的眼睛看到了另外一只眼睛。确切地说是眼珠。

苍老、悲凉，甚至透着僵死的灰黑，那眼睛仿佛如死人的眼睛一样。我吓了一跳，手中的古钱几乎掉落在地上。这时候，房间的门忽然开了，闪进来一个人。

吴局的夫人进来了，她把茶放下和我唠叨了几句。我问她，那个奇怪的客人后来回来过没。她摇摇头，说自从那次后，都快一个半月了，那人似乎忘记这事了，那几天吴局还高兴得和孩子一样。本来这几天他老是看报纸、听新闻，每次都紧张得要命，还老打电话。

“电话？”我好奇地问，“知道和谁吗？”吴夫人不屑地摇手：“还不是以前那些老来家里的药商？他们经常提着古钱来找我们家老吴，说什么……”吴夫人忽然自觉失言，没有再说下去，我也识相，低头开始喝茶。喝完茶，她问我有没有发现什么，我说暂时没有，她便退出去了，还一直说要留我吃饭。

在吴局的床头，摆了很多《参考消息》和一些药品局的内部读物，他不是退下很久了吗，怎么还这么关心啊？

我又看了看手中的古钱，那钱红得非常瘆人，我依稀记得上次看并没有那么红。我不太愿意相信刚才看见的东西，但又没勇气再看一次，于是我想到个办法，把铜币立起来，然后用照相机在很近的地方拍了张照片。也不知道曝光对古钱有无影响。

匆匆告辞后，我便立即去洗照片了。

很快，照片洗了出来，我把它放大后，拿到灯下。

基本上是完全对着那钱孔照的。一看之下，我几乎惊骇得说不出话来，我把所有的照片都洗了出来，每张的图像几乎都差不了多少。

在那方形的钱孔里，居然有一张人脸，一张面无表情的人脸，不过看起来似乎离着孔口很远。那张脸我再熟悉不过了，正是吴局长。但是由于黑暗的缘故，他的脸总是残缺的，看不清楚，能看见的只有那只半开半闭的眼睛而已。

我把所有的照片和底片都烧掉了，没人会接受一个退休的局长居然失踪在一枚古钱的“钱眼”里面的事实。过了几天，新闻报道出来说，原来经过吴局审批的药品出了问题，在临床用药中居然死了两个人，还有几个正在加护病房。相关人等都被抓了起来。不过新闻里并没具体点出吴局的名字，但地名说出来了，还有药品的名称。出事的时间正是前段日子，我忽然明白吴局非常关心药品局的用意了。

我再次来到吴局的家，想看看那枚奇异的古币。但吴局夫人和我说，就在昨天，那个奇怪的客人居然回来了，要走了那枚大齐通宝。吴夫人还是一脸愁容，对我说报警了，可是依然没有吴局的下落。我暗暗想，如果真告诉你了，恐怕你又不相信了。

那次的药品事故不了了之，吴局长和那个神秘的客人以及那枚价值不菲的古钱都杳无音信。不久，吴局长的接班人上任了，据说这人比吴局长好打发多了，他喜欢纸币，而且最好是美钞。

我又抽了根烟，烟雾散去，故事也结束了。

“那枚古钱究竟是什么？中间的孔怎么像黑洞一样，居然能把人也吸进去？可其他人看并没事啊。”林斯平奇怪地问我。我摊开手，无可奈何地说：“这我就不知道了，我只是说出我晓得的。早知道该把照片留一张，可惜那相片看久了很邪门，我想都没想就全部销毁了。”林斯平转头看纪颜，纪颜不知道从哪里拿来枚仿制的古钱，在手里抛弄起来。

“人是不会掉进钱眼的，掉进去的，不过是人的贪欲罢了。”说完，古钱在空中翻转了好几个圈，落回纪颜的手中。屋外已渐渐有了青色，看来天就快亮了。三人又喝了会儿酒，互相枕着睡去了。

（未完待续）